OSM

Bir "Sabahattin Ali" romanı

yeşil mürekkep

DESTEK
yayınları

DESTEK YAYINLARI: 728

EDEBİYAT: 195

OSMAN BALCIGİL / YEŞİL MÜREKKEP

İmtiyaz Sahibi: Yelda Cumalıoğlu
Genel Yayın Yönetmeni: Ertürk Akşun
Yayın Koordinatörü: Özlem Esmergül
Editör: Devrim Yalkut
Kapak Tasarım: İlknur Muştu
Sayfa Düzeni: Cansu Poroy
Sosyal Medya-Grafik: Tuğçe Budak - Ali Türkmen

Destek Yayınları: Kasım 2016
Yayıncı Sertifika No. 13226

ISBN 978-605-311-179-5

Abdi İpekçi Caddesi No. 31/5 Nişantaşı/İstanbul
Tel.: (0) 212 252 22 42
Faks: (0) 212 252 22 43
www.destekyayinlari.com
info@destekyayinlari.com
facebook.com/DestekYayinevi
twitter.com/destekyayinlari
instagram.com/destekyayinlari

İnkılâp Kitabevi Baskı Tesisleri
Matbaa Sertifika No. 10614
Çobançeşme Mah. Altay Sok. No. 8
Yenibosna – Bahçelievler / İstanbul
Tel.: (0) 212 496 11 11

OSMAN BALCIGİL

Bir "Sabahattin Ali" romanı

yeşil mürekkep

DESTEK
yayınları

Yazar Hakkında

1955'te İstanbul'da doğdu. Ekonomi eğitimi gördü. Ulusal dergi, gazete ve televizyonların haber bölümlerinde muhabir, editör, yönetici olarak otuz yıla yakın çalıştı. Pek çok ödül aldı. Latin Amerika'da yaptığı çalışmayla, 1988 yılında Türkiye Gazeteciler Cemiyeti tarafından "Yılın Gazetecisi" seçildi. Sürekli Basın Kartı sahibi.

www.osmanbalcigil.com

Çalışmaları:

Birikim Yayınları, 1977-1980 Yayınevi yöneticisi.

İletişim Yayınları, 1980-1983 Yazar ve editör: *Yeni Gündem*, *Video Sinema*, *Tarih ve Toplum*, *Cumhuriyet Dönemi Türkiye Ansiklopedisi*.

Cumhuriyet gazetesi ve Cumhuriyet Dergi 1983-1985 Yazılar, Röportajlar ve *Oxford Mektupları*.

Hürriyet, Hürriyet Pazar ve Tempo Dergisi, 1986-1988 Yazar, editör.

Hürriyet Production, 1989 Araştırmacı, yapımcı, koordinatör: *Hodri Meydan*, *Tele-Vizyon*, *Tempo*, *Basın Kulübü* programları.

Show TV, 1993 Haber Müdürü, *Baş Sayfa* programı yapımcısı.

ATV, 1994 Haber Programları Genel Koordinatörü, *Üçüncü Sayfa*, *41 Dakika* programlarını hazırladı ve sundu.

Kanal 6, 1996 Haber Dairesi Başkanı.

Star TV, 1996 Haber Müdürü, *Kırmızı Koltuk*, *Osman Balcıgil ile Gece Hattı*, *Dobra Dobra* programlarını hazırladı ve sundu.

HBB TV, 1997-2000 Haber Dairesi Başkanı, Anchorman, *Şeytanın Avukatı* programını hazırladı ve sundu.

Ottoman Medya, 2000-2013 Kurucu ortak.

Araştırma Kitapları:

Birleşmiş Milletler, Uluslararası Af Örgütü ve Ölüm Cezası, Birikim Yayınları

1960 Anayasası Üzerine, Birikim Yayınları

İdamın Günlüğü, Onur Yayınları

Toplum: Layığı Bu Değil, Haziran Yayınları

Latin Amerika'nın Atar Damarları, Belge Yayınları

Romanları:

Ters Kanatlı Şahin, Şenocak Yayınları

Bilginin Efendisi, Destek Yayınları

Zerdüşt'ün Sırrı, Destek Yayınları

Dante'nin İstanbul Cehennemi, Destek Yayınları

Pisagor Tepkisi, Destek Yayınları

Mason Locası'nda Aşk ve Kılıç, Destek Yayınları

53. *Risale*, Destek Yayınları

Ela Gözlü Pars: Celile, Destek Yayınları

Başına gelecekleri bilse, katiyen çıkmazdı o yolculuğa Sabahattin Ali.

Kimi zamanlar olduğu gibi çalar saati susturur, yorganı kafasına çeker, sabahın keyfini çıkarırdı.

Tersini yaptı. Yataktan aceleyle fırladı, pijamalarını katlayıp büyük ölçüde hazır duran çantasına yerleştirdi. Giyindi.

Bir koşu banyoya gidip elini yüzünü yıkadı, dişlerini fırçaladı, yaştan değil ama dertten ağarmış saçlarını büyük bir titizlikle taradı, altın çerçeveli gözlüklerini taktı.

Yeniden odasına döndü, akşamdan hazır ettiği iki zarfı ve çantasını alıp salona çıktı.

Rasih kahvaltıyı hazırlamış, onu bekliyordu. Demli bir çay koydu ağabeyi gibi sevdiği Sabahattin'e. Sonra karşısına geçip oturdu.

Oturur oturmaz da masanın üzerinde duran, bir bez parçasına sarılı emaneti uzattı.

"Denedim ve bakımını yaptım. Güvenebilirsin."

Tuhaf bir gülümseme belirdi Sabahattin Ali'nin yüzünde.

Sorulsa, "Ne işim olur benim tabancayla?" diye yorumlardı bu gülümsemeyi Rasih.

Ünlü yazar silahı önüne çekti, oturduğu sandalyeye dayalı duran çantayı kucağına aldı.

Önce, çantanın üzerinde duran iki zarfı masanın üzerine koydu. Sonra, masanın üzerinde duran, beze sarılmış tabancayı eline aldı.

***

Eski güzel günlere gitti.

Mavi yolculuk günlerinde edinmiş olduğu ve şu anda elinde olan tabancanın öyküsü de dahil, dünya kadar fotoğraf karesi zihninde dans etti.

Geçmişte şahane bir hayat yaşamamıştı kuşkusuz ama dibe bu kadar vurduğu da hiç olmamıştı.

Kelimenin tam anlamıyla, her şeyi berbat etmişti Sabahattin.

***

Beyni geçmişe dair süratle çalışadursun, başını kaldırıp Rasih'in yüzüne baktı. Sağ elinin işaretparmağını az önce masanın üzerine koymuş olduğu zarflara dokundurarak, ölgün bir ses tonuyla konuştu.

"Dün gece dediğim gibi, birini Aliye'ye ulaştıracaksın, ötekini de Mehmet Ali'nin kapısının altından atacaksın. Üzerlerinde hangisinin kime olduğu yazılı."

Rasih başını salladı. Yüzü, özellikle zor zamanlarda takındığı ve Sabahattin'in çok hoşuna giden o bildik güvenilir ifadeyle aydınlandı.

Genç adamın, en çok da bu halini sevdiğini düşündü yazar. Hafızasının derinliklerine, asla silinmeyecekler arasına kaydetti Rasih'in o yüz halini.

Tarif edilemeyecek kadar zor geçen bir zaman diliminde, herkesin kendinden vebalıymış gibi kaçtığı berbat bir dönemde, hiçbir tehlikeye aldırmadan evini kendine açmıştı genç Rasih.

Dostu, kardeşi olmuştu zaman içinde.

***

İki adam, konuşulacak ne varsa geceden konuştukları için, sanki bir ritüeli sürdürür gibi ve sessizlik içinde ettiler kahvaltılarını.

Birkaç zeytin, bir parça beyazpeynir, Rasih'in kabuklarını soyup doğradığı ve üzerine zeytinyağı ilave ettiği domates parçaları. İlle de kızarmış ekmek. İnce belli bardakta tavşankanı çay.

Bu böyle hep sürse ne güzel olurdu.

Söz konusu Sabahattin'se, bir şeyin güzel sürüp gitmesine imkân ve ihtimal yoktu.

***

"Yolcu yolunda gerek" diyerek ayağa kalktı yazar.

Çantası elinde portmantoya doğru yürüdü, siyah deri gocuğunu giydi, sonra dönüp sıkı sıkı sarıldı Rasih'e.

"Başka bir zamanda, başka bir yerde Rasih" dedi. Gözlerinden iki damla yaş yanaklarına doğru yuvarlandı.

Rasih'in de gözleri dolmuştu "Kendine iyi bak ağabey" diyerek tekrar kucakladı Sabahattin'i.

İlk ve son kez ağabey demişti genç adam Sabahattin'e. Ağlamamak için kendini zorladığı çok belliydi.

Lafı uzatmak istemedi Sabahattin.

Söyleyebilse "Memleket sana emanet genç dostum" derdi mesela.

Boğazına bir şey takıldı, diyemedi.

O söyleyemese de Rasih anladı yazar dostunun demek istediğini.

Mesele acılar içinde kıvranan ülkesi ve bir lokma ekmeğe muhtaç insanlarıysa, zorbalık ya da melanet, kimden ve ne şiddetle gelirse gelsin, vız gelir tırıs giderdi Rasih'e.

***

Merdivenlerden inerken, genç dostunun kapattığı kapının sesini duydu Sabahattin.

Ürperdi. Kopmuştu işte geçmişle bağları. Genç dostu, bildiği dünyayla son bağlantısıydı.

Nasıl gelişeceğine dair en ufak bir fikre bile sahip olmadığı yolculuğu, apartmanın kapısından çıkıp, ağır demir kapıyı arkası sıra çekince başlayacaktı.

Hiç tereddüt etmedi. Edemezdi.

Süratle indi merdivenleri, sokağa çıktı, yolun karşısına geçti.

Çıktığı apartmana ve kendini en zor zamanında tereddütsüz konuk eden Rasih'in dairesine doğru baktı son bir kez.

Pencereden ona bakıyordu genç dostu.

"Canım Rasih" diye geçirdi içinden Sabahattin.

Rasih'ini ve daha pek çok canını geride bırakarak, bir bilinmeze doğru çıkacağı yolculuk, işte tam da şimdi başlamış oluyordu.

***

"Bir kez daha çıkmıştım böyle yola" diye düşündü yürümeye başlar başlamaz.

Bugünkünden ne farklı uğurlanmıştı, yirmi yıl önce çıktığı o yolculukta...

Bir

1928 yılının kasımı bitmeye yüz tutup soğuk geçeceği belli olan aralık kapıyı çalarken, İstanbul'un inci misali yapılarından Sirkeci Garı, her zaman olduğu gibi hareketliydi.

Peltek Sabahattin, kendini yolcu etmeye gelenlerin ortasında yerini almış, her zamanki gibi parlıyordu.

Titizlikle taranmış saçları, gözlüğü, takım elbisesi, paltosu, kravatı ve fötr şapkasıyla, tam bir salon beyefendisi gibi görünüyordu.

Etraftaki herkesten kısa olmasına karşın, ne hikmetse yine en çok o göze batıyordu.

Her zaman olduğu gibi kırıp geçiriyordu ortalığı.

Neler anlatmıyordu ki geçmişe, bugüne, geleceğe dair ve otuz iki kısım tekmili birden.[1]

***

Heyecanlı olduğu gözden kaçmıyordu Sabahattin'in.

Heyecan ne kelime, çok ama çok heyecanlıydı genç adam. Çünkü muhteşem hedefleri, tarifi imkânsız hayalleri vardı.

"İşte" demişti güzel haberi aldığı an. "Sonunda, kör talih bana da güldü."

---

1. Osmanlı'nın son zamanlarında, Darülbedayi'de (Şehir Tiyatroları) tek sahnelik tiyatro oyunları arada bir topluca sahneye konulurdu. Böyle zamanlarda, gişelerin önündeki çığırtkanlar, ellerindeki çıngırakları çalarak "Otuz iki kısım tekmili birden!" diye bağırırdı.

Sirkeci Garı'nda havalara uçuyor olmasının, yüzünde güller açmasının, esprilerle herkesi güldürmeye çalışmasının nedeni, başına konmuş bu talih kuşuydu.

***

Bir ara gözü başka bir gruptan genç bir kıza kaydı Sabahattin'in. Kız da ona bakmıştı galiba. Ya da kendine öyle gelmişti.

Giderek, göz göze gelirim umuduyla kısa aralıklarla bakar oldu.

Böyleydi işte Sabahattin. Severdi karşı cinsle münasebet halinde olmayı. Cinsi latif olmadan yaşanacak bir dünyada, katiyen yeri olmazdı. Hemcinsleri olmadan idare edebilirdi belki ama karşı cins, olmazsa olmazıydı.

Etrafındakilere laf anlatmaya ve dalga geçmeye devam ederken, göz hapsine aldı öteki grubu. Özellikle de yolculuğa çıkacakmış gibi duran o genç hanımefendiyi.

Çok emindi. Sınava birlikte girmişlerdi. Burada olduğuna göre, onun ismi de tıpkı kendininki gibi kazananlar listesinde yer almış olmalıydı. Anlaşılan birlikte seyahat edeceklerdi.

İçi içine sığmadı genç Sabahattin'in.

***

Garda bulunanların gözü duvardaki koca saate daha sık gider oldu.

Devasa yelkovan, kalkış zamanına doğru süratle akıyor, her devinimiyle akrebi, Almanya treninin hareket saatine biraz daha yaklaştırıyordu.

Sonunda şeftren, düdüğünü kararlı bir edayla öttürdü ve ardından elindeki iki renkli fenerle hızlı bir şekilde trenin başına, lokomotife doğru yürümeye başladı.

Belli ki vakit gelmişti.

Sabahattin, son hamle olarak bir elini Pertev'in[2] ötekini Nihal'in[3] omzuna koydu ve "Binmezsem bensiz gidecek" diyerek başıyla treni işaret etti.

Arkadaşları fark etmeseler de, aklında az önce trene binmiş genç kız vardı.

Genç adam can dostlarına son bir kez "Hoşça kalın" dedi ve hareket zamanı gelen trene, filmlere öykündüğünü belli edecek biçimde fiyakalı bir şekilde koştu, son anda atlıyormuş gibi yaptı. Bu şaklabanlığıyla geride kalanları güldürdü.

***

Makinist, gözü şeftrende olmak üzere düdük ipini bu uzun uzun çekti ve yaşlı makine sonunda ileriye doğru hamle yaptı.

Sabahattin boş pencerelerden birine koştu, tıpkı öteki yolcular gibi yarı beline kadar pencereden sarktı, Sirkeci Garı'nı şenlendiren arkadaşlarına el salladı.

Pertev son bir hamle yapıp, elindeki gazeteyi Sabahattin'e uzattı.

28 Kasım 1928 tarihli *Cumhuriyet* gazetesi iki arkadaşın elleri arasında yer değiştirirken "Sakla" diye bağırdı Pertev. "Latin harfleriyle basılan ilk gazetelerden biri. Yüz yıl sonra çok değerli olacak. İçindeki dergiyi de dikkatli oku."

---

2. Pertev Naili Boratav: 1907-1998 yılları arasında yaşadı. Halk bilimcisi, halk edebiyatı ve folklor araştırmacısıdır. Akademisyenliğe 1931 yılında Fuad Köprülü'nün asistanı olarak başladı. Profesörlüğe 1948 yılında yükseldi. Başkanı olduğu Halk Edebiyatı Kürsüsü CHP iktidarı tarafından "komünizmi yaydığı" gerekçesiyle kapatıldı.

3. Hüseyin Nihal Atsız: 1905-1975 yılları arasında yaşadı. 1931 yılında Fuad Köprülü'nün asistanı oldu. 1932'de şiddete kaçan aşırı davranışları nedeniyle akademisyenlikten atıldı. Türklerin tarihiyle ilgili araştırmalar yaptı. Irkçı-Turancı görüşü yaydı.

Güldü Sabahattin ve elindeki gazeteyi sallayarak "Tabii Harf Devrimi başarılı olursa!" diye bağırdı karşılık olarak.

***

Genç adam, gürültüyle çalışan eski püskü trende, bir elinde tahta bavulu ötekinde *Cumhuriyet* gazetesi olmak üzere etrafa bakındı.

Aradığı küçükhanım bu vagonda değildi. Geçişleri kullanarak trenin içinde ilerledi. İki vagon sonra da hedefine ulaştı.

Peronda göz göze geldiği hanımefendi ve kim olduklarını henüz bilmediği üç başka öğrenciyi bulmuştu.

Öteki delikanlılar çekingenlik yapmış, kızın karşısına oturmamışlardı.

Fırsatın kaçmasına izin veremezdi Sabahattin. Hareketlerine hız verdi.

Anlaşılan, Almanya'ya dil öğrenmeye hep birlikte gideceklerdi.

Beş gencin hepsi de öğretmen okulu mezunuydu ve Gazi'nin isteği üzerine uygulanan bir program uyarınca, İstanbul'dan yola çıkmak üzereydiler.

Mendiliyle gözlerindeki yaşı silen genç kızın karşısına, geriye doğru yol alma pahasına oturdu ve elini uzattı genç adam.

"Ben Sabahattin. Tıpkı sizin gibi Almanya'ya gidiyorum."

Şaşırmadı genç kız. Baştan beri biliyordu birlikte seyahat edeceklerini. Daha perondayken, ısrarla gözlerini yakalamaya çalışmasından tahmin etmişti olacakları.

O da elini uzattı, "Melahat"[4] dedi ve ekledi: "Memnun oldum."

Hiç de kendi gibi davranmadı genç adam. Hemen laf bombar-

---

4. Melahat Kemal'in doğum tarihi bilinmiyor. Sabahattin'le aşağı yukarı aynı yaşlarda olmalı. Soyadı sonradan Togar oldu. 1998 yılında vefat etti.

dımanına tutmadı yol arkadaşını. Nasıl olsa önlerinde uzun bir yolculuk vardı ve konuşmak için çok zamanları olacaktı.

Daha vagonun basamaklarına adım atarken "Ağır ol molla desinler" diye fısıldamıştı kendi kulağına.

***

Elindeki *Cumhuriyet* gazetesini açtı. İçinde *Resimli* Ay'ın[5] son sayısı vardı.

Dergiyi sonra okumak üzere yanı başına bıraktı, tümü Latin alfabesiyle basılmış olan gazeteyi kucağına koydu.

Daha gazeteye bakar bakmaz, Sabahattin'in aklına altı ay kadar önce *Milliyet* gazetesi tarafından başlatılan deneme geldi.

Baş sayfanın tam orta yerinden "Bax veqil Ismet Paxa hazretlerinin Istambula gelixini" haber vermişti *Milliyet*.

Gazeteler Türkçeye uyumlu hurufata[6] henüz sahip olmadıkları için, yazılışı itibariyle bir hayli komik olmuştu haber. Tepesine ayrıca bir açıklama da konmuş, Latin harflerinin nasıl okunacağı anlatılmıştı.

Milliyet'i Cumhuriyet, İkdam, Son Saat, Hâkimiyet-i Milliye izlemişti. Gazetelerde epeydir, Arap harflerinin yanı sıra Latin harfleriyle yazılan yeni Türkçe de kullanılmaya başlanmış ve sonunda dönüşüm tamamlanmıştı.

Tam da Sabahattin'in yola çıktığı günden itibaren, gazeteler tümüyle yeni Türkçe basılacaktı.

---

5. *Resimli Ay*, 1924-1931 tarihleri arasında, Sabiha ve Zekeriya Sertel çifti tarafından yetmiş sekiz sayı yayımlandı. İlk elli yedi sayısı daha çok bir magazin dergisi havasındaydı. Elli yedinci sayıdan sonra, kadroya katılan sosyalist yazarların etkisiyle, dergi kendine yeni bir rota çizdi, siyasete ağırlık verdi.
6. Baskı işinde kullanılan, herhangi bir metalden yapılmış harf, rakam ve işaretler.

Sabahattin, Pertev'in uzattığı gazeteyi okumaya çalışırken, değişim için sürdürülen hazırlıkların işe yaramış olduğunu düşündü.

Yeni Türkçeyi, yeni harfler resmen yürürlüğe girmeden önce kullanmaya başlayan gazeteler, bu yolda cidden önemli hizmet görmüşlerdi.

Ülkenin her yanında açılan kurslar da yeni yazının öğrenilmesinde çok faydalı olmuştu.

Yine de, bu değişiklik nedeniyle dünya kadar insanın gazete okumaktan vazgeçeceği tahmin ediliyordu. En avamından en elitine kadar, kurulan her mecliste, gazete satışlarının en azından yüzde yirmi beş, otuz düşeceğinden söz ediliyordu.

"Bakalım..." diye düşündü genç adam. "Gerçekten de öngörüldüğü gibi olacak mı?"

Öte yandan, Sabahattin de biliyordu ki genç Türkiye Cumhuriyeti'nin önünde, uygulamak zorunda olduğu bir modernleşme projesi vardı.

Zaten kendi de o projenin bir parçası olmak üzere Almanya'ya doğru yola çıkartılmamış mıydı?

Kesinlikle öyleydi.

Almanya, İngiltere ve Fransa'ya onlarca genç gönderiyordu kendi de genç olan Türkiye Cumhuriyeti.

Hedef, Gazi'nin de altını çizdiği gibi, ülkeyi muasır medeniyetler düzeyine çıkartmaktı.

***

Genç adam yeni harflerle yazılmış bir makaleye daha göz gezdirdikten sonra gazeteyi katladı ve "Okur musunuz?" diyerek yol arkadaşına uzattı.

Genç kız tebessüm ve teşekkür ederek aldı yeni arkadaşı Sabahattin'in uzattığı gazeteyi.

Delikanlı bu kez de acelesi varmış gibi süratle tahta bavulunu açtı, içinden bir kitap ve minik bir sözlük çıkardı, dizlerinin üzerine koydu.

Tren Yenikapı'yı ve Langa bostanlarını geride bırakmış, solda hayal meyal görünen deniz tümüyle yok olmuştu. Halkalı'dan kuzeydoğu istikametine, Trakya'nın içlerine doğru yol alıyorlardı.

***

Zaman ilerleyip Trakya'nın soğuğu iyice hissedilmeye başlanınca, ölgün lamba ışığında, Melahat'ın el çantasından bir çift eldiven çıkardığını gördü Sabahattin.

İlgiyle yaklaştı genç kıza ve derhal "Üşüdünüz mü?" diye sordu.

Genç kız başını sallayarak "Çok soğuk" dedi.

Sabahattin, epeydir çıkacağı yolculuk ve Almanya hakkında araştırma yapıyordu. Bilgisini konuşturdu.

"Edirne'yi geçinceye kadar bu külüstür lokomotifle gideceğiz. Isınması yok. Sonra Bulgarların trenine bineceğiz. Duyduğuma göre onlar kaloriferliymiş. Lokomotif vagonlara sıcaklık gönderiyormuş. Almanya'ya kadar üşümeden gidermişiz."

Bu teferruatlı açıklama üzerine, genç adamla ilgili olarak "Oldukça bilgili" diye düşündü Melahat.

Gördüğü bu kadar ilgiden sonra, kendinin de bir çift söz etmesi uygun olacaktı.

Sabahattin'in kucağında açık duran Almanca kitabı ve sözlüğü işaret ederek "Biraz Almancanız var galiba?" dedi.

Böylelikle, Sabahattin'in yakınlaşma çabasına tümüyle sessiz kalmamış, kabalık etmemişti.

"Hayır yok" diye cevapladı yol arkadaşını, gördüğü ilgiden memnun olan genç adam. Baştan bu yana sürdürdüğü rolü bir kenara bıraktı, aslına rücu etti, yeniden geveze ve peltek Sabahattin oldu.

"Bu kitap geçen yıl önce İngilizce çıkmış ve çok ilgi görünce hemen Almancaya çevrilmiş. Arkadaşım verdi. Sözlükle kelimeleri bulmaya çalışıyorum. Adı *Petrol.* Yazarı Upton Sinclair.[7] Şu ana kadar zorluk çekmeden bulabildiğim kelimeler sadece kitabın ve yazarının isimleri."

Karşılıklı gülüştü iki genç.

***

Tren Trakya içlerinde yol alırken, soğuk kendini daha da çok hissettirmeye başladı. Zor, titreyerek geçecek bir gece olacağı belliydi.

Yolcular bavullarından birer, hatta ikişer kazak çıkarıp giydiler. Battaniye getirmiş olanlar yanlarındakilerle paylaştı.

Sirkeci Garı'ndan kalkan tren, Bulgaristan sınırını sabahın ilk ışıklarıyla geçti.

Tren değişimi gerçekleşti ve son model lokomotiften vagonlara yayılan sıcaklık sayesinde yolcular rahat bir nefes aldı.

Sabahattin not defterine, Bulgaristan ile Türkiye arasındaki farkı kaydetti.

---

7. Upton Sinclair: 1878-1943 yılları arasında yaşadı. Yazar, gazeteci, politikacı, aktivist. 1943'te Pulitzer Ödülü aldı.

Osmanlı artığı bu ülkenin, Birinci Dünya Savaşı'nın yaralarını kendi ülkesinden çok daha çabuk sarmış olmasına şaşırmış, biraz da içerlemişti.

Filibe geride kalırken, bu kez öteki yolculardan farklı olarak Sabahattin'in gözleri kapanmaya başladı.

Uykusuzluğa daha fazla dayanamayacağını hisseden genç adam, bağa[8] çerçeveli gözlüklerini gözünden çıkardı, yeşil mürekkepli dolmakaleminin kapağını kapattı ve not almakta olduğu defterle birlikte ağır paltosunun cebine soktu.

***

Birkaç saat deliksiz uyuduktan sonra, gözlerini açar açmaz "Neredeyiz?" diye sordu Sabahattin.

"Pazarcık'ı geçtik, Sofya'ya doğru yol alıyoruz" diye cevap verdi Melahat.

Daldan dala atladı Sabahattin.

"Uykumda konuşmadım ve horlamadım değil mi?"

Şaşırdı genç kız. "Yok, hayır" dedi. Sabahattin gülünce, yeni arkadaşının şaka yaptığını anladı.

Bu kısa takılmadan sonra genç adam hemen gözlüğünü taktı, cebinden dolmakalemini ve not defterini çıkardı, yol arkadaşının az önce söylediği kasabaların isimlerini kaydetti.

Sanki acelesi varmış gibi, hızla yazıyordu.

Epeyce yazdıktan sonra başını kaldırdı ve etrafı seyretmekte olan genç kıza "Yazdıklarımın bir kısmını size okumamı ister misiniz?" diye sordu.

---

8. Henüz plastiğin icat edilmediği yıllarda, denizkaplumbağasının kabukları sıcak su ve bor yağında eritilir, gözlük çerçevesi ve başka amaçlarla kullanmak üzere bağa elde edilirdi.

Melahat, güler yüzlü adamın içtenlikle sorduğu soruyu "Eğer özel değillerse" diye yanıtladı.

Sabahattin genzini temizledi ve yazdığı notları okumaya girişti. Arada izahatlar da verecekti.

"*Mufassal Cermenistan Seyahatnamesi.*[9] Bismillahirrahmanirrahim. Bu geziye başlama ve uzun uzun anlatma, kayıt altına alma nedenim..."

9. Sabahattin Ali, Almanya'ya vardıktan kısa bir süre sonra *Mufassal (Ayrıntılı) Cermen Seyahatnamesi*'ni arkadaşı Pertev'e (Naili Boratav) gönderdi. Arap harfleri ile alınmış notlar, sonradan P. N. Boratav tarafından Türkçeye çevrildi ve ilk kez Filiz Ali Laslo ve Atilla Özkırımlı tarafından hazırlanan, Cem Yayınevi tarafından 1979'da basılan *Sabahattin Ali* isimli kitapta yer aldı.

İki

Almanya'da Alman dili, edebiyatı ve kültürünü öğrenmeye bir kurtuluş umudu gibi sarılmıştı Sabahattin.

Osmanlı İmparatorluğu'nun sınırları dahilinde, 1907 yılında doğup da zorluk çekmemiş bir tek çocuk yoktur.

Kaldı ki Sabahattin, altüst oluşun neredeyse en yoğununun yaşandığı Edirne'de dünyaya gelmiş, ilköğrenimini düşmanla boğaz boğaza savaşılan Edremit, Çanakkale gibi merkezlerde tamamlamıştı.

Ülkenin en yoksul olduğu dönemde, parasız yatılı olarak Balıkesir Öğretmen Okulu'nda okumuş, 1927'de İstanbul Öğretmen Okulu'ndan mezun olmuş, dayısının yardımıyla bir yıl süreyle Yozgat'ta öğretmenlik yapmıştı.

Dayısı Rıfat Bey Yozgat Devlet Hastanesi'nde başhekim olsa da, hiç mi hiç sevmemişti bu kenti genç adam. Yozgat'tan Ankara'ya, gemileri yakmış olarak dönmüştü.

"Bir daha Yozgat'a öldürseler gitmem" diyor, başka bir şey demiyordu. Bunu Ankara'daki dostlarına da söylemişti.

İçlerinden, Maarif Vekâleti'nde görev yapan biri "Peki ne yapacaksın?" diye sorunca, "Moskova tarafına gidip, kısmetimi orada aramak zorundayım" demişti.

Bir anlamda, genç adamdan yükselen "İmdat!" çığlığıydı bu.

Dostu feryadını duymuş olsa gerek, kısa bir süre sonra, onu açılacak bir sınavdan haberdar etmiş, katılmasını hararetle tavsiye etmişti.

Almanya serüveni böyle başlamıştı Sabahattin'in.

***

"Çok etkileyici yazıyorsun. Senin yerinde olsam hep yazarım" dedi Melahat, yol arkadaşı okumasını tamamlayınca.

Çiziktirdiği birkaç şiir sağda solda yayımlandıysa da, henüz kendini bir şair, hikâyeci, yazar gibi görmüyordu Sabahattin.

"Planım o" dedi ve ekledi: "Şimdilik biriktiriyorum."

Sahiden de biriktiriyordu.

Trenin geçtiği her köyü her kasabayı adeta içine çekiyor, insanların kılık kıyafetlerini, davranış tarzlarını, binaların görünümünü, ne yenilip ne içildiğini, kısacası her şeyi ama her şeyi merak ediyor, sorular soruyor, aldığı cevapları not defterine kaydediyordu.

Tren yolculuğu, ilginç yol arkadaşı sayesinde Melahat için de eğlenceli bir hal almıştı.

Bir gece daha devrildi, sabah oldu.

Bu kez de Belgrad'ı merak, şaşkınlık ve imrenme duygularıyla seyretti Sabahattin.

Macar Ovası içinse "Tanım için kelam yetersiz" yazdı güncesine ve şöyle devam etti:

"Trenimiz en küçük bir yokuş ve inişe rastlamadan, sağa sola en küçük sapma bile yapmadan aralıksız altı saat yön değiştirmeden gitti. En küçük dahi yalan yok. Bu düzlük, trendeki herkesin şaşkınlığına neden oldu. Sonlara doğru, yolcular 'Aman ya Rabbi, ya sağa ya sola bir parmak kadar sapalım!' diye duaya başladılar. En sonunda, enfes bir dönemeçle güzel bir istasyona, Peşte'ye geldik."

İstasyonlar istasyonları, kentler kentleri kovalayacak, delikanlı Peşte'den sonra Prag'a ve Dresden'e de âşık olacaktı.

***

Berlin'e ulaştıklarındaysa, adeta nutku tutulmuştu Sabahattin'in.

Üzerlerinden vızır vızır otomobillerin geçtiği geniş caddeler, devasa meydanlar ve muazzam binalarıyla Berlin, genç adamın kendinden geçmesine yol açtı.

Hele o binalardan biri vardı ki, Sabahattin onu kayıtlarına tam da şöyle geçirecekti:

"Wertheim isimli bir çarşı var. Bir ucundan bakılınca öbür ucu görünmez. Bir mahalleden büyüktür. Söylentiye göre, içinde beş bin çalışan vardır... Huda koruya!"

O günün Türkiye'sinden Almanya'ya giden genç bir öğretmen için, gerçekten de şaşırtıcıydı Wertheim alışveriş merkezi. 1896'da çatısı camdan olmak üzere inşa edilen binada, seksen üç asansör her an hareket halindeydi ve binlerce müşteri aynı anda alışveriş edebiliyordu.

İstanbul'un Kapalıçarşı'sı da küçümsenemeyecek bir alışveriş merkeziydi kuşkusuz ve üstelik içindeki binlerce dükkânla 1460 yılından beri hizmet veriyordu ama genç Sabahattin'in aklını Wertheim almıştı bir kere.

***

Arkadaşlarıyla konuşmalarında, Almanya'nın gelişmişlik düzeyinden dem vuruyor, sözü durmadan bu ünlü alışveriş merkezine getiriyordu Sabahattin.

Tamam, şöyle bir karşılaştırdıklarında, kılık kıyafet ve davranış tarzı olarak sokakta dolaşan şu Almanlardan pek de farkları yoktu.

Buna karşılık, ülkelerinin en iyi eğitilmiş, seçilerek Almanya'ya gönderilmiş gençleriydi kendileri.

İki ülkenin sokaklarındaki insanları yan yana getirip, ortalamaları karşılaştırdıklarında, iki ülke arasında dağlar kadar fark olduğunu görüyor, makasın iki ucunun gerçekten de çok açık olduğuna dertleniyorlardı.

Öğretmenlerden oluşan bu küçük Türk grubu, iki ülke arasındaki farkları masaya her yatırışlarında, söz doğal olarak hep aynı noktaya, Osmanlı'nın es geçtiği, genç Türkiye Cumhuriyeti'nin yakalamaya çalıştığı sanayi devrimine geliyordu.

Osmanlı'nın bir sürü mazeret üreterek sınırlardan içeriye otomobil bile sokmamakta ayak diredigi yıllarda, Almanya otomobil üretmeye, başka ülkelere satmaya başlamıştı.

Ve doğal olarak, atı alan Üsküdar'ı çoktan geçmişti.

***

Türk hükümeti tarafından Almanya'ya dil öğrenmeye gönderilen beş genç, Berlin'in büyüsüne kapılıp on beş gün süreyle kentin altını üstüne getirince, haliyle ceplerindeki para suyunu çekti.

Tütün parası bile kalmayan Sabahattin, meşhur Wertheim'dan aldığı piposunu cebine hapsetmek zorunda kaldı.

Genç adam, Melahat ve öteki gençler, hep birlikte elçiliğin yolunu tuttular.

Hemen o gün "Elçilik makamı bize acıdı ve derhal Potsdam'a gönderdi" diye yazacaktı notlarının arasına Sabahattin.

Ayrıca, elçilik görevlisinin veciz uyarısını da şöyle kayıt altına alacaktı:

"Çabuk papağan misali, Alman dilini elde edesiz!"

Genç adam, üç erkek arkadaşıyla birlikte Potsdam'da, Deutsches Institut für Ausländer'de yatılı okumaya başladı. Okulda, Türkiye'den gönderilmiş başka Türk öğrenciler de vardı.

Yol arkadaşı Melahat ise onlara on dakika uzaklıkta başka bir okula kaydettirilmişti.

Üç

Günler günleri, haftalar haftaları, aylar ayları kovaladı...

Sabahattin Almancayla yatar, Almancayla kalkar olmuştu. Türk elçilik görevlisi "Çabuk papağan misali, Alman dilini elde edesiz!" dedi diye böyle yapmıyordu kuşkusuz.

Genç adam Almanya yolunu, öğrenme aşkıyla yanıp tutuştuğu ve sadece dilini değil edebiyat bilgisini, kültürünü de geliştirmeye niyetli olduğu için tutmuştu.

Sabahattin, Alman edebiyatının o eşsiz eserlerini bir an önce Almancadan okumak için yanıp tutuşuyordu.

Her konuşmasında arkadaşlarına "Düşünsenize, bu dili öğrendiğimizde sadece Almanya'da yazılmış edebiyat eserlerini değil, Avusturya, İsviçre, Alsace, Bohemya ve Silezya gibi bölgelerden çıkmış yazarları da okuyabileceğiz" diyerek heyecanını dile getiriyordu.

Etrafındakiler zar zor Goethe, Schiller gibi görece yeni isimleri sayarken, o 800 yılında doğmuş olan Rahip Otfrid von Weissenburg'un adını zikretmeye başlamıştı bile.

Çok geçmeden, 11. yüzyılda kaleme alınmış Wolfram von Eschenbach'ın romansı *Parzival*'den[10] ve Gottfried von Strassburg'un *Tristan ve Isolde*'sinden[11] de bahis açacaktı.

---

10. Epik bir şiir olan "Parsifal"de, İngiliz Kralı Arthur'a bağlı Şövalye Parsifal, kutsal kâseyi arar.

11. Kelt kökenli bu İngiliz destanında, anne ve babasını yitiren Şövalye Tristan, İngiltere kralı olan amcasına gönderilir. Amcası genç şövalyeyi, İrlanda kralının kızı altın saçlı Isolde'yi kendine eş olarak getirmek üzere görevlendirir.

Bu iki önemli eserle birlikte, kendini okyanus misali Alman müziğinin de kollarında buldu Sabahattin.

Tatil günlerinde bazen arkadaşlarıyla, arada bir Melahat'la ve daha çok da yalnız, pantolonu mutlaka ütülü, fötr şapkası formunda, kravatı gayet güzel bağlanmış olarak, konser salonlarının yolunu tutuyordu.

Berlin'e çok yakın olmanın verdiği imkânla, Wagner tarafından bestelenmiş birçok eserin icra edildiği konserler izledi Sabahattin.

Alman edebiyatının olduğu kadar müziğinin de derinlerinde dolaşmaya başladı.

***

Gurbette olanlar memleketleriyle yatar, memleketleriyle kalkar. Akıllarında hep, geride bıraktıklarının zihinlerine kazınmış fotoğrafları vardır.

Özellikle de aşklarının!

Gece boyu gözüne uyku girmeyen, sabaha karşı daha yeni sızmışken yeniden uyanan Sabahattin, işkenceye daha fazla dayanamayıp yatağından çıktı. Kalın birkaç kazağı üst üste giyip çalışma masasının lambasını yaktı.

Kararını vermişti. Osmanlıca olarak ve yeşil mürekkepli dolmakalemiyle özene bezene temize çektiği şiirlerini, karşılık alamadığı aşkına hediye edecekti.

"Ne büyük bir aşk ya Rabbim" diye adeta inledi.

Defterinin ilk sayfasına "Nahit'e"[12] yazdı.

Öğlen tatilinde okuldan çıkacak, defterini o aralar Ankara'da öğretmenlik yapmakta olan büyük aşkına gönderecekti.

Masa lambasının ışığında, günün ilk ışıkları penceresinden sızana kadar elindeki defterle oyalandı genç adam.

"Kurbağanın Serenadı", "Köprünün Çocukları", "Buruşuklar", "Oyuncaklar" ara başlıkları koyarak birbirinden ayırdığı dört bölümlü şiir defterini, çantasına yerleştirdi.

Ne büyük bir aşktı bu!

Karşılıksız ama büyük!

Henüz on dokuz yaşındaydı o tarihte Nahit Hanım. Güzel mi güzel, akıllı mı akıllıydı.

Böyle olunca, beyler etrafında pervaneydi.

Yozgat'a gitmeden önce İstanbul'da âşık olmuştu Nahit'e Sabahattin. Aşkını ilan etmiş, olumsuz cevap almıştı.

Yozgat'tan da dünya kadar mektup yazmıştı ama sonuç değişmemişti.

Yenilgisini, "Servet-i Fünun'da Bir Macera" başlığı altında yayımladığı bir şiirle ifade etmişti genç adam.

Tıraşını olurken, bu şiirin ilk dörtlüğünü yüksek sesle tekrar etti:

---

12. Nahit Gelenbevi Fıratlı Damar: 1909-2002 yılları arasında yaşadı. Edebiyat çevrelerinde çok bilindik bir isimdir. *Yaprak* dergisinin çıkmasında katkıları oldu. Evinde gerçekleştirdiği "cuma sofraları" ile dönemin yazar çizerlerini bir araya getirdi. İki kez evlendi. İlk evliliğini ünlü eğitimci Halil Vedat Fıratlı, ikincisini şair Arif Damar'la yaptı. İki evliliğinin arasında şair Orhan Veli'yle dillere destan bir aşk yaşadı. Veli'nin, Nahit Hanım için yazılmış *Yalnız Seni Arıyorum* isimli, mektuplardan oluşmuş bir kitabı var. Nahit Hanım, o dönemin efsanevi kadınlarından biridir. Samet Ağaoğlu bir kitabında ondan "Rönesans gibi kadın" diye söz etmiştir. Cemal Süreya ise "Bin dokuz yüz yirmi üç gibi kadın" ve "Cumhuriyet gibi kadın" benzetmelerini yapmıştır. Yine Süreya'nın, Nahit Hanım'la ilgili olarak "Küçük burjuva duyarlılığının anası" diye bir benzetmesi vardır.

"Neticesiz bir aşka verdim gençliğimi
Ne ufak bir temayül ne de bir iltifat gördüm.
Önünde yalvararak söylerken sevdiğimi
Gözlerinde yüzüme inen bir tokat gördüm."

Bu tokadın etkisi hâlâ sürdürmekteydi.

Evet, tam anlamıyla karşılıksız bir aşktı genç adamın yaşadığı. Gayet iyi farkındaydı. Ama aşktı işte.

Planını uygulamakta kararlıydı Sabahattin.

Kahvaltısını bitirdi, öğleden önceki derslerine girdi ve ardından postanenin yolunu tuttu.

Dünya kadar emek verdiği çalışmasını Nahit'e gönderdi.

***

Zaman süratle akadursun, eldeki kuşun daldaki kuştan daha iyi olduğunu düşünerek, Melahat'la ilişkisini hiç kesmedi genç adam.

Nahit'in eline güzellikte, cazibede ve daha birçok şeyde su dökemeyecek olsa da ulaşılabilir yakınlıktaydı Melahat.

Aldığı özel izinlerle genç kızı okulundan çıkartıyor, birlikte etrafı dolaşıyor, Postdam'ın kafelerinde onunla ahbaplık ediyordu.

Her karşılaşmalarında, birbirlerine öğrendikleri yeni "şey"lerden bahsediyorlardı.

Tabii ki daha çok Sabahattin konuşuyor, Melahat dinliyordu.

***

O gün de okulun önünde, her zaman olduğu gibi elinde bir kitapla karşıladı Melahat'ı genç adam.

Derhal "Yakışıklı Türk'le çıkıp çıkmadığını sordular mı arkadaşların?" diye sordu.

Daha önceki buluşmalarından birinde söylemişti bunu Melahat. Gerçekten de arkadaşları, o dışarıya çıkarken, "Yakışıklı Türk'ün mü geldi?" diye soruyorlardı her seferinde.

Buluşmalarının birinde, Melahat'ın ağzından kazayla çıkmış olan bu "yakışıklı Türk" lafı, genç adamın gönlünü fena halde okşamış, diline dolamasına yol açmıştı.

"Hay söylemez olaydım" dedi Melahat, sorusuna cevap beklemekte olan Sabahattin'e.

"Evet yine, yakışıklı Türk'le çıkıp çıkmadığımı sordular."

Ama bu kez kararlıydı genç kız. Havalara girmesine izin vermeyecekti Sabahattin'in.

Hemen "Hangi kitabı okumaya başladın?' dedi, elindeki kitabı işaret ederek.

Genç adamın "yakışıklı Türk" lafının keyfini sürmesine engel olmuştu.

"Rilke'nin[13] bir kitabı" diye cevaplamak zorunda kaldı Melahat'ın bu sorusunu Sabahattin.

***

Bir kafeye oturduklarında, şapkasını çıkarıp yandaki sandalyeye koydu, piposunu özenle doldurdu ve yaktı. Sonra peltek peltek anlatmaya koyuldu genç adam.

"Rilke'yi mutlaka okuman lazım Melahat. Ama okurken hayatını da incelemelisin. Bu muhteşem insan bana, hayat felsefesi olarak benimsemeye karar verdiğim bir düşünce aşıladı. Sana ondan söz etmemi ister misin?"

13. 1875-1926 yılları arasında yaşadı. Alman lirik şiirinin en önemli temsilcilerinden.

Melahat, arkadaşının yüz halinden, alabildiğine ciddi olduğunu anladı. Arada bir yaptığı gibi "etme", "söyleme", "sorma" diyerek şaka yapmasının o özel anla bağdaşmayacağını düşündü.

"Seni dinliyorum" dedi ve ciddi olduğuna vurgu yapmak için, elindeki kahve fincanını masaya koydu, dinleme vaziyeti aldı.

"Melahat, ancak muhteşem hayatlar yaşayan insanlar muhteşem yapıtlar ortaya koyarlar. Rilke tam da bu sözleri doğrular bir hayat yaşamış. Ailesinin, özellikle de annesinin etkisi, Prag'la ilgili çocukluk anıları, sevgilisiyle birlikte gerçekleştirdikleri Rusya, İskandinavya gezileri ve özellikle de Rodin'le[14] Paris'te geçirdiği günler..."

Konuşmasının bu noktasında durakladı Sabahattin.

Melahat onun, kendini Rilke'nin yerine koyduğunu düşündü.

Anlaşılan, genç adam bu ünlü yazarın hayat deneyimini içselleştirmeye çalışıyordu.

Bu arada sönmüş piposunu tekrar yaktı, soğumuş kahvesinden bir yudum aldı ve konuşmasına masanın üzerindeki kitabı işaret ederek kaldığı yerden devam etti Sabahattin.

"Mesela şu *Das Stundenbuch*. *Saatler Kitabı* diye mi çevirmeliyim yoksa *Dua Saatleri Kitabı* mı demeliyim bilemedim. Şair, kitabının daha ilk bölümünde, bir Tanrı imgesi yaratmaya çabalıyor. Allah'ı evrenin dışında değil parçacıklarında aramamız gerektiğini söylüyor..."

Her zaman olduğu gibi, uzun uzun anlattı düşüncelerini. Vahdet-i vücuttan girdi, tasavvuftan çıktı...

Sonra cebinden başka bir kitap çıkardı ve masanın üzerindeki *Das Stundenbuch*'un üzerine koydu.

Nefes çekmeyi unuttuğu için sönmüş olan piposuna uzanırken, Melahat kitabı eline aldı ve kapağı okudu.

---

14. 1840-1917 yılları arasında yaşayan ünlü Fransız heykeltıraş.

Buddenbrooks, Thomas Mann[15] dedi ve "Ne demekse?" diye söylendi.

Sabahattin, "Ailenin soyadı" dedi gülümseyerek piposundan birkaç okkalı nefes çektikten sonra ve yeniden başladı konuşmaya.

"Yazarın, Lübeck'li olan kendi ailesinin serüveni. Baştan sona tam bir hiciv. Mann bu kitapta Buddenbrook ailesinin dört kuşak boyunca, adım adım nasıl zengin olup nasıl çöktüğünü yazmış. Bir yandan burjuvazinin başarı kazanma azmi, kazandığı paraya sahip çıkma dürtüsü, öte yandan bilgiyi sahiplenmeye dair arsızca arzu... Her şeyi o kadar yalın ve içeriden anlatmış ki Thomas Mann... Aristokrasinin defterinin dürülmesiyle ortaya çıkan bu yeni sınıfın sanata verdiği değeri nasıl övmüşse, kötü alışkanlıklarını, lükse düşkünlüğünü, görgüsüzlüğünü de o ölçüde yermiş... Yermek ne kelime, yerden yere vurmuş..."

Konuşmasının bu noktasında biraz duraksadı genç adam.

Sonra merak içinde "Mann neden bu kadar başarılı biliyor musun Melahat?" diye sordu arkadaşına.

Genç kız son derece duru bir biçimde "Hayır" deyince, kitabını okumakta olduğu yazarın başarısının nedenini şöyle açıkladı Sabahattin:

"O kadar içinde yaşıyor ki... Böyle olunca, hiçbir şey sonradan öğrenilmiş gibi durmuyor, birilerinin aktardığı bilgiyi tekrarlıyormuş gibi gelmiyor..."

Sabahattin anlattıkça anlattı.

Melahat bıraksa belli ki devam edecekti.

Genç kız bütün cesaretini takındı ve kolundaki saati işaret etti. Okula dönme zamanı gelmişti.

---

15. 1875-1955 yılları arasında yaşayan Thomas Mann, *Buddenbrook Ailesi* isimli kitabıyla ünlendi, 1929 yılında Nobel Edebiyat Ödülü'nü kazandı. Yirminci yüzyıl Alman edebiyatının en bilinen ismidir.

Hesabı ödeyip yola koyuldular Melahat ve Sabahattin.

Genç adam anlatmaya yürürlerken de devam etti. Bu kez, ünlü yazara başka bir açıdan yaklaşmayı seçmişti.

"Bak Melahat, Almanya'nın da bütün öteki ülkelerin de yazın serüvenlerini geçmişten geleceğe bir çizgi üzerinde değerlendirmek lazım. Thomas Mann, Alman edebiyatının son durağı. Adam daha yaşıyor. Bizden sadece otuz iki yaş büyük. Yani çağdaşımız."

Genç adam heyecan içinde düşüncelerini dile getirirken "Ben onlardan biri neden olmayayım?" der gibiydi.

Arkadaşının ne demek istediğini gayet iyi anlamıştı Melahat. Ciddiyetle "Sen de yazsana Sabahattin" dedi.

Sabahattin "Yazacağım ama çok erken" diye cevapladı genç kızı.

Almanya'ya gelirlerken trende söylediği sözleri tekrarladı.

"Şimdi çok okuyup çok görerek biriktirmem lazım."

***

Buluşmalarının sonu yaklaşırken suskunlaştı Sabahattin.

Melahat da içine döndü.

Bir ara göz göze geldiler.

Genç kız "Ne var?" diye sordu.

Sorusuna hiç de beklemediği bir cevap alacaktı.

"Galiba sana âşık oluyorum Melahat."

Ne diyeceğini bilemedi genç kız.

"Ya öyle mi?" filan gibi birkaç kırık cümle kurmaya çalıştı.

Biraz sustuktan sonra "Evlenmeyi hiç düşünmüyorum Sabahattin" dedi arkadaşını mümkün olduğunca az üzecek bir ses tonuyla Melahat.

Esasen aklında, kendileri gibi dil öğrenmek için Avrupa'ya açılmış bir başkası vardı.

Kaldı ki, Sabahattin onun ne tipiydi ne de tarzı.

İyiydi, hoştu ama söz konusu bir hayatı paylaşmak olunca, Melahat kendini Sabahattin'le bir arada düşünemezdi bile.

***

Melahat'ı okuluna bıraktıktan sonra, uzunca bir süre sokaklarda başıboş dolaştı genç adam.

Nahit'e duyduğu ilgiye karşılık bulmuş olsaydı, tabii ki etmezdi bütün o lafları.

O olmayınca, hayatında başka birisinin olması gerektiğini düşünmüş, eksikliği doldurmak için ilanıaşk etmişti Melahat'a.

"Ne kadar aptalım!" diye azarladı defalarca kendi kendini.

Üstelik, geri çevrilmişti.

Ayaklarına karasular ininceye kadar arşınladı karanlık sokakları.

Ve çaresizlik içinde, okuluna geri döndü.

***

Sarsılmış da olsa, kitaplardan oluşan dünyasına geri dönmekten başka çaresi yoktu.

Okulun en sakin yerlerinden biri olan kütüphanede, neredeyse kendiyle özdeşleşmiş köşesine çekildi.

Önünde kocaman bir sözlük, elinde kendinden sadece yirmi dört yaş büyük olan Kafka'nın *Der Prozess* isimli[16] kitabı vardı.

"Ne yazık, yayımlandığını görememiş" diye düşündü kitabı incelerken.

---

16. Dünyanın en özgün yazarlarından biri olan Kafka 1883-1924 yılları arasında yaşadı. *Der Prozess* (Dava) isimli eseri ölümünden bir yıl sonra yayımlandı.

O anda, ünlü yazarın onlarca öteki eserinin de, tıpkı *Der Prozess* gibi ancak ölümünden sonra yayımlanabildiğinin farkında değildi.

Kitabın girişinde 1914-1915 arasında yazıldığını okuyunca "Demek..." diye düşündü. "Bir kitabı insanlara ulaştırmak o kadar da kolay bir iş değilmiş. Kafka gibi bir yazarın kitabının yayımlanması bile on yıl sürdüyse..."

Söz konusu on yılın, savaşlarla ve özellikle Almanya açısından büyük bir altüst oluşla geçtiği geldi aklına.

Sonraki günlerde, bir Yahudi olduğu için Kafka'nın eserlerinin Almanya'da uzunca süre yasaklı olduğunu öğrenecek ve yine şaşıracaktı.

Der Prozess'i okurken, not defterine Wertheim'dan yenisini almış olduğu yeşil mürekkeple "suç, özgürlük, yabancılaşma, sorumluluk, otoriteye karşı çıkma" gibi kavramları not aldı.

Bütün bu kavramların Türkçe karşılıklarını buldu, karşılarına yazdı.

Dört

Sabahattin 15 Ocak sabahı gülümseyerek uyandı.

Gece boyu düşünmüş ve sonunda, İstanbul'a postalayacağı mektuba yazacağı son cümleyi bulmuştu.

Yatağından kalktı, karmakarışık odasındaki dağınık masasının başına geçti ve yeşil mürekkepli dolmakalemini eline alıp, mektubunun son satırını yazdı.

"Bu tutanağın kimlere okutulacağı, Pertev Naili Molla'nın oyuna bırakılmıştır..."

Yeniden başa döndü ve yazdıklarını gözden geçirdi.

Anlattıkları on beş gün öncesine aitti ve o günden bu yana tatlı bir sarhoşluk içindeydi.

Yeni yıla sürpriz bir partiyle girmiş ve etkisinden henüz çıkamamıştı.

***

Tam da 1929'un bitip 1930'un başlayacağı gün, Berlin'deki elçilikten Potsdam'daki okuluna doğru yürürken, kahvehanelerin, barların, lokantaların haddinden fazla kalabalık olduğu çekmişti dikkatini. Sorup soruşturmuş, herkesin o akşam gerçekleşecek kutlamalar için hazırlık yaptığını öğrenmişti.

Kendini pek de fazla ilgilendirmediği düşüncesiyle okuluna doğru yürümeyi sürdürürken, kasabanın tüm çanları aynı anda çalmaya başlamıştı.

Sonradan "Amma gürültü!" diye tarif edecekti, on üç sayfalık *Mufassal Cermen Seyahatnamesi*'nde bu gürültüyü:

> *"Tarifi kalem ile edilmez, bir adet 'Sahibinin Sesi' gramofon gereklidir."*

Derken evlerin, kahvelerin, lokantaların kapıları açılmış, kasabada yaşayan herkes neredeyse yarı çıplak ve sarhoş yürüyüşe geçmişti.

Sabahattin merakına yenik düşerek katılmıştı arasına kalabalığın.

Onun gibi maceracı ruhlu birinin, asla kaçırmaması gereken bir durumdu yaşanmakta olan.

Bilgilerini artırmanın peşinde, kıyamet günü misali bir yürüyüş tutturmuştu çevresindekilerle birlikte Sabahattin.

Gözü etraftaydı. Özellikle cinsi latif olanlarda.

Şöyle tarif edecekti, sonradan kaleme alacağı günlükte bu hali genç Sabahattin:

> *"Lakin bir kızlar dolaşırdı ki insan bu kıyamet cenneti manzarasını seyretmekten kendini alamazdı. Havai fişekler, ateşten yanıp tutuşan patlayıcılar..."*

Yürümeyi sürdüredursun, tavırları ve kıyafetlerinden asil bir aile olduklarını hissettiği bir grup kızın da aşırı sarhoş ve çok kahkahalı olduklarını görünce, şaşırıp kalmıştı.

"Avamları hadi neyse de bunların elitleri de bir tuhaf" diye söylenmişti.

Kızların, çıplak kollarını ağır ağır yağmakta olan kara vererek dolaşmalarından mest olmuştu.

Potsdam'ın delikanlılarının bu kızları her buldukları yerde öpüp koklamadan bırakmamalarından da alabildiğine etkilenmişti.

Birden arkasından biri dürtmüş ve Sabahattin'in tabiriyle "Yılbaşın mübarek ola!" demişti. Tabii Almanca olarak söylemişti güzel kız bu sözleri.

Genç adam dönüp baktığında, kumral saçları ve ışıldayan gözleriyle etrafa ışık saçan bir huri görmüş, şaşırmıştı.

Huri, aynı sözlerle bir kez daha yılbaşını kutlamıştı Sabahattin'in nutkunun tutulduğunu görünce.

Aniden, yanında bu sevimli kızla yürür olmuştu genç adam.

Eli ayağına dolaşmış, o heyecanla "Was ist das?" diye sormuştu.

Güzel kız ve etrafındakiler "Bu yeni yıl değil mi?" diyerek gülüşmüşlerdi.

Sabahattin'in kendilerinden olmadığını anlayınca hep birlikte "Yabancı mısınız?" diye sormuşlar ve hemen ardından "İtalyan mısınız?" demişlerdi.

Türk olduğunu öğrenen ilerilerdeki bir adam kopup gelmiş, boynuna sarılmış ve "Biz birlikte savaştık" diyerek yanaklarından öpmüştü.

Az sonra, kızlar bir parkta kucağına oturmuş, birer buse almışlardı Sabahattin'den. Gayriihtiyari kelime-i şahadet getirmişti genç adam.

Aklını başına devşirmiş "Siz çok alkol almışsınız" demeye yeltenmiş, kızlar çok az içtiklerini söylemişlerdi.

"Tam da aşırı sarhoşların yaptığı gibi sarhoş olmadıklarını iddia ediyorlar" diye düşünmüştü Sabahattin.

Zilzurna sarhoş kızlara, "muhteşem" Almancasıyla, içki içmenin iyi bir şey olmadığını uzun uzun anlatmaya çalışmıştı çok gerekiyormuş gibi.

Kızlar ise, en cilveli halleriyle genç adamın al al olmuş yanaklarından öpmüş, kahkahalar savurmuşlardı.

Ayrılık zamanı geldiğinde, Sabahattin kızlara bir daha nerede buluşacaklarını sormuştu.

Kızlar birbirlerine bakıp elleriyle Katolik kilisesini göstermişlerdi.

Serde çapkınlık vardı ve hiçbir çapkın erkek sadece mekânla yetinmez, mutlaka zaman da sorardı.

Sabahattin de tam öyle yapmıştı.

"Yarın akşam" demişti kızlar yine birbirlerine bakmış ve tabii kıkırdamışlardı.

Ertesi akşamı iple çekmişti genç adam.

Kızlar gelmemişti.

***

Epeydir peşinde koştuğu Maria Puder olmasaydı belki kafasına takabilirdi bu yenilgiyi genç adam.

Neyse ki "Yirmi Sekiz" lakaplı hoş Alman kızı Maria'yla flört ediyordu o aralar. Bu nedenle keyfi fazla kaçmadı.

O gece, elleri boş olarak soğuk yatağına dönerken, sevgili Maria'sını düşünüp *Sonny Boy* isimli filmin[17] şarkısını mırıldandı:

---

17. 1929 yılında Warner Bros. tarafından çekilen filmin yönetmenliğini Archie Mayo yaptı. Başrolleri Davey Lee, Betty Bronson paylaştı. Müziğini Louis Silvers'ın yaptığı filmde "Sonny Boy" isimli parçayı Al Jolson seslendirdi. Bu parça yıllarca sinemasever ve müzikseverlerin dillerinden düşmedi.

"When there are gray skies
I don't mind the gray skies
You make them blue Sonny Boy."[18]

Hemen ertesi gün Fraulein Puder'le bir buluşma ayarladı. Yine birlikte doladılar Sonny Boy'u dillerine. Film üzerine de konuştular.

"Sonny Boy'un annesi, kavgalı olduğu eşinin çocuğunu kaçırıp başka bir yere götüreceğinden endişe etmektedir... Bu düşüncesini kız kardeşiyle paylaşır... İki kardeş duruma bir çözüm ararken korktukları olur... Çocuk ortadan kaybolur... Sonunda çocuğun kimseye söylemeden sinemaya gittiği anlaşılacaktır..."

***

İyi ve kötü, güzel ve çirkin, güçlü ve zayıf, umut ve umutsuzluk birbirlerinin ikiz kardeşidir...

Sonny Boy'la duygulanan dünya, bir yandan da yeni ve korkunç bir savaşa hazırlanıyordu.

Almanya için için kaynamaya başlamıştı. Büyük harpten yenilgiyle çıkan Almanlar, içine düştükleri onur kırıcı durumu ve feci ekonomik koşulları bir türlü kabullenemiyorlardı.

Versailles Antlaşması'yla silahlı kuvvetlerin mevcudu yüz bine indirilmiş, ağır ve stratejik silah kullanmayacakları imza altına alınmıştı.

Bu sadece askeri değil aynı zamanda ekonomik zorluk da demekti.

---

18. *"Gri bulutlar olduğunda*
Kafama takmam
Sen onları maviye boyarsın Sonny Boy."

Ordudan zorunlu olarak terhis edilenlerle, iş alanları daraldığı için işsiz kalanlar birleşince, kahvehaneler insanla dolup taşmaya başlamıştı.

Üstelik, dünya kadar da toprak kaybetmişti Almanya. Bu da ekonominin, her geçen gün biraz daha zorlanacağı anlamına geliyordu.

Ve tabii en önemlisi, galip devletlerin, savaş zararlarının faturasını Almanya'ya kesmiş olmasıydı. İlk çıkartılan hesaba göre, başta ABD olmak üzere yenen ülkelere 269 milyar altın para, yani Goldmark ödemek zorundaydı Almanlar. Bu da ekonomisi dibe vurmuş Almanya'nın tümden ölüm fermanı anlamına geliyordu.

Esasen, her şey tam da ekonomi kitaplarının yazdığı gibi oluyordu. Savaşı izleyen yıllarda önce enflasyon, ardından işsizlik gelmişti.

Tarih kitaplarına "1929 Dünya Ekonomik Bunalımı" olarak kaydedilen krizle birlikte, Almanya'nın toplumsal ve iktisadi hayatı iyice kâbusa dönüşmüştü.

Savaş öncesinde borç veren bir devlet olan Almanya, savaş sonrasında borç almaya başlamıştı.

Alman gençliği her şeye, özellikle de milli olmayan, yabancı olan ne varsa hepsine, topyekûn ateş püskürüyordu.

Beş

Önünde tamamlanmayı bekleyen bir iş, Sabahattin'de de çalışma azmi olunca, bir yıl çabuk geçti.

Kısa sürede Almancayı öğrendiğinden, dört yıllık eğitiminin geri kalanını tamamlamak üzere Berlin-Wilmersdorf'taki Joachimstahler Gymnasium'a geçti.

Sabahattin'in yeni okulu Prusya geleneğine sıkı sıkıya bağlı, Alman aristokrat ve askerlerinin çocuklarını gönderdiği aşırı disiplinli bir okuldu.

Gelenekçiliğiyle ünlü okul, genç adama kışla gibi göründü.

Kalkış yatış saatleri ve saniyesi boşa geçirilmeyen dersler biraz canını sıktıysa da üzerinde durmadı.

Genç Sabahattin öğrenmeye sevdalıydı ve bu sayede, günler yıldırım hızıyla geçiyordu.

***

Sabahattin'in okuduğu Joachimstahler Gymnasium, Almanya'nın aynası gibiydi. O dönemde okul tıpkı Almanya'nın bütünü gibi fokur fokur kaynar olmuştu.

Kısa ve uzun ders aralarında, hafta sonu faaliyetlerinden artakalan vakitlerde ve öteki fırsat bulunan her boşlukta, okulun her köşesinde ekonomi, politika ve memleketin durumu konuşuluyordu.

Gençler "insanlığın en yüksek değerinin ırk olduğunu" ağızlarına sakız yapmış, "ırkların eşit olmadığını" tekrarlar olmuşlardı. Okulda bulunan tüm Alman kökenli öğrenciler, mensubu bulundukları ulusun köklü bir uygarlık geçmişine sahip olduğu düşüncesindeydi. Büyük uygarlıkları da ancak üstün ırklar kurabilirdi.

Gençler ne şekilde düşünürse o şekilde konuşur. Üstelik yüksek sesle.

Ve bir kere bu tür konuşmalar yapılmaya başlanırsa, olacak olan en baştan bellidir. En kısa zamanda, var olan kötü durumdan bir çıkış yolu bulmak için kollar sıvanır.

Tüm Almanya'da olduğu gibi Joachimstahler'in öğrencileri de ülkelerinin içinde bulunduğu acınılası durumdan nasıl kurtarılacağını tartışıyor, çıkış yolları bulmaya çalışıyordu.

Süregiden fikir tartışmaları giderek alevlenmeye, içinde bulunulan maddi baskı ve manevi eziklik hezeyana dönüşmeye başladı.

Sabahattin ve okulda bulunan öteki yabancı öğrenciler gidişatın gayet iyi farkındaydı. Belli ki bu gidişin ucu bir gün gelip kendilerine de dokunacaktı.

***

Almanya'da sadece üniversitelerde değil, fabrikalarda, sokaklarda, kahvehanelerde de durum farklı değildi.

Kendiliğinden gelişen her konuşma, her toplantı kısa zamanda alevleniyor, iş, ekmek, adaletli gelir dağılımı istemine dönüşüyordu. Ve sonunda, siyasal iktidarın önüne talepler listesi olarak konuluyordu.

Düne kadar Avrupa'nın en güçlüsü olan ülke, gelecekte de en güçlü olmanın hayalini kuruyordu.

Nasyonal Sosyalist Parti, işte tam da böylesi bir ortamda, bir alternatif olarak çıktı toplumun karşısına.

Alman milliyetçileri ayrıca, Nasyonal Sosyalist Parti'nin önerilerinin önünde en büyük engelin Yahudiler olduğunu düşünüyordu. Üstelik, bu yeni bir durum değildi.

Nasyonal Sosyalist Parti tek düşmanla da yetinmiyor, sosyal demokrat, komünist, öteki ülke halkları, iç ve dış düşmanları da birbiri arkasına sıralamakta tutukluk göstermiyordu.

Bu söylemlerle de gençlerin önünde yeni bir umut kapısı olma yolunda süratle ilerliyordu.

***

Nasyonal Sosyalist Alman İşçi Partisi'nin başkanlığını 1921 senesinde üstlenen Adolf Hitler'e ait "nasyonal sosyalist ideoloji" Almanlar tarafından her geçen gün biraz daha fazla benimsenmeye başlamıştı.

Bu ideolojinin en önemli çıkış noktası ise etnik milliyetçilikti. Bu akım adım adım Alman olmayan herkesi tehdit eder hale dönüşme yoluna girmişti.

Başlangıçta Yahudi düşmanlığı olarak gelişen hareket, ilerleyen günlerde anti-kapitalist ve anti-Marksist söylemlerini de dillendirmeye başlayınca, özellikle orta sınıf tarafından her geçen gün daha fazla desteklenir oldu.

28 Mayıs 1928'de oyların yüzde 2,6'sını alan Hitler'in partisi, büyük bir şevkle 14 Eylül 1930'da gerçekleşecek genel seçim-

lere[19] hazırlanıyor, bunun için üniversiteler dahil olmak üzere toplumun bütün kesimlerinde çalışmalar yapıyordu.

***

O gün, sokakta gerçekleşen eylemden dönen Nazizm yanlısı gençler okulun bahçesine girdiklerinde, Sabahattin birkaç öteki Türk öğrenciyle Almanya'da ender rastlanan nisan güneşinin keyfini çıkarıyordu.

Okulun ana kapısından hiddetli bir giriş yapan gençlerden biri, Türk öğrencilerin önünden geçerken "Bu parazit Türkleri buradan kovmalı" deyince Sabahattin'in tepesi attı ve seslendi:

"Biz sizin hükümetinize hükümetimiz tarafından verilen parayla okuyoruz. Sözlerini geri al!"

Sabahattin'in ağzından çıkan bu sözler üzerine ortalık bir anda sessizleşti. Tüm gözler, az önce içinde "parazit" sözcüğü de geçen cümleyi kurmuş olan Alman gence çevrildi.

Nefesler tutulmuş, iki taraftan da öğrenciler, Alman gencin sözünü geri alıp almayacağına odaklanmıştı.

Genç Alman "Sözümü geri almıyorum!" diye efelenmeyi sürdürünce, Sabahattin kendinden geçti ve karşısındakinin suratına okkalı bir tokat yapıştırdı.

Ortalık karıştı.

Doğal olarak, kavga okulun disiplin kuruluna intikal etti ve karar tam da beklendiği gibi Sabahattin'in aleyhinde çıktı.

Okulun müdüriyeti Alman hükümetine, Türk öğrenci Sabahattin'in okulda sorun çıkardığını ve istenmediğini bildiren bir yazı gönderdi.

---

19. Bu seçimlerde Nasyonal Sosyalist Alman İşçi Partisi oyların yüzde 18,3'ünü aldı ve parlamentodaki sandalye sayısını 12'den 107'ye çıkarttı.

Aynı yazı, gereğinin yapılmasını da içeren bir ön yazıyla Türkiye Başkonsolosluğu'na gidince, Sabahattin'in bileti, yurda gidecek ilk tren için kesildi.

Genç adamın Aralık 1928'de başlayan Almanya serüveni, Mayıs 1930'da sona ermiş oldu.[20]

---

20. Sabahattin Ali'nin Almanya'dan dönme nedeniyle ilgili rivayet muhtelif. Mesela Almanya'daki arkadaşlarından Melahat Togar'a göre, okul Türk öğrencinin "komünizm propagandası yapmasından" rahatsız olmuştu. (Bkz. F. A. Laslo ve A. Özkırımlı tarafından kaleme alınan *Sabahattin Ali* isimli kitap.) Yazarın yeğeni Reşit M. Ertüzün de *Sabahattin Ali Olayının Gerçeği* isimli kitabında "babasının, Maarif Vekâleti'ndeki bir dostundan farklı bilgiler aldığını" üstü kapalı olarak anlatıyor.

Altı

Sabahattin tam da tahmin ettiği gibi, Pertev'i İstanbul Üniversitesi'nde, Edebiyat Fakültesi'nin kantininde buldu. İki dost sarmaş dolaş oldular.

"Ne oldu? Ne işin var burada?" dedi önce merak içinde Pertev.

Sabahattin onu "Felaket!" diye cevapladı tek kelimeyle.

Dokunulsa ağlayacak gibi çıkmıştı genç adamın sesi. Gerçekten de büyük bir felaketle yüz yüzeydi.

Büyük umutlar bağladığı, hayatını değiştireceğine inandığı Almanya öğrenimini, bir anlık kızgınlık sonucu kaybetmişti. Genç adam çok pişman olsa da, geri alınamayacak bir sonuca yol açmış, bir anlamda geleceğini berbat etmişti.

Fakültenin kantininde, kavganın nasıl çıktığı üzerine uzun uzun konuştu iki arkadaş.

Sabahattin "Patlattım tokadı" diyordu arada bir iftiharla.

Yine de çektiği ıstırap yüzüne yansıyordu.

Pertev baktı ki edilen her kelime Sabahattin'i üzüyor, en babacan tavrını takınarak "Olan olmuş, ileriye bakalım" diyerek sonlandırdı konuşmayı. Derhal kalktı, "İki çay kapıp geleyim" dedi. Havayı bir anda değiştirmişti genç adam.

"İşte bunun için Molla diyorum ya bu adama" diye düşündü Sabahattin arkadaşı çaylarla gelene kadar.

İyi ki Pertev çay almak için uzaklaşmıştı. Zira, konuyla ilgili tek kelime dahi edecek takati kalmamıştı Sabahattin'in.

Pertev'in henüz sadece yirmi üç yaşında olduğu Sabahattin'in aklına gelmedi o anda. Aslında, kendi de aynı yaştaydı.

Kocaman bir ömür sürdüğünü, dünya kadar gaileyle boğuştuğunu zannediyordu ama henüz sadece yirmi üç yaşında, fidan gibi bir delikanlıydı.

Ve daha önünde, sırtlanıp yürüyeceği kocaman bir hayat vardı!

***

Pertev çaylarla dönünce, bu kez "Sen ne yapıyorsun?" diye sordu Sabahattin merak içinde.

Pertev o yıl mezun olacağını, İstanbul Üniversitesi'nin Türk Dili ve Edebiyatı Bölümü'nde Fuad Köprülü'nün[21] asistanlığını kapmak için uğraştığını anlattı.

İstanbul Erkek Lisesi gibi bir okuldan mezun olduğu için şansı çok yüksekti. Çalışkanlığıyla da hoca nezdinde yerini her geçen gün sağlamlaştırıyordu.

Pertev'i imrenerek dinledi Sabahattin. Tabii ki arkadaşı için her şeyin çok iyi olmasını isterdi.

Elinde olmadan, kendi durumunu Pertev'inkiyle ve Almanya'da geride bıraktığı arkadaşlarınınkiyle karşılaştırdı. Geleceğe dair en küçük bir umudunun kalmamış olmasına daha da içerledi.

Pertev kendi cephesindeki gelişmeleri anlatırken, belli ki bir yandan onun için de düşünmüştü.

21. 1890-1966 yılları arasında yaşayan ordinaryüs profesör. Tarih, siyaset ve edebiyat araştırmaları yaptı. Dışişleri bakanlığı görevinde bulundu.

Lafını tamamlar tamamlamaz "Gidip Yüksek Muallim Mektebi Müdürü Hamit Bey'le görüşelim. Birkaç kez konuşmuşluğum var. Senin için yapabileceği bir şey olup olmadığını soralım" dedi.

***

Sabahattin ve Pertev, Hamit Bey'in yanına doğru giderken, yol boyu Türkiye'nin, özellikle de İstanbul'un edebiyat hayatından söz ettiler.

Konuşmalarının ağırlık noktası, Pertev'in fırsat buldukça Almanya'ya gönderdiği *Resimli Ay* ve Nâzım Hikmet'in bu dergi için yazdığı yazılardı.

Resimli Ay'da yazmaya başladığından itibaren bir yıldız olmuştu genç Nâzım. Bütün meclislerde onun şiirleri okunuyor, herkes kaleminin ne kadar kuvvetli olduğundan söz ediyordu.

Pertev aniden durdurdu arkadaşını ve "Dinle" dedi.

"jokondun kollarına üç adım kala
yetişti çan-kay-şi'nin celladı.
parladı
pala...
kesilen bir et kırılan bir kemik sesi.
yuvarlandı ayağının dibine
kana bulanmış sarı bir güneş gibi
si-ya-u'nun kellesi..."[22]

Bir şey söylemek istedi, söyleyemedi Sabahattin. Nutku tutuldu. Zorlanarak "Ben bunu okumamıştım" diyebildi.

22. Nâzım Hikmet *Şanghay ve Koşinşin Türküleri*'ni önce *Resimli Ay*'da yayımladı. Kitap, 1929 yılında, Akşam Matbaası'nda *Jokond ile Si-Ya-U* ismiyle basıldı.

"Çünkü..." dedi arkadaşı. "Sana henüz gönderemediğim sayıdan bu. Tam gönderecektim ki sen geldin."

Sabahattin "Tekrar oku" dedi.

Pertev bir daha okudu, çok uzun olduğu belli olan şiirin aynı bölümü.

Sabahattin yüksek sesle şiiri çözümlemeye çalıştı.

"*La Jacond*'dan[23] söz ediyor. Leonardo'nun ünlü tablosu. Nedense Jokond demiş. Okunduğu gibi yazmayı tercih etmiş olmalı. Çan-Kay-Şi ise Çan-Kay-Şek, Çin'de komünistleri inim inim inleten ünlü milliyetçi lider... Si-Ya-U nedir acaba?"

Biraz daha düşündü, "Yok..." dedi. "Bunun mutlaka bir hikâyesi olmalı."

İki arkadaş tekrar yürümeye koyuldular.

Bir ara Sabahattin mahcup bir edayla "Ben de bir şeyler karaladım Almanya'da" dedi.

Arkadaşının eşelemesi üzerine, müsait bir zamanda *Resimli Ay*'a gideceğini, çalışmasını Nâzım Hikmet'e göstereceğini söyledi.

Pertev'den gizlisi saklısı yoktu genç adamın. Almanya'ya gitmeden önce de yazmak istediğini defalarca söylemişti can dostuna. Bazı mektuplarında üzerinde çalıştığı konulardan, hatta yazdığı şiirlerden de söz etmiş, bazılarını onun aracılığıyla *Resimli Ay*'a iletmişti.

Gönderdiği şiirlerden hiçbiri yayımlanmamıştı o güne kadar. Anlaşılan yayımlanmaya değer bulunmamıştı. Yine de umudunu kesmemişti. Dünya kadar şairin, hikâyecinin, romancının eserlerinin onlarca yıl yayımlanmayı beklediğini gayet iyi biliyordu.

***

---

23. Leonardo da Vinci'nin, Paris'te Louvre Müzesi'nde bulunan ünlü resmi. İngilizcede *Mona Lisa* olarak bilinir. Resmedilmiş olan, Francesco del Giocondo'nun eşidir.

Yüksek Muallim Mektebi Müdürü Hamit Bey iyi kalpli, gençlere yardımcı olmaya çalışan bir adamdı. Mütevazı odasında, Sabahattin'i dikkatle dinledi. Delikanlının Almanya macerasının yarım kalmış olmasına sahiden üzüldü.

Genç adamın maddi açıdan da zorluk içinde olduğunu, bir gün bile çalışmama lüksünün bulunmadığını öğrenince, meseleyi ciddiyetle masaya yatırdı.

Öncelikle, Sabahattin'in yaz maaşlarını alabilmesi için derhal bir okulda öğretmenliğe başlaması gerektiğini akıl etti ve "Çocuklar siz biraz bekleyin" diyerek iki genci yalnız bıraktı.

İki arkadaş Hamit Bey'in getireceği haberi beklerken, Sabahattin derhal bulundukları odayla Almanya'daki emsalleri arasındaki farkları anlatmaya koyuldu.

Konuşmasının bir yerinde "Okuduğum okulun müdürünün odası, bu odadan milyonlarca kez ihtişamlıydı" dedi.

Haklıydı genç adam. Derme çatma birkaç eşyayla döşenmiş bir odaydı Yüksek Muallim Mektebi müdürünün makamı. Tıpkı, çiçeği burnunda Cumhuriyet'in bütün öteki makam odaları gibi. Sadece eğitimde değil, mülkiye, adalet, askeriye ve akla gelebilecek bütün öteki kurumlarda, fedakâr insanlar, dibe vurmuş bir ülkeyi küllerinden yeniden yaratmaya çalışıyorlardı.

Sabahattin'in aklının almadığı bir önemli mesele vardı. Pertev'le paylaştı derdini.

"Almanya da savaştan çıktı, biz de savaştan çıktık. Nedendir bu memleketin bunca fakirliği Pertev Molla?"

Pertev kestirmeden gitti.

"Onlar savaşa girmeden önce muasır medeniyet düzeyini yaratmak için çaba gösterirken, biz bırak yaratmayı, yakalamayı filan, nasıl yaparız da sermayeyi daha çabuk tüketiriz diye uğraşıyorduk. Nedeni işte bu!"

Haklıydı.

Az sonra Hamit Bey güler yüzle girdi kapıdan içeriye. Arkadaşlarıyla istişarede bulunmuştu. Bir çözüm önerisinde ve bir de tavsiyede bulundu:

"Elde bulunan en yakın yer, Bursa Orhaneli, senin yerinde olsam, derhal çıkarım yola."

***

Neşesiz girdikleri Yüksek Muallim Mektebi Müdürü Hamit Bey'in odasından gülümseyerek çıktı iki genç.

Merdivenleri hoplaya zıplaya inerlerken, karşılarına çok hoş bir hanım çıktı.

Pertev hemen durdu, elini uzatıp "Nasılsın Ayşe?"[24] diye sordu.

Sonra Sabahattin'i bu genç ve güzel kızla tanıştırdı, Almanya macerası da dahil olmak üzere genç adamla ilgili bildiği ne varsa bir çırpıda sayıp döktü.

Sabahattin'e de Ayşe'yi anlattı. Erenköy Kız Lisesi'nin 1928 mezunlarından olduğunu, Yüksek Muallim Mektebi'nin henüz birinci sınıfında okuduğunu, çalışkanlığıyla göz doldurduğunu söyledi.

Pertev kendiyle ilgili konuşurken Ayşe renkten renge girdi. Kızın bu hali pek hoşuna gitti Sabahattin'in.

Ayşe yanlarından ayrılır ayrılmaz "Pertev Naili Molla" dedi Sabahattin. "Söyle bakalım, bu kızı nereden tanıyorsun ve asıl önemlisi bir ilgin var mı?"

---

24. Ayşe Sıtkı (İlhan), 1912-2008 tarihleri arasında yaşadı. Sabahattin Ali'nin kendine yazdığı mektupları, 1991 yılında *İki Gözüm Ayşe* başlığı altında, kitap olarak Ataol Yayıncılık tarafından yayımladı.

Arkadaşının Ayşe'yle özel olarak ilgilenmediğini öğrenince içi rahatlamıştı genç adamın. Hemen itiraf etti aklından geçenleri.

"Biliyor musun Pertev. Ben galiba Ayşe'ye âşık oldum. Hemen yarın okulunun önüne gidip adresini alacağım. Ayaküstü düşüncelerimi anlatamam. İzin verirse ona yazmak istediğimi söyleyeceğim."

Pertev hiç şaşırmadı Sabahattin'in bu haline. Sabahattin'di işte. Cemaziyülevvelini[25] bilirdi arkadaşının.

Tayini Yozgat'a çıkmadan evvel yine Erenköy Kız Liseli bir kıza, Nahit'e âşıktı. Ne şiirler yazmıştı bu aşkıyla ilgili. Almanya'dan yazdığı mektuplarda ise Melahat diye inleyip durmuştu. Öte yandan, Maria Pudler'e ne kadar âşık olduğunu da anlata anlata bitirememişti mektuplarında.

Neredeyse adımını İstanbul'a attığı ilk gün, önüne çıkan ilk kıza âşık oluvermişti Sabahattin yeniden.

Pertev "Dostum..." dedi sırtını sıvazlayarak Sabahattin'in. "Bana kalırsa sen âşık olmayı seviyorsun."

25. Bir halk deyişi. Olumsuzluk ifade eder ve "geçmişini gayet iyi bilmek" anlamına gelir. Hicri takvime göre de, yılın beşinci ayıdır.

Yedi

İstanbul'dan Bursa'ya doğru yelken açmadan önce, yapılacak birkaç önemli işi vardı genç adamın.

Öncelikle *Resimli Ay*'a uğrayacak, çalışma dosyasını Nâzım'a verecek, bu arada onunla tanışma fırsatını bulacaktı.

Çok beğeniyordu Nâzım'ın yazdıklarını. Herkesin ondan bahsediyor olması da hoşuna gidiyordu. Her şeyden önemlisi ise şairin bir dava adamı olmasıydı. Eğilmeyen, bükülmeyen, doğruyu olduğu gibi söyleyen kişiliğine çok değer veriyordu Sabahattin Nâzım'ın.

Yayınevine gidince hem belki Sertellerle de tanışırdı. Sabiha ve Zekeriya Sertel'in fedakârlık abidesi yaşamlarını her zaman imrenilesi bulmuştu Sabahattin.

Yapması gereken işlerden biri de Salih[26] amcasını ve Hayrünnisa yengesini ziyaret etmekti. İstanbul'a her geldiğinde mutlaka ziyaret ederdi büyük teyzesinin oğlu Salih amcasını. Erenköy'de bir köşkleri vardı ve Sabahattin kendilerini ziyaret ettiğinde çok mutlu oluyordu Başotaç ailesi.

***

26. Salih Başotaç, Sabahattin Ali'nin babasının teyzesinin oğludur. Uzunca bir dönem Gülhane Hastanesi'nin baş eczacısı olarak görev yaptı.

Almanya dönüşünün ilk gecesinde arkadaşı Pertev'in evinde kaldı genç adam.

Hemen ertesi sabah, içinde Almanya'da yazdığı hikâye bulunan dosyayı kaptı ve soluğu, ustası olarak gördüğü Nâzım Hikmet'in redaksiyon[27] yaptığı yazıhanede aldı.

Bu yazıhane de tıpkı bir gün önce ziyaret ettiği Yüksek Muallim Mektebi Müdürü Hamit Bey'in ofisi gibiydi. Her yer derme çatma eşyalarla donanmıştı. Tahta iskemleler, kırık dökük iki yazı masası, düzgün kitaplıklar olmadığı için sağa sola savrulmuş kitaplar...

"Kim bilir..." diye düşündü Sabahattin. "*Resimli Ay*'ın benzerlerini Almanya'da yayımlayan editörler, hangi konfor düzeyinde yaşıyorlardır?"

***

Kendini tanıttı Sabahattin.

Nâzım Hikmet'in odasında, ünlü şairin yanı sıra derginin patronlarından Sabiha Sertel de vardı. Bir taşla iki kuş vurmuş oldu genç adam.

Her şeyi bir solukta anlattı. Almancadan çeviriler yapıyor, şiirler yazıyordu.

"Bir de..." dedi. "Size okumanız için bir hikâyemi getirdim."

Dosyasını Nâzım'a uzatırken kalbinin daha çok çarptığını hissetti. Elleri de titriyordu zaten.

Sabiha Hanım ve büyük şair heyecanını fark etmesinler diye, dosyayı masanın üzerine koyar koymaz elini geri çekti. Her daim ütülü pantolonunun cebine soktu.

---

27. Yazılmış bir metni, gerekli düzeltmeleri yaparak, yayına hazır hale getirme.

İçinde daktilo edilmiş, hayatını ormandan kazananlarla ilgili bir hikâye bulunan dosyayı Nâzım'ın önüne koyar koymaz, büyük şairin hemen okuyup okumayacağını merak etti.

Soracak mecali yoktu haliyle.

Teşekkür etti ve ayrıldı *Resimli Ay*'ın yazıhanesinden.

Yol boyu "Si-Ya-U'nun hikâyesini soracaktım, dilim tutuldu, soramadım" diye içi içini yedi.

***

Sabahattin'den sadece beş yaş daha büyük ama ünü tüm Türkiye'ye yayılmış olan Nâzım, önündeki dosyayı Sabahattin kapıdan çıkar çıkmaz açtı.

"Bir Orman Hikâyesi" başlıklı çalışmayı dikkatle okudu.

"Gayet iyi..." dedi, sanki bir mücevher bulmuş gibiydi şair.

Sabiha Hanım'a "Bunu hemen Zekeriya Bey'e göstermeliyim" diyerek, elinde dosyayla harekete geçti.

"Biraz önce bir genç geldi ya hani..." dedi Zekeriya Sertel'e. "Çok değerli bir çocuğa benziyor."

Önce biraz Sabahattin'in daha önce gönderdiği ve yayımlamaya değer bulmadığı şiirlerinden söz etti. Sonra "Bu farklı" dedi masanın üzerine koyduğu dosyayı işaret ederek. Ardından, düşüncelerini Zekeriya Bey'le paylaştı.

Nâzım'a göre, Sabahattin'in orman işçilerinin hayatını anlatıldığı hikâye Alman romantizminin etkisi altında yazılmıştı ama konu ve içerik bakımından Türk edebiyatında bir yenilik oluşturuyordu. Ayrıca, sadece bu hikâyeyi okuyarak bile Sabahattin Ali'nin yetenekli bir yazar olduğunu anlamak mümkündü.

Zekeriya Sertel de hikâyeyi okudu.

Deneyimli gazeteci ve yazar, dergisinin yeni kalemi Sabahattin Ali'nin ilk hikâyesi için önündeki çizelgede uygun bir yer aradı.

Sabahattin bilmese de, hikâyesi 7 Eylül'de yayımlanacak sayıda okuyucuyla buluşacaktı.

Sekiz

Sabahattin, tahta bavuluyla ayrıldı cuma günü akşamüstü Pertev'in evinden.

Hafta sonunu Erenköy'de akrabalarında geçirecek, sonra Bursa'ya doğru yola çıkacaktı.

"Yaz" diye bağırdı arkasından Pertev.

"Sen de" diye karşılık verdi arkadaşına Sabahattin.

***

Cuma günü akşamüstü çaldı Erenköy'deki köşkün kapısını genç adam.

Her zamanki gibi büyük bir izzet ve ikramla karşılandı Salih amcanın evinde.

Yemek masasında Almanya'da olup bitenler konuşuldu. Hem Salih amca hem de Hayrünnisa yenge çok üzülmüştü.

Neyse ki Bursa'da kendine bir öğretmenlik bulmuştu Sabahattin. Ailenin büyükleri olarak kulağını biraz çektiler.

Salih Bey tatlı sert bir adam olduğu için, biraz kafası dağılsın diye evin oğlu sayılan deniz subayı Muhittin'e emanet etti yeğeni Sabahattin'i.

Hayrünnisa Hanım'ın kardeşi olan Muhittin her hafta olduğu gibi evci çıkmış, eniştesini ve kardeşini ziyarete gelmişti.

Hafta sonunu iki genç birlikte geçireceklerdi.

Çevre köşklerde yaşayanları gayet iyi tanıyordu Muhittin. Hafta sonlarını hep Başotaçların evinde geçirdiği için, etrafta yaşayan gençlere aşinaydı.

***

Henüz mayıs ayında olduklarına filan aldırmamış, mayolarını ve havlularını alarak çıkmışlardı.

Çeşitli kapıları çaldı ve köşklerin gençlerine "Yüzmeye gelen var mı?" diye sordu Muhittin.

Oluşturulan küçük grupla, ağaçlıklar arasında kalan sokaklar geçilerek sahile ulaşıldı.

Sabahattin denize, güneşe ve iki hafta sonra yapılacak yarışlara hazırlanan yelkenlilere hayran kaldı.

Etrafındaki insanlar ve kentin bu yakası, kuşkusuz geride bıraktığı Almanya'nın sosyal ve ekonomik seviyesini rahatlıkla yakalıyor hatta geçiyordu bile.

Herkes kendine bir köşe bulup mayosunu giydi, hep birlikte denize girildi.

İyi yüzen, atletik vücuda sahip Muhittin tabii ki kızların gözdesiydi.

Sabahattin de biraz yüzdü, sonra bir kenara çekildi, kitabına daldı. Hepsi de genç ve güzel kızlarla yakışıklı delikanlılardan oluşan neşeli grubun içinde sanki biraz ayrıkotu gibi kalmıştı.

Onun kenara çekildiğini gören Muhittin, yanına gelip okuduğu kitabın ne olduğunu sordu.

"Bir Alman yazarın romanı" dedi Sabahattin, söylemedi bile kimin kitabını okuduğunu, biraz "Sen ne bilirsin?" edası takınmıştı.

Alıngan değildi genç subay. "Bırak şimdi kitabı Sabahattin" dedi. Belli ki çok sıkı tembihlenmişti evdekiler tarafından.

Geri çevirmedi iyi niyetli genç subayı Sabahattin. Elindeki kitabı bir kenara bıraktı ve ötekilere ayak uydurdu. Yüzdü, güldü, eğlendi.

Salih amcanın sahibi olduğu iki köşkten küçük olanı kiraya verdiği ailenin kızı ne kadar da güzeldi öyle. On beş yaşında ya var ya yoktu.

Tabii ki onun da gözü, tıpkı bütün öteki kızlar gibi, deniz subayı Muhittin'deydi.

Gözünün içine bakıyordu küçük kız Muhittin'in. Bakmak ne kelime, gözünü bir an için bile olsun ayırmıyordu ondan.

O kadar çok eğlendiler ki, dönüşe koyulduklarında hava kararmıştı.

Sabahattin, eline tutuşturulan fenerin ışığında fark etti komşu kızı Aliye'nin lacivert gözlerini.

Ne olurdu sanki bu güzel sarışın, Muhittin'le ilgilendiğinin onda biri kadar kendiyle ilgilense. Üzüldü enikonu.

***

Pazartesi çabuk geldi.

Konağın çalışanları tarafından temizlenmiş, itinayla ütülenmiş elbiseleri, tiril tiril gömlekleriyle yola çıktı genç adam.

Dokuz

Pertev'i, *Resimli Ay*'ı ve Salih amcasını ziyaret etmiş, Bursa'ya ulaşmıştı.

Bu sayede cebine öğretmen maaşı girecek, yaz aylarını harçlıksız geçirmeyecekti.

Bursa'dayken, Gazi Eğitim Enstitüsü tarafından açılan Almanca yeterlilik sınavını kazandı.

Bakanlığın planlamasına göre, 1930-1931 öğretim döneminde Aydın'da Almanca öğretmenliği yapacaktı.

***

Çabucak gelen yaz tatilinden istifade, arkasına bile bakmadan Bursa'yı geride bırakıp İstanbul'a kaçtı genç adam.

Pertev'e onunla birlikte kalıp kalamayacağını sordu. Aldığı cevap tabii ki olumluydu.

Ve kısa zamanda, *Resimli Ay* dergisinin müdavimi oldu.

Kendini yeterince rahat hisseder hissetmez "Çok merak ediyorum şu Si-Ya-U'nun gerçek hikâyesini" dedi Nâzım'a. Ve ekledi: "Biliyorum bin kere anlatmışsındır ama kısaca da olsa, bir kere de bana anlatır mısın?"

Nâzım'ın gözlerine hüzün düştü.

Si-Ya-U'nun Moskova'dan arkadaşı olduğunu söyledi önce.

Biraz duraksadı ve masalsı bir ifadeyle anlattı Jokond ile Si-Ya-U'nun hikâyesini.

İyi arkadaşıydı Çinli Si-Ya-U. Moskova'da çok güzel günler geçirmişlerdi. Sonra yolları ayrılmış, kendi Türkiye'ye gelmiş, Çinli arkadaşı da Paris'e gitmişti. Louvre'da tanışmıştı Jokond'la. Defalarca gitmiş, her ziyaretinde biraz daha âşık olmuştu Si-Ya-U güzel kadına.

Hikâye bu ya, aşkı karşılıksız kalmamıştı Si-Ya-U'nun. Jokond da genç Çinliye âşık olmuştu.

Devrimci Si-Ya-U, Paris'te gerçekleşen 1 Mayıs törenlerinde gözaltına alınmış ve sınır dışı edilerek Çin'e gönderilmişti.

Dayanamamıştı Jokond bu duruma. Çerçevesinden atlamış, tek boyutlu olarak Si-Ya-U'nun peşine takılmış, Çin'e gitmişti.

Anlattıkça hüzünleniyordu Nâzım. Her kelimesiyle, hikâyesini gerçeğe biraz daha yaklaştırıyordu.

Sabahattin de onunla birlikte, Jakond'un sahiden tablonun içinden fırlayıp genç Çinlinin arkası sıra Çin'e gittiğine inandırdı kendini.

Sonra olanlar olmuştu işte!

Nâzım'ın Moskova'dan arkadaşı, canı gibi sevdiği devrimci Si-Ya-U'nun boynu, zorba Çan-Kay-Şek'in bir adamı tarafından vurulmuş, sarışın güzel başı Jokond'un ayaklarının dibine yuvarlanmıştı.

Gerisini biliyordu hikâyenin Sabahattin. Nâzım'ın tabiriyle Jokond'un boyut kazandığını, kendini Si-Ya-U'nun davasına adadığını, sevgilisinin yolundan gidip girdiğini biliyordu.

"Ve..." dedi koca şair son söz olarak. "Hayatı yakılarak son buldu Jokond'un."

Bir süre konuşmadı Sabahattin ve Nâzım.

Havayı dağıtmak görevini koca şair üstlendi.

"Hep yapmaya çalıştığım gibi, bildiğimiz şiiri aşan bir şey olsun istedim. Oldu mu olmadı mı bilmem. Bildiğim bir şey varsa, o da sanatta, şiirde güzellik kendi başına bir anlam taşımaz. Bir manası olmalı güzelliğin."

***

Nâzım'la yaptığı konuşmayı günlerce zihninde evirip çevirdi Sabahattin.

Resimli Ay'ın yazıhanesi, ofisi olmanın ötesinde bir anlam ifade etmeye başladı genç adama.

Haftanın en azından üç gününü derginin yazıhanesinde, Nâzım Hikmet'in de içinde bulunduğu yazarlar kadrosuyla geçirmeye, giderek işlerin ucundan tutmaya başladı.

Sabahattin'in İstanbul'un aydın çevrelerine girmesi de hiç zor olmadı.

Batı görmüş, dil bilen, eli kalem tutan, üstelik sempatik bir kişiliğe sahipti. Girgin ve konuşkandı. Her zaman temiz ve bakımlı kıyafetleri, tel çerçeveli gözlüğü, ağzından düşürmediği piposu ve yeşil mürekkepli dolmakalemiyle, gayet hoş bir genç entelektüel görüntüsü çiziyordu.

***

İlk karşılaştıklarında Zekeriya Bey'e "Upton Sinclair'in *Petrol* isimli romanından çok etkilendiğini, eğer bir sayfası bile doğruysa kapitalist sistemin baştan sona sorgulanması gerektiğini" söylemiş, sözlerini şöyle sürdürmüştü:

"Hatta mümkünse yok edilmelidir!"

Dünyada ve Türkiye'de, bu tür söylemlerin giderek arttığı bir döneme giriliyordu.

Rusya'da Ekim Devrimi gerçekleşmiş, dünyanın her yerine, başarıdan başarıya koşan farklı bir siyasal sistemin de var olabileceğine dair haberler yayılmaya başlamıştı.

Büyük harbin yarattığı boz bulanık ortamdan sonra sular artık durulmaya, toplumların temel taşları olan sosyal sınıflar kendilerini göstermeye ve onları temsil eden siyasal düşünceler belirginleşmeye başlamıştı.

Düşünce insanları da konumlarını ve meselelere neden bulundukları noktalardan baktıklarını tam olarak tarif etme çabası içine girmişlerdi.

Akıllı ve bilgili bir genç olan Sabahattin Ali, Almanya'da başından geçen hazin olayın da tesiriyle, kendine en uygun olan "yol"u seçmekte gecikmedi.

Zekeriya Sertel'e yönelik kurduğu dört kelimelik ama büyük cümle de zaten bunun bir işareti sayılmalıydı.

Bu arada *Resimli Ay* da değişim geçiriyordu.

Dergi, büyük ölçüde Nâzım'ın etkisiyle, Sabiha ve Zekeriya Sertel'in en başta çizdikleri rotadan giderek uzaklaşıyor, dünyaya daha soldan bakan bir çehreye bürünüyordu.

***

Resimli Ay'da Nâzım'ın estirdiği rüzgârla başlayan değişimin Zekeriya Bey ve Sabiha Hanım'ın arzuları dahilinde gerçekleştiğinin gayet iyi farkındaydı Sabahattin.

Sabiha Hanım'ın "Liderin Psikolojisi"[28] başlıklı yazısı nede-

28. Ocak 1930'da, Resimli Ay'da yayımlanan bu çeviri yazı, Ankara'nın tepkisini çekmiş, Gazi Mustafa Kemal'in hedef alındığı düşünülerek yazarı hakkında dava açılmıştı.

niyle yirmi yıl hapis cezasıyla yargılandığı dava sürecini daha Almanya'dayken izlemeye başlamıştı. Bu da Sertel çiftinin çekim alanına, onların düşüncelerini ve davranışlarını göz önünde bulundurarak, yani bilerek, isteyerek girdiğinin bir işaretiydi.

Bu çok değerli iki insan, dergilerinin sayfalarını tıpkı Batı'daki aydınlar gibi hiçbir kıskançlığa kapılmadan öteki aydınlara açıyorlardı. Kendi yazılarının yanı sıra, dergilerinde yazan öteki ilerici yazarların sorumluluklarını da korkmadan, çekinmeden üstleniyorlardı.

Genç adam, yakınında durduğu derginin yaşanmakta olan hayata ve hâkim siyasal düşünceye karşı aldığı tavırla iftihar ediyor, Sertellerle Nâzım'ın ayak izlerini takip etmeye çalışıyordu.

Özellikle de şiirleriyle...

***

Ta ki bir dergi toplantısında, Nâzım "Bırak artık bu şiir işçiliğini Sabahattin, romana yönel" diyene kadar.

Sabahattin, ağabeyi gibi gördüğü Nâzım'ın bu cümlesi üzerine gece gündüz kafa yordu.

Acaba becerebilir miydi roman yazmayı?

1930 yazı, ufuklarını açmıştı genç Sabahattin'in.

Ağırlıklı olarak *Resimli Ay*'ın yazıhanesinde, kısmen de Nâzım'lı ya da Nâzım'sız Sertel ailesinin sofralarında çok ama çok şey öğreniyor, dağarcığına her gün yeni bilgiler ilave ediyordu.

Sanat ve edebiyat bilgisinin yanına siyaseti de ekliyor, dünyaya her geçen gün biraz daha soldan bakmaya başlıyordu.

***

Sabahattin, içini çekerek, "Birkaç ay içinde İstanbul'u bırakıp Aydın'a gitmek zorunda olmam canımı sıkıyor" dedi Pertev'e.

Galata Köprüsü'nden geçmek üzere Yüksek Kaldırım'ın merdivenlerinden[29] aşağıya doğru iniyorlardı. Biri *Resimli* Ay'ın yazıhanesine, öteki Beyazıt'a Edebiyat Fakültesi'ne gidiyordu.

Sabahattin'in ceplerinde köprüyü geçmek için bozuk para arandığını gören Pertev "Boşuna kendini yorma, köprüyü geçerken artık ücret ödemeyeceğiz" dedi.

"Doğru ya" diye cevapladı arkadaşını genç adam. "Yetmiş yıl süreyle, dünya kadar verginin yanı sıra, bir de her geçişte köprüye para ödemiş olan İstanbullular, bundan böyle Galata Köprüsü'nü babalarının malı gibi kullanabilecekler. Yaşasın."

Pertev arkadaşının sözlerinden eleştirel bir hava almıştı. Aslında tanıdı tanıyalı böyleydi Sabahattin. Yine de *Resimli* Ay çevresine girdikten sonra, eleştirel tavrında gözle görülür bir artma olmuştu.

Gözlemlerinde yanılmadığını çok geçmeden anlayacaktı genç Pertev.

---

29. 1956 yılında, Yüksek Kaldırım'ın muhteşem taş merdivenleri söküldü ve marifetmiş gibi boydan boya asfalt döküldü.

On

İstanbul'dan ve *Resimli Ay* çevresinden ayrılmayı hiç istemese de, Sabahattin okulların açılmasıyla birlikte soluğu Aydın'da aldı. Okuluna, öğretmen arkadaşlarına ve öğrencilerine dört elle sarıldı.

Henüz çocuk gibi görünmesine rağmen, dünya görmüşlüğü ve zengin bilgi dağarcığıyla okulda tatlı bir meltem havası estirdi.

Öğretmenler, *Resimli Ay* gibi ünlü bir dergide öyküsü yayımlanmış genç meslektaşlarıyla arkadaşlık etmekten zevk duyuyor, öğrenciler de kendilerine akranmış gibi davranan sıra dışı genç öğretmenin gözüne girmek için normalin üzerinde çaba sarf ediyordu.

Sabahattin, biraz da esmekte olan bu hoş rüzgârdan yararlanarak açıksözlü davranmayı, düşüncelerini sansürsüzce paylaşmayı seçti.

Sertel ailesi ve Nâzım'ın başındaki belalara birinci elden tanık olan bir insanın, üstelik mesleği memuriyetse, dikkatli davranması gerektiğini akıl etti ama dert etmedi. "Neyim var kaybedecek zincirlerimden başka?" edasıyla, istediği gibi, tam da içinden geldiğince konuştu.

Genç öğretmen çok geçmeden dikkatleri üzerine çekecekti.

O tarihlerde, Türkiye çok kritik bir dönemeci geride bırakmak için çaba gösteren bir ülkeydi ve herkes bilir ki, ülkelerde geçiş dönemleri hiç de kolay yaşanıp bitmez.

Böyle dönemlerde, iktidardakiler ya da onlara yaranmaya çalışanlar kelle alma çabasına girerken, ötekilerse postlarını tek parça tutabilmenin derdine düşerler.

***

Herkesin her gün yeniden farkına vardığı gibi imparatorluk yanmış, küllerinden çiçeği burnunda yeni bir Türk devleti doğmuştu.

Çok büyük fedakârlıkların ve muhteşem bir çabanın ürünü olan genç Türkiye Cumhuriyeti, Mudanya ve Lozan'da imza attığı antlaşmalarla, harici düşmanlarla mücadelesini büyük ölçüde tamamlamıştı.

Tarihe altın harflerle kaydedilen büyük Kurtuluş Savaşı sonrasında, Anadolu halkıyla boğazlaşmayı sürdüremeyeceğini anlayan İngilizler, tası tarağı kısa zamanda İstanbul'dan ve Trakya'dan da toplamış, arkalarına bile bakmadan çekip gitmişlerdi.

Ülkeyi yönetenler, aradan henüz on yıl bile geçmediği için olsa gerek, iç düşmanlarla, bir başka deyişle "dahili bedhahlar"la[30] hesaplarını henüz görmüş gibi hissetmiyorlardı.

Sadece Menemen Olayı[31] bile, yeni devlete düşman olanların kör testere elde beklediklerinin bir göstergesi olarak değerlendirilmeliydi.

Buna karşılık, Türkiye Cumhuriyeti'ni kuran kadro da kendi

30. Kötü niyetli, demek. Atatürk'ün *Gençliğe Hitabe*'sinde söylediği ünlü söz: "İstikbalde dahi, seni bu hazineden (Türkiye Cumhuriyeti O. B.) mahrum etmek isteyecek dahili ve harici bedhahların olacaktır..."

31. 23 Aralık 1930'da, İzmir'in Menemen ilçesinde, şeriat isteyen bir grup ayaklandı. Askerliğini bölgede yedek subay olarak yapmakta olan öğretmen Mustafa Fehmi Kubilay'ın da katledildiği bu olaydan sonra, bölgede sıkıyönetim ilan edildi. Kurulan Divan-ı Harp Mahkemesi, olayda rol alan şeriatçıların bir kısmını idam cezasına çarptırdı.

çizdiği siyasal çizgiyi ve sosyal düzen projesini bir milimetre bile saptırmadan uygulamak niyetinde, hatta azmindeydi.

Bunu, yeri her geldiğinde göstermekten imtina etmiyor, emsal teşkil etsin diye, Cumhuriyet aleyhinde sarf edilen her sesi, her nefesi olabildiğince yüksek perdeden bastırıyordu.

1920 yılında kurulan, kapatılan ve tekrar kurulan İstiklal Mahkemeleri, kurucu önderlerin, tamamlamak zorunda oldukları "iş"e "sıfır tolerans"la kilitlendiklerinin en önemli göstergesiydi.

O yıl, yani Cumhuriyet'in kuruluşundan yedi sene sonra gerçekleşen Menemen Olayı'na verilen cevabın şiddeti, bu düşüncenin, yumuşamaksızın sürdüğünün bir göstergesi olarak değerlendirilmeliydi.

Bir başka deyişle, Türkiye Cumhuriyeti'ni kuran ve yönetmekte olan önderler, kendilerini halihazırda birer devrimci, yönetimlerini de "devrim hükümeti" olarak görüyor, aleyhte gelişen her davranışı "karşıdevrimci" olarak değerlendiriyordu.

Yönetim erkini elinde bulunduranlar açısından bakıldığında, olup bitenler kuşkusuz çok anlaşılırdı.

Hükümetin kimi uygulamalarını benimsemeyenler açısından ise, genç Türkiye Cumhuriyeti, antidemokratik infaz kurumlarıyla donatılmış diktatörlükten başka bir şey değildi.

Sadece, on yıl önce vazgeçilen şeriatı, yani dini hukuk sistemini geri döndürmek isteyenler değildi yeni yönetim tarzına diş bileyenler.

Kuzeyde giderek serpilmekte olan Sovyet Sosyalist Cumhuriyetleri Birliği'ni doğru yönetim modeli olarak görenler de, içinde yaşadıkları ülkenin haldeki durumunu hiç mi hiç beğenmiyor, baskıcı buluyorlardı.

***

Aydın'da enikonu sosyalist bir kimliğe bürünmüştü Sabahattin. Etrafındaki öğretmenlerle kimliğini ifade ederek konuşuyor, biraz yakın bulduklarını kendi gibi düşünmeleri yolunda ikna etmeye çalışıyordu.

Sadece aynı okulda ders verdiği öğretmenlere değil, rastladığı herkese sosyalizmin erdemlerini anlatıyor, Türkiye'de uygulanmaya çalışılan siyasal sistemin özellikle de ezilen sınıfların yaşam koşullarını değiştirmeyeceğinden dem vuruyordu.

Sabahattin, *Resimli* Ay'ın ya da dergiyi yayımlayanların bir tür Aydın şubesi olmuş gibiydi.

Bu arada arkadaşlarının hepsiyle yazışıyor, düşüncelerini onlarla da paylaşıyordu.

***

Yazışmayı sürdürdüklerinden biri de Almanya'ya giderken yolda arkadaş olduğu, gurbetteki günlerinin büyük bir çoğunluğunu birlikte geçirdiği Melahat'tı.

Melahat hasta olduğu için Türkiye'ye dönmüş, İzmir Kız Lisesi'nde Almanca öğretmen vekilliği yapmaya başlamıştı.

Sıklıkla düşünüyordu Melahat'ı Sabahattin. Almanya'da okulunun önüne gidişi, birlikte kahvehanelerde oturmaları, sohbetleri aklına gelince kendini kötü hissediyordu.

Böyle zamanlarda, Melahat'a olan ilanıaşkını çok beceriksizce, hatta küstahça buluyordu.

Aydın'da henüz bir kız arkadaş edinememişti Sabahattin. Yazıştıklarından Nahit daha ilk zamanlarda kestirip atmış, "Olmaz, unut benimle birlikte olmayı" demişti.

İstanbul'da öğrenimini sürdüren Ayşe ise özenle uzak duruyordu "aşka meşke" dair konuşmalardan.

Neyse ki Melahat dönmüştü işte geriye. İzmir'le Aydın'ın arası şuncacık mesafeydi.

"Olur mu olur" diye böldü düşüncelerini. Hemen postaneye gidip bir telgraf çekti Melahat'a:

"Hafta sonu geliyorum stop. Sabahattin stop."

Hafta sonunu zor etti genç adam. Neyse ki sayılı gün çabuk geldi.

Minik bir çanta hazırladı ve İzmir'in yolunu tuttu.

On Bir

Sabahattin arkadaşını ziyarete giderken, Berlin ve Potsdam günlerine geri döndü.

Çok güzel bir kız sayılmazdı Melahat. Almanya'dayken ilişkileri daha çok arkadaşlık düzeyindeydi.

Bir ara açılmıştı Sabahattin Melahat'a. Ama istediklerini tam olarak söyleyememişti. Dün gibi hatırlıyordu ne dediğini:

"Galiba sana âşık oluyorum Melahat."

Ne saçma bir cümleydi bu böyle! Tekrarladıkça yüzü kızarıyordu Sabahattin'in. İlanıaşk hiç böyle mi edilirdi? "Pat" diye, damdan düşer gibi.

Bugün düşündüğünde, hiç yakıştıramıyordu bu sözleri kendine genç adam.

Sonra olanlar olmuş, İstanbul'a dönmek zorunda kalmıştı. Melahat'la ilişkisi de kendiliğinden rafa kalkmıştı böyle olunca.

Neyse ki genç kız da Türkiye'ye dönmüştü. Birbirlerine arada bir yazıyor, kendileriyle ilgili bilgi veriyor, fikir alışverişinde bulunuyorlardı.

***

İzmir'e ziyarete giderken, Almanya'da kendi okulundan, bisikletle Melahat'ın okuluna gidişini hatırladı Sabahattin.

Şimdi sakin kafayla gözden geçirdiğinde, esasen sorunlu bir kız olduğunu düşünüyordu Melahat'ın.

Babası siyasi bir cinayet nedeniyle on beş yıl hapis yemiş, bu arada kendini savunan avukatıyla evlenmişti.

Melahat'ın yatılı okula gidip öğretmen olmak istemesinin arkasında yatan neden en çok da buydu. Babasının annesine ihanet etmiş olması.

Çok çalışkandı. Piyano çalıyordu.

Sabahattin, Melahat'la birlikte konserlere gittiği günleri hatırladı.

Sabahattin'e göre, arkadaşı Almanya'da kendini çok zayıf hissetmişti. Alman kızlarıyla arkadaşlık tesis edememiş, okulun ve yatakhanenin soğuk, sıkıcı atmosferinden aşırı derecede rahatsız olmuştu.

Desteksiz, terk edilmiş gibi hissetmişti kendini.

Kaderin tokadını yemiş olanlara özgü bir çekingenlik, kapalılık içine girmişti.

Genç adam İzmir yolunda, Melahat'ın hastalanıp Türkiye'ye dönmesinin arkasındaki asıl büyük nedenin yalnızlık olabileceğini düşündü.

***

Sabahattin, Melahat'ı İzmir Kız Lisesi'nde buldu. İki eski dost birbirlerine sıkı sıkı sarıldılar. İkisinin de gözleri doldu.

Sonra birlikte çıkıp Sevim Pastanesi'ne[32] gittiler. Uzun uzun Sirkeci'den kalkan trenle Berlin'e yaptıkları yolculuğu konuştular. Ne çok üşümüşlerdi ilk gece trende.

---

32. O yılların İzmir'inde, Hükümet Caddesi'nde konumlanmıştı, Ali Galip Bey tarafından işletiliyordu. Elhamra ve Konak sinemalarına gidenler mutlaka uğrardı.

Sonra Berlin'in altını üstüne getirişleri üzerine lafladılar.

Sabahattin "Bak bunu Wertheim'dan almıştım" diyerek cebinden piposunu çıkardı. Özenle doldurdu. Yaktı.

"Almanya'daki gibi güzel tütünler bulamıyorum ama olsun" dedi ilk dumanını savururken. Sonra etrafına bakındı "Hani ne sanatçı var ne politikacı" dedi gülerek.

Melahat anlamıştı arkadaşının ne demek istediğini. O yıllarda Sevim Pastanesi tanınmış insanların rağbet gösterdiği bir mekândı.

Hem ülkenin hem de kentin ortalamasını bir hayli yukarıya çekiyordu pastane. Benzerlerine İstanbul'da, Paris'te filan rastlanır cinsten bir buluşma yeriydi. Üzerleri mermerle kaplı ferforje masaları, zevkli minderlerle bezenmiş yine ferforje sandalyeleriyle bir Batı havası estiriyordu.

İki arkadaş, şık kıyafeti ve hareketleriyle yanlarında biten garsona birer pasta ve limonata sipariş ettiler, bir süre havadan sudan konuştular.

Sabahattin yol boyu düşündüklerini zihninde dolandırıyor, bir kez daha pot kırmamak için, hazırladığı lafları edeceği anı iyi seçmeye çalışıyordu.

Birden aklına bir kadeh bir şey içerek konuşmanın daha uygun olacağı geldi. "Burada kokteyl filan içilebilecek bir yer yok mu?" diye sordu Melahat'a.

***

Melahat ve Sabahattin'in ikinci durakları Kordon'daki Turkuvaz oldu.

Oturur oturmaz iki kokteyl sipariş etti genç adam ve tam da konuya girecekken, Melahat çok tedirgin bir ses tonuyla "Sana bir şey söyleyeceğim" dedi. "Almanya'da bir deniz inşa mühendisi vardı hatırlıyor musun? Onunla nişanlandım Sabahattin."

Anlamış olmalıydı Melahat arkadaşının ne söyleyeceğini. Bu nedenle ondan önce davranmayı seçmişti muhtemelen.

Berbat bir durumdu Sabahattin'in yaşadığı. Bozuntuya vermedi.

"İyi etmişsin" dedi.

Melahat şaşırdı, "Şaka değil, sahiden nişanlandım!" diye tekrarladı.

Sabahattin de tekrar "İyi etmişsin" dedi. Bu kez tonlaması biraz alaya kaçmıştı.

Kızdı Melahat. Küstü hatta.

Oysa, yüzünü düşürmemek için ne büyük bir çaba içindeydi o anda Sabahattin. İçinde kopan fırtınalar, Aydın'dan İzmir'e gelirken zihninin bir köşesine kaydettiği cümleler, hepsi berhava olmuştu.

Geceler boyu düşünmüştü Melahat'ı İzmir'de ziyaret etmeyi.

Ve işte gelmiş, daha sorusunu bile soramadan cevabını almıştı.

***

Melahat, genç adamın "İyi etmişsin" derken yaptığı tonlamaya sahiden üzüldü. Ağlayacak gibi görünüyordu.

Genç adam çözümü şaklabanlığa vurmakta buldu. Çeşitli şakalar yaptı ve sonunda güldürdü Melahat'ı.

Sonra çenesi açıldı genç kızın.

İzmir'e geldiğinde çok kötü durumdaydı, hastalığının çaresiz bir hal alacağından çok korkmuştu. Neyse ki korktuğu başına gelmemiş, ilerlemesi durdurulmuştu.

"Sabahattin..." dedi sonra içtenlikle. "İzmir'e ilk geldiğim günlerde çok fena bir hal geçirmekteydim. Hatta sana müracaat etmeyi çok düşündüm, yazacaktım fakat..."

Çok mahzun anlatıyordu Melahat başından geçenleri. Tam bu noktada, Sabahattin genç kızın sözünü kesti.

"Ne yazacaktın bana?"

Söylemedi ne yazacağını Melahat.

Sabahattin çok ısrar ettiyse de söylemedi.

***

Ayrılık vakti gelmişti. Sabahattin hesabı istedi.

Hesap pusulasını görünce ufak çaplı bir baygınlık geçirecekmiş gibi hissetti. Turkuvaz'da bir kokteylin fiyatı 125 kuruştu.

"Biz bu kadar parayla Ankara'da rakı içip yanında yemek yiyoruz be!" dedi mekânın kapısından çıkarlarken şakacı halini sürdürerek.

Yüzü Melahat'tan ayrılır ayrılmaz değişti Sabahattin'in. Oturmasını geciktirdiği yumru boğazına yerleşti.

İzmir'den Aydın'a giderken, yol boyu Melahat'ı, Almanya'daki başarısız ilanıaşkını, İzmir'de düştüğü berbat durumu düşündü.

Kahroldu.

On İki

Okulların tatil olmasından istifade İstanbul'a gitti Sabahattin. Eşyalarını Salih amcasının Erenköy'deki köşküne koyduktan sonra, ilk işi, kötü haberini aldığı sevgili Melahat'ı Validebağ'da bulunan Öğretmen Hastanesi'nde[33] prevantoryumda[34] ziyaret etmek oldu.

"Neden oldu bu Melahat?" diye sordu genç adam. Arkadaşı cevap vermedi.

Sabahattin ısrar edince hüngür hüngür ağlamaya başladı genç kız. Durmaksızın "Üç yol var" diyor, ağlamaktan bir türlü devamını getiremiyordu. Sonunda teskin oldu ve söyledi üç yolun ne olduğunu.

"Ya deli olacağım, ya intihar edeceğim yahut da bu dert geçecek..."

"Tabii ki geçecek" dedi en inanmış ses tonuyla Sabahattin.

Birlikte bahçeye çıktılar. Yüksek ağaçların altında, kapıya yakın bir sıra bulup oturdular.

Etrafta veremle pençeleşen her yaştan öğretmen vardı. Hepsi, tıpkı Melahat gibi incecik ve sapsarıydı.

---

33. Eğitim tarihimizde önemli yeri olan bu binayı, okuyucular *Hababam Sınıfı*'ndan hatırlayacaklardır. Filmin senaryosunu yazan eğitimci Rıfat Ilgaz da bu binada verem tedavisi görmüştü. Gözbebeğimiz gibi korumamız gereken bina ve içinde bulunduğu Validebağ Korusu, bugün, "tarih yok edicilerinin" pençesinde kıvranıyor.

34. Verem mikrobunu taşıyan ama henüz hastalığa tam olarak yakalanmamış, zayıf kimselerin, önlem amacıyla yatırıldıkları tedavi ünitesidir. Sanatoryumda ise verem hastaları uzun süreli kalırlar.

Korkunç bir savaş geride kalmış, ülke sathında, insanlar sadece düşmanla değil açlıkla da savaşmışlardı.

Bakımsızlığın öteki adı olan verem, ülkenin dört bir yanında kol gezmeye devam ediyordu.

Hükümet, özellikle kıt kanaat geçinmek zorunda kalan insanların yakasını bırakmayan bu illeti yenmek için büyük bir çaba içine girmişti.[35]

***

Sabahattin arkadaşını ziyarete gelirken, yazmış olduğu piyesten bazı parçalar da getirmişti. Birinci ve ikinci bölümlerini okudu Melahat'a.

Genç adam arkadaşının kendini dinleyip dinlemediğinden bir türlü emin olamıyordu. Yine de devam etti.

Az sonra Melahat Sabahattin'i durdurdu.

"Senden bir şey istesem yapar mısın?"

"Elbette" dedi genç adam arkadaşının içtenlikle sorulmuş bu sorusuna karşılık.

"Bir gün sana gelip beni öldür desem yapar mısın? Kendimi, intihar edemeyecek kadar zayıf hissediyorum."

Güler gibi yaptı genç adam. Aklından bin bir düşünce geçti. İçlerinden birini seçti, Melahat'la paylaştı.

"Gel, seninle beraber Türkiye haricine, mesela Suriye'ye falan gidelim. Bu da Türkiye için bizim manevi bir ölümümüzdür. Orada belki yeni baştan yaşamaya başlarsın. Eğer derdin geçmezse böyle yaparız."

---

35. 1931 yılında, veremden ölüm oranı 100 binde 220 kişidir. 2011 yılında bu oran 100 binde 0,2'ye gerilemiştir.

"Olur" diye cevapladı Melahat Sabahattin'i olamayacağına vurgu yaparak.

Genç adam merak içindeydi öte yandan.

Bir kez daha "Peki neden?" diye sordu ve ekledi: "Neden intihar etmek istiyorsun Melahat?"

"Bunu yeryüzünde bir kişiye söylemek mümkün olsa, o bir kişi sen olurdun" diye cevapladı sorusunu arkadaşı.

Sabahattin iyice şaşırdı.

"Birisi tasallutta mı bulundu, gebe misin, nişanlın mı tersledi, iyi olmaz pis bir hastalığa mı yakalandın, şimdiki hastalığın mı seni üzüyor?"

Bütün sorularına "Hayır!" diye cevap verdi genç kız.

"Birisine mi âşıksın? Mesela bana mı âşık oldun?"

"Hayır!" dedi yine Melahat.

***

Üzgün ve şaşkın ayrıldı genç kızdan Sabahattin.

Salih amcanın evine kadar Melahat'ın söylediklerini düşündü.

Ertesi gün normal hayatına devam etti. Çok işi vardı İstanbul'da yapılacak. Ziyaret etmek istediği dünya kadar arkadaşı vardı mesela.

Pertev'i bulup konuşacak, *Resimli Ay*'ın yazıhanesine uğrayıp Nâzım'ı görecekti. Denk getirirse Sertellerle de görüşmek istiyordu.

Ayrıca, kim bilir, belki yazın birlikte denize gittiği sarışın, lacivert gözlü kızı da görürdü.

On Üç

Sabahattin tatilden istifade edip geldiği İstanbul'da, bir sabah gözlerini açıp da polisleri karşısında görünce çok şaşırdı.

O kadar ki "Ayakkabılarını giy gidiyoruz!" denildiğinde[36] "Nereye gidiyoruz?" bile diyemedi.

Sanki dünyanın en doğal işiymiş gibi portmantoya doğru gitti, ayakkabılarını ayağına geçirdi ve "Gidelim" dedi.

"Yok" dediler. "Aydın'a gidiyorsun. Mahkemen orada görülecek. Bavulunu da al."

Öyle yaptı. Bavulunu topladı ve mevcutlu olarak Aydın'a sevk edildi.

Kendini Aydın'a götüren iki polis memuruna yol boyu "Neymiş suçum?" diye sordu defalarca.

Bilmiyorlardı.

***

Geceyi nezarette geçirdi.

Sabahleyin hâkimin karşısına çıkartılınca şaşırdı.

Onunla birlikte öğretmen Baha Bey, öğrenci İzzet, mezun Musa Oğuz, işçi Hüseyin ve makinist Ali Cevat da hâkimin karşısındaydılar.

---

36. Sabahattin Ali'nin hayatındaki bu ilk tutuklama 27 Mart 1931'de gerçekleşti. O günlerde sadece yirmi dört yaşındaydı.

Savcı onu ve ötekileri "Aydın Erkek Sanat Mektebi öğrencilerinin dolaplarına *Kızıl İstanbul*[37] isimli dergiyi koymak ve komünizm propagandası yapmakla" suçluyordu.

Nutku tutuldu genç adamın.

***

Gerçek anlaşılıp da beraat edene kadar, üç ay süreyle Aydın Hapishanesi'nde kaldı Sabahattin.

Aklının bir köşesinde, içeride geçirdiği üç ayı kime, nasıl tazmin ettireceği vardı.

Öyle ya, suçlu bulunmamıştı.

Suçsuz olduğu için "Gerçek anlaşıldı" denilerek salıverilmişti Sabahattin.

Birisi ya da birileri, hata ya da kasıtla ömrünün değerli üç ayını çalmıştı.

Kim verecekti şimdi bu üç ayı geri? Nasıl verecekti? Vermeyi düşünecek miydi en azından?

Doluya koydu almadı. Boşa koydu dolmadı.

Sabahattin, hapisliğin zor zanaat olduğunu öğrenmeye başlamıştı.

***

Vatansever bir yurttaş, bir öğretmen ve sorumluluk sahibi bir aydın olarak, içine güle oynaya daldığı kavganın derinliği ve bu dünyada işlerin nasıl yürüdüğünü anlaması için çok beklemesi gerekmeyecekti.

---

37. Yöneticiliğini Reşat Fuat Baraner'in yaptığı, 1925-1930 yılları arasında yayımlanan, Türkiye Komünist Partisi'nin illegal yayın organı. R. F. Baraner, Atatürk'ün teyzesinin oğludur.

İnsanlara yeni bir yaşam tarzının nimetlerinden söz ediyorsanız, halihazırdakini savunanlardan korkmanız gerekir.

Kendine ve arkadaşlarına haksızlık yapıldığını düşünüyordu Sabahattin.

Böyle olunca, korkmak yerine ateşlenmiş oldu.

Aydın Hapishanesi'ni kendi için bir okul haline dönüştürmüştü içeride kaldığı süre zarfında.

İpten kazıktan kurtulanlar da dahil olmak üzere, etrafındaki herkesi dikkatle incelemiş, bazılarının inanılmaz hayat hikâyelerini belleğinin derinliklerine kaydetmişti.

***

Sabahattin, mahpus damında yatanların öykülerini art arda sıraladığında, hepsinin bir çelişkiden kaynaklandığını keşfetti.

Kötüyle iyinin, zenginle fakirin, ırgatla ağanın, patronla işçinin...

Hapis köşesinde yatan her mahkûmun bir hikâyesi vardı ve temelinde mutlaka bir çelişki bulunuyordu.

Yasa koyucunun çelişkilerin neler olduğunu doğru ve tam olarak tespit etmemesi, yeterli önlemleri almaması halinde, çatışmanın kaçınılmaz olduğunu görmek için âlim olunması gerekmediğini düşünüyordu Sabahattin.

Sözgelimi, eşini seven ve idareniz altında çalışan bir erkeğin karısına göz koyar, onu çeşitli bahanelerle yuvasından uzaklaştırır, ardından erkeği kalmamış bu eve, gücünüzü kullanarak girip çıkmaya başlarsanız, ölüm fermanınızı kendi elinizle yazmış olurdunuz.[38]

Zihninde bu ve benzeri pek çok konuyla tuttu cezaevi çıkışında evinin yolunu Sabahattin.

---

38. Sabahattin Ali'nin *Kuyucaklı Yusuf* isimli romanının arka planı.

Eve döndüğünde Melahat'ın mektubuyla karşılaştı.

İstanbul'dan Almanya'ya birlikte yolculuk ettiği, orada sık sık görüştüğü ve son olarak İzmir'de nişanlandığını duyduğu sevgili arkadaşının satırlarında endişe, hatta panik kol geziyordu:

"Nasıl, muhakeme oldun mu ve ne netice verdi? Fena halde merak ediyorum. Allah aşkına bana derhal bildir. Üzülme kardeşim. Ne yapalım bu da geçer inşallah."

Mektupta merak, endişe, korku ifade eden sözcüklerden daha çok "kardeşim" lafının üzerinde durdu genç adam.

İçinin sızladığını hissetti.

On Dört

Mart ayında tutuklanmış, mayıs ayında salıverilmiş ve bir ay bile geçmeden de okullar tatil olmuştu.

Aydın'da çalışmaya devam etmesi uygun görülmemiş olsa gerek, Sabahattin 1931-1932 öğrenim yılında Konya'ya Almanca öğretmeni olarak gönderildi.

Neyse ki, onunla aynı zamanda Pertev de gelecekti Konya'ya. Ne şans! Sabahattin'in can dostu, kendiyle aynı şehre tayin edilmişti.

***

Sabahattin bir koşu Konya'ya gitti. Okulun yerini gördü ve yakınında bir ev aramaya koyuldu.

Güzelce bir ev buldu. Burada annesi ve kız kardeşiyle birlikte yaşamayı planlıyordu.

Sevinç içinde Edremit'e gitti ve planını ailesiyle paylaştı. Annesi ve kız kardeşi çok sevindi. Derhal eşyalarını toplamaya giriştiler.

Sabahattin, kız kardeşi ve annesi güle oynaya göçtüler Edremit'ten Konya'ya.

Kadınlar evi yerleştirirken, o Edremit'ten gelen masalardan en uygun olanını heyecan içinde odasına taşıdı.

"Oğlum..." dedi annesi Sabahattin masasını düzenlerken. "Önce yatacağın yatağa bir çekidüzen verseydik ya."

Yazmaya başlaması için gereken tüm şartlar hazır olunca, keyfi fazlasıyla yerine gelmişti genç yazarın.

Sabahattin derhal, öğrencileri ve kendi için çok verimli bir yıl olsun diye planlar yapmaya girişti. En azından bir roman, beş altı hikâye ve Nâzım ne derse desin birçok da şiir yazmalıydı.

Dolmakalemine yeşil mürekkep çekti. Önüne beyaz bir sayfa koydu.

***

Aklında hâlâ, eski aşkı Nahit vardı Sabahattin'in.

Önündeki boş beyaz sayfanın başına "Eskisi Gibi"[39] yazdı genç adam:

"*Seneler sürer her günüm*
Yalnız gitmekten yorgunum
Zannetme ki sana dargınım
Ben gene sana vurgunum
Başkalarına gülsem de
Senden uzakta kalsam da
Sevmediğini bilsem de
Ben yine sana vurgunum."

Tekrar okudu.

Özellikle "*Başkalarına gülsem de*" dizesini çok yakışıklı buldu.

Hakikaten öyleydi.

39. Besteyi Nükhet Duru ve Ali Kocatepe birlikte yaptılar. Nükhet Duru seslendirdi.

Nahit'e böylesine vurgunken ne Melahat kalmıştı gülmediği ne de Maria. Hatta Ayşe ve hatta İstanbul'da birlikte yüzmeye gittiği lacivert gözlü, sarı saçlı o güzel kız.

***

Yazdığı şiirin birkaç kopyasını çıkartan Sabahattin, birinin üzerine "Size gönderdiğim bu şiirin kimin için yazıldığı malum" notunu ekleyerek zarfa koydu.

Zarfın üzerine yengesi Müfide Ertüzün'ün adını yazıp postaya verdi.

Şiirin ikinci kopyasını ise, ilk karşılaştığında kendi gibi Konya'da öğretmenlik yapacak olan Pertev Molla'ya verecekti.

Kim için yazılmış olduğunu gayet iyi anlayacaktı can dostu da.

***

Genç adam yaşamaya yeni başladığı Konya'da kimlerle fikir alışverişinde bulunabileceğini düşündüğünde, aklına ilk gelen şehrin en çok tiraja sahip olan gazetesi *Yeni Anadolu*'nun çevresi oldu.

Karşısına çıkacağı kim olursa olsun fark etmez, aynı girginlikle davranırdı Sabahattin.

Kendine olan büyük güvenle gazetenin kapısını çaldı. *Yeni Anadolu*'nun sahibi ve yazarı olan Cemal Bey'e[40] kendini tanıttı.

Cemal Bey (Kutay) tabii ki adını duymuştu genç adamın. *Resimli Ay*'da hikâyesi yayımlanan birinin adını kim duymazdı ki? Tabii ki hikâyesini çok beğenmişti Cemal Bey. Kendinden sadece

40. Cemal Kutay, 1909-2006 yılları arasında yaşadı. Konya doğumlu tarihçi. Yayımlanmış yüz seksen yedi kitabı var.

iki yaş büyük olan Sabahattin'e saygıyla yaklaştı. Derhal iş teklifinde bulundu.

"Yazı yazın, çeviri yapın. Aklınıza ne gelirse yazabilirsiniz..."

"O halde..." diye düşündü evine doğru yürürken Sabahattin. "*Kuyucaklı Yusuf*'a başlamak farz oldu."

Kapıdan içeriye girer girmez, yeşil mürekkepli dolmakalemi elinde sandalyesine oturdu ve masasının üzerine bir beyaz sayfa daha koydu. Başlık olarak yol boyu tasarladığı iki kelimeyi yazdı: *Kuyucaklı Yusuf*.

Aklında Nâzım'ın roman yazmasına dair sözleri, notlarını almaya koyuldu.

***

Konya'da öğretmenlik yaptığı okul ve *Yeni Anadolu* gazetesi için çalışırken, İstanbul'la ilişkilerini hiç kesmedi genç öğretmen.

Çok sevdiği arkadaşlarından Nihal'in "Bütün Türkler bir ordu, katılmayan kaçaktır" mottosuyla çıkartmaya başladığı *Atsız Mecmua*[41] için de bir şeyler yazmalıydı.

Önce biraz düşünmüştü *Atsız Mecmua*'ya yazıp yazmama konusunu. Nihal'in "Türk" motifini öne çıkartmasına takılmıştı doğrusu. Ama sonuç olarak bu da Nihal'di işte. Bir motto yüzünden geçmişten gelen dostluğunu bitirmesi, ısrarla yazması istenen bir dergiye yazı vermemesi doğru olmazdı.

Tamamlanmayan çalışmalarını koyduğu kapaklı dosyayı açtı. Birkaç şiirin içinden birini çekip önüne koydu.

---

41. Sonradan ırkçı Turancı görüşleriyle Türk milliyetçiliğinin bir numaralı ismi haline gelen Nihal Atsız, *Atsız Mecmua*'yı 15 Mayıs 1931'den 25 Eylül 1932'ye kadar yayımladı. Dergide Mehmet Fuad Köprülü, Zeki Velidi Togan, Abdülkadir İnan gibi ünlü edebiyatçı ve tarihçiler yazdı.

Tekrar tekrar okudu, özenerek olgunlaştırdı "Dağlar"[42] ismini verdiği şiiri. Temize çekti. Son bir kez okudu:

"Başım dağ saçlarım kardır
Deli rüzgârlarım vardır
Ovalar bana çok dardır
Benim meskenim dağlardır..."

Son hali iyi geldi kulağına.

Hep yaptığı gibi sofaya çıktı. Annesi pirinç ayıklıyor, kız kardeşi de toz alıyordu. "Bir dakika, bir dakika" diye seslendi. "Yaptığınız işleri bırakın, size bir şiir okuyacağım. Bakalım beğenecek misiniz?"

Yüksek sesle, vurgulara dikkat ederek okudu şiirini. Annesi ve kardeşi çok beğendiklerini söyledi.

Odasına döndü, şiirin yanına koymak için bir de mektup yazdı.

Biraz kendinden, biraz havadan sudan bahsetti mektubunda. Merak ettiği konularda birkaç da soru sordu.

Hazır ettiği zarfı postaneye adeta uçarak götürdü Sabahattin.

"Dağlar" ismini verdiği şiiri *Atsız Mecmua*'nın 15 Aralık 1931 tarihli yedinci sayısında yayımlandı.

***

Sabahattin, *Kuyucaklı Yusuf* üzerine çalışırken, ne hikâye ne de şiir yazmaya ara verdi.

Yeni Anadolu okurları 8 Mayıs sabahı gazetelerini açtıklarında, Sabahattin'in "Bir Kadın Dalaveresi"[43] başlığı altında tefrika edilmeye başlayan hikâyesiyle karşılaştılar.

---

42. Ali Kocatepe tarafından bestelendi, Sezen Aksu tarafından seslendirildi.
43. 8 Mayıs-21 Haziran 1932

Genç yazar, tıpkı Aydın'da olduğu gibi Konya'da da düşündüğünü söylemeyi, aklına geleni yazmayı sürdürüyordu.

Genç yazar, hikâyeye şöyle başlamıştı:

"Muallim olarak geldiğim şehir Orta Anadolu'nun bozkırlarında bir cilt yarası gibi intizamsız, karışık ve kirli uzanıyor ve yayılıyordu.

Sıtma benizli kerpiç evlerden, yapraksız dallarını iri örümcek ayakları gibi geren ağaçlardan ve nasıl dolaşıp hareket ettiklerine hayrette kaldığım, hayatla alakası olmayan insanlardan başka bu şehrin hususiyetleri yoktu."

Doğru olmasına doğruydu genç adamın yazdıkları. Konya tam da tarif ettiği gibi bir Orta Anadolu şehriydi.

Öte yandan, Sabahattin Konyalı değildi. Geldiği şehirde misafir sayılırdı ve misafir ev sahibine "Ne kadar kötü bir evde oturuyorsun! Bu berbat yerde nasıl yaşıyorsun? Hatta, azizim sen yaşamıyorsun bile!" demez.

Kuşkusuz, çocuklar doğacakları kenti seçme hakkına sahip değildir. Değiştirme imkânını ise çok azı yakalayabilir.

Otuzlu yıllarda bu Orta Anadolu şehrinde, Sabahattin gibi İstanbul'da yaşamış, Almanya'da bulunmuş bir tek kişiye bile rastlamak neredeyse imkânsız gibiydi.

Tabii ki doğruları söylemek sorumluluk hatta erdemdir. Buna karşılık, herkes bilir ki doğru söyleyeni de dokuz köyden kovarlar.

Aydın'dan sonra, evini yeni kurduğu Konya'dan da kovulmaktan hiç çekinmedi genç öğretmen.

***

Hikâyesine sert başlamışsa da Konya halkı itibar göstermeyi sürdürüyordu genç öğretmene. Nihayetinde, Sabahattin kentlerinin adını açık seçik yazmamıştı ve yayımlanan da yorum, röportaj filan değil bir hikâyeydi.

Üstelik hikâyenin henüz sadece bir bölümü yayımlanmıştı.

İlerleyen günlerde, "Bir Kadın Dalaveresi" başlıklı hikâyede taşra münevverlerinin cehaletinden ve taşraya çalışmaya gitmiş bir kadın ve bir erkek öğretmenin sözde münasebetinden, bir başka deyişle münasebetsizliğinden bahsedilecekti.

***

Kuşkusuz, taşranın durumundan taşralıları değil onlara hizmet götürmeyenleri sorumlu tutuyordu.

Buna karşılık, kalem keskin söz hırçın olunca Konyalılar, özellikle de Konyalı aydınlar, yayımlanan hikâyeyi her geçen gün biraz daha fazla üzerlerine alınmaya başladılar.

Anadolu insanının biriktirme huyu vardır.

Avrupalı bir şeyi beğenmediği zaman hemen söyler. Sanki marifetmiş gibi!

Anadolu insanı ise beğendiğini söyler, beğenmediğini bir kenarda dinlenmeye alır. Bir başka deyişle biriktirmeye koyulur.

Üstelik, o da tıpkı Avrupalı gibi, yaptığının bir marifet olduğunu zanneder.

Zaman içinde Anadolu'yu en iyi anlatan yazar olduğu tescil edilecekse de, Sabahattin toyluğunun kendine kurduğu tuzağa bir adım daha yaklaşmıştı.

Sabahattin "Bir Kadın Dalaveresi" isimli hikâyesinin ilerleyen bölümlerinde de taşralı aydınların oklarını üzerine çekme yolunda ilerleyecekti.

***

Genç yazar, kalemine egemen olma konusunda enikonu zorluk çekiyordu. Heyecanlı ama çok heyecanlıydı.

Yalnız kalemine değil, ilişkilerine de yansıyordu bu heyecanı.

Tıpkı bir Avrupalı gibi, beğendiğini de beğenmediğini de "küt" diye söylüyor, bozkırda Avrupa'nın göbeğindeymişçesine konuşuyor, yaşıyor, yazıyordu.

Sabahattin Almanya'da bulunduğu süre zarfında açıksözlülüğün, yalansız dolansız konuşmanın yararlarını keşfetmişti kuşkusuz. Öte yandan, diplomasi konusunu bir o kadar es geçtiği anlaşılıyordu.

Bu nedenle olsa gerek, kendini uyarmaya çalışanları, daha sakin olması gerektiğini söyleyenleri, tıpkı "Bir Kadın Dalaveresi" isimli hikâyesindeki "Nurullah Öğretmen" gibi kızgınlıkla cevaplıyordu.

Onun iyiliği için yapılan konuşmalara kulak kabartmıyor, eleştirilere prim vermiyordu.

Sabahattin'in Konya günleri "dediği dedik çaldığı düdük" misali akıp gidecekti.

Nereye kadar?

On Beş

Nahit Hanım zihninin irice bir kısmını aralıksız işgal etse de Sabahattin için âşık olmak hava almak su içmek gibi bir ihtiyaçtı. Her dem âşık olmalıydı genç adam. En azından her güne, yeniden âşık olma umuduyla başlamalıydı.

Arayan, tabii ki bulur!

Mevla'sını da belasını da.

***

Bu kez de bir öğrencisine âşık olmuştu Sabahattin.

Yeni aşkı, öğrencilerinden biri olan henüz on beş yaşındaki Melahat'tı.[44]

İlk olarak *Yeni Anadolu* gazetesinde "Bir Kadın Dalaveresi"ni okuyanları haberdar etti bu büyük aşkından genç yazar.

Okurları, sözünü ettiği aşkın gerçek biri olduğunu ve isminin de Melahat olduğunu tabii ki bilmeyecekleri.

Geri kalan neredeyse her şey doğruydu.

Beria adını koymuştu Sabahattin, hikâyesindeki on beş yaşındaki genç kızın adını.

***

---

44. Melahat Muhtar

Heyecan içindeydi genç adam ve başta Pertev olmak üzere yakın arkadaşlarına ve bazı aile fertlerine yeni aşkını "Narin, beyaz tenli, kumral dalgalı saçlı" diye tarif ediyordu.

Şiirler de yazmaya başlamıştı küçük aşkı için.

Yeşil mürekkebi, beyaz sayfaların üzerinde bu kez Melahat için dans etmeye başlamıştı:

"Şimdi şiir bence senin yüzündür
Şimdi benim tahtım senin dizindir
Sevgilim, saadet ikimizindir
Göklerden gelen bir yadigâr gibi..."[45]

Devam eden çalışmalarını sakladığı kapaklı dosyasında biriktiriyordu çocuk aşkı Melahat'la ilgili çalışmalarını.

Ve tabii kime yazarsa yazsın, her mektubunda mutlaka küçük Melahat'tan bahsediyordu.

Bir ara İstanbul'a giden Pertev'e yazdığı bir mektupta, aşkına karşılık gördüğünü heyecan içinde anlattı.

"Ben burada yine şiddetle âşığım. Sevgilim geçen perşembe günü İstanbul'a gitti..."

Genç adam arkadaşından sevgilisini İstanbul'da ziyaret etmesini, gönderdiği şiiri ona ulaştırmasını istiyordu.

***

Önüne gelene, deliler gibi âşık olduğu Melahat'tan bahseder olmuştu Sabahattin.

---

45. 1932 yılında yazdığı "Çocuklar Gibi" isimli şiirinden.

Bunlardan biri de, Almanya dönüşünde Pertev'in tanıştırdığı Ayşe'ydi.

Hemen ertesi gün damlamıştı Ayşe'nin okuluna. Sanki dünyanın en normal işiymiş gibi adresini istemişti.

Bursa'ya gider gitmez de başlamıştı yeni arkadaşı Ayşe'ye mektuplar yazmaya.

Ve doğal olarak, çoktan aşkını ilan etmişti genç kıza.

Tabii ki karşılık alamamıştı.

Yine "İki gözüm Ayşe" diye hitap etti arkadaşına ve ardından şunları yazdı:

"Sana yazmakta on gün kadar geç kaldım. Sebebi basit, benim her zamanki hastalığım: Yine âşığım. Ah Ayşe, vallahi artık ben de şaşırdım, on beş on altı yaşımdan beri şöyle bir haftacık olsun âşık olmadan durduğumu hatırlamıyorum. Mütemadiyen, bilafasıla ve şiddetle âşığım. Zannetme ki öyle üstünkörü şeylere aşk ismini veriyorum, benimkilerin her biri ateşlilikte Verter'i,[46] *bakirlikte Romeo'yu geride bırakacak şeyler. İşin tuhafı her seferinde ilk defa âşık oluyormuşum gibi bilmediğim heyecanlara ve ihtiraslara düşmemdir..."*

Sabahattin uzun uzun aşka dair düşüncelerini yazdıktan sonra sadede geldi Ayşe'ye yazdığı mektubunda:

"Size yeni sevgilimi nasıl tarif edeyim? Güzel mi, bilmem, bence dünyada sevilmeye layık olan mahlukların yegânesi. O kendini ne kadar sevdiğimi, hatta yalnız sevdiğimi bile bilmediği

---

46. Goethe'nin 1774 yılında iki haftada yazdığı romanın kahramanı. *Genç Werther'in Acıları* adını taşıyan romanın yayımlanmasıyla Almanya sokaklarını mavi ceket, sarı pantolon giyen duygulu gençler kapladı. Pek çoğu tıpkı Genç Werther gibi intihar etti.

halde ben onun için her şeyimi, herhangi bir uzvumu feda edebilirim. Size bugünlerde bir resmini yollayacağım, kendiniz hükmünüzü verirsiniz."

***

Sabahattin âşık olur olmaz Konya'da kendine yakın bulduğu insanları harekete geçirdi.

Yardım istediği aracılar, Melahat'ın ailesine lisanımünasiple Sabahattin'in duygularından, düşüncelerinden söz ettiler.

Aile bu isteğe kesin bir dille karşı çıktı. Sabahattin'e göre değilse de kendilerine göre kızları henüz çocuktu.

Mesele Melahat'ın da kulağına gitmiş olsa gerek, bu gelişmeden sonra öğretmenine karşı alabildiğine soğuk davrandı küçük kız.

Genç adam bir kez daha yıkılmıştı.

***

Aynı günlerde yazıp Ayşe ve öteki yakınlarına gönderdiği "Melankoli"[47] başlıklı şiirde, yine Melahat'la ilgili gönül kırıklığını dile getirdi Sabahattin. Şiirin son dörtlüğü şöyleydi:

"Ne bir dost, ne bir sevgili
Dünyadan uzak bir deli
Beni sarar melankoli
Kafamın içerisi ölür."

---

47. Ali Kocatepe'nin bestelediği, Onno Tunç'un düzenlemesini yaptığı, Nükhet Duru'nun söylediği ünlü şarkı.

On Altı

"Bir Kadın Dalaveresi" isimli hikâyesini *Yeni Anadolu*'da tefrika etmeye devam ederken, *Kuyucaklı Yusuf* üzerine çalışmayı da sürdürüyordu.

Niyeti, hikâyesinin peşine bu romanı takmaktı.

Okulla evi arasında mekik dokuyor, evde olduğu saatlerin neredeyse tamamını masa başında geçiyordu.

Arada bir kardeşi çayını getiriyor, yemek zamanlarında annesi kapısından başını uzatıp "Haydi sofraya" diye ültimatom çekiyordu.

Biliyordu ki, eğer sıkılanmazsa masasından kalkmaya pek yanaşmıyordu oğlu.

***

Arada bir dışarıya çıktığı da oluyordu.

Onlardan biri de 5 Mayıs akşamı Zabitan Yurdu'nda gerçekleşen baloydu.

8 Mayıs tarihinde, *Yeni Anadolu*'da tefrika etmeyi sürdürdüğü "Bir Kadın Dalaveresi"nde tam da 5 Mayıs akşamı gerçekleşen balonun bir benzerinden uzun uzun söz etti genç yazar.

Anlattıkları hayal ürünü değil de baloda yaşananlar üzerine kurulduysa, belli ki Zabitan Yurdu'nda hiç de hoş olmayan saatler geçirmişti.

Öyle ya da böyle hayat sürüyor, içinde kendinden, Beria adını verdiği küçük Melahat'tan ve İstanbul'da kalan büyük aşkı Ayşe'sinden bahisler açtığı hikâyesi, tefrika ediliyordu.

Kuyucaklı Yusuf da süratle insan önüne çıkmaya hazır hale geliyordu bu arada.

Yazmakta olduğu ilk romanı için çok titizleniyordu genç yazar. Tekrar tekrar başa dönüyor, okuduklarının üzerini çiziyor, yenisini yazıyor, beğenmiyor yeniden yazıyordu.

Nâzım'ın tavsiyesini tutmuş, kollarını bu kez roman üzere sıvamıştı ciddiyetle.

Ne kitabı okuyacaklara ne de ustası Nâzım'a mahcup olmak istiyordu.

***

Kuyucaklı Yusuf okullar tatil olunca yayımlanmaya başlayacaktı.

Sabahattin, okul yükü azalınca kendini tümüyle romanına vermiş, bitirmiş olduğu kısımları bir dosyaya koyup *Yeni Anadolu*'nun yolunu tutmuştu.

Cemal Bey, Sabahattin'in yazmaya başlamasıyla birlikte gazetesinin tirajının arttığının farkındaydı ve bundan büyük bir memnuniyet duyuyordu. Hakkında dünya kadar ileri geri laf edilse de, genç öğretmenin kendi için bulunmaz bir nimet, adeta altın yumurtlayan bir tavuk olduğunun farkındaydı.

Yazdıkları *Resimli Ay* ve *Atsız Mecmua* gibi ulusal ölçekli mecmualarda yayımlanan bir yazarın, Konya'nın yerel gazetesi *Yeni Anadolu*'nun satışlarını artırması gayet anlaşılır bir durumdu.

Konya'nın en yüksek tirajlı gazetesi olmasına karşın, halk arasında önceleri pek lafı edilmeyen *Yeni Anadolu*, yeteneğini ülke çapında kanıtlamış genç yazar sayesinde, herkes tarafından konuşulur hale gelmişti.

***

Bu nedenle, *Yeni Anadolu*'nun sahibi Cemal Bey, Sabahattin'i karşısında elinde romanından birkaç parçayla görünce her zaman olduğundan biraz daha fazla mültefit davrandı.

Önüne konulan bölümleri okumadan "Tabii ki romanınızı hemen yayına sokacağım Sabahattin Bey. Siz süratle devamını yazın lütfen" dedi.

Kuyucaklı Yusuf'u, Sabahattin gazeteden ayrıldıktan hemen sonra okudu Cemal Bey.

Yazılmış bölümlerden, gelecekte önüne neler konulacağını öngörmeye çalıştı gazetenin sahibi.

Çok etkilendiğini önce kendi kendine itiraf etti. Sonra bunu Sabahattin'e de söyleyecekti.

Roman, genç yazarın hikâyelerinde olduğu gibi, yine Anadolu'yu anlatıyordu.

Öte yandan dört başı mamur, buram buram aşk kokan bir romandı *Kuyucaklı Yusuf*.

Cemal Bey kitabın ilk birkaç bölümünü okurken, romanın kahramanları Yusuf'la eşi Muazzez'in, sayfalardan çıkıp, karşısına dikildiğini düşündü. Ete kemiğe bürünmüş, önündeydiler işte.

Ne sadece natüralist bir romandı okuduğu ne de aşk üzerine yazılmış bir dram.

Romanın üzerine kurulduğu Yusuf karakteri, kasabaya hâkim olan efendilere başkaldıran, onlarla çatışmaya giren gerçek bir halk kahramanını canlandırıyordu.

Romanın öteki karakterlerinden Selahattin Bey'in bir tuzakla kumar masasına müptela edilmesi ve elindekinin avucundakinin alınmasında olsun, Ali'nin öldürülmesinde olsun, süregiden namus meselesinde olsun, hep aşk ön plana çıkar gibi görünüyorsa da kazın ayağı öyle değildi!

Sabahattin romanında, gücü elinde tuttuğu için herkese baş eğdirebileceğini sanan aşağılık kasaba yöneticilerini, nobran eşrafı ele almış, bunların kendini bilmez, küstah davranışlarını ardı ardına sayıp dökmüştü.

Bu kötü insanlara boyun eğmeyen Kuyucaklı Yusuf, sonlara doğru romana bir başkaldırı ruhu verecekti anlaşılan.

Gazetenin patronu, Yusuf'un üzerinden Sabahattin'in görüşlerinin kanatlanıp göklere uçtuğunu hissetti.

Alttan alta büyük bir kıskançlık duydu!

Ne sıradan bir aşk hikâyesi, ne fantastik bir macera ne de sadece olup biteni anlatan bir Anadolu romanıydı *Kuyucaklı Yusuf*.

Sabahattin, *Kuyucaklı Yusuf*'ta sosyal meselelere parmak basıyor, bunları felsefi ve siyasi bir bakışla ele alıyordu.

***

Tam da Cemal Bey'in düşündüğü gibi, *Kuyucaklı Yusuf* tefrika edilmeye başlanır başlanmaz elden ele, dilden dile dolaşır oldu.

"Bir Kadın Dalaveresi"nin tersine, yeni tefrika edilmeye başlayan romanıyla bu kez Konyalıların kalbini kazanmış gibi görünüyordu Sabahattin.

Yolda görenler eskisine nazaran daha bir istekli selam veriyor, yolun öte yanından koşup tebrik etmeye geliyorlardı.

Hatta bazen akıl isteyenlerle bir köşeye çekilip söyleştiği bile oluyordu genç yazarın.

Keyfi yerine geldi tekrar Sabahattin'in.

***

İyi ve kötü kavramlarına, eğer insan hayatı için kullanılıyorsa, pek de itibar etmemek gerekir. Çünkü bu iki zıt kavram birbirinin kardeşidir, genellikle el ele dolaşır.

Sabahattin, *Kuyucaklı Yusuf*'la ilgili olarak göklere çıkartılıp aldığı alkışlara sevinirken, bir felaketler silsilesinin yaklaşmakta olduğunun farkında değildi.

Bir ara uyarına geldi, İstanbul'a kaçtı. Nâzım'ı, Sertelleri görecekti.

Aklında tabii ki İzmir'de ve İstanbul'da buluştuğu, Almanya macerasından arkadaşı Melahat da vardı.

Önce Melahat'a telefon etti.

Etraftan sesler geliyordu, birileri vardı arkadaşının yanında.

Durmadan "Mektup yaz Sabahattin" deyip duruyordu Melahat.

Genç adama, İstanbul'da bulunduğunu, kendini görmek istediğini söyletmedi bile, bir zamanlar yediği içtiği ayrı gitmeyen sevgili arkadaşı.

Çok canı sıkıldı genç adamın.

İstanbul'da, ziyaret etmek istediği herkesle görüştü Sabahattin.

Melahat hariç.

Kalbi kırık döndü geriye.

***

Konya'dan, Melahat'a bir mektup yazdı.

Zarfın içine, Melahat'ın evlenmeyi düşündüğü zamanında kendisine hediye etmiş olduğu kitap ve bir de boş kâğıt koydu.

"Bana yazmak istersen yaz!" diye bir de not ekledi.

Uzunca bir mektup geldi arkadaşından.

"Birbirimize darılmamız mümkün değil" diye yazmıştı Melahat.

Sabahattin, her şeyin nasıl da değiştiğini düşündü.

Bir zamanların ipeksi muhabbetleri, cıvıl cıvıl sohbetleri nasıl da sıradanlaşmıştı.

Ne ürkek Melahat kalmıştı bugüne gelindiğinde ne de saf, temiz, arkası nasıl gelecek diye düşünülmeden kurulan cümleler.

***

Sonraki günlerde, İstanbul'dayken, Melahat'ı görmeyi yine istedi Sabahattin.

Bir not kaleme aldı, postaladı. Notuna kendi kaldığı adresi de yazdı.

On gün süreyle kapı çalınır, postacı gelir diye bekledi.

Gelen giden olmadı.

Bir hafta sonu sekiz on kişi Sarıyer'e geziye gittiler.

Cahide, Şerif, Nezahat, Pertev'in bir akrabası olan Alman Cemil, İlhan, Şevket, bir curcuna bir kıyamet.

Orada gördü Melahat'ı Sabahattin.

Kolları çıplaktı, çıplak ayaklarına hasır iskarpinler giymişti. Nişanlısının yanındaydı. Adam şoförle pazarlık ediyordu. Göz göze geldiler. Kızgındı Sabahattin. Başını çevirdi.

Sonra pişman oldu.

Konya'ya dönünce ilk işi Melahat'a bir mektup yazıp, ayıp ettiğini söylemek olacaktı.

On Yedi

Vurulan kapıyı açmaya Sabahattin'in kız kardeşi gitmiş, odasında çalışmakta olan ağabeyine "Sana bir tebligat varmış, imzan lazımmış" diye haber getirmişti.

Genç adam "Hayırdır inşallah" diyerek çalışma masasından kalktı, mütereddit adımlarla sokak kapısına ulaştı. Postacının uzattığı kâğıda baktı.

Üzerinde "İhtarname" yazan zarfı alıp açtı. Maarif Vekili S. Zeki imzasıyla geldiğini görünce canı sıkıldı. Yazının başına 6 Temmuz 1932 tarihi atılmıştı.

Genç adam postacıyı bekletmemek için, gösterdiği yeri imzaladı. Kapıyı kapattı ve aldığı ihtarnameyi hemen oracıkta okudu:

> "*5 Mayıs 1932 gecesi sarhoş bir halde baloya geldiniz ve orada bulunan Kız Muallim Mektebi Fransızca Muallim Vekili Tiraje Hanım'a yaptığınız müteaddit dans tekliflerinizi reddetmesinden hiddetlenerek Tiraje Hanım'ın masasına mütemadiyen bakmak ve etrafında dolaşmak, laf atmak, sustalı bir çakıyla oynamak...*"

"Eyvah ki ne eyvah!" diye düşündü genç adam.

O noktaya kadar yazılmış olanlar tümüyle iftiraydı.

Hayatı boyunca bir tane bile sustalı çakısı olmamıştı. Nefret ederdi üstelik ihtarnamede tarif edilen türden erkeklerden.

Mektubun devamı da yenilir yutulur gibi değildi. Bir yerinde şunlar yazılıydı:

"Tiraje Hanım'a, Şukufe ve kendinize muallim Nurullah müstear isimlerini vererek Yeni Anadolu gazetesinde roman şeklinde yazdığınız anlaşılmıştır..."

Anlaşılan, maarif vekiline Zabitan Yurdu'nda gerçekleşen balo gecesi olanlar bin bir abartıyla anlatılmış, üstelik tefrika hikâyesinde yazılı olanlar da Maarif Vekili S. Zeki Bey tarafından gerçekmiş gibi algılanmıştı.

Tamam "Bir Kadın Dalaveresi"nde iki öğretmenden bahsediyordu Sabahattin ama ne kadın kahraman Tiraje Hanım'dı ne de erkek kahraman kendi. Esinlenmeler söz konusu olabilirdi ama maarif vekilinin bunu gerçek kabul etmesi anlaşılır bir durum değildi.

"Demek..." diye düşündü Sabahattin. "Birileri olup biteni vekil beye farklı anlatmış."

Sabahattin üzerinde "İhtarname" yazan metni birkaç kez daha okuduktan sonra, istenen savunmayı kaleme almak için masasına oturdu.

Gerçeği anlattığında, Maarif Vekili S. Zeki'nin ikna olacağından emindi.

***

Belaların arka arkaya gelmek gibi bir huyu vardır.

Kuyucaklı Yusuf tefrikalar halinde yayımlanmaya devam ededursun, Sabahattin *Yeni Anadolu* gazetesinin eşiğini aşındırıyor, Cemal Bey'den birikmiş alacağını tahsil etmeye çalışıyordu.

Buna karşılık genç patron Sabahattin'i savsaklıyor, *Kuyucaklı Yusuf*'u tefrika etmeyi de sürdürüyordu.

Ziyaretlerinden birinde "Alacağımı vermezseniz, size romanın devamını getirmeyeceğim" dedi Sabahattin.

Cemal Bey "Getirirsiniz canım" filan gibi laflar etti.

Oysa, Sabahattin kararlıydı.

Yeni Anadolu gazetesinde, eldeki bütün tefrikalar yayımlanıp sonuncusu yayına konulunca, Cemal Bey Sabahattin'i evinde ziyaret etmeye karar verdi.

Kapısını çalıp "Bir çayınızı içmeye geldim" dedi.

Genç öğretmen gazetenin patronunu mütevazı odasına buyur etti. Kardeşinden kendileri için çay demlemesini istedi.

Biraz havadan sudan konuştular.

Çaylar içilirken Cemal Bey "elinin sıkışık olduğunu" söyledi.

Sabahattin tam karşı çıkacakken, başka söyleyeceklerinin de olduğunu belirtircesine devam etti gazetenin patronu.

"Bana biraz daha müsaade edin Sabahattin Bey. Mutlaka hazırda yazılmış bölümler vardır. Verin şimdi onlardan birkaç tane daha, düzen bozulmasın."

Genç yazar kararını çoktan vermişti. Para almadan, *Kuyucaklı Yusuf*'un tefrika edilmeye devam etmesini istemediğinin altını çizdi.

Cemal Bey "Peki o halde" dedi tehdit kokan bir ifadeyle.

Kapıdan çıkarken de "Yanlış bir iş yaptın Sabahattin" dedi.

İlk kez "bey" dememiş, senlibenli konuşmuştu.

Aldırmadı genç yazar.

Onu ilgilendiren, ilk romanı olan *Kuyucaklı Yusuf*'un sadece ilk yirmi altı bölümünün *Yeni Anadolu* gazetesinde yayımlanması, bir başka deyişle yarım kalmasıydı.

Cemal Bey'in küplere binmesi, intikam tamtamlarını çalmaya başlaması umurunda bile olmazdı.

Henüz, özellikle de taşrada "intikamın soğuk yenen bir yemek olduğunun" farkında değildi genç yazar.

***

Bir okul dönüşünde, kardeşi tarafından, Melahat'tan gelen cevap mektubuyla karşılandı genç adam.

İstanbul'dan Konya'ya dönüşünde kaleme kâğıda sarılmış, yüz çevirdiği için bir özür mektubu döşenmişti Melahat'a ya hani, onun cevabıydı gelen mektup:

"Kardeşim Sabahattin, mektubun eski adresime gittiği için elime geç geldi. Geçirdiğin felaketlere samimi olarak müteessir oldum. Bundan sonra hayatının daha sarsıntısız geçeceğini ümit ederim. Biliyorsun ki ben nişanlıyım ve ilk fırsatta evleneceğiz. Ben de artık birbirlerini sevenlerin birbirlerinden başka arkadaşları olmaması lazım geldiği kanaatindeyim. Bunun için sana bundan sonra mektup yazmayacağım. Edebi sahadaki muvaffakiyetlerini görmekten her zaman memnun olacağım. Beni yanlış anlamayacağını ümit ederim Sabahattin Bey Kardeşim."

Melahat mektubunu tamamladıktan sonra aklına gelmiş olsa gerek bir de not düşmüştü kenara bir yere:

"Beni gayet iyi anlayacağını, asla yanlış anlamayacağını biliyorum. Beni anlıyorsun değil mi?"

Almanya'ya giden trende başlayıp Berlin'de, Potsdam'da, İzmir'de, İstanbul'da kâh görüşerek, kâh mektuplarda süren arkadaşlığın, dostluğun böyle kestirmeden yazılan bir mektupla bitirilmesi çok ama çok canını sıktı.

Melahat'tan gelen mektubu tekrar tekrar okudu Sabahattin.

Yerli yersiz kullanılan "kardeş" sözcükleri, "bey" lafları ve "birbirlerini sevenlerin birbirlerinden başka arkadaşları olmaması lazım geldiğine" dair o "müthiş" düşünce, Yusuf ile Muazzez açısından yaklaşıldığında ise alabildiğine sarsılmasına yol açtı.

On Sekiz

Dedik ya belaların arka arkaya gelmek gibi bir huyu vardır diye. Tam da öyle oldu.

Okullar yeniden açılmış 1932-1933 ders yılı başlamıştı.

26 Aralık günü, kar kıyamet okuluna giden Sabahattin, polisler tarafından gözaltına alındı, Emniyet Müdürlüğü'ne götürüldü, tutuklandı ve derhal Konya Hapishanesi'ne sevk edildi.

Etraftaki yetkililere "Nedeni ne?" diye sorduğunda, "Gazi Mustafa Kemal Paşa'ya hakaret" cevabını aldı.

Dünyası başına yıkıldı. Mesele çok geçmeden açığa çıkacaktı.

Savcı, 1932'nin ortalarında, yani *Kuyucaklı Yusuf*'un tefrika edildiği tarihlerde, katıldığı bir ev toplantısında, Sabahattin'in ettiği bazı lafları ileriye sürüyordu.

İddianamede, aynı toplantıda bulunan Öğretmen Mustafa Bey, Remzi Bey ve Mehmet Emin Bey tanık olarak gösteriliyordu.

Sabahattin, "intikamın soğuk yenen bir yemek olduğunu" işte tam da o an öğrendi.

Mustafa, Remzi ve Mehmet Emin, her üçü de *Yeni Anadolu* gazetesinin müdavimleriydi. Üçü de Cemal Kutay'ın yakınıydı.

Demek mahkemede karşısına dikilecek, ezberden okuduğu bir şiirle Atatürk'e hakarette bulunduğuna şahitlik edeceklerdi.

Hani "Üç şahit bul adam astırırsın" lafı var ya, sanki gerçek olmuş gibiydi.

Savcı, iddianamesinde son ve en önemli kozunu en sona saklamıştı. Bir şiirdi bu:

"*Cümlesi beli der enelhak dese*
Hâlâ taparlar mı koca terese?
İsmet girmedi mi hâlâ kodese?
Kel Ali'nin boynu vurulmuş mudur?"

İddiaya göre, bu şiir de Sabahattin Bey tarafından *Yeni Anadolu* gazetesine yayımlanmak üzere verilmiş, fakat Cemal Bey tarafından yayımlanmaya uygun bulunmamıştı. Gerekirse, gazetenin sahibi Cemal Bey de konuyla ilgili şahitlik yapmaya hazırdı.

***

Sabahattin'in ilk duruşması 7 Ocak'ta gerçekleşti. Bunun için Pertev başta olmak üzere bazı arkadaşları İstanbul'dan Konya'ya gelmiş, yanlarında bir de avukat getirmişlerdi.

Mahkeme başladı ve Sabahattin avukata söz bırakmadı. Kendi kendini müdafaa etti.

Şiirin başlığının "Memleketten Haber" olduğunu ama içinde tek bir kelime bile Gazi ya da Atatürk lafının geçmediğini söyledi.

Uzun uzun Cemal Bey'le başından geçenleri anlattı.

Gazetenin satışını artıran, romanı *Kuyucaklı Yusuf*'un tefrika edilmesine izin vermediği Cemal Bey'in kendine düşmanlık ettiğini, şahitlerin de onun yakını olduklarını söyledi.

Mahkeme, Konya'da öğretmenlik yaptığı için, Sabahattin'in arkadaşı Pertev'i de dinledi.

Genç adam, can dostunu kurtarmak için canla başla çalıştıysa da başarılı olamadı.

***

Pertev mahkemeden sonra ortak arkadaşları Ayşe Sıtkı'ya yazdığı mektupta o günü şöyle anlattı:

"Sabahattin'in macerası pek bu kâğıda sığacak gibi değil, oldukça uzun. Yalnız mahkemesinin pek heyecanlı geçtiğini söylemeliyim. Tatil günlerine tesadüf ettiği için salonu orta mektep, lise ve muallim mektebi talebeleri dolduruyordu. Sabahattin oldukça güzel numaralar yaptı. O kadar ki, kendi bile heyecana düştü. İlk celse tam beş buçuk saat sürdü..."

Hakikaten güzel bir savunma yapmış, şiirlerinden bazı örnekler bile okumuştu Sabahattin.

Ama sonuç nafileydi. Bir sene hapis cezasına çarptırılmıştı.

26 Aralık'tan bu yana, yani yirmi iki gündür yattığı hapis damının yolunu tuttu.

Daha yatacak on bir ay ve sekiz günü vardı.

***

Yabancısı olmadığı hapishaneye, uzunca bir süre için konulunca karalar bağladı genç adam.

Hemen ertesi sabah, yani 8 Ocak'ta kaleme kâğıda sarıldı ve Ayşe'ye "Darısı dostlar başına, kolay hazmedilir şeylerden değil" diye yazdı.

Konya Hapishanesi'nin tahammül fersah bir yer olduğunu, sekiz yüz mahkûmun burada çile doldurduğunu anlattı.

Sonra lafı "hükmü temyiz edeceğine" getirdi Sabahattin.

Mektupta bir nokta vardı ki orası sadece Ayşe'nin değil okuyan herkesin içini kanırtırdı:

> *"Tam üç yüz atmış beş gün hapishanede yaşamak, arkadaşların yardımıyla karnını doyurmak ve çıktıktan sonra ne olacağını bilememek..."*

Genç bir öğretmen, tanınmış bir yazar için feci bir dönüm noktasıydı kuşkusuz Konya'da hapse tıkılmış olması.

Bir yolunu bulup kurtulmayı düşündü Sabahattin.

Temyize başvuracaktı.

Oturdu, başından geçenleri, kendine oynanan oyunu, Cemal Bey'in meseleyi sadece intikam amacıyla mahkemeye taşıdığını, şahitlerin hepsinin onun yakını olduğunu sayfalar dolusu anlattı.

İsteğinin tersi oldu.

On iki aylık cezası on dört aya çıkartıldı.

***

Konya'ya yeni ve büyük umutlarla gelen, ardı sıra annesi ve kız kardeşini de sürükleyen Sabahattin, manevi olarak arkadaşlarından ve öğrencilerinden destek görse de maddi anlamda sıfırı tüketmişti.

Parasız kalan annesi ve kız kardeşi, çaresizlik içinde evlerini Edremit'e geri taşıma kararı aldılar.

Sabahattin, onların hayatını kötü etkilemiş olduğu için daha da çok üzüldü.

Ne yazık ki elinden hiçbir şey gelmiyordu.

***

Hapishanede de olsa yaşıyordu ve çıkmamış canda ümit vardı.

Genç adam, tıpkı Aydın Hapishanesi'nde olduğu gibi kendini düşünmeye verdi.

Durmaksızın notlar aldı.

Kuyucaklı Yusuf'un Aydın Hapishanesi'nde filizlenmesi misali, Konya Hapishanesi'nden de ilham anlamında nasibini alacaktı.

Bu hapishaneden dağarcığına katacağı en bilinen hikâye "Candarma Bekir"di.[48]

Hikâyeyi aynı koğuşta yattığı Halil Efe'den dinledi genç yazar ve iki yıl kadar sonra Ankara'da kaleme aldı.

Şöyle ifade edecekti "Candarma Bekir"in girişinde hikâyesinin öyküsünü:

"Hapishanede Çallı Halil Efe'ye hep sorardım: 'Sana neden yüz bir sene verdiler? Ne haltlar karıştırdın?' diye.

'Asmadıklarına şükür efendi!' diye cevap verir, sinsi sinsi gülerdi.

Birkaç kere, vukuatını öğrenmek için sıkı sıkı sordum, nihayet başından savar gibi, 'Devlet benden iki başıbozuk, bir candarma, bir mavzer, iki at soruyor' dedi."

Ve Çallı[49] Halil Efe, hikâyesini sonunda Sabahattin'e anlattı.

Evet bir eşkıyaydı Halil Efe. Peki onun bu yola düşmesinde, başkalarının hiç mi suçu yoktu?

---

48. 1935 yılında yayımlanan *Değirmen* isimli kitabında yer aldı.
49. Denizli'nin önemli merkezlerinden biri olan Çal bugün belediyedir.

Sabahattin, tıpkı *Kuyucaklı Yusuf*'ta olduğu gibi "Candarma Bekir" isimli hikâyesinde de Anadolu'nun büyük meseleleri üzerine kafa yordu.

Niyeti, eşkıya adı konulup hapis damına atılan insanların kaderinin en baştan belli olduğunu gözler önüne sermekti.

İnsanları eşkıyalığa iten asıl neden toplumsal adaletsizlik, bozuk düzen, gücü elinde bulunduranların zorba davranışlarıydı. Gerçeği, örnekleriyle anlatmalıydı hikâyesinde Sabahattin.

Devletin egemenliğinin her yere ulaşamaması, neredeyse bütün yerleşimlerde yöresel güç odaklarının ortaya çıkmasına yol açıyor, bu da sonuçlarını insanların horlanması, aşağılanması, istismar edilmesi olarak veriyordu.

Sabahattin, *Kuyucaklı Yusuf* isimli romanında olduğu gibi "Candarma Bekir" isimli hikâyesinde de tam bir "toplumcu gerçekçi" yazar portresi çizecek, koca Nâzım'ın ayak izlerini takip edecekti.

On Dokuz

Konya Hapishanesi'nde beş ay kalan Sabahattin, 12 Mayıs 1933 tarihinde günü Sinop Hapishanesi'ne nakledildi.

Küçük ve çok kalabalık olmayan yeni koğuşunda etrafa göz gezdirdiğinde çok canı sıkıldı genç adamın.

Neyse ki öteki koğuşlarda ahbaplık edebileceği siyasi suçlular olduğunu biliyordu. Onların da çoğu, tıpkı kendi gibi siyaseten tıkılmışlardı içeri.

Adi suçlardan yatanların her biri, hikâye olarak çok ilginç geçmişlere sahip olsalar da, bir arada olmak isteyeceği son kişilerdi kuşkusuz.

Genç yazar, ipten kazıktan kurtulmuş bu güruhla, hapishanenin, Karadağ isimli bölümünün ikinci katında kalacaktı.

***

Kapıdan girer girmez etrafa bir göz gezdirdi ve gardiyanın gösterdiği yatağa uzanıp gözlerini kapattı Sabahattin.

"Hepsinin bir hikâyesi var" diye düşündü.

Az sonra da "Peki oğlum Sabahattin, senin hikâyen ne?" diye sordu kendi kendine.

İstanbul'daki iki gözü Ayşe'sini ayrı tuttu. Onu ayrıca düşünmeli, hatta hemen bugün oturup bir mektup yazmalıydı.

Melahat'ın gönderdiği tatsız mektup nedeniyle, Ayşe'nin yeri gözünde daha da büyümüştü.

"Evet..." diye tekrarladı. "Hemen az sonra kalkıp Ayşe'ye bir mektup yazayım."

Ama ondan önce düşünecekleri vardı.

Hani kendine "Peki oğlum Sabahattin senin hikâyen ne?" diye sormuştu ya hani, bu sorunun cevabını arayacaktı.

***

Aklına ilk, İstanbul'un Üsküdar'ında bulunan Doğancılar Füyuzat-ı Osmaniye Mektebi geldi. Hayal meyal hatırlıyordu o günleri.

Ardından Çanakkale'ye taşınmışlar, orada İptidai Mektebi'ne kaydolmuştu. Çanakkale Savaşı nedeniyle kapanan okul, babası ve öteki subayların çabasıyla yeniden açılmış, Türkçe derslerini piyade yüzbaşısı olan babası Selahattin Bey vermeye başlamıştı.

Dört sene kalmışlardı Çanakkale'de. Bombalar altında, korku içinde o köy senin bu köy benim kaçıp durmuşlardı.

Yatağında, gözleri kapalı dalıp gitmişti Sabahattin savaş yıllarına...

Patlayan bombalar, sulara gömülen gemiler, can havliyle kıyıya ulaşmaya çalışan askerler...

Ya o gecenin bir saatinde kendilerini uykuda yakalayan tayyarelere ne demeliydi!

Yatak kıyafetlerini çarçabuk değiştirmeler, kendilerini pabuçsuz sokağa atmalar...

Daha fazla tutunamamışlardı Çanakkale'de. İzmir'e göçmüşlerdi.

Yıl 1918'di. Dört yıl kadar sonra babası da ordudan ayrılacaktı zaten.

"Zavallı babam" diye düşündü genç adam. İkide bir intihara teşebbüs eden sinir hastası bir eş, kekeme bir çocuk...[50]

Bu şartlar arasında denenen tiyatro işletmeciliği, gazinoculuk...

Ardından İzmir'in işgali ve beş parasız olarak, Sabahattin'in anneannesinin yaşadığı Edremit'e dönüş.

Genç adam, düşüncelerinin bu noktasında annesine özel bir parantez açtı.

İzmir'de bileklerini kesmesi, Edremit yolculuğu esnasında kendini vapurdan atmaya kalkması zihninde derinlemesine yer etmişti.

Ve tabii bir de babasıyla annesi arasında süregiden tükenmez kavgalar.

Annesi sinir hastası olduğundan, babasını hep daha yakın bulmuştu kendine Sabahattin.

Durdu. Biraz daha derinlere indi.

Yoksa, annesi kardeşine kekeme olduğu için daha çok sahip çıkmış ve Sabahattin de bu nedenle mi babasına daha yakın durmuştu?

"Öyle olmalı" diye söylendi.

Kardeşler arasında meydana gelen herhangi bir tatsızlık durumunda, suçlu kim olursa olsun annesi kendini suçlu bulmuştu.

Bütün bu curcuna kıyamet arasında kız kardeşi[51] dünyaya gelmişti.

Biraz atlayarak sıçrayarak ama hep uzak geçmişi hatırlıyordu Sabahattin.

Babasının ekmek parasının peşinde çerçilik yaptığı günler... Dalgalı sarı saçları nedeniyle komşuların kendine "Sabah Yıldızı" demeleri... Okulun ve mahallenin haşarı çocukları... Dahil

50. Fikret Şenyuva

51. Süheyla Conkman

olmaktan özenle kaçındığı hoyrat oyunlar... Böyle zamanlarda eve kaçıp kitap okumaları, resim yapmaları...

***

Hüseyin elinde bir çay bardağıyla "Kalk hele, merhaba de arkadaşlarına" diye dürtüklemese, daha kim bilir neler hatırlayacaktı genç adam.

Korkarak açtı gözlerini. Bir dolu meraklı göz kendine bakıyordu. Yerinden kalktı, koğuş arkadaşlarının tek tek ellerini sıktı, isimlerini sordu ve kendi ismini söyledi.

Sonra hikâyesini anlattı.

Öğretmen olduğunu, Almanya'da eğitim gördüğünü, Aydın'da ve Konya'da hapis yattığını, Konya'dan da Sinop'a gönderildiğini nedenleriyle birlikte bir çırpıda özetledi.

Yeni arkadaşları hep bir ağızdan "Allah kurtarsın" deyince oturduğu yerden kalktı, gidip tahta bavulunu açtı.

Ne tahta bavuldu bu ama!

Kendini Almanya'ya götürmüş, geri getirmiş, Aydın'a, Konya'ya taşımış ve şimdi de Sinop'a ulaştırmıştı.

"Ulaştırmaz olsaydı" diye söylendi genç adam, bavul muhteviyatını yatağının üzerine dökerken.

Birkaç iç çamaşırı, çorap, kazak ve bir dolu kitap dökülmüştü yatağın üzerine.

Sabahattin koğuş arkadaşlarının şaşkınlık dolu bakışlarının arasında, kitaplarını ranzasının yakınında, boş bulduğu her yere yerleştirdi.

Çoğunluğu okuma yazma bile bilmeyen mahkûmlar, Sabahattin'in kitaplarını görünce çok şaşırdılar.

Etraftakilere alışır alışmaz temiz bir kâğıt çıkardı Sabahattin.

Yeşil mürekkepli kalemiyle, Sinop Hapishanesi'nden ilk mektubu Ayşe'sine yazdı.

Şöyle diyordu mektubunun bir satırında:

"*Sana yazmak benim için hiç olmazsa kitap okumak kadar lazım...*"

***

Sabahattin Sinop Hapishanesi'nde gündüzleri aralıksız yazıyor, geceleri de mum ışığında sabaha kadar okuyordu.

Önünde daha yedi ay olduğunu, bu süreyi katiyen boşa geçirmemesi gerektiğini düşünerek, kendini sıkı disiplin altına almıştı genç yazar.

Zamanının tümünü kâğıt, kalem, kitap arasında geçiriyordu.

Kendiliğinden pek laf açmasa da fikri sorulduğunda çenesi düşüyor, aklına geleni hiçbir sansüre tabi tutmadan söyleyiveriyordu.

Böylesi sohbetlerden birinde, Ankara'daki mebusların, büyük memurların yolsuzluklarından bahsedince, koğuşun gediklilerinden Mustafa "Bak sana hükümet bu kadar para sarf etmiş, okutmuş adam etmiş, ayıp değil mi böyle fikirlere kapılmışsın, hükümetle uğraşırsın" dedi.

Sabahattin'in cinleri tepesine çıkmıştı. "Böyle fikirler" lafıyla "solculuğu" kasteden Mustafa'ya sıkı bir ders vermesi gerekiyordu.

"Bana solcu diyorlar ama işte yaşayışımı görüyorsun. Ya sana ne demeli Mustafa Efendi? Koğuşta içki içersin, kumar oynarsın, on kuruş yevmiyeyle fakiri fukarayı çalıştırıp oturduğun yerde dışarıya mal satıp para kazanırsın..."

Lafını bitirince de hırsla kalktı, gidip yatağına uzandı ve yastığının yanında duran kitabı alıp okumaya daldı.

Yirmi

Sabahattin "Hapishane Şarkıları"nın beşincisini[52] bitirince, üç kopya olarak temize çekti. Birini can dostu Pertev'e, ötekini yeğeni Reşit'e,[53] birini de Nâzım'a gönderecekti.

Nâzım'a göndereceği kopyayı zarfa koymadan bir kez daha okudu, gözleri doldu:

"Başın öne eğilmesin
Aldırma gönül aldırma..."

"Hapishane Şarkıları"nın ilkini Aydın Hapishanesi'nden çıktıktan sonra Konya'da yazmıştı genç adam.

Ne yazık ki çok geçmeden tekrar hapse düşmüş ve Konya Hapishanesi'nde o şiir demetine üç tane daha eklemişti.

Serinin beşinci ve sonuncusunu ise Sinop'ta kaleme aldı.

Elinin tersiyle gözünden yanağına doğru süzülen tek damla gözyaşını sildi, yazdığı şiirden iki satır daha okudu:

"Ağladığın duyulmasın
Aldırma gönül aldırma..."

***

52. Şiir ilk kez 1976 yılında Kerem Güney tarafından bestelendi. Milyonların dilinde dolaşmasını 1977 yılında Edip Akbayram sağladı.
53. Reşit M. Ertüzün 1917 yılında doğdu. Sabahattin Ali'nin dayısının oğludur. 1985 yılında *Sabahattin Ali Olayı'nın Gerçeği* isimli bir kitap yazdı. Gür Yayınları tarafından yayımlandı.

Mahpusta yatanlar için mektup ilaç gibidir. Hele ki Nâzım gibi bir ustadan gelmişse.

Sabahattin gardiyanın uzattığı mektubun sol üst köşesinde "Nâzım" yazısını görünce havalara uçtu. Hemen yatağına gidip kendini mektuba kapattı.

Neler neler yazmıştı Nâzım:

"*Romanını nasıl sabırsızlıkla ve ne büyük güvençle beklediğimi tasavvur edemezsin. Bak konkre*[54] *konuşuyorum: Hikâye ve romanda bugün sen varsın, senden sonra Kemal Tahir var, sonra Orhan Kemal var, Suat Derviş var...*"

Sabahattin, ağabeyi ve ustası gibi gördüğü Nâzım'ın yazdıklarını okudukça sevindi. Kendine olan güveni arttı.

Esasen aralarında sadece beş yaş vardı. Biri 1902, öteki 1907 yılında doğmuştu.

Kuşkusuz oldukları yaş dilimi göz önünde bulundurulduğunda bu önemli bir farktı. Mesela ellilerinde, altmışlarında olsalar beş yaş farkın belki lafı bile edilmezdi.

Ama yirmilerinizdeyseniz, beş yaş fark çokmuş gibi görünür.

Bundan da önemlisi, Nâzım'ın başından geçenler ve *Resimli Ay*'da yazdıklarıydı.

Daha otuz yaşını bile bulmadan, insanların gözünde bir efsane halini almıştı büyük şair.

Sadece şiirleriyle değil, yazdığı siyasi yazılarla da fırtına gibi esiyordu Türkiye üzerinde Nâzım'ın rüzgârı.

54. Net

Kelimenin tam anlamıyla, Nâzım putları yıkıyordu.[55]

Kendine mektup gönderen Nâzım, işte bu Nâzım'dı.

Böyle olunca, Sabahattin doğal olarak Nâzım'la olan ilişkisini bir usta çırak ilişkisi gibi görüyordu.

***

Sinop Hapishanesi'nde zor günler geçiriyordu yazar.

Okumasa, yazmasa, özellikle de içini mektuplara dökmese çıldırabilirdi.

Kendi de gayet iyi farkındaydı ki, çıkması gerekiyordu bu ruh halinden.

O gece değişiklik yaptı. Okumak yerine iki gözü Ayşe'sine bir mektup[56] daha yazdı:

"*Senden ayrılalı bir saat bile olmadı* Ayşe, *bu kadar kötü olduğum, yaşamaktan bu kadar bıktığım bir gecem daha yoktur.*

Niçin ölmemeli Ayşe, niçin hayat dedikleri bu korkulu rüyayı görmekte bu kadar ısrar etmeli...

Hayatın bazen çok tatlı olduğunu itiraf ederim. Fakat herkes için değil. Mesela ben hayatımın bir bilançosunu yapsam, bütün ömrümdeki zevkli anlar ihtimal bir hafta bile tutmazlar.

(...)

55. Nâzım Hikmet 1929 yılında *Resimli Ay* dergisinde "Putları Yıkıyoruz!" başlıklı bir dizi yazı yazdı. Abdülhak Hamit, Mehmet Emin Yurdakul, Ahmet Haşim, Yahya Kemal, Yakup Kadri gibi dönemin "dokunulmaz" ilan edilmiş, Ankara tarafından "koruma kalkanı" giydirilmiş sanatçılarına savaş açtı. Bunun üzerine, tüm edebiyat dünyası birlik olup Nâzım'ın üzerine çullandı.

56. Sabahattin Ali, arkadaşı Ayşe Sıtkı'ya (İlhan) Konya ve Sinop hapishanelerinden yirmiden fazla mektup yazdı.

Benim gibi ölünceye kadar her gününü kendine zehir edecek yaradılışta olanlar ne diye yaşasınlar?"

Sabahın ilk ışıklarına kadar yazdı, yazdı genç adam.
Son noktayı koyunca, yazdığı sayfaları saydı.
"... on üç, on dört, on beş."

***

Aradan beş gün bile geçmemişti ki yine yazmaya koyuldu, iki gözüne:

"Ne yaparlarsa yapsınlar, bana bu beş ayda tahammül ettiğimden kötüsünü yapamazlar, bana daha çok çektiremezler ya... Ha bir de çektirsinler... İş olacağına varır..."

Yirmi Bir

Kendi de gayet iyi farkındaydı, yaşamakta olduğu günler, o ana kadarki ömrünün en verimli zaman dilimiydi.

Durmaksızın biriktiriyordu.

"Duvar" isimli muhteşem hikâyesi bu hapishanenin ürünü olacaktı.

Bu hikâyede "Bir mahpusu dünyayla hiç alakası olmayan bir zindana kapamak ona en büyük iyiliği yapmaktır" diyecekti Sabahattin.

"Duvar" adını koyacağı yaşanmışlık, işte şimdi tam da karşısında oturan mahkûmun hayatına dairdi.

Tam bir hapishane öyküsüydü.

Bir dehlizden kaçmaya çalışan iki arkadaştan biri başarılı olamamış, tam on beş sene dizini dövmüştü.

İşte bu mahkûm, şimdi Sabahattin'in karşısında oturuyordu.

Günün birinde duvar yeniden yapılmak üzere yıkılıp da altından arkadaşının iskeleti çıkınca, üzülse mi sevinse mi bilememişti Sabahattin'in koğuş arkadaşı.

Şimdi Sabahattin'in karşısında oturmuş, hazin hikâyesini ona anlatıyordu...

Tabii ki yazılacaktı hikâye ve ismi "Duvar" olacaktı.

***

"Çaydanlık", "Katil Osman", "Kazlar" isimli hikâyelerini, hep Sinop Hapishanesi'nde duyduklarının ışığında yazacaktı Sabahattin.

Durmaksızın da okuyordu.

Arkadaşlarının, özellikle de Pertev'in gönderdiği kitapların içinden çıkan Jack London'ın *Demir Ökçe*'si çok ilgisini çekti. Türkçeye kazandırılmasının yararlı olacağını düşündü.

London bu kitabında sosyalizmin bayraktarlığını yapıyordu. Faşizmin insanlığı felakete sürükleyeceğini anlatıyor, bu tür zorba bir rejimin önünü ancak devrimci güçlerin kesebileceğine dikkat çekiyordu.

Sabahattin, London'ın devrimci mücadelede işçi sınıfına önderlik rolü vermesinden de alabildiğine etkilenmişti. Bu kitabı Türkçe bilen herkesin okuyabilmesi için çevirmesi gerektiğini düşündü.

Kitabı, yeşil mürekkepli dolmakalemini ve bir deste kâğıdı önüne koydu.[57]

***

Hapishanelerde en çok af meselesi konuşulur. Önemli yıldönümleri, değişen hükümetler, savaş ve barış durumları afla ilgili konuşmaların yoğunlaştığı dönemlerdir.

29 Ekim 1933 tarihi, yani Cumhuriyet'in kuruluşunun onuncu yıldönümü yaklaşırken, Sinop Hapishanesi'nde en çok lafı edilen konu aftı.

57. Sabahattin Ali çevirisine başladığı bu kitabı bitiremedi. Sonradan yakın arkadaşlarından, bir dil uzmanı olan Emin Türk Eliçin (1910-1966) onun bıraktığı yerden devam etti. Kitap ilk kez 1966'da yayımlandı.

Tüm mahkûmlar, af çıkıp da salıverilmeleri halinde kaç gün, ay, yıl daha az hapis yatacaklarını hesaplıyorlardı.

Sabahattin hapis yattığı ve yatacağı günleri kaydettiği çizelgesine baktığında, af olmazsa 1934'ün ilk günlerinde çıkacağını görüyordu.

Eğer söylendiği gibi 29 Ekim'de tahliye olursa, yatması gereken süre iki ay kısalmış olacaktı.

İki ay değil iki gün, iki saat, hatta bir dakika bile uzun zamandır hapiste olanlar için.

Öyle ki, o son bir gün, bir saat, bir dakika geçmez de geçmez.

Bu nedenle Sabahattin de öteki mahkûmlar gibi kulağı kirişte yatıp kalkıyordu.

Son zamanlarda, Bolu'dan ziyaretine gelen Fatma Hoca'yla, hapishane müdürü Cevdet Bey'in odasında, af konusunu bütün öteki konulardan daha uzun konuşur olmuşlardı.

Arkadaşlarının gönderdiği gazeteleri de dikkatle okuyor, çıkarsamalarını mahkûmlarla paylaşıyordu.

"Bu af genel af gibi görünse de aslında çok dar bir grubu kapsıyor" diyerek moralini bozdu bir konuşmasında mahkûmların.

"Ama siz o dar grubun içindesiniz, hiç korkmayın" diye düzeltti söylediklerini.

Mahkûmlar koro halinde "Neden?" diye sorunca açıklamaya çalıştı.

"Çünkü hükümet, kendiyle rekabet edecek düşünce ve kalitede olanların dışarıya çıkmasını istemiyor. Adam öldürmüş, hırsızlık yapmış ya da benzeri bir suç işlemiş olanlar sevinebilirler. Ama mesela, benim gibi siyaseten içeride bulunanınız varsa, sevinmek için acele etmesin derim."

Bir açıdan haklıydı söylediklerinde genç yazar. Sözgelimi, Kurtuluş Savaşı esnasında yabancı güçlerle işbirliğine gidenleri, hazırlanmakta olan af yasasının dışında tutmuştu hükümet. Sayıları yüz elli olan[58] bu kimselerin "vatan haini" halinin değiştirilerek yurda dönmelerinin sağlanması düşünülmemişti bile.

Ekim ayının ortalarında kapsamı aşağı yukarı belli olmuştu çıkacak af kanununun.

Gelişmeleri dikkatle izleyen Sabahattin, 25 Ekim'de iki gözü Ayşe'sine bir mektup daha yazdı:

> *"Ayşe, mektubunu aldım. Ben de pek uzun yazacak halde değilim. Birkaç güne kadar çıkmamız muhtemel. Sen gazetelerden affın nasıl olduğunu kimlerin çıktığını tabii okursun. Ben çıktığım takdirde, Teşrin-i Sani'nin[59] üçüncü cuma günü İstanbul'a ulaşacak vapura gelirsin. Ben telgraf da çekerim... Dedim ya yazacak halde değilim. Yalnız, seni çok, çok, çok göresim geldiğini söyleyebilirim. Gözlerinden öperim Ayşe..."*

İçi içine sığmıyordu Sabahattin'in.

Sadece onun mu? Hayır!

Tüm koğuşun, hapishanenin, hatta Türkiye'nin bütün hapishanelerinin içi içine sığmıyordu o günlerde.

Varsa af, yoksa af... Af aşağı, af yukarı... Çıktı, çıkacak...

Basın yayın dünyası da TBMM'de gerçekleşen görüşmelere kilitlenmişti.

Yazarlar yorumlarını çıkması beklenen af yasasına ayırıyordu.

Muhabirlerse milletvekilleriyle röportajlar yapıyor, onlardan aldıkları bilgilerle toplumun dikkatini gazetelerine çekmeye çalışıyorlardı.

---

58. Esasen sayıları altı yüzdü. Önce zorlanarak üç yüze indirilmiş, Lozan'da alınan karar üzerine yüz elliyle sınırlı tutulmuştu.
59. Kasım

Avukatlar, hâkimler, savcılar, hapishane müdürleri, mahkûmlar, mahkûm yakınları herkesin kulakları radyoların ajans bültenlerinde, gözleri gazetelerin manşetlerindeydi.

Ve sonunda beklenen haber geldi!

26 Ekim günü, tasarı TBMM'de yasalaştı.

***

Sabahattin'in affın lafının edildiği günlerde yaptığı tahminler tutmamış, siyasi mahkûmlar salıverilirken, zimmet, rüşvet, kaçakçılık, hırsızlık gibi suçları ikiden fazla işlemiş olanlar ile yağmacılık, yol kesme, adam kaçırma gibi suçları bir kez bile işlemiş olanlar af kapsamı dışında bırakılmıştı.

Siciline "Gazi'ye hakaret" ettiği, "komünizme meyilli" olduğu yazılmış, memuriyetten çıkartılmış da olsa, Sabahattin gözü kapıda olmak üzere beklemeye başlamıştı.

29 Ekim'de birçok mahkûm salınsa da Sabahattin'le ilgili bir haber çıkmadı.

Paniğe kapıldı genç adam.

30 Ekim'de, gardiyan gelip eşyalarını toplamasını söyledi.

Çoktan toplamıştı. Tahta bavulu ayaklarının dibinde, yatağına oturmuş bekliyordu.

***

Hürriyetten mahrum geçen bir dakikanın, bir saatin ne anlama geldiğini, Sabahattin için son yirmi dört saatin ne geçmez olduğunu, yaşamayanlar kolay anlamazlar.

Öyle ya da böyle, genç adamın önünde duran ağır kapı bir kez daha açıldı.

Tıpkı, daha önce Aydın Hapishanesi'nin kapısının açıldığı gibi...

Çıkarken eline bir de belge tutuşturulmuştu genç yazarın.

"Siyasi mahkûm Ayvalıklı Salahattin oğlu Sabahattin Ali'nin, af kanunundan istifade ederek bugün tahliye edildiğine dair vesikadır. 30.10.1933."

Yirmi İki

Sabahattin, kendini Sinop Hapishanesi'nin kapısında bir kuş kadar hür hissetti.

Derhal limanın yolunu tuttu. Gişe memurundan, İstanbul'a gidecek ilk gemi için bir bilet istedi. Nazire olsun diye "Sadece gidiş" dedi.

Anladı memur Sabahattin'in hapisten çıkmış olduğunu. İki gündür dünya kadar mahkûma bilet kesmişti. Hepsi de tekyönlüydü.

"Geçmiş olsun" diyerek uzattı bileti anlayışlı adam.

"Umarım öyle olur" dedi Sabahattin.

Ne saçma bir laf olduğunu düşündü ağzından çıkanın. Tabii ki öyle olacaktı. Katiyen, bir daha tekrarlanmayacaktı şu mahpusluk hali.

Gemiyi beklerken, hep biri gelip "Bir yanlışlık oldu" diyerek geri götürecekmiş gibi hissetti Sabahattin.

***

En çok da bu nedenle, kendini gemiye götürecek sandalcının ilk yolcusu oldu. Utanmasa, kürekleri adamın elinden alıp, gemiye doğru uçuracaktı sandalı.

Güverteden de kıyıyı izledi hep.

Neyse ki ne jandarma ne de polis görmüştü.

Az sonra gemi demir aldı. Makineler harekete geçti.

Sinop Hapishanesi'ne el salladı uzaktan ve gözleri yaşlı olarak Sabahattin.

Soğuk kasım ayına rağmen, güverteden içeriye girmedi.

Özgürlüğün tadını çıkarıyordu.

***

Ayşe gelmedi Salıpazarı Limanı'na. Sabahattin rıhtıma boş gözlerle baktı.

Pertev de İstanbul'da değildi.

Birkaç günlüğüne Salih amcasının Erenköy'deki konağına gitti.

Kış gelmişti. Sarı saçlı lacivert gözlü güzel kız da hiç görünmemişti ortalarda.

Açık olsa, hemen *Resimli* Ay'ın ofisine koşardı.[60] Ama değildi. Kapatılmıştı.

Sabiha ve Zekeriya Sertel'i evlerinde ziyaret etti. Uzun uzun konuştular hapisliğe dair.

Yine *Resimli* Ay vesilesiyle tanıdığı Suat Derviş'i[61] buldu. Onunla da ahbaplık etti. *Gönül Gibi* isimli kitabıyla ses getirmişti genç kadın. Üzerinde çalıştığı *Emine* ise onuncu romanı olacaktı.

Nâzım'ın adresini Suat Hanım'dan aldı Sabahattin.

Koca şair gizleniyordu ama çalışıyordu da. İpek Film Stüdyosu'nda muhtelif işler yapıyordu.

Kaçak göçek de olsa ağabeyi ve ustası gibi sevdiği Nâzım'ı buldu.

Şair, fena halde âşık olduğunu söyledi, önemli bir sırrı paylaşır gibi Sabahattin'e. Piraye'yle birlikteydi.

---

60. *Resimli* Ay'ın ortakları arasında, yayın politikası nedeniyle 1931'de anlaşmazlık çıktı. Ocak 1931'de yayımlanan sayı, yetmiş sekizinci ve son sayısı oldu. Efsane dergi, beş yıl sonra Mart 1936'da tekrar yayımlanmaya başlayacaktı.

61. Suat Derviş 1903-1972 yılları arasında yaşadı. Gazetecilik ve yazarlık yaptı. On beş romanı yayımlandı.

Hakkında kovuşturmaların sürdüğü bir dönemdi.

O yıl *Cici Berber, Düğün Gecesi, Fena Yol, Karım Beni Aldatırsa, Söz Bir Allah Bir, Naşit Dolandırıcı* isimli filmlerin senaryolarını yazmıştı. *Cici Berber* ve *Düğün Gecesi* için yönetmen koltuğuna da oturmuştu.

Arandığı için, hem senaryo yazarı hem de yönetmen olarak Mümtaz Osman takma adını kullanıyordu.

Sabahattin, Nâzım'la stüdyonun bir köşesinde ayaküstü konuşabildi. Yine de çok memnundu Nâzım'la yüz yüze görüşmekten.

Şair, kendinden çok umutlu olduğunu söylemişti her zaman olduğu gibi. Roman üzerine çalışmak hususunda, bir kez daha yüreklendirmişti genç yazarı.

***

Daha fazla oyalanamazdı Sabahattin İstanbul'da.

Almanya'dan döndüğünde bulduğu eski payitahta, sanki bomba düşmüş gibiydi. Sanki büyük bir patlama olmuştu da tanıdığı herkes dört bir yana dağılmıştı.

Belki de parasızlık ve işsizlikle kucaklaştığını görmek böyle düşünmesine yol açmıştı.

Cebindeki son birkaç lirayla, Haydarpaşa Garı'na ulaştı genç adam.

Şahane binanın içine girmeden önce dönüp İstanbul'a, özellikle de tarihi yarımadaya doyasıya baktı.

Kim bilir bir daha ne zaman dönecekti, canı kadar sevdiği İstanbul'a...

Dışı kadar içi de güzel binada, çeşitli hatlarda yapılan seferlerle ilgili bilgi panoları dikkatini çekti.

Geçenlerde bir gazetede de okumuştu zaten yeni demiryolu hatlarının açıldığını.[62] Demek doğruydu yazılanlar.

Onuncu yıl şerefine gelin gibi süslenmiş Haydarpaşa Garı ve trenlerden de anlaşılacağı üzere, genç Cumhuriyet, 1923 yılında İzmir İktisat Kongresi'nde ileriye sürülen hedefleri tutturma yolunda canla başla çalışıyordu.

62. Türkiye Cumhuriyeti, Osmanlı İmparatorluğu'ndan 4.559 km demiryolu devraldı. 1940 yılına gelindiğinde, demir yollarının uzunluğu 8.637 km'ye ulaşmıştı. Üzülerek söylemeliyiz ki, 2015 yılında bu uzunluk sadece 8.699'du. Yani, yetmiş beş yıl içinde, ancak 62 km demiryolu inşa edilebildi. Türkiye, demiryolları açısından bugün dünyanın yirminci ülkesidir.

Yirmi Üç

Ankara'da gideceği yer belliydi genç adamın.

Yozgat'ta öğretmenlik yaparken de kendine yardımcı olan dayısı Rıfat Bey'in evine yerleşecek, bir süre onlarla birlikte yaşayacaktı.

Rıfat Bey, Ankara'nın tanınan simalarından, ünlü bir asabiye doktoruydu.

Yengesi Müfide Hanım'ın kendi için hazırladığı odaya yerleşti genç adam.

Odasında kütüphaneli bir divan vardı. Kitaplarını iki bölümden oluşan bu kütüphaneye yerleştirdi. Hepsini tek tek etiketledi, bir de envanter defteri yaptı.

Ev şikâyet edilecek kadar kalabalık değildi. Üç küçük yeğeni, yengesi ve dayısı ona mümkün olabildiğince rahat yaşayabileceği, yazabileceği bir ortam sağlamaya çalışıyorlardı.

Genç adam birkaç gün dinlendikten sonra soluğu Maarif Vekâleti'nde aldı. Önceden tanıdığı Hasan Âli Bey'in[63] kapısını çaldı.

Aralarında on yaş fark olsa da, Hasan Âli Bey arkadaşça davrandı Sabahattin'e.

Öğretmenliğe yeniden başlamakla ilgili isteğini, Maarif Vekili Hikmet Bayur'la konuşmaya söz verdi.

---

63. Hasan Âli Yücel 1897-1961 yılları arasında yaşadı. İstanbul Üniversitesi Edebiyat Fakültesi'ni bitirdi, 1922 yılında öğretmenliğe başladı. 1932 yılında, adı sonradan Türk Dil Kurumu olarak değiştirilecek olan Türk Dili Tetkik Cemiyeti'nin Etimoloji Kolu başkanlığını yapıyordu. İlerleyen zamanlarda milli eğitim bakanlığı görevini üstlenecek, adını eğitim tarihine altın harflerle kaydettirecekti.

Sabahattin, birkaç gün sonra Bayur'u da ziyaret etti.

Maarif vekili, genç adamı nezaketle dinledi, konuşmasının arasına ustalıkla "eski kanaatlerinin değiştiğini ispat etmesi gerektiğini" sıkıştırdı.

***

Sabahattin doluya koyuyor almıyor, boşa koyuyor dolmuyordu.

Önünde sadece iki seçenek olduğunun farkındaydı.

Birinci yol, eğitimini gördüğü öğretmenliğe elveda deyip kısmetini başka işlerde aramaktı.

İkinci yol ise, eğitim camiasına ve asıl önemlisi bu camianın en tepesindekilere ve tabii ki siyasal iktidarı elinde bulunduranlara, düşüncelerini değiştirdiğini ispat etmekti.

Kolay verilebilecek bir karar değildi bu.

Ama günler de süratle akıp gidiyordu.

Dayısının evinde daha ne kadar oturabilir, öğretmenlik yapmayacaksa kimden ne iş isteyebilirdi?

Aklından çevirmenlik, gazetecilik gibi meslekler geçse de bunların bugünden yarına para kazanmasına yetebilecek işler olmadığının farkındaydı.

Öğretmenlik kazanmış olduğu bir haktı. Yıllar boyu çalışmış, bu işe yatırım yapmıştı.

Aklından geçen öteki işlerden farklı olarak, şiirlerini, hikâyelerini, romanlarını yazmaya zaman bırakacak tek meslekti öğretmenlik.

Sabahattin, her ay başında belli miktarda bir paranın cebine gireceğini de düşündüğü için, yeşil mürekkepli dolmakalemini eline aldı, önüne temiz bir kâğıt çekti ve bir şiir yazdı.

Tabii ki bu şiirin yayımlanabileceği en uygun dergi Varlık'tı.

Şiirini koyduğu zarfın üzerine "Sayın Yaşar Nabi Nayır, Varlık Dergisi"[64] yazdı, adresi ilave etti ve zarfı postaya verdi.

Yayımlansa bir türlü, yayımlanmasa başka türlü bir şiirdi yazdığı.

Sonunda *Varlık*'ın 15 Ocak 1934 tarihli sayısında şiiri yayımlandı.

Sabahattin, Gazi Mustafa Kemal'i uzun uzun övdüğü ve başlığını "Benim Aşkım" koyduğu şiirinin özellikle de son dörtlüğüyle isteneni tam olarak yapmıştı:

"Hem bunları ne çıkar anlatsam bir diziye
Hisler kambur oluyor dökülünce yazıya
Kısacası: Gönlümü verdim Ulu Gazi'ye
Göğsümde şimdi yalnız onun aşkı yatıyor..."

***

Sabahattin, *Varlık* dergisinin o sayısından iki tane satın aldı. Bir tanesini kendi arşivine koydu ötekini Hikmet Bayur'a iletilmek üzere Hasan Âli Bey'e götürdü.

Genç meslektaşının *Varlık* dergisinin sayfaları arasında bulup önüne koyduğu şiirini dikkatle okudu Hasan Âli Bey. Konuyla ilgileneceğini söyledi.

İlgilendi de. Konuyu maarif vekiliyle tekrar konuştu, *Varlık* dergisini okumasını sağladı.

Şimdi sıra Bayur'daydı.

Maarif vekili meseleyi Gazi'ye kesinlikle açacaktı. Ama bu süre alacaktı.

---

64. *Varlık* 15 Temmuz 1933'te yayımlanmaya başladı. Derginin ilk sahibi Sabri Esat Siyavuşgil'dir. Dergi, o günden bu yana, seksen üç yıldır yayımlanıyor.

Yirmi Dört

Günler geçtikçe Sabahattin'in canı sıkılıyordu. Böylesi durumlarda Maarif Vekâleti'nin yolunu tutuyor, muhtelif yetkilileri ziyaret ettikten sonra, bir yolunu bulup mutlaka Hasan Âli Bey'in makamına damlıyordu.

Aldığı cevap her defasında aynı oluyordu:

"Eşref saate intizarda."[65]

Sıkıldığı günlerden birinde bir kez daha gitti Hasan Âli Bey'in ofisine. Yerinde yoktu. Ama koridorda Bayur'la karşılaştı. Daha o ağzını açmadan, maarif vekili, ne istediğini sordu.

"Efendimizi görmek dileriz."

"Buyurun" diyerek odasına aldı genç öğretmeni maarif vekili.

Uzun uzun anlattı derdini tekrar ve lafın bir yerinde "Ben Maarif Vekâleti'nin vereceği yirmi beş lira maaşın temin edilebileceği refahı başka bir yerden de temin edebilirdim. Fakat bir münevverin devlet teşkilatı haricinde yararlı olmasını Türkiye'de imkânsız gördüğüm için sizi birkaç keredir rahatsız ediyorum. Yani Maarif'ten iş isteyişimde bir ekmek parası düşüncesi değil, bir memleket düşüncesi amildir" dedi.

Güldü maarif vekili.

Pek çok manaya gelirdi bu gülüş. Memnuniyet de ifade edebilirdi, genç adamın burnunun sürtmüş olmasından duyduğu sevinci de.

---

65. Uygun zamanın beklenmesi.

Neyse neydi. Genç öğretmen dert etmedi.

Bu arada Bayur, Sabahattin'e branşını sordu.

Almanca öğretmeni olduğunu öğrenince "Hasan Âli Bey'e söyleyin, münhal yer varsa sizi tayin etsin" dedi.

***

Sonrasında da bir yığın aksaklık çıkacağından emindi genç adam ama en azından Hasan Âli Bey kendine bir dilekçe yazdırmış, bunu kendinin gözü önünde Bayur'a götürmüştü.

Maarif vekili dilekçenin tepesine "Gazi Hazretleri'nden de müsaade istihsal edildiği için" diye yazacak, "Muvafıktır" ibaresini de ekleyerek işleme konulmasına izin verecekti.

Sırada öteki hukuki işlemlerin tamamlanması, tayin emrinin çıkartılması vardı.

Bu arada zaman hızla akmış, 1934 yılının şubat ayına gelinmişti.

Geçen bütün bu süre zarfında boş durmamıştı genç yazar. Adını *Dağlar ve Rüzgâr*[66] koyduğu bir şiir kitabı üzerine çalışmış, yayımlanmasını sağlamıştı.

***

Maarif Vekâleti, biraz da göz önünde olsun diye genç öğretmeni Ankara'da istihdam etmeyi düşünüyordu.

Eli kalem tutan bir aydın olduğu için, bu kez öğretmenliğin yanı sıra başka bir işte daha değerlendirilmesinin iyi olacağına dair fikirler de vardı.

---

66. 1934'te Remzi Kitabevi tarafından yayımlandı.

Yaşanan uzun savaş yılları nedeniyle bitap düşmüş ülkeyi kalkındırmanın en önemli ayağının eğitim olduğunu bilen hükümet, Maarif Vekâleti'ne büyük görevler yüklemişti.

Düşüncelerini değiştirmiş bir Sabahattin, alanı eğitim olan bakanlık için şüphesiz çok faydalı olurdu.

Bayur, kabiliyetlerini de göz önünde bulundurarak, bu kıymetli öğretmenin, öğretmenliğinin yanında "Neşriyat Müdürlüğü büro şefi" olarak da değerlendirilmesine karar verdi.

Yeni görevini sevinerek kabul etti genç adam. Ama henüz tayini çıkmamış, maaş alır duruma geçememişti.

Neyse ki birkaç ay önce *Dağlar ve Rüzgâr* yayımlanmış, cebine üç beş kuruş girmişti. Ayrıca dayı bey de sağ olsun harçlığını eksik etmiyordu.

Memuriyete dair tünelin ucunda ışık görünmüş olması, Sabahattin'in keyfini yerine getirmişti.

Genç adam, başı göklerde dolaşmaya başlamıştı yeniden.

Yirmi Beş

Ne kadar süreceği belli olmasa da Sabahattin mutlu bir döneme girmişti. Memuriyet konusuna olmuş gözüyle bakıyordu.

O lokanta senin bu lokanta benim dolaşmaya, Ankara'da gerçekleşen partilerin neredeyse hepsine katılmaya başlamıştı.

Başkalarıyla birlikte olmayı seviyordu. Gülmek, eğlenmek iyi gelmişti genç adama. Ankara Palas'ta gerçekleşen bir partiye zeybek kıyafetiyle katıldı.

Güldürmeyi sevdiği için olsa gerek, birlikte yaşadığı dayısının ailesi, arkadaşları, dostları onunla birlikte olmaktan zevk duyuyor, yaptığı taklitleri, anlattığı komik hikâyeleri can kulağıyla dinliyorlardı.

15 Şubat günü, ani bir kararla masaya oturdu genç yazar. Eline yeşil mürekkepli kalemini aldı ve iki gözü Ayşe'sine yazmaya koyuldu:

> "*Ayşe'ciğim, nikâhına talibim... Hiç şaka değil, gayet ciddi söylüyorum. Oturup biraz düşündüğün takdirde senin de kabul edeceğin birtakım muhakemelerden sonra dünyada bundan daha muvafık birçok şeyler yapamayacağımız neticesine vardım... Bana derhal cevap yaz, erkekçe bir cevap. Bu meselede benden başka türlü düşüneceğin aklıma bile gelmiyor. Hele bir mırın kırın et, vallahi kaçırırım...*"

Daha önce de çeşitli zamanlarda ilanıaşk etmişti Ayşe'ye ama bu denli ciddi hiç olmamıştı.

Ayşe'nin araya hep mesafe koyması, arada bir de "deli" filan diyerek azarlamasını hiç mi hiç ciddiye almamıştı Sabahattin. Ayşe'yi hep bir gönül yoldaşı, gelecekteki sevgilisi ve hatta eşi olarak düşünmüştü.

Ayşe'nin cinlerini tepesine çıkartmıştı mektup. Hemen kaleme kâğıda sarılmış, ölçüyü tartıyı bir kenara bırakmıştı:

"Yazdıklarını daha çok şaka diye alıyorum, ama eğer bunları bir an için olsun ciddi düşündünse büyük bir çocukluk yapmışsın. Öyle ya, artık yapacak şey kalmadı. Her işi tamamladın. Rahat da duramazsın, bunun imkânı yok..."

***

Ayşe'yi Almanya dönüşünde, arkadaşı Pertev vasıtasıyla tanımıştı Sabahattin.

Kızın adresini hemen ertesi gün almış, Bursa, Aydın ve Konya'dan durmaksızın yazmıştı.

Almanya'ya giderken ve orada geçirdiği günler süresince Melahat'la flört ettiğinden, bir ara Maria'ya gönül düşürdüğünden de söz etmişti Ayşe'sine.

Konya'da çalışırken, bu kez de öğrencisi Melahat'a olan aşkını yazmıştı. Hatta evlenme teklif ettiğini bile söylemişti mektubunda.

Nahit'in kalbinde kapanmaz bir yara olduğunuysa, sadece Ayşe değil, cümle âlem biliyordu.

***

"Hiçbiri olmayınca beni tekrar deniyor" diye düşünmüş olmalıydı genç kadın.

Ve son derece net bir "hayır" cevabı vermişti Sabahattin'e.

Yine de umudunu kesmedi genç adam.

Oysa Ayşe, bu kez önceki mektuplarının tersine, cevap yazmayı zamana bırakmamış, olumsuz cevabını bir an bile tereddüt etmeden, derhal bildirmişti.

Bunun üzerine yeniden oturdu masanın başına Sabahattin.

Mektuplarını uzun aralıklarla cevaplayan, hatta bazen es geçen Ayşe'ye, yaptığı teklifi bir kez daha tekrarladı:

"Akıllı Ayşe, bundan sonra sana her mektubumda nikâh teklif edeyim, çünkü böyle yapınca bir haftada cevap alıyorum... Söz aramızda, biraz üstüne düşsem razı oluvereceksin, mektubunda böyle bir eda var..."

Yazdı da yazdı genç adam.

Gönderdiği mektupta Ayşe'yi neden kaybetmek istemediğini uzun uzun anlatmıştı.

Şayet bir gün iki gözü başka biriyle evlenirse, sadece iyi bir eşten değil, her şeyi konuşabildiği bir arkadaştan da mahrum olacaktı.

Cevap maalesef yine olumsuzdu:

"Sana ciddi şekilde şunu söyleyeyim ki: Bizim evlenmemize imkân yok. Şu veya bu sebepten diye teferruattan bazı şeyler saymaya lüzum yok. Her şeyden evvel seni evlenemeyecek kadar yakın bulurum kendime... Artık bu işi kapat Sabahattin, fakat bir daha da dönmemek üzere."

***

Ayşe'nin evlilik teklifini katiyetle reddetmesi üzerine karalar bağladı Sabahattin. Yeniden oturdu masasına. Yeşil mürekkepli kalemini, beyaz mektup kâğıdı üzerinde serbest bıraktı.

Kaleme aldığı çok ama çok karamsar bir mektuptu. Ömrünün bitmesini istediğinden dem vuruyor, kendini bu dünyada gayesiz bir misafir gibi görmekten şikâyet ediyordu.

En önemlisiyse "Beni bu dünyaya bağlayan nedir?" diye bir soru soruyordu.

Yazdığı mektubu bir kez daha okudu genç adam. Sinirlendi.

Ne kötü yazılmış bir mektuptu bu böyle. Kendine yakıştıramadı. Kalemini tekrar aldı ve mektubun en tepesine bir not düştü:

"Yazdıklarımı bir daha okudum... Böyle bir mektubu bana bir başkası yollasa, gayet samimi söylüyorum, pek güç okurum ve bir daha yazmamasını rica ederim."

Sabahattin mektubuna bir de şiir ilave etti.

Şiirin başlığı "Son Mektup"tu ve ilk dörtlüğü şöyleydi:

"Ey yâr, bu mektubu aldığım demde
Kara topraklara verdim kendimi...
Her şey bana engel oldu âlemde
Bir coşkun nehirdim, yıktım bendimi..."

Yirmi Altı

Tabii ki tekrar yazdı iki gözü Ayşe'sine.

Mektuplarından birine üç kitap eklemiş, bir de şart koşmuştu: "Okur okumaz Manifest'i[67] bana derhal iade edeceksin."

Öteki iki kitap ise Buharin[68] ve Stalin'indi.

Sabahattin, Buharin'in kitabının mutlaka Türkçeye çevrilmesi gerektiğini düşünüyor, bunu Ayşe'den istiyordu.

"En faydalı çalışmak yolu şimdilik budur. Tercüme biter bitmez müsveddeleri ve kitapları derhal bana yollarsın."

Mektubunda yazmamıştı ama "en faydalı yol"dan kastı kuşkusuz sosyalizmdi. O da tıpkı pek çok başka aydın gibi SSCB'deki gelişmenin tesiri altındaydı.

Öte yandan Ayşe, aşk değil de iş üzerine konuşulduğu zamanlarda, şahane bir arkadaş oluyordu.

Tabii ki yetmiyordu bu genç adama.

***

---

67. "Komünist Manifesto", Karl Marx tarafından 1848 yılında yazıldı. Dr. Şefik Hüsnü tarafından Türkçeye çevrildi ve 1923 yılında yayımlandı.

68. Nikolay Buharin 1888-1938 yılları arasında yaşadı. Sovyetler Birliği Komünist Partisi'nin merkez komite üyesiydi. 1926'dan itibaren, Stalin tarafından öne sürülen "Tek Ülkede Sosyalizm" tezini destekledi, detaylandırdı, teori haline getirdi. Bu teoriye göre, devrim için kapitalist ülkelerde çaba göstermeye gerek yoktu. Çünkü SSCB, sosyalizmi tek başına gerçekleştirebilecek kadar güçlenmişti. Sonradan SSCB'nin ve dünyanın başına bela olan Stalinizm, işte tam da bu tez üzerine temellendi.

Buharin ve Stalin'in kitaplarının çevrilmesini istiyor ve bunun için çaba gösteriyordu Sabahattin, çünkü Sovyetler Birliği'nin sağladığı gelişme gerçekten de göz kamaştırıcıydı.

Lenin'in 1924 yılında ölümünün ardında, 1930'lu yılların başlarından itibaren, tüm dünyada bir efsane olmuştu SSCB'nin yeni lideri Stalin.

Dünya epeydir, onun söyledikleri ve yaptıklarıyla yatıp kalkar olmuştu.

Sabahattin, Troçki'nin işte tam da bu ülkeden kaçarak Türkiye'ye sığınmış olduğunu nedense hiç önemsemedi. Rus muhalifin İstanbul'da, Büyükada'da sürgün hayatı yaşadığının belki farkında bile değildi.

Dünyada ve Türkiye'de yaşayan aydınların büyük bir kısmı da tıpkı onun gibi, SSCB'de ne olup bittiğini tam anlamıyla anlayamıyordu.

***

SSCB'de bütün bunlar olup biterken, aynı yıllarda Ankara bir başkent olarak inşa edilme sürecini yaşıyordu.

Nüfusu yarım milyonu bile bulmayan yerleşim, muhtelif nedenlerle genç Türkiye Cumhuriyeti'nin başkenti olarak seçilmişse de, birkaç devlet dairesi ve dış ülke temsilciliği hariç, kıraç bir Anadolu kasabası görünümündeydi.

Doğal olarak, eğlence yerleri açısından da aynı yoksunluğu yaşıyordu başkent.

Sabahattin arada bir Gazi Çiftliği'ne gidiyordu.

Ülkenin kurucuları, başta Gazi olmak üzere 1925'ten itibaren bu çiftlikte üslenmişlerdi.

Gazi'nin direktifiyle burada adı Merkez Çiftlik Lokantası olan bir mekân inşa edilmişti.

1930'dan sonra, lokanta Tarım Bakanlığı tarafından çalıştırılmaya başlanmıştı.

Eğer mevsimlerden yaz ise, lokantanın bahçesinde Darvaş'ı dinliyordu Sabahattin.

O zamanlar pek popülerdi Halil Darvaş.

Savaşın Türkiye'ye sürüklediği müzisyenlerdendi. Macaristan'da doğmuş, Franz Liszt Müzik Akademisi'ni bitirmiş, Macar Kraliyet Filarmoni Orkestrası'nda çalışmıştı. Kemanını çalmıyor, konuşturuyordu adeta. Ankara gecelerinin gözdesiydi.

Sabahattin, Bomonti Bira Bahçesi'nde bira da içiyordu.

Gazi, Ankara'da üretim yapan ve sermayesinin büyük kısmı yabancılara ait olan Bomonti Bira Fabrikası'na alternatif olmak üzere, tümüyle yerli sermayeye dayalı yeni bir bira fabrikası kurdurtmuştu.

Yine de Bomonti Bira Bahçesi arada bir canlı müzik eşliğinde dans edilen mekân haline dönüşüyor, genç adam eğlencelerin doruk yaptığı böyle günleri asla kaçırmıyor, arkadaşlarıyla gülüp eğleniyordu.

***

Grup halinde bir araya gelindiğinde, çok eğlendiriyordu etrafındakileri Sabahattin.

Özellikle de arkadaşlarının eşleri onunla sohbet etmekten büyük haz duyuyorlardı.

Sanki bir erkekle değil de bir kadınla konuşurcasına rahat konuşuyorlardı genç adamla.

Esasen, şeytan tüyü vardı Sabahattin'de. Ve doğrusunu söylemek gerekirse, bir yolunu bulup herkese kendini sevdirmeyi becermekte üstüne yoktu.

Mesele aşka geldiğindeyse durum değişiyordu.

Nedense öteki her konuda kendine teveccüh gösteren hanımlar, kendilerini Sabahattin'le yaşanacak bir aşkın kollarına bir türlü bırakamıyorlardı.

Çok düşünmüştü bu konunun üzerinde genç adam.

Acaba yeterince çekici mi bulmuyordu kadınlar kendisini?

Veya ciddi bir izlenim mi uyandırmıyordu karşı cinste?

Bir gelecek mi göremiyorlardı acaba onun yaşam tarzında?

Soruları çoğaltsa da uygun cevabı bulmakta çaresiz kalıyordu genç adam.

Her oturup hesapladığında, çok mu çok yaşlanmış olduğuna kanaat getiriyor, bir yuva kurmak açısından treni kaçırıyormuş gibi hissediyordu.

Yirmi Yedi

Yalnızlık hissettiği zamanlarda, Nâzım'ın *Unutulan Adam*'ı[69] geliyordu Sabahattin'in aklına.

Geçenlerde yayımlanmıştı Nâzım'ın kitabı. Bir piyesti ve oynanması bekleniyordu.

Kitap üzerine Nâzım'la, yazılma sürecinde konuşmuştu Sabahattin.

"Bu oyunu Muhsin Ertuğrul'un oynamasını çok istiyorum" demişti genç arkadaşına usta yazar. "Laf aramızda, hatta konuştum bile Muhsin Bey'le."

Her şey yolunda giderse, oyun Darülbedayi'de sahnelenecekti.

Daha önce de iki oyunu sahnelenmişti burada. *Unutulan Adam* sahnelenen üçüncü oyunu olacaktı.

Nedense, Nâzım bu oyunun sahnelenmesini ötekilerden daha fazla önemsiyordu.

Demişti ki bir keresinde Sabahattin'e, "Toprağı, dostlarımı, karımı sevdiğim kadar severim tiyatroyu... Bugüne kadar hiçbir şeyi bir kişi için yapmadım. Kendim de dahil. Ama bu piyesi, bir kişi için yazdım. Muhsin oynasın diye yazdım bu oyunumu."

Nâzım'ın bu sözleri çok etkilemişti Sabahattin'i.

Tam da Nâzım'ın söylediği gibi, şöhret geçiciydi, insanlar ve meslekler kalıcı değildi, her şey ve herkes unutulmaya mahkûmdu.

---

69. *Şöhret* olarak da bilinen bu oyun, 1935'te Darülbedayi'de (İstanbul Şehir Tiyatroları) sahnelendi. *Unutulan Adam*'ı tam da Nâzım Hikmet'in istediği gibi Muhsin Ertuğrul oynadı. *Şöhret*, büyük şairin hapishanenin yolunu tutmadan sahnelenen son oyunu oldu.

Arada bir, özellikle de yalnız olduğu geldiğinde aklına, tam da *Unutulan Adam*'da olduğu gibi yalnız, umutsuz, unutulmuş hissediyordu kendini Sabahattin.

Oysa Nâzım, kitabının arka planına, üstü kapalı bir şekilde de olsa, umut koymuştu. Yaşanmaya değer bir dünyanın ipuçlarını da veriyordu *Unutulan Adam*'da.

Böyle düşününce, yeniden umuda kapıldı Sabahattin.

***

Düşünceli, kızgın, umutlu, umutsuz, hangi ruh halinde olursa olsun, hep yaptığı gibi masasının üzerinde duran piposuna uzandı Sabahattin.

Wertheim'dan özene bezene aldığı pipo çakısıyla, piposunun temizliğini tamamladı.

Üzerinde Türk Pipo Tütünü yazan tütün kesesinden özenle bir tutam aldı, hazneye yerleştirdi.

Bir yıl kadar önce, genç Cumhuriyet tarafından teşekkül ettirilen İnhisar İdaresi tarafından üretilmeye başlanmıştı Türk Pipo Tütünü ve Sabahattin için yaşamsal öneme sahipti.

Tabii ki Almanya'da içtiği aromatik tütünlerin ayrı bir yeri vardı damağında ama içine arada bir birkaç parça elma kabuğu koyarak nemini kendine uygun hale getirdiğinde, bu tütün de pekâlâ işini görüyordu.

İlk birkaç nefesten sonra mektubunun başına 11.4.34 yazdı ve "Ayşe" diyerek başladı:

"Hâlâ yirmi iki yirmi üç yaşındayım zannediyordum, yani bu yaşlarda olmadığımı bildiğim halde… Ve bu son günlerde tam yirmi yedi yaşında olduğumu ve ihtiyarladığımı anladım…"

Belli ki bir arayış içindeydi Sabahattin.

Artık çocuk olmadığını, hatta gençliğinin bile sınırına gelip dayandığını düşünüyordu.

Etrafına baktığında, hemen bütün arkadaşlarının ya evlenmiş ya da birilerine söz vermiş olduğunu görüyor, telaşa kapılıyordu.

"Yakında..." diye düşünüyordu bir yandan mektubunu tamamlamaya çalışırken Sabahattin. "Ayşe de evlenir ve ben de bir başıma kalırım."

***

Mektubunu bitirip zarfa koyarken, zarfın üzerini yazarken, sönmüş piposunu yeniden yakarken hep aynı konuyu düşündü.

Yalnız ihtiyarlamak, unutulan bir adam olmak sahiden de çok ürkütücü olmalıydı.

Yakında askere gitmesi gerekecek, en azından bir buçuk yılı kışlada geçirecek ve dönüşünde otuz yaşında olacaktı.

Bir şeyler yapması, askere gitmeden önce kendine bir rota çizmesi gerekiyordu.

***

Geriye, epey geriye gitti düşüncelerinin tam da bu kısmında Sabahattin.

Almanya'dan döndüğü günlerde İstanbul'da, Erenköy'de karşılaşıp birlikte yüzmeye gittiği güzel, zarif genç kızı düşünmeye başladı.

Acaba ne yapıyordu? Evlenmiş olabilir miydi?

Mesela Muhittin'le...

Belirgin bir kıskançlık hissetti, derinlerinde bir yerde.

Yirmi Sekiz

Ankara süratle büyüyor, başkentin bina envanterine her gün ya bir yenisi ekleniyor ya da var olanlara ilaveler yapılıyordu.

Ankara Numune Hastanesi'ne beş yüz yataklı yeni bir pavyon daha eklenmişti işte.

Yetmiyormuş gibi, Sabahattin'in dayısı Doktor Rıfat Bey'in sahip olduğu kliniğinin karşısına Doktor Şevket Bey'in sağlık yurdu açıldı.

Önceleri hastalara yetişemeyen dayı bey, neredeyse iş yapamaz hale gelmişti böyle olunca. İnatçı bir adam değildi. Fazla ayak diremedi, teslim oldu. Sahibi olduğu Ankara Sıhhat Yurdu'nun kapısına kocaman bir kilit astı.

Sabahattin, dayısının ailesiyle birlikte, lojman olarak kullandıkları hastanenin en üst katını toplamaya girişti.

Öncelikle de kendi odasını derdest etti, kitaplarını koliledi.

Aile, tabii ki Sabahattin de yanlarında olmak üzere Yenişehir'e taşındı.

Bundan böyle keresteci Fahri Bey'in yeni yaptırdığı apartmanda oturacaklardı.

***

Sıcakların iyice bastırmasıyla birlikte, Rıfat Bey ve ailesi Gazi Çiftliği'ne daha sık gider olmuştu.

Sabahattin de onlarla birlikte çıkıyor, akşamlarını dayısı, yengesi ve çocuklarla eğlenerek geçiriyordu.

O akşamlardan birinde, Rıfat Bey yeğenine "Soyadı meselesini düşündün mü Sabahattin?" diye sordu.

Haziranın sonlarından itibaren tüm Türkiye soyadı meselesine kilitlenmişti.

Kanun teklifi Meclis'te kabul edilmiş, 2 Temmuz'da Resmi Gazete'de yayımlanmıştı.

O gün bugündür, bütün aileler kendileri için uygun, güzel bir soyadı bulmanın peşine düşmüşlerdi.

"Siz karar verdiniz mi dayı?" dedi Rıfat Bey'in sorusu üzerine Sabahattin.

Dayısı eşine ve küçük oğluna da bakıp "Ertüzün olsun diyoruz" dedi.

Sabahattin şöyle bir düşündü, bir yorumda bulunmamayı tercih etti. Sessiz kaldı.

"Ne diyorsun?" diye üsteledi dayı bey.

"Bana..." dedi Sabahattin. "Hem sert hem yumuşak gibi geldi."

Rıfat Bey gülümsedi, "Doğru, er kelimesinde bir sertlik, tüzün kelimesinde bir yumuşaklık var" dedi. Sonra da Sabahattin'in daha fazla yorum yapıp mevzuu sulandırmasına izin vermeden "Peki, sen bir soyadı düşündün mü?" diye sordu.

Genç adamın cevabı hazırdı:

"Arada bir babamın ismindeki Ali'yi[70] soyadı gibi kullanıyorum zaten dayı. Kitapta da kullandım. Değiştirmem herhalde."[71]

***

---

70. Sabahattin Ali'nin babası, Piyade Yüzbaşısı Cihangirli Ali Salahattin'di (1876-1926). Soyadı mecburiyeti olmayan Osmanlı'da, aileler doğdukları yer, fiziksel özellik, meslek gibi işaretleri lakap olarak kullanırdı. Ayrıca, isimlerinin başına babalarının ismini de eklerlerdi. Ali, Sabahattin'in dedesinin ismiydi.

71. Tam da böyle yaptı Sabahattin. Nüfus memuru isimleri soyadı olarak vermediklerini söyleyince "O halde 'i' harfini kullanmayın onun yerine 'ı' harfi koyun. Alı olsun. Yani 'kırmızıyı' gibi" dedi ve nüfus kütüğünün soyadı hanesine "Alı" yazdırdı.

Az sonra dayı bey Sabahattin'i de alıp, erkeklerin oturduğu bir masaya geçti. Her zamanki gibi olup bitenler üzerine fikir alışverişinde bulunuluyordu.

Bir ara laf Nihal Atsız'a gelince Sabahattin kulak kesildi.

Trakya'nın tadı kaçmıştı. Birtakım kendini bilmezler Yahudilerin ibadethanelerine, okullarına, işyerlerine saldırıyorlardı.

"Bunun..." dedi içlerinden biri. "En büyük kışkırtıcısı o Nihal denilen adam."

İşte, Nihal'in adı geçmişti yine.

Trakya'da yaşanan gelişmeleri, işin içinde Nihal de olduğu için yakından takip ediyordu genç adam.

Arkadaşı o aralar, *Atsız*'ın yerine *Orhun*[72] dergisini çıkartmaya başlamıştı.

Nihal yeni dergi *Orhun*'da, Cevat Rıfat ise *Milli İnkılap* dergisinde Yahudilere karşı son derece ırkçı yazılar yazıyor, şiddeti teşvik ediyorlardı.

Sonunda istediklerini becermişler, Tekirdağ, Kırklareli ve Çanakkale'de Yahudilere ait mekânlar basılmış, yağmalanmıştı. Yetmiyormuş gibi birçok kadına da tecavüz edilmişti.

Bir jandarma onbaşısının, saldırganları durdurmaya çalışırken öldürüldüğünü gazetelerde okumuştu Sabahattin.

"Söz konusu olan..." dedi masadakilerden biri. "Toplamda on beş bin Yahudi. Sadece Edirne'de altı bin Yahudi var. Nüfusun dörtte birinden bile fazla. Ne saçmıyorlar bu adamlar böyle?"

---

72. 1933 yılında Edirne'ye edebiyat öğretmeni olarak tayin edilen Nihal Atsız, o yılın kasımından itibaren *Orhun* adını verdiği bir dergi çıkartmaya başladı. *Orhun*, düşünce olarak *Atsız Mecmua*'nın bir devamıydı. Aynı zamanda, Almanya'da yükselmekte olan Hitler'in savunuculuğunu yapıyordu. Bu arada Türklerin tarihini de konu ediniyor, o dönemde liselerde okutulan tarih kitaplarını ağır dille eleştiriyordu. *Orhun*, bu gerekçeyle, Temmuz 1934'te Bakanlar Kurulu kararıyla kapatıldı.

Dayanamadı Sabahattin.

"Yeni bir durum değil ki" dedi ve arkadaşının, düşüncesini *Atsız Mecmua*'da ve sonradan *Orhun*'da ne zamandan beri olgunlaştırdığını örnekleriyle anlattı.

Verdiği bir örnek çok çarpıcıydı.

Önce "Vatandaş Türkçe Konuş" kampanyasıyla insanları nasıl sokağa döktüklerini anlattı Sabahattin. "Sonra da..." dedi "Yahudileri hedef olarak gösterdiler."

İtalya ve Almanya'dan sonra Türkiye'de de faşizm ve Nazizm, hem de Sabahattin'in en yakın arkadaşlarından birinin eliyle ve olanca hızıyla yükselişe geçiyordu.

Yirmi Dokuz

İstanbul'da da yaşamış biri olarak, Ankara'nın sıcak yaz havalarını hiç dert etmezdi Sabahattin.

Bir pazar günü piknik yapmak için Yabanabat'a[73] doğru otomobille giderlerken "Çok sıcak bir yaz olacağı daha haziran çıkmadan belli oldu" diyen Müfide Hanım'a "Yapma yenge. Ne olur Ankara'nın sıcağıyla İstanbul'unkini karşılaştırma. Zavallılar aptala dönüyorlar yaz aylarında. Resmen yanıyorlar" diye karşı çıktı.

Dayı beyin ailesi epeydir İstanbul'a taşınmanın planlarını yapıyordu.

Ailenin küçük oğlu Reşit İstanbul'da yaşayanların neden yandığını merak edince, genç adam yeğenini "Nem yüzünden. Sıcak nemle birleşince, hayat yaşanmaz oluyor" diye cevapladı.

Dayı bey Kargasekmez'in dar ve kavisli yoluna dikkat kesilmiş, ailesini kazasız belasız piknik yapacakları alana ulaştırmaya çalışıyordu. Toplamda yedi kilometreye yaklaşan virajları atlatana kadar, gıkı çıkmadı Rıfat Bey'in. Yol düzelir gibi olunca bir oh çekti ve "Ne diyorsun Sabahattin, bugün yenebilecek misin pokerde beni?" diye sordu.

"Sen çakır yirmi beşliklerden haber ver dayı" dedi keyifle Sabahattin.

Geçen gezide epey parasını almıştı Rıfat Bey'in.

---

73. Kızılcahamam'ın o zamanki adı.

Sonra eşine "Gramofonu aldın mı Müfide?" diye sordu dayı bey. Alındığını öğrenince rahatladı.

***

İşsizlik yaramıştı Rıfat Bey'e.

"İş durumunda bir gelişme var mı dayı?" diye sordu Sabahattin.

"Ben de seninle onu konuşacaktım Sabahattin. Galiba birkaç gün içinde Rize Hastanesi'ne başhekim olarak atanacağım. Vekâlet'te[74] görüşülüyormuş. Önümüzdeki hafta haber çıkar diyorlar. Tayin emrimi alır almaz, çoluk çocuk İstanbul'a gideceğiz. Onları oraya yerleştirdikten sonra, Rize'ye yalnız gideceğim. Bildiğin gibi, çocukların eğitimlerini İstanbul'da sürdürmelerini istiyorum. Düzgün okullarda okusunlar. Anneleri onların hakkından mükemmelen gelir. Ben de arada bir İstanbul'a geçer, durumlarını kontrol ederim."

Sabahattin, dayısının ve yengesinin planlarını yerli yerine oturttuklarını düşündü. Şu tayin işine sevinsin mi üzülsün mü bilemedi. Beş kuruş para harcamadan yaşayıp gidiyordu onlarla beraber.

Eğer anlattıkları gibi olacaksa, ki olacak gibi görünüyordu, kendi başının çaresine bakması gerekecekti Sabahattin'in.

Genç adamın sessizleştiğini gören dayısı "Endişelenme, evden taşınman gerekmiyor. Kira dışında da sana yardım etmeyi sürdüreceğim" dedi.

Sabahattin hemen "Olur mu öyle şey dayı, anneme de destek oluyorsun zaten" dedi ve kendinin de birkaç gün içinde işe başlamak üzere olduğunu söyledi.

74. O zamanlar, Sağlık Bakanlığı'nın adı "Sıhhat ve İçtimai Muavenet Vekâleti" idi.

Doğru söylüyordu. Bir ay sonra okullar açılacak ve o da para kazanmaya başlayacaktı.

Bu düşünce içini rahatlattı genç adamın.

***

Otomobilden inilince, Sabahattin'in ilk işi, gramofonu kurup üzerine Seyyan Hanım'ın[75] yeni çıkan tango plağını yerleştirmek oldu.

Kırı müzik sesi doldurur doldurmaz, genç adam koşarak yengesine yöneldi, önünde bir reverans yaparak "Benimle dans eder misiniz?" diye sordu.

Dayısı da kızlarından birini dansa kaldırdı.

Sabahattin kırıp geçiriyordu dans ederken yaptığı komikliklerle ortalığı.

Sonra yaygılar yayıldı, zeytinyağlı dolma ve kuru köfte tencerelerinin kapakları açıldı. Zuladan rakı çıktı. Yenildi, içildi.

Sıra günün en eğlenceli kısmına, pokere gelmişti.

Oyuncular yerlerine yerleşir yerleşmez Sabahattin "Çakır yirmi beşlikler ortaya" dedi ve cebinden bir düzineye yakın nikel para çıkarıp yaygının üzerine attı.

Belli ki kazanmaya hazır gelmişti. Geçen piknikte ve ondan önce de evde epey parasını almıştı dayısının ve yengesinin.

Dayısı ve yengesi her geziden önce olduğu gibi bu geziden önce de çocuklarla konuşmuş, Sabahattin'e önce kaybettirmek, sonra kazandırmak üzere plan yapmışlardı.

---

75. Seyyan Oskay 1913-1989 yılları arasında yaşadı. İstanbul Konservatuvarı'na devam etti. İlk Türk tangosu olarak tarihe geçen Necip Celal'in "Mazi Kalbimde Bir Yaradır" isimli eseri, Moulin Rouge'da dinleyicilere önce onun sesinden ulaştı. Sanatçı ilk tango plaklarını Columbia ve Odeon şirketleri için yaptı. Asıl sözleşmesini ise o dönem için muhteşem bir maaş sayılan ayda yüz liraya Sahibinin Sesi ile imzaladı.

Esasen, bu hep böyle olurdu. Evde ya da başka yerlerde de oyun oynadıklarında, Sabahattin'e önce para kaybettirilir, sonra da kazanması için yardımcı olunurdu.

Severdi dayı bey ve ailesi Sabahattin'in para kazanırken ve kaybederken yaptığı maskaralıkları.

Biraz şansa bağlı olsa da daha çok sinir hâkimiyeti ve strateji gerektirdiği için, dayı bey de Sabahattin de çok önemserlerdi poker oyununu. Çocukların da bu oyunu iyi bilmelerini isterlerdi.

Tam da planlandığı gibi oldu. Sabahattin önce kaybetti, sonra kazandı.

Yaptığı muhtelif esprilerle oyun boyunca güldürmüştü dayısını, yengesini ve çocukları.

***

Dönüş yolculuğu boyunca, dayısı ve yengesiyle, ailenin İstanbul'a ve Rize'ye nasıl yerleşecekleri üzerine konuştu genç adam.

Artık planını iki kişiye, hatta belki üç kişiye göre yapmalıydı.

Bakalım her şey istediği gibi gelişebilecek miydi?

Ama her şeyden önce para kazanmaya başlaması ve ev düzenini yerli yerine oturtması gerekiyordu.

Otuz

"Niçin ruhumuzun asla ısınamadığı kalıplarda kalmaya mecburuz? Bir insana bundan daha büyük bir işkence olur mu?"

1 Temmuz 1934 tarihini attığı mektubunda, iki gözü Ayşe'sine yazmayı sürdürüyordu Sabahattin.

Maarif Vekâleti tarafından resmen işe alınmış, önüne bir dolu iş konulmuştu. Yaptığı işlerin neredeyse hepsini akılsızca buluyordu Sabahattin.

***

Vaktini üçe bölmüştü.

Vekâletin kendine verdiği çeviri gibi işlerle uğraşıyor, yazmaya çalışıyor ve en önemlisi bıkmadan usanmadan okuyordu.

Elinden kitap düşmüyordu Sabahattin'in.

Almanya'ya gitmeden çok önce, daha küçücük bir çocukken başladığı okuma ve yazma eylemini fasılasız sürdürüyordu.

Alman edebiyatında derinleşmiş olmayı yetersiz buluyor, her ülkeye dair edebiyat eserini bir sünger gibi içine çekiyordu.

Ayşe'ye mektup yazmak için oturduğu masada o gün Bernard Shaw'un[76] bir kitabı vardı.

---

76. Bernard Shaw 1856-1950 yılları arasında yaşadı. 1884 yılında Fabian Derneği'nin üyesi oldu. Bu derneğin üyeleri sosyalizmi savunuyor ama devrimi reddediyordu. Toplumların değişiminin zaman alacağını düşünüyorlardı.

Birden aklına kitabı arkadaşına göndermek geldi. Mektubunu tamamlamadan bu konuda da kalem oynatmaya girişti:

"Ha, sana Bernard Shaw'un bir kitabını gönderdim. Muhakkak oku. Bana da fikirlerini yaz. Hâkimiyet-i Milliye'nin neşretmeye başladığı bu seriyi takip et. Ben alıp okuduklarımı sana gönderirim. Bu tercümelerin sinirime dokunan tarafı, gâvura has isimlerinin Türk imlasıyla yazılması. Adamın ismini bile Şov diye yazıyorlar. Ukalalık. Fakat ihtiyar İngiliz dehşet adam. Ben onun geçen asrın sonlarında yazdığı bir romanını, Amatör Sosyalist'i okumuştum, o zaman için değil bugün için bile tazeliği ve yeni fikirleriyle insanı şaşırtan bir kitap idi. Fransızcası vardır, muhakkak bul ve oku."

Sabahattin nasıl Almanya'ya gönderilmişse, Ayşe de Fransa'ya gönderilmiş ve öğrenimini tamamlayıp Türkiye'ye dönmüştü. Fransızca öğretmenliği yapıyordu.

Mektubunu bitirince kitapla birlikte zarfa koydu, kapattı ve iki gözü Ayşe'sinin ismini yazdı.

***

Bir ay kadar sonra yeniden yazmak istedi iki gözü Ayşe'sine.
Masası kitap ve yazılmış dünya kadar sayfayla doluydu.
Biraz havadan sudan yazdıktan sonra kitaplara döndü:

"Goethe hakkında Brandes[77] *nam bir Danimarkalı münekkidin*[78] *biyografisini okuyorum. Şimdiye kadar okuduğum*

77. Georg Brandes 1842-1927 yılları arasında yaşayan ünlü Danimarkalı eleştirmen.
78. Eleştirmen

Goethe biyografilerinin en mükemmeli... Sonra Shakespeare hakkında kırk elli sayfalık bir tetkik yapıyorum.[79] *Stratford'lu Shakespeare'in bu dramları yazmış olmasını mümkün görmeyerek onu bir sahtekâr, ismini vermek istemeyen birisinin eserlerine imza atmak küçüklüğünde bulunan bir zavallı addetmek isteyenler var. Geçen gün bir Amerikalının bu yolda bir iddiasını okudum... Bundan otuz sene evvel Shakespeare eserlerinin müellifinin Bacon olduğuna dair yapılmış bir iddiayı taze imiş gibi ileri sürüyor..."*

Ayşe'ye yazdığı mektubunu yine aşk dolu satırlarla bitirdi genç adam:

"Hiçbir mektubumda eskimeyecek olan bir söz varsa o da şudur: Seni çok göreceğim geldi. Mamafih bu hasret öyle bir hasrettir ki, yan yana olduğumuz zamanlarda bile bakidir."

Mektubunu imzaladı, zarfa koyup üzerine iki gözü Ayşe'sinin adını ve adresini yazdı.

Postaneye doğru yürürken aklında, kendini defalarca geri çevirmiş Ayşe'den daha çok, İstanbullu sarışın, lacivert gözlü güzel kızın olduğunu fark etti.

Ayşe'ye yazmanın daha çok kendiyle konuşuyor olmak anlamına gelip gelmediğini düşündü.

Geçen günlerde, bir önceki mektubunu yazarken ve hatta sonuncuyu kaleme alırken de bir karar arifesinde olduğunu biliyordu.

Derinlerinde, bir şey yer değiştiriyordu.

---

79. Sabahattin Ali'nin "Shakespeare Meselesi" adlı üç adet makalesi var. Makaleler 1934 ve 1935 yıllarında *Varlık* dergisinde yayımlandı.

Sanki görünmez bir el onu iki gözü Ayşe'sinden kopartıp, farklı bir çekim alanına doğru yönlendiriyordu.

Kendi kendine "Ya mektuplar?" diye düşündü.

Ayşe'ye yazdığı mektupların daha çok bir iç konuşma, düşüncelerini kaleme dökme olduğuna dair düşüncesi giderek ağır basmaya başlamıştı.

Otuz Bir

Pertev'le Kutlu Pastanesi'nde buluştu Sabahattin.

Telefonda "Kutlu mu olsun İstanbul mu?" diye konuşmuş, sonunda Kutlu'da karar kılmışlardı.

O aralar akşamüstleri iyi bir orkestra çalıyordu bu pastanede. Ankara'nın seçkin hanım ve beyleri akşamları burada bir araya geliyor, kahvelerini içiyor müzik dinliyorlardı.

"Hiç gitmedim Paris'e ama çok resmini gördüm. Bizim Kutlu da aşağı kalmaz Paris'ten değil mi?" diye sordu Sabahattin arkadaşına.

"Haklısın. İstanbul ve Özen pastaneleri de öyle, hiçbiri bir diğerinden geride değil. Hem yiyecek ve içecek kalitesiyle hem de hizmet olarak."

İstanbul Pastanesi Ulus Meydanı'ndaydı, daha çok milletvekillerinin, ressamların ve gazetecilerin uğrak yeriydi.

Kutlu'nun hemen karşı köşesinde bulunan Özen'in müdavimleri ise ünlü yazarlardı. Özen sonradan Kızılay Genel Merkezi'nin yanında bir de şube açmıştı.

Sabahattin ve Pertev'in o gün buluşmak için seçtikleri Kutlu, sosyetenin gözdesiydi.

İki genç, kaldırımın üstünde bulunan ahşap koltuklara kurulup, akşam güneşini kesen ve kaldırımı neredeyse tümüyle kaplayan renkli tentenin altında, güzel ilkbahar havasını teneffüs ederek kahve siparişlerini verdiler.

Önce biraz Sabahattin, okulundan ve Neşriyat Servisi'ndeki görevinden söz etti.

Pertev de biraz kendi yaptıklarını ettiklerini anlattı ama lafı çok uzatmadı, sadede geldi.

"Söyle bakalım şimdi, neymiş çok acele beni görmek istemenin nedeni?"

***

Her ikisi de kahvelerinden birer yudum almışlardı.

Pertev, Sabahattin'in *Kuyucaklı Yusuf*'un *Projektör*'de yayına başlayıp da dergi ikinci sayıyı bile basamayınca üzüldüğünü düşünüyor, arkadaşının kendine bundan dert yanacağını zannediyordu.

Genç adam "Evlenmeye karar verdim" deyince, biraz şaşırdı.

Sabahattin, arkadaşı sormadan girişti anlatmaya. Çok heyecanlıydı.

"Biliyorsun, öğrencim Melahat'tan da olumlu yanıt alamamıştım. Bir doktorla evlenip Konya'dan İzmir'e göçtü. Nahit baştan beri yan çiziyordu zaten. O da gidip, esasen sevdiğim biri olan Halil'le[80] evlendi. Birkaç ay önce Ayşe'ye iki kez evlenme teklif ettim. İkisini de geri çevirdi. Üstelik azarladı. Yok beni eş olarak düşünemezmiş, yok biz arkadaşmışız, kardeşmişiz falan feşmekân. Almanya'dan arkadaşım Melahat'ı da biliyorsun..."

Pertev arkadaşının üzgün olduğunu fark etti. Yarası çok deşilmesin diye sözünü kesti.

"Yine de evlenecek birini bulmuşsun ya işte! Deyiver bakalım kimmiş bu kıymetli hatun kişi?"

---

80. Halil Vedat Fıratlı 1901-1969 yılları arasında yaşadı. İstanbul Erkek Lisesi'ni ve Edebiyat Fakültesi'ni bitirdi. Öğretmen oldu. İstanbul maarif müdürlüğü yaptı. Zamanın politikasına ters düşen ve zor durumda kalan sanatçıları ve eğitimcileri himaye etmesiyle tanınır.

Sabahattin gülümsedi, "Tanımıyorsun, adını bile duymadın" dedi.

Sanki Pertev'e, onun bile bilmediği yanları olduğunu hissettirmeye çalışır gibiydi.

"Söyle de deli etme" dedi can dostu.

Arkadaşının merakının giderek artması hoşuna gitti Sabahattin'in. Konuşmayı bir oyuna çevirdi. Az önceki hüzün yerini sevince bırakmıştı.

"Önce dinle bakalım, evlenmeye karar vermekle iyi etmiş miyim? Yoksa yanlış bir yolda mıyım?"

Pertev merakla baktı Sabahattin'in yüzüne.

"Evlenmem lazım geldiğini düşünüyorum. Çünkü yaşım iyice ilerledi. Etrafımdaki neredeyse herkes evlendi. Anladığım kadarıyla sen de evlenmek üzeresin. Hayrünnisa bugün Ankara'ya tayin olsa, bugün evlenirsiniz."

"Evet" dedi Pertev. Konya'da öğretmenlik yaptığı günlerde sözleşmişlerdi Hayrünnisa Hanım'la.

Sabahattin biraz düşündü ve "Yaşlanıyorum" dedi.

Askerliğinin yaklaştığından, eğer şimdilerde evlenmezse askerliği bittiğinde otuzunu geçmiş olacağından söz etti. Konuşurken iyice efkârlandı.

Birden "Paran var mı Pertev?" diye sordu Sabahattin.

Arkadaşı onun ne demek istediğini anladı.

"Birkaç kuruşum var. Mükellef bir rakı sofrasına yetmez ama Kürt'ün yerine götürür."

Gözleri parladı Sabahattin'in. İçkinin ne olduğunu, yemeğin kalitesini filan umursayacak durumda değildi, daha çok içini dökmeye ihtiyacı vardı.

Başını güneşe çevirip "Kerahet vakti!"[81] dedi ve kahvelerin parasını fincanının yanına bıraktı, kalktı.

***

Ankara'da parasız olup yine de içmek isteyenler için en ideal adresti Kürt'ün lokantası.

Sahibi Mehmet Bey Kürt olduğu için kimse lokantanın "Yeni Hayat" olan ismini kullanmaz, birbirine "Kürt'ün yerine gidelim mi?" diye sorardı.

Meyhane, ismini Ulus'taki Yeni Hayat mahallesinden almıştı.

"Yeni Hayat..." dedi Sabahattin, arkadaşıyla yan yana yürürlerken. "Ne kadar da uygun değil mi bugünün Ankara'sına?"

"Sadece Ankara'sına mı? Tüm Türkiye'sine" diye cevapladı genç adamı Pertev.

Gerçekten de öyleydi. Gazi'nin önderliğinde, Türkiye kimlik değiştiriyordu.

Sözgelimi, eskinin Ankara'sında lokanta diye bir kavram bile yoktu. Sokak aralarında kurulan birkaç tezgâhta, göçebe usulü hazırlanan yiyecekler, tezgâhların yakınına konulan iki karış yüksekliğindeki hasır iskemlelerde yenirdi.

Lokanta bile olmayan bir kentte, on yıl gibi kısa bir süre içinde bir dolu pastane, gazino, lokanta açılmış, hepsi de iş yapar hale gelmişti.

İstanbulluların, İzmirlilerin yüzlerce yıldır sahip oldukları bu tür buluşma yerleriyle, maalesef Ankara yeni tanışıyordu.

81. Güneşin doğuş, batış ve tam tepede olduğu anlar. Kerahet vakitlerinde namaz kılınmaz.

Otuz İki

Parası az da olsa Pertev masaya yöneldi.

"Hayır, paran hakikaten azsa tezgâha da oturabiliriz" dedi Sabahattin gülerek.

İyice yoksul olan ama içmeden edemeyenlerin de bir mönüsü vardı Kürt'ün yerinde. Onlar afyonlu şarap içer, bayır turpu ve leblebi yerlerdi.

Afyonlu şaraba parası yetmeyip yine de içmek isteyenlere verilen şarap, sirkeden biraz halliceydi. Yine de içeni bulunurdu.

Kambur Hafız'dan öncelikle bir ellilik Hususi Fevkalade Rakı istedi Pertev. Ardından beyazpeynir, kavun ve üstüne bir de arnavutciğeri söyledi.

"Çok bonkörsün" dedi Sabahattin.

Arkadaşı "Sen de söyle ne istiyorsan" deyince, Sabahattin en sevdiği mezelerden biri olan pilakiyi ilave etti.

Garson masadan iyice uzaklaşınca "Keşke Mustafa baksaydı bizim masaya, Kambur'un eli çok ağır" diye söylendi iki arkadaş.

Bekledikleri gibi olmadı. İnhisarlar İdaresi'nin[82] ürettiği rakı şişesi altın varak etiketiyle masada yerini derhal aldı.

"Kıymetini bil" dedi Pertev rakı şişesi masaya konulunca. Kadehini eline alırken söylevine başladı.

"Yıl 1879, çıkarılan bir kararnameyle, tuz ve alkollü içkilerin gelirleri yabancı bankerlere bırakıldı. Memleketin kasasında kara

---

82. Tekel İdaresi

kuruş kalmadığı için boğazımıza kadar borca batmıştık. Ödememiz lazımdı. 1883'te ise yetki Düyunu Umumiye"ye[83] geçti. 1932'de nihayet millileşti. İki yıldır, kendi ürettiğimiz içkinin vergisini, kendi devletimizin kasasına ödüyoruz."

"O halde..." dedi Sabahattin ve kadehini kaldırdı. "İnhisarlar İdaresi ve Hususi Fevkalade Rakı'nın ve tabii bir de devletin kasasına giren verginin şerefine. İnşallah önümüzdeki ay bana da maaş olarak geri dönecek."

İki arkadaş kadehlerini tokuşturdular.

***

İlk kadehler şerefe kalkıp, giriş konuşmaları yapılır yapılmaz, Pertev "Anlat bakalım" dedi.

"Ne anlatayım?" dedi hınzırca gülerek Sabahattin.

Pertev'in kendiyle ilgili bilmediği bir mevzu olmasının keyfini çıkarıyordu.

"Evlenme kararı aldığın kişinin kim olduğuyla başlayabilirsin mesela."

Zevzekliği sürdürmekten vazgeçti Sabahattin. Ciddileşti.

"Aliye desem, bir şey çağrıştırır mı?"

"Hayır."

Sabahattin derin bir iç çekti. Belli ki anlatacaklarını yeniden yaşayacaktı.

"Almanya dönüşümde, Erenköy'e akrabalarıma gitmiştim ya hani. Orada bir genç kız görüp çok beğenmiştim. Ama denk getirip uzun boylu konuşma imkânı bulamamıştım. Moda'ya yüzme-

83. Osmanlı İmparatorluğu'nun dış borçlarını denetleyen, yabancıların borçlarını tahsil etmekle görevli kurum. Binası bugün İstanbul Lisesi olarak kullanılmaktadır.

ye gittik gençler olarak. Sonra bir de piknik yaptık. Ardından, ben apar topar Bursa'ya doğru yola çıktım sonra, biliyorsun. Yaz tatilinde denk getirip yeniden karşılaşmanın yolunu bulamadım. Ardından Aydın, Konya, Sinop..."

***

Pertev'in gözlerinin önünden, hızlandırılmış bir film gibi geçti Sabahattin'in o günleri.

Konya'da beraberlerdi. Can dostu için, hareketli ve zor günlerdi onlar.

Kuyucaklı Yusuf için eve kapanmalar, Yeni Anadolu'ya yazdığı kendini ve yakın çevresini de konu edindiği hikâye, parmak kadar kız çocuğuna deli gibi âşık oluşu... Ve bir fettan öğretmen yüzünden, tüm eğitim camiasının Sabahattin'i boy hedefi haline getirmesi... Yetmiyormuş gibi, Gazi'yi kastederek okuduğu şiir ve ettiği iddia edilen laflar nedeniyle üzerine atılan çamur...

Bu iftiralar hayatını karartmıştı Sabahattin'in. Üzerine, belki de hiçbir zaman silinmeyecek yapışkanlıkta bir pislik bulaşmıştı.

Pertev düşündükçe, bunu yapanların aydın olduklarına inanamıyordu bir türlü.

Ama öyleydi.

Tefrika edilen romanı için para istemişti Sabahattin, Cemal Kutay'dan. Bundan daha makul ne olabilirdi. Alamayınca da gazeteye yazı vermeyi durdurmuştu. "Ne yapsaydı? Yazı vermeyi sürdürse miydi?" diye sordu kendi kendine tekrar Pertev.

Olacak iş değildi tabiatıyla bu. Olmamıştı da zaten.

Sonra, etrafını harekete geçirerek, intikamını çok acı almıştı Sabahattin'den, Konya'nın en muteber gazetesinin sahibi ve başyazarı Cemal Kutay Bey.

"Ne büyük bir haksızlık" diye düşündü tekrar Pertev.

Kadehinden bir yudum daha aldı, küçük bir parça beyazpeyniri diliyle damağının arasına yerleştirdi ve geçmişe dair düşünmeyi sürdürdü.

İnsanların hayatı, birkaç küçük olayın tesiriyle nasıl da zıvanadan çıkıp dağılıveriyordu.

Tamam biraz fazla atak, arada bir lafının ayarını tutturamayan bir adamdı Sabahattin ama mesela Almanya'da tutunmayı becerebilmiş, eğitimini tamamlayabilmiş olsaydı, hayatı belki tümüyle farklı gelişecekti.

Ya da Aydın'da veya Konya'da insanlar hak etmediği kadar üzerine gelmeseydi, bugün boğuştuğu bir sürü sorunla boğuşuyor olmazdı Sabahattin.

Can dostunun içini dışını, sağını solunu, önünü arkasını bildiği için, bunu yüzde yüz garanti ederdi Pertev.

***

Suskunluğu uzun süren Pertev, kendiyle halleşmeyi tamamlamış olarak masaya döndü.

"Aliye ha?" dedi yüksek sesle. Hiçbir şey düşünmemiş gibi, kaldığı yerden devam etti.

"Kardeşim, hiç mi sözünü etmez insan? Hadi İstanbul'da olmadı, Konya'da da mı denk getirip söyleyemedin?"

"Ne bileyim?" diyerek geçiştirdi Pertev'in bu sorusunu genç adam.

Pertev de zaten "Çünkü o zamanlar aktüalitesinde öğrencisi güzel Melahat vardı" diye düşündü. Ayrıca "İyi ki kızla konuşmaya, yazışmaya, dertleşmeye kalkmamış. Ötekilerde olduğu gibi, bunda da bir çuval inciri berbat ederdi yoksa" diye iç geçirdi.

Sabahattin'in "Evlenme kararım hakkında ne düşünüyorsun? Asıl sen onu söyle" diyen bakışları üzerine güldü Pertev.

"Yahudi bakkal parasız kalınca, eski defterleri karıştırırmış" dedi ve hemen ardından, "Dökül" manasında elini salladı.

Sabahattin anlatmaya gülücükler saçarak başladı.

"Sarı saçlı, lacivert gözlü. Güzel. Çok güzel. Babası izin vermediği için ortaokul ikinci sınıftan ayrılmış. Salih amcamların Erenköy'deki köşkünde gördüm. Aynı bahçenin içinde iki köşkü vardır Salih Bey'in. Birini, az önce sözünü ettiğim Aliye'nin ailesine kiraya vermiş. Azizim, kız güzel mi güzel. Boylu boslu, endamlı..."

Pertev muhabbeti sulandırmak istemese de dayanamadı, "Yine ilk görüşte aşk" dedi.

Sabahattin şöyle bir düşündü. Pertev haklıydı. Düğüne gider zurnaya, hamama gider kurnaya âşık olurdu. Karakteri böyleydi.

"Ama bu sefer öyle değil" dedi sanki kendini savunur gibi.

Biraz konuşmadı. Düşündü.

Pertev'e karşı her zaman açıksözlüydü Sabahattin. Herkese karşı böyleydi ama Pertev başkaydı.

"Esasen kız benimle ilgilenmedi. Benim açımdan da aşk mıydı bilemem. Ama alttan alta hep düşünmüş olmalıyım Aliye'yi."

Biraz suskunluk oldu. Fırsattan istifade kadehlerindeki son yudumları alıp rakılarını tazelediler.

Sabahattin eskiyi hatırladı, Aliye ve bir grup gençle Suadiye Plajı'na yüzmeye gitmişlerdi...

Nasıl da farklı bir tablo çizmişti genç kız. Belli ki on beş, bilemedin on altısındaydı. Kesinlikle on yedisinden gün almamıştı. Altın gibi sarı saçları, etkileyici güzellikte lacivert gözleri vardı. Beyaz tenliydi ve güneşin etkisi yanaklarında çiller oluşmasına yol açmıştı. Etraftaki gençlerin hepsinden daha sessizdi, zaman zaman hülyalara dalmıştı. Uzunca boyluydu. Kendinden uzun olmalıydı.

Tek kusuru, deniz subayı Muhittin'e meftun olmasıydı. Birlikte geçirdikleri iki gün boyunca, gözünü ayırmamıştı Aliye yakışıklı, sportmen Muhittin'den.

Ama sonradan duymuştu Muhittin'in evlendiğini Sabahattin. Çok sevinmişti Aliye'yle evlenmemiş olmasına. Hatta, bu haberi aldığında "Elimi çabuk tutmalıyım" diye de düşünmüştü. Ama olmamıştı işte. Hapisler, işsizlikler...

***

Sabahattin dalmış Aliye'yi düşünürken, Pertev "Acaba bu kez yanılıyor olabilir miyim?" diye sorguladı kendini.

Arkadaşı bu kez gerçekten de farklı bir duygu ve düşünce içinde olmalıydı.

Belki sahiden de yaşının geçtiğini düşünüyor, bir an önce baş göz olmak istiyordu.

Hoşlanıp da açılabildiği hanım arkadaşlarıyla evlenemediyse, bu konuda ailesinden destek istemesinden daha doğal ne olabilirdi?

***

İki arkadaş kadehlerini "Şerefe!" diyerek kaldırdılar tekrar.

Pertev bir kez daha gayet doğru, makul, hatta beklemediği kadar akıllıca buldu Sabahattin'in kararını.

"Hayırlı olsun" dedi büyük bir iç rahatlığıyla.

Sabahattin arkadaşının ne "Yapma etme" ne de "Çok iyi olur" gibi bir laf etmemesinden etkilendi.

Anlaşılan, Pertev kendini, ne olursa olsun mutlu görmek istiyordu. Bu tür durumlarda, insanların en iyi kararı bizzat kendilerinin vermesinin yararlı olacağının farkındaydı can arkadaşı.

Sabahattin'in yeniden düşüncelere dalma halini, Pertev'in sorusu bozdu.

"Peki, nasıl gerçekleşecek bu iş?"

Sabahattin "Nasıl yani?" diyerek soruyla cevap verdi arkadaşının sorusuna.

Sanki düşünmek için biraz vakit kazanmak ister gibiydi.

"Kim isteyecek kızı? Kendin mi gideceksin eline bir kutu çikolata bir demet çiçek alıp, yoksa başka bir yol mu deneyeceksin?"

Genç adam çoktan düşünmüştü bu konuyu.

"Yok canım. Olur mu öyle şey! Salih amcamlardan rica ederim. Sağlık Vekâleti lojmanlarında oturuyorlar. Ne düşündüğümü gider bir bir anlatırım. Gerisini onlar halleder. Ne de olsa babamın teyzesinin oğlu. Yakın akrabam. Üstelik çok muteber bir adamdır."

Otuz Üç

Kan ter içinde uyandı Sabahattin. Kâbus görmüştü. Birtakım eller boğazını sıkıyor, kendi kör bir kuyudan kurtulmaya çalışırken, birileri onu bacaklarından aşağıya çekmeye çalışıyordu.

Ter içindeydi. Yorganı ayaklarıyla itti. Üstü açılınca sanki aklı başına gelir gibi olmuştu. Başucundaki lambayı yaktı.

Dante'nin *İlahi Komedya*'sını okurken uykuya daldığını hatırladı. Etrafı gözden geçirdi. Kitap yere düşmüş, kendine doğru bakıyordu.

"Anlaşılan..." diye düşündü. "Cennet ve arafı es geçip, kendime rüya olarak cehennemi seçmişim."

Anlaşılır bir durumdu bu. Çünkü, adı Sabahattin'di. Ne hikmetse, dünyanın iyi değil kötü kısmı gelirdi üzerine hep.

Kalktı, bir bardak su içti. Odasında bir tur attı. Yatağının karşısındaki koltuğa oturdu.

Mesele ne Dante'nin *İlahi Komedya*'sıydı ne de başka bir şey.

Sabahattin, hiç ama hiç kimsenin kendini sevmediğini düşünüyordu.

Neredeyse herkes onu tuhaf, ilginç, araştırılmaya değer buluyordu ama sevmiyordu.

Defalarca evirdi çevirdi bu düşünceyi zihninde.

Zaman zaman aklından geçirmişse de hiç kabullenememişti şu anda düşündüklerini.

Oysa, kabullenmeliydi.

Böyle düşünmek, belli belirsiz rahatlattı içini.

Kabullenmekten korktuğu bir karabasandı bu. Az önce gördüğü korkunç kâbustan sonra, tam da şimdi boyun eğiyordu bu düşünceye.

Kendini boşlukta hissetti. Büyük bir yalnızlık duygusu sarmaladı beynini.

"Peki..." diye düşündü Sabahattin. "Neden sevmezler insanlar beni?"

İşte bilemediği buydu.

Böyle olduğunu hissediyordu. Gözle görülüp elle tutulmasa da herkesle arasında soğuk bir duvar vardı.

Epey önce iki gözü Ayşe'sine çıtlatmıştı bu düşüncesini.

"Ben..." demişti. "Ateş gibi yanan kalbimin sıcaklığını ne kadar sarf etsem bu soğuk tabakayı ısıtamayacağımı anlıyorum. Adımlarım hiç kimseninkine uymuyor. Herkes beni yolun ortasında bırakıveriyor... Yolun ortasında... Herkes..."

Bu gece gördüğü kâbus, bu düşüncesinin devamı olmalıydı.

Belli ki Dante'nin cehenneme dair satırları, tam da üstüne gelmişti bu duyguların.

Büyük yazar, muhteşem filozof Dante'nin de etkisiyle, kendini cehennemde, kör bir kuyuya bacaklarından çekilirken bulmuştu.

Öte yandan, gerçeklikten çok da uzak bir durum değildi bu.

Ayşe'ye yazdığı mektupta bu lafları ederken, evlilik teklifinin geri çevrilmiş olmasının da etkisi vardı kuşkusuz ama bütün hayatını göz önünde bulundurduğunda da olan tam buydu.

Aydın ve Konya'da başından geçenleri düşündü tekrar.

Sevilmemek, üzerine gelmişti hep.

Can dostu Pertev, başta Nâzım ve Serteller olmak üzere *Resimli Ay* çevresindeki üç beş aydın, Rıfat dayısının, Salih amcasının aileleri olmasa, neredeyse değersiz olduğunu bile düşünebilirdi Sabahattin.

"Hayır" diye düşündü. "Bu duruma bir son vermeliyim."

Gün ışıyana kadar kafa yormaya devam etti geçmişi ve geleceği hakkında.

İlk ışıklarla tıraş oldu. Her zaman olduğu gibi tertemiz giyindi. Pantolonunun ütüsü jilet gibiydi.

Kravatını bağlarken aynada yüzünü inceledi. Tel çerçeveli gözlüklerinin arkasından gözlerinin tam içine baktı.

Ne yapacağına tam olarak karar verdi.

Önce okula gidecekti.

***

Okuldan çıkar çıkmaz, kararlı adımlarla Hıfzıssıhha Enstitüsü'ne ait lojmanların yolunu tuttu.

Yol boyu gece gördüğü kâbusu düşündü. Verdiği kararı evirdi çevirdi zihninde.

Hâlâ aynı sularda dolaşıyordu. Zihnini alıp başka denizlere akıtamıyordu bir türlü.

Arkadaşlarının tersine, bir baltaya sap olamamıştı henüz.

Tamam bir okulda öğretmenlik yapıyor, arada bir Maarif Vekâleti'nin neşriyat işlerine de göz kulak oluyordu ama hayatını yerine oturtamamıştı.

Şimdi, hayatının bu en önemli eksikliğini gidermek için tutmuştu Salih Beylerin evini.

Özellikle de amcasına göre hayli genç olan Hayrünnisa yengesine söylemek istemişti Aliye'yle evlenmek istediğini. Gençti ama oturaklı kadındı Hayrünnisa Hanım. Derdini anlayacaktı.

Kahvesini içer içmez konuya girdi, tam da Pertev'e söylediği gibi bir bir anlattı düşüncelerini Hayrünnisa Hanım'a.

Yaşı ilerliyordu. Askere alınmadan evlenmek istiyordu. Vaktini boşa harcamaması lazımdı. Kendine bir yuva kurmalı, çoluk çocuğa karışmalıydı.

Uzun uzun anlattı düşüncelerini ve ardından "Bilmem anlatabildim mi Hayrünnisa yenge?" diye sordu.

Gayet iyi anlatmıştı genç kadın derdini.

"Bak Sabahattin" dedi Hayrünnisa Hanım. "Bir kızı bin kişi ister bir kişi alır. Tabii ki biz üstümüze düşeni yapacağız. Ama ben senin yerinde olsam olur cevabı gelene kadar ümide kapılmam. Biliyorsun Aliye çok güzel bir kız ve eminim bunun farkında olan başkaları da vardır."

Aklı yerinden çıkacak gibi oldu Sabahattin'in. Bunu hiç düşünmemişti.

"O zaman elimizi çabuk tutsak" dedi.

Hayrünnisa Hanım güldü.

"Tamam. Bu akşam Salih amcanla meseleyi enine boyuna konuşur, hemen bir mektup yazarız annesine. Yüzgörümlüğü filan takmak gerekecek. Biz de yardımcı oluruz ama sen de hazırlıklı ol. Gereken her şeyi yapmamız lazım. İstanbul'dan Ankara'ya gelin getirmek kolay iş değil."

"Hazırım" dedi hiç düşünmeden genç adam.

***

Çok zaman geçmedi...

Salih amca "Gel de konuşalım" deyince, koşarak tuttu lojmanların yolunu Sabahattin. Beklediği cevap gelmişti.

"Müjde" dedi kapıyı açar açmaz Hayrünissa Hanım.

Aliye ve ailesi Sabahattin'in isteğine razı olmuşlardı.

Aliye'nin babası Sabahattin poliste kayıtlı olduğu için biraz mırın kırın ettiyse de kızının Ankara'da yaşamayı çok istemesi üzerine yelkenleri suya indirmişti.

Aile, kış gününde Ankara İstanbul arasında çok gidip gelme olmasın diye, nişanın posta yoluyla halledilmesine itiraz etmemişti.

Sabahattin sevindi. Çok sevindi. Ayağa fırladı amcasının elini öptü, yengesine sarıldı. Dünya kadar teşekkür etti. Kendilerini hiç mahcup etmeyeceğini sıralayıp durdu.

Hemen o hafta nişan hediyelerini gönderebilirlerdi.

Otuz Dört

"Çok sevgili Aliye'ciğim, Ben de senin mektubunu alınca sevincimden yerimden sıçrayacaktım. Demek artık birleşmemiz bir gün meselesi oldu. Beni düşündüğünü gösteren satırların, kalbimin sana karşı olan bağlarını bir kat daha kuvvetlendirdi. Benim için dünyada her şey sensin. Bunun için benim de her şeyim senindir. İlk günlerde pek lüks yaşamasak bile muhakkak ki seni dünyanın en mesut insanı yapmak için her şeyi yapacağım. Çünkü sen sevginle beni dünyada erişilebilecek saadetlerin en büyüğüne eriştirdin."

Sabahattin ile Aliye arasında mektuplar gidip geliyor, genç adam yazdığı hikâyeleri, şiirleri de mektuplarına eklemeyi ihmal etmiyordu.

Geriye sayım başlamıştı. 16 Mayıs 1935 tarihinde Kadıköy Evlendirme Dairesi'nde nikâhları kıyılacaktı.

Genç adam, Saatli Maarif Takvimi'nin sayfalarını aksatmadan yırtar, arada bir sayfalarını ileriye doğru sayar, işaret koyduğu güne kaç gün kaldığını hesaplar olmuştu.

Bu arada akraba yakın kim varsa mektuplar yazmış, özellikle de dayısı ve yengesine planının ne olduğunu ayrıntılı olarak anlatmıştı.

Heyecan içindeydi.

***

Arada bir Pertev'le buluşuyor, kendiyle ilgili gelişmelerden onu da haberdar ediyordu.

İki arkadaşın bu tür buluşmalarda en çok konuştukları, Sabahattin'in Aliye'yle evlenmesi ve Avrupa'nın süratle savaşa doğru sürüklenmesiydi.

İkincisini de ilki kadar yakından takip ediyorlardı, çünkü önlerinde yapılmayı bekleyen, belki de savaşa denk gelecek askerlikleri vardı.

Avrupa'da epeydir esen savaş rüzgârları fırtınaya doğru evrilmeye başlamıştı.

Beklendiği gibi olmuş, Almanya, Birinci Dünya Savaşı'nın sonuçlarını hazmedememiş, yeni arayışlara girmişti.

Suların ısınmasına yol açan ikinci ülke ise Mussolini'nin yönetimindeki İtalya'ydı.

İtalya o yılın ocak ayında Eritre ile Somali'yi İtalyan Doğu Afrikası adı altında birleştirerek yönetimi altına almıştı.

Bu olayı kastederek "Bugünkü gazeteleri okudun mu Pertev?" diye sordu Sabahattin.

Ankara Palas'ın lobisinde, çay içmek üzere karşı karşıya oturmak üzereydiler.

Bu mekânda, dayı bey nedeniyle havası hâlâ bin beş yüzdü Sabahattin'in.

Otelin bütün görevlileri o içeriye girer girmez kendini selamlar, oturtacak yer bulamazlardı.

"Hâlâ popülersin bakıyorum" dedi, çay siparişi verdikleri garson uzaklaşınca Pertev.

"Evet" diye cevapladı arkadaşını genç adam. "Cebimde sadece çay içmeye yetecek kadar param olduğunun farkında değiller tabii. Dayı bey ve ailesi buradayken yediğimiz yemeklerin, katıldığımız eğlencelerin parasını benim ödediğimi zannediyor olmalılar."

Az sonra çayları getiren garsonun yaptığı iri reveransa, az önceki konuşmaları nedeniyle, gereğinden fazla tebessüm ederek karşılık verdi iki genç adam.

***

Günlerden 9 Mayıs'tı ve İtalya iki gün önce, Doğu Afrika'da başlayan karışıklıkları bastırmak için iki yüz bin kişilik bir takviye gücü göndermişti.

"Nasıl bir rakam bu?" diye söylendi, gönderilen asker sayısının fazlalığına dikkat çekmek için Pertev.

Gerçekten de çok büyük rakamdı.

İki genç adam henüz bilmiyorlardı ama tam da onların Ankara Palas'ta çay içtikleri saatlerde, Gazi, Türkiye Büyük Millet Meclisi'nde, Sovyetler Birliği'nin Boğazlar konusunda Türkiye'yi desteklemesini övüyordu.

"Sovyetlerle dostluğumuz her zamanki gibi sağlamdır ve içtendir. Kara günlerimizden kalan bu dostluk bağını, Türk ulusu unutulmaz değerli bir hatıra bilir. İki memleket arasında her yönden değerler sıklaşmakta ve genişlemektedir."

Türkiye'yi yönetenler, ülkenin batısında ve kuzeyinde neler olduğunu dikkatle izliyor, gelişmelere göre vaziyet alıyorlardı. Avrupa üzerinden gelecek bir tehlikeyi dengelemek için SSCB'yle ilişkileri iyi tutmak gerekiyordu ve hükümetin politikası da tam bu doğrultudaydı.

Öte yandan, bir yıl kadar önce Almanya Cumhurbaşkanı Hindenburg ölünce, onun görevini Hitler devralmış, İmparatorluk Şansölyesi unvanıyla devlet başkanı olmuştu.

Sabahattin, Almanya'da Nazi Partisi'nin yükselişini gayet yakından takip ediyordu.

Bir yıl önce halkoylaması yapılarak gerçekleşen bu olayda, Alman halkının yüzde seksen dokuzu, Hitler'in devlet başkanlığına evet demişti.

O gün Sabahattin "Hitler sonunda Almanya'da tek karar verici oldu. Bu da Versailles Antlaşması'nın çöpe atılması anlamına gelir" yorumunu yapmıştı.

Yaptığı bu yorumu Pertev'e hatırlattı ve "Ben sana dememiş miydim Hitler Versailles'ı çöpe atar diye?" dedi.

Tam da öyle olmuş, Almanya çok geçmeden Saarland Eyaleti'ni geri almış, antlaşmadaki askerliğin zorunlu olmamasına dair maddeyi yok sayıp zorunlu hale getirmişti.

Otuz Beş

"Mayıs ayların gülüdür.
Taze bir çiçek dalıdır.
İçerim ateş doludur.
Mayıs'ta gönlüm delidir."

Sabahattin'in mayıs ayını yüceltmek için şiir yazması çok anlaşılır bir durumdu.

Sayılı günler çok çabuk geçmiş, genç adam İstanbul'a ulaşmış, geceyi nişanlısının evinde geçirip ertesi gün, yani 16 Mayıs'ta, Aliye'yle nikâh masasına oturmuştu.

Şiir gibi bir nikâh gerçekleşmişti.

Güzeller güzeli Aliye, şık mı şık Sabahattin ve bir de yakışıklı deniz subayı Muhittin, üçü birlikte vurmuşlardı nikâh törenine damgalarını.

Sabahattin'i Almanya dönüşünde, Erenköy'de Aliye'yle tanıştıran deniz subayı Muhittin, o gün nikâh törenine boynunda bir fotoğraf makinesiyle katılmıştı.

Boy boy fotoğraflarını çektirmişlerdi Muhittin'in kamerasının önünde Aliye ve Sabahattin.

Arada düşünmüştü tabii Sabahattin, o günlerde Muhittin'i ne çok kıskandığını.

Neyse ki Aliye kendinin olmuştu.

***

Nikâh töreni tamamlanıp katılımcılar uğurlandıktan sonra, gelin ve damat Şişli'ye Sabahattin'in yengesi Müfide Hanım'ın çocuklarıyla oturduğu eve gittiler.

İkisi de son derece şık görünüyorlardı.

Aliye günün modasına uymuş, siyah vualet[84] takmıştı. Sarı saçları ve lacivert gözleri siyah renkle daha bir ortaya çıkmış, Müfide Hanım da gelini çok beğenmişti.

Çocuklar Sabahattin ağabeylerinin ve Aliye yengelerinin etrafında dört dönüyorlardı.

Müfide Hanım, çifti o gece evinde konuk etmeye çoktan karar verdiği için, ikisinin de rahat giyinmelerini sağladı ve önlerine mükellef bir sofra kurdu.

Mezeciden mezeler alınmıştı. Yenildi, içildi, sohbet edildi.

Yatma saati geldiğinde, çift kendileri için özel olarak hazırlanmış evin en büyük çocuğunun odasına alındı.

Masif limon ağacından yapılmış şahane karyolanın tek kusuru, tek kişilik olmasıydı.

Buna karşılık, ellerini uzattıklarında dokunabildikleri manolya ağacının çiçekleri, pencereden göz kırpıyordu yeni çifte.

***

Ali çifti sabah kahvaltısından hemen sonra yola çıktı, Erenköy'den bavullarını alıp Ankara'nın yolunu tuttu.

Yol boyu konuştu Sabahattin. Planlarını, projelerini anlattı. Oturacakları evi tarif etti.

Önce, bir hafta süreyle Salih amcaların evinde kalacaklardı. Hayrünnisa yenge şart koşmuştu bunu. Yeni gelini hemen ev işlerine sokmak doğru olmazdı. Bir intibak süresi tanınmalıydı.

---

84. Kadın şapkalarına takılan ve yüzü örten ince, hafif tül.

Ayrıca, Sabahattin'in tuttuğu yeni evin dayanıp döşenmesi işi de tamamlanmış olurdu bu arada.

***

Biraz fazla, biraz eksiğiyle de olsa, plan tam da Sabahattin'in tarif ettiği gibi işledi.

Yeni çiftin bir hafta süreyle misafir kalacakları ev muhteşemdi. O dönem çok rastlanmayan türde, her daim sıcak suyu olan kaloriferli bir evdi ve gayet büyüktü.

Hayrünnisa Hanım ve Aliye, bu bir haftalık fırsattan istifade, yapılacak düğün için hazırlanmaya giriştiler. Ermeni bir terzi bulunmuş, muhteşem bir gelinlik diktirilmişti.

Düğün tam Sabahattin'in tarif ettiği gibi, bir hayli görkemli oldu.

Tarife uymayan, Ulus semtinde Menekşe Apartmanı'nda kiralanan çatı katıydı.

İki odalı küçücük bir daireydi yeni yuvaları. Tavanı çok alçaktı. Eşyası bir tahta masa ve iki tahta sandalyeden ibaret bir oda ile geniş somyalı tek komodinli ikinci bir odaydı. Geniş somyanın üzerinde kırmızı bir yorgan vardı.

İki gönül bir olunca samanlık seyran olurdu olmasına ama ah şu tahtakuruları olmasa.

Yeni çift, yeni evlerindeki ilk gecelerinde, çok büyük bir tahtakurusu taarruzuna uğrayıp, lambalarını sabaha kadar açık tuttular. Gözlerine damla uyku girmedi.

***

Sabahattin, eşinin Ankara'da sıkılmaması için kolları sıvadı. Aliye'sini bütün arkadaşlarıyla tanıştırmaya girişti.

Tabii ki Pertev'le tanıştı ilk olarak Aliye.

Onu, ders vermekte olduğu okulun felsefe öğretmeni Cahide Aka ile Hamide Topçuoğlu izledi.

Edebiyat öğretmeni Nahit Hanımlara da gidildi.

Aliye, eşinin bir zamanlar Nahit'e deliler gibi âşık olduğundan habersizdi.

Sabahattin'in zamanında deliler gibi âşık olduğu Nahit, ortak arkadaşları Halil Vedat Fıratlı'yla evlenmişti. Müfettişlik yapıyordu. Kendiyle Halil Vedat'ı karşılaştırdı Sabahattin. Çok vakit kaybettiğini düşündü.

Öte yandan, böyle bir karşılaştırmanın zinhar doğru olmadığının gayet iyi farkındaydı. Ayrı dünyaların insanlarıydı iki adam.

Sabahattin'in anlamadığı, Nahit'in nasıl olup da kendinin yerine Halil Vedat'ı tercih etmiş olduğuydu.

"Olsun varsın" diye sıyrıldı düşüncelerinden Sabahattin. Dünyalar güzeli Aliye'yle evlenmişti ve alabildiğine mutluydu şimdi işte. Gerisi, vız gelir tırıs giderdi.

***

Sonraki günlerde, ziyaret edilenler de güle güle oturun hediyeleriyle Aliye ve Sabahattin'i ziyarete geldiler.

Çatı daireleri, adeta ziyaretçi akınına uğradı.

Başı göğe ermişti Sabahattin'in.

Evliydi ve çalışıyordu.

Genç adam, eşinin rahatını daha yukarıya çekebilmek için ek işler almaya başladı.

O günlerde, kendini dayısının üzerinden tanıyan Saffet Arıkan maarif vekiliydi ve Sabahattin'e sürdürmekte olduğu öğretmenliğe ek olarak, Ankara İkinci Ortaokulu'nda Almanca öğretmenliği görevinin verilmesini de sağladı.

Maarif Vekâleti Neşriyat Dairesi'nde mümeyyizlik kadrosu kaldırılınca da, ekmek kapısı kapanmasın diye genç adama İkinci Sınıf Kalembaşılık görevi verilmesini sağladı Saffet Bey.

Ayrıca, *Tarihte Garip Vakalar*[85] diye bir de kitap vermişti Saffet Arıkan Sabahattin'e çevirsin diye.

Kitap önce *Ulus* gazetesinde tefrika edilecek, sonra da kitap olarak yayımlanacaktı. Her iki basımdan da para alacaktı genç adam.

85. Kitap 1936'da önce tefrika edildi, sonra kitap olarak yayımlandı.

Otuz Altı

Mayıs ayında İstanbul'da evlenen Ali çifti, ellerindeki imkânlar nispetinde ama çarçabuk bir düzen kurdu.

Sabahattin evin ayakta durmaya elverişli olmayan köşesinde kendine bir kitaplık yaptı. Epeydir bavulunda taşıdığı resimleri, fotoğrafları bu duvara astı.

Çalışacağı, kendine ait bir köşe oluşturuyordu genç yazar. Gün yüzüne çıkmayı bekleyen her şeyini döktü ortaya.

Göçebelik günleri sona ermişti.

Evin her tarafında ama en çok da kendine ait bu köşede, aralıksız çalışıyordu.

Güzel Aliye de en az eşi kadar disiplinliydi, sabah sporlarını katiyen aksatmıyor, evini büyük bir titizlikle çekip çeviriyordu.

***

Sabahattin hiçbir zaman elde edemeyeceğini düşündüğü, hatta bu nedenle endişeye kapıldığı ahengi, sonunda yakalamıştı. Havalarda uçuyordu.

Yazmaya Konya'da başlayıp bir kısmını *Yeni Anadolu* gazetesinde tefrika ettiği *Kuyucaklı Yusuf* isimli romanını 1936'nın sonuna doğru tamamladı.

Bu arada Zekeriya Sertel'le bağlantısını hiç kesmemiş, hayatındaki gelişmeleri Zekeriya Bey ve Sabiha Hanım'la hep paylaşmıştı.

Romanını tamamlama fikri de çok sevdiği bu çiftten gelmişti zaten.

Zekeriya Bey 1935'te yayın hayatına atılan *Tan*'ın[86] yazar kadrosunun içindeydi ve Sabahattin eğer tamamlayabilirse, *Kuyucaklı Yusuf*'un gazetede yayımlanmasını sağlayacağını söylemişti.

Genç adam, çok saygı duyduğu Zekeriya Bey'in bu sözleri üzerine, okulun yaz tatilini de fırsat bilerek ve bir huzur ortamında oturmuştu bir kez daha Kuyucaklı Yusuf için masa başına.

Romanı yazarken arada bir geriye, Konya günlerine, annesi ve kardeşiyle birlikte oturdukları eve, büyük bir haz duyarak çalıştığı masaya gitmişti yazar.

Sonra ödenmeyen parası, okulda olup bitenler ve ardından tufan gelmişti.

Neyse, olan olmuştu işte!

Roman bu kez, *Tan* gazetesinin okurlarıyla 9 Kasım 1936'da buluşmuştu. Yayını yaklaşık iki ay sürmüş ve 21 Ocak 1937'de tamamlanmıştı.

Eser daha tefrika edilirken, Yeni Kitapçı Yayınevi kitap olarak yayımlamak istemişti.

Sabahattin havalarda uçuyordu.

Yayınevinin sorumlularına, romanını esasen üç cilt olarak planladığını, ikinci cildin Çineli Kübra'yı, üçüncü cildin ise Yusuf'un dağdan şehre inmesini konu alacağını anlattı uzun uzun.

***

86. *Tan* gazetesi, 1935 yılında Atatürk'ün talimatı ve İş Bankası'nın sağladığı sermayeyle yayına başladı. İlk genel yayın yönetmeni Ali Naci Karacan'dı. 1936'da bu görevi Ahmet Emin Yalman devraldı. Zekeriya Sertel ve Halil Lütfi Dördüncü de gazetenin ortakları arasında yer alıyordu.

Kitabı basılınca, Sabahattin'in ilk işi Pertev'le buluşmak oldu. Çok heyecanlı görünüyordu.

Cebinden yeşil mürekkep dolu kalemini çıkardı ve kitabını can dostu için, şöyle fiyakalı bir hareketle imzaladı.

Teşekkür etti Pertev arkadaşına. Kendinden daha nice başarılar beklediğini söyledi.

Sabahattin'in gözlerinin yaşardığını görünce "Çağıralım mı Monşer'i?" diye sordu.

Ulus Meydanı'nda[87] Taşhan Oteli'nin altında bulunan Karpiç'teydiler.[88]

Şık kıyafetleri içindeki garson az önce sipariş almak için gelmiş ama iki arkadaş tarafından "Az sonra!" diye kışkışlanınca, bir köşeye geçip kendilerini izlemeye almıştı.

Daha yüzüne bakılır bakılmaz, tepelerinde bitti ve ne arzu ettiklerini sordu Monşer.

Osmanlı, Fransız ve Rus yemeklerinden oluşan envaiçeşit bir mönüsü vardı lokantanın ama onlar beyazpeynir, kavun, çiroz ve benzeri, damak tatlarına uygun mezelerden şaşmadılar.

***

"Ne oldu senin şu Edremitliler?" diye sordu, konuları *Kuyucaklı Yusuf* olduğu için ilk yudumdan sonra Pertev.

---

87. Ulus'un eski ismi Taşhan'dı.

88. Karpiç 1928 yılında açıldı. Kapandığı tarih olan 1953'e kadar Ankara'nın sosyal hayatında önemli bir rol oynadı. Sahibi Juri George Karpotoviç 1917 Bolşevik Devrimi'nde Rusya'dan İstanbul'a kaçan bir Rus'tu. Atatürk tarafından Ankara'ya gelmesi sağlandı. Gazi kendine "Karpiç" dedi ve o tarihten itibaren öyle anıldı. Karpiç'e kravatsız kimse alınmazdı.

Daha kitap çıkmadan, gazetede tefrika edilmesi sürerken, birkaç Edremitli gerçek isimleri kullanılarak romanda kendilerinden bahsedildiği için tepki göstermişti. Gazetede anlatılanın kendileri, konunun da başlarından geçen eski özel bir mesele olduğunu düşünüp, telaşa kapılmıştı Sabahattin'in hemşerileri.

Sabahattin bu durumdan Pertev'e de söz etmiş, arkasından ne çıkacağını merakla beklediğini söylemişti.

Pertev işte bu konu hakkında, bir gelişme olup olmadığını anlamaya çalışıyordu.

"Bir şey çıkmadı. Ne çıkacak ki?" dedi Sabahattin arkadaşına.

Romanda, tabiatıyla gerçek kişilerden esinlenilmişti. Mesela kahramanlardan biri olan Salahattin Bey Sabahattin'in babası, Şahinde ise annesiydi. Sabahattin kahramanları tasarlarken kız kardeşi Süheyla'yı da Muazzez'e benzetmişti. Romanın iki karakteri olan Ali ve Şakir ise yazarın çocukluk arkadaşlarıydı.

Öte yandan Kuyucaklı Yusuf karakteri için birini örnek alması hiç mi hiç gerekmezdi yazarın.

O, Aydın Hapishanesi'nde tanıdığı gerçek bir kahramandı ve başından geçenleri, koğuş günlerinde can yoldaşlığı yaptığı Sabahattin'e, yazacağını bilerek, bizzat kendi anlatmıştı.

Adam hâlâ yaşıyordu. Arada bir görüşüyordu Sabahattin mahpus arkadaşıyla. İsteyen gidip sorabilirdi.

***

Rakı, Sabahattin ve Pertev üçlüsünün muhabbeti saatlerce sürdü.

Sonunda Aliye galip geldi.

Genç yazar "Seni severim bilirsin Pertev ama karımı da seviyorum. Hatta âşığım. İstersen kalkalım da yeniden eski bedhah, yalnız günlerime geri dönüp, başına bela olmayayım" dedi.

Arkadaşının söyledikleri Pertev'in hoşuna gitti. Güldü ve "Eski günlerine dönmeni emin ol en az ben isterim. Yatıyorum kalkıyorum dua ediyorum Aliye yengeme" dedi.

Otuz Yedi

"Aliye'ciğim, askere gitmem gerekiyor" dedi Sabahattin bir akşam eve gelince.

Sanki, gidip bir dondurma alıp geleyim der gibi söylemişti ama işin aslı öyle değildi.

Defalarca tecil ettirmişti askerliğini. Ve bu arada yaşı otuza gelip dayanmıştı. Biraz daha oyalanırsa kapıya iki jandarma gelecek, kolundan tutup götüreceklerdi.

Genç kadın şaşırdı. Tabii ki biliyordu eşinin henüz askerlik yapmadığını ama acı gerçekle bir gün kucaklaşacağının farkına o ana kadar varmamıştı.

"Peki nasıl olacak o iş?" diye sordu güzel eşi Sabahattin'e.

"Benim durumumda olanlar İstanbul'da Harbiye Yedek Subay Okulu'na gönderiliyorlar. Herhalde beni de oraya gönderirler. Çok yakında belli olur."

***

Tam da dediği gibi olmuştu. Kendinden Harbiye'de bulunan Yedek Subay Okulu'na teslim olması istenmişti.

Sabahattin bir koşu İstanbul'a gidip Harbiye'ye bir taş atımı mesafede bulunan Pangaltı'da Bilezikçi Sokak'ta bir ev kiraladı. Sonra Ankara'ya dönüp eşyaların toplanmasında eşine yardımcı oldu.

Güzel eşine oturacakları evin askerlik yapacağı yere ne kadar yakın olduğunu anlatacakken, "Bir dakika" dedi Aliye!

Sabahattin şaşırdı. İlk kez sözünü kesiyordu eşi.

Korku, endişe, sevinç ve daha pek çok duyguyu bir arada ifade etmişti iki kelimeyle Aliye.

"Ne var?" diye sordu Sabahattin.

"Büyük bir ihtimalle hamileyim."

Genç adam havalara uçtu.

"Dur, dur" dedi Aliye ve hamileliğinin henüz kesinleşmediğini hatırlattı.

Birkaç aydır kuşkulanıyordu durumundan, Sabahattin'in İstanbul'da olmasından istifade ederek hastaneye gitmiş, bir hekimle konuşmuştu.

"Büyük ihtimalle hamileymişim. Tam olarak bir şey söyleyemezmiş hekim."

Sabahattin'in hevesi kursağında kalmıştı.

"Kesin olarak nasıl öğrenebilirmişim, biliyor musun?" diye sordu Aliye.

"Hayır" dedi Sabahattin.

"Türkiye'de henüz yapılmıyormuş. Çok yakında yapılacakmış. Gebelik sırasında kadınlar bir hormon salgılıyormuş. Kadının idrarı bir kurbağaya enjekte ediliyormuş. Bir süre sonra kurbağa kesilip yumurtalıklarına bakıldığında bu hormon var mı anlaşılıyormuş."

Türkiye'de yapılmıyorsa ellerinden bir şey gelmezdi.

Kaldı ki bilim konuşmanın ne zamanı ne de yeriydi.

Karısına bir kez daha sarıldı ve "Çocuğumuz İstanbul'da doğacak desene" dedi.

***

Mayıs ayında İstanbul'a, Bilezikçi Sokak'ta bulunan eve taşınılmış, Sabahattin Yedek Subay Okulu'nda, Nakliye Taburu'nda erlik eğitimine başlamıştı.

Komutanlarının verdiği bilgiye göre bu eğitim iki ay sürecek, sonra altı ay da yedek subay öğrenciliği yapılacaktı.

Sabahattin ve onunla birlikte askerlik yapmaya başlayanlar, onuncu dönem yedek subaylardı.

Asker kıyafetini üzerine giydiği ilk gün Niyazi'yle[89] tanıştı Sabahattin. Kendinden sadece dört yaş küçük olan Niyazi'ye, görür görmez kanı kaynadı.

Çoktan okumuştu yeni arkadaşı kitaplarını. Üstelik dünyayı ve Türkiye'yi tam da kendi gibi yorumluyordu. Önlerinde konuşabilecek dünya kadar zaman ve konu vardı.

Tüfekleri sırtlarında olmak üzere Abide-i Hürriyet'ten[90] Kâğıthane'ye kadar iner ve çıkarken hep birlikte olacaklardı.

Bol bol konuşabilirlerdi.

***

Aliye evine alışmış, cana yakın komşularıyla tanışmış, yaklaşmakta olan doğumu beklemeye başlamıştı.

Komşulardan, hamilelerin karınlarının büyüklüğüne bakarak çocuğun cinsiyetini ve kaç aylık olduğunu hesaplamayı becerebilenler, eylülün son haftası ile ekimin ilk haftasını öngörüyorlardı.

---

89. Niyazi Ağırnaslı 1911-1987 yılları arasında yaşadı. Ankara Hukuk Fakültesi'nden mezun olduktan sonra önce devlette görev aldı, ardından serbest avukatlık yaptı. Türkiye sosyalistlerinin çok iyi bildiği bir isimdir.

90. Tarihe "31 Mart Vakası" olarak geçen gerici ayaklanmayı bastırırken hayatını kaybeden askerler için inşa edilen şehitlik ve anıt.

Kimilerine göre Aliye'nin çocuğu besbelli erkek olacaktı. Bir kısım mahalle sakini ise cici bir kız doğuracağına bahse girmeye hazırdı.

Telaş içindeydi güzel Aliye. Çocuk için ufak tefek bir şeyler örüp dikmeye başlamıştı.

Evci çıktığı günlerde Sabahattin'le, bütün öteki meseleleri bir kenara bırakıp gelmesi her gecen gün biraz daha yaklaşan bebeği konuşur olmuşlardı.

Böylesi durumlarda üzerinde en çok konuşulan, doğacak olan çocuğun isminin ne olacağıydı.

Önlerine bir kâğıt koyup, Sabahattin'in yeşil mürekkepli kalemiyle hoşlarına giden kız ve erkek isimlerini sıralamaya başlamışlardı. Arada bir başa dönüp bazılarının üstünü çiziyor, akıllarına gelen yeni isimleri yazıyorlardı.

Aceleleri yoktu, son güne kadar isim aramayı sürdürebilirlerdi.

Evlerine yeni eşya almaktan özellikle kaçınıyorlarsa da çocuk için gereken neyse hepsini almak istiyorlardı.

Sabahattin eve geldiğinde mutlaka Pangaltı'dan Şişli'ye doğru yürüyor, bir konaklar semti olan Nişantaşı'na sapıp kahvelerini içiyor, semtin her geçen gün bozulan siluetine üzülüyorlardı.

"Gün gelecek..." dedi Sabahattin bu yürüyüşlerden birinde. "Gördüğün bütün bu konaklar yıkılacak ve yerlerini sefertası misali apartmanlar kaplayacak."

"İnşallah olmaz" diye düşündü Aliye. O kadar güzeldi ki her biri son derece bakımlı bahçeler içindeki konaklar. Hepsi birer inci tanesi gibi parlıyordu.

Otuz Sekiz

Haziranın ortalarında kötü bir haber aldı Sabahattin. *Kuyucaklı Yusuf* mahkeme kararıyla toplatılmıştı.

Kitabı yayımlayan yayınevinden aldığı bilgiye göre, gerekçe "halkı aile hayatı ve askerlikten soğutmak"tı.

Sabahattin'i kitabın yazarı olduğu için, Remzi Bengi,[91] Karabet Fikri ve Kenan Yusuf Sertel'i de sattıklarından dolayı mahkemeye çağırdılar.

Mahkeme 7 Ekim 1937'de İstanbul'da görülecekti.

Canı sıkıldı Sabahattin'in.

Aklına Aydın, Konya, Sinop hapishanelerinde çektikleri geldi.

***

Hemen, iyi bir avukat olan asker arkadaşı Niyazi'yi bulup konuşmalıydı. Neler olabileceğini önce ondan dinlemeli, sonra Aliye'yi usturuplu bir biçimde bilgilendirmeliydi.

Niyazi'yi Büyükdere'de, askeri kampın çadırında kitap okurken buldu Sabahattin. Şöyle bir etrafına bakındı, kimse yoktu. Anlatabilirdi.

"Niyazi..." dedi. "*Kuyucaklı Yusuf* için, halkı aile hayatı ve askerlikten soğutma gerekçesiyle dava açılmış. Sen okudun kitabı. Sonuç ne çıkar?"

---

91. 1907-1978 yılları arasında yaşadı. 1928'de Beyazıt'ta Ümit Kitabevi'ni açtı. İlk kitabını 1929'da yayımladı. 1931 yılında yayınevini Cağaloğlu'na taşıdı ve ismini Remzi Kitabevi olarak değiştirdi.

Kılı kırk yaran bir avukattı arkadaşı, düşünmeden laf etmeyi sevmezdi. Epeyce sustu.

"Bir kere..." dedi. "Mutlaka bilirkişiden görüş alacaklardır. Hem bir bilirkişiden de değil, üç bilirkişiden kitabı inceleyip düşüncelerini bildirmelerini isteyeceklerdir."

"Böyle olunca..." dedi Sabahattin. "Kimden görüş isteyecekleri çok önemli tabii."

Öyleydi. Eğer kitap Nihal Atsız, Cemal Kutay gibi birilerine gönderilirse, yazılacak raporlar tabiatıyla aleyhte olurdu.

Niyazi "Mahkeme, bilirkişilerin tarafsız olmasına dikkat etmek zorunda" deyince, içine su serpildi Sabahattin'in.

***

O akşam eve dönerken *7 Gün*'ün[92] yeni sayısını aldı Sabahattin.

Bayılıyordu Aliye bu dergiye. Genç kadın, bir keresinde eşinin bir hikâyesini de okumuştu *7 Gün*'de.

Kimler yoktu ki derginin yazarları arasında. Sait Faik, Vedia Nesin takma adıyla yazan Aziz Nesin ve daha kimler kimler.

Arada bir Reşat Nuri ve Halide Edip de boy gösterirdi yazarlar arasında.

7 Gün'ün tek kusuru, çıkma gününü bir türlü tutturamıyor olmasıydı. Bir başka deyişle, hazır olduğu gün çıkıyordu dergi piyasaya.

Özellikle Hikmet Feridun Es'in dünyanın dört bir yanında yaptığı röportajlarına bayılıyordu Aliye.

7 Gün'ün açtığı "Cinsi Cazibe Yarışması"nın ismi çok güldürmüştü genç kadını. Dört hafta süreyle güzellerin fotoğraflarını yayımlayan dergi, oy vermek için kuponlar da dağıtmıştı.

92. 1933-1949 yılları arasında, Sedat Simavi tarafından yayımlandı.

"Bakalım..." diye düşündü Aliye. "Kim kazandı yazlık elbiseyi?"

7 Gün, sadece birinci gelene değil, ötekilere de hediyeler verecekti. Neler yoktu ki hediyeler arasında! Dolmakalem, fotoğraf makinesi, kombinezon...

Ve işte tam da o sayıda, kimin birinci olduğu, kimlerin dereceye girdiği açıklanacaktı.

Bu nedenle, *7 Gün*'ü eşinin elinde gören Aliye çok sevindi.

Bakalım, dört hafta süreyle portrelerini ve mayoları içinde boy resimlerini dikkatle incelediği o iddialı küçükhanımlardan hangisi kazanmıştı yarışmayı?

Bir öpücük verdikten sonra, uzanıp eşinin elinden dergiyi aldı Aliye.

***

Aliye dergiyi incelerken, Sabahattin meseleyi eşine nasıl söyleyeceğini düşündü.

Sonra, kırık dökük anlattı neler olduğunu.

Evlenmeden önce eşinin başından geçenleri bildiği için, korku bastı genç kadını.

Ve şimdi, üstelik bir bebek bekliyorlardı.

Sabahattin, eşinin yüzünde beliren ifadenin arkasında neler olduğunu gayet iyi anladı.

"Hiçbir şey olmayacak Aliye" dedi. "Göreceksin bilirkişiler gayet iyi bir yorum yazacaklar ve beraat edeceğim."

Otuz Dokuz

Ruh durumu iyi olsun kötü olsun rahat durmayı beceremeyen bir adamdı Sabahattin.

Bunun en iyi şahidi ise bir süredir yedikleri içtikleri ayrı gitmeyen Niyazi'ydi.

Başında yeni bir dava vardı ama Sabahattin sanki hiçbir şey olmayacakmış gibi yaşamaya devam ediyordu.

Her açıdan!

Herkes biliyordu ki, eşine deli gibi âşıktı Sabahattin.

Ama Çingene kızı Şaziye'yle kırıştırmayı da ihmal etmiyordu aynı zamanda.

Kâğıthane'de talim yaptıkları günlerde bir yolunu bulur Şaziye'yi baştan çıkartırdı Sabahattin.

Öyle günlerden birinde, dostlarının arasına adını koyu harflerle yazdığı Niyazi'ye "Konserveni bana verir misin?" diye sordu genç adam.

"Neden?" diye sormadan uzattı Niyazi tonbalığı konservesini.

Sırra kadem bastı Sabahattin.

***

Bir, iki baktı olmuyor, bir gün Niyazi'nin soracağı tuttu Sabahattin'e, konserveleri ne yaptığını.

Daha Sabahattin ağzını açmadan kendini dinleyen bir başka yedek subay adayı "Ne yapacak" dedi ve ekledi: "Şaziye bedava çayıra uzanmıyor. Bir konserveye de eyvallahı yok. O zaman topluyor senden benden birkaç konserveyi değerli yazarımız, ver elini Şaziye."

Şaşırdı Niyazi. Hem de çok.

"Doğru mu bu?" diye sordu Sabahattin'e.

Doğruydu.

"Sen..." dedi Niyazi. "Bundan sonra zor alırsın benim konservemi."

Söylediği gibi de yaptı. O günden sonra tonbalıklarını mideye, Şaziye yerine kendi indirdi.

***

O akşam kapıdan içeriye girer girmez, ilk olarak eşinin kocaman olmuş karnını sevdi Sabahattin.

Sonra derhal epeydir tekrarlamakta olduğu soruyu sordu.

"Ne zaman gelecek dersin?"

"Bugün yarın" diye cevapladı Aliye Sabahattin'i.

Tam da söylediği gibi oldu.

30 Eylül günü ağrısı tuttu genç kadının.

Sabahattin'e haber gönderildi ve onun getirdiği bir otomobille Taksim'de, Sıraselviler Caddesi'nde bulunan Alman Hastanesi'ne gidildi.

Doğumhanenin koridorundaki hali görülmeye değerdi Sabahattin'in. Bir aşağı bir yukarı volta atıyor, bu arada piposunu içmiyor adeta yiyordu.

Çok geçmeden güzel haberi aldı. Nur topu gibi bir kızı olmuştu. Adı çoktan belliydi cici kızının.

"Filiz'im doğdu demek" diye düşündü.

Çok geçmeden odaya alındı. Minik Filiz, anneciğinin göğsünde yatıyordu.

***

Yedek Subay Okulu'nda sınav günü yaklaşıyordu.

Birinden kendini yedek subay değil er çıkartacaklarını öğrendi nasıl olduysa Sabahattin.

Beyninden vurulmuşa döndü. Yedek subay olmak, para kazanmak demekti. Er çıkarsa, her şey berbat olurdu.

Aliye, yeni gerçekleşmiş doğum, ödemekte olduğu ev kirası kâbus gibi üşüştü beynine ve izin kopartıp eve koştu.

Olan biteni uyumakta olan küçük Filiz'i uyandırmamak için eşine fısıldayarak anlattı. Sonra aklındakini söyledi.

"Saffet Arıkan beni sever. Şimdiye kadar hep destek oldu. Sen ona bir mektup yazsan, içinde bulunduğumuz durumu anlatsan."

"Olur" dedi Aliye.

Çift oturup, Aliye'nin ağzından bir mektup kaleme aldılar. Sabahattin çıkıp mektubu "acele" olarak postaya verdi.

Ama içi içine sığmıyordu. Er çıkması halinde tam anlamıyla felaketle boğuşur hale gelecekti ve üstelik bu sefer felaketi tek başına değil Aliye ve Filiz'le birlikte göğüslemek zorunda kalacaktı.

İki sevgilisini böylesi bir durumla karşı karşıya getirmek katiyen istemezdi.

Yaşadığı kâbus beyninde büyüdükçe büyüdü.

Sonunda dayanamadı, yeni doğmuş kızını ve anne olalı bir hafta bile geçmemiş eşini birkaç komşuya emanet etti, Ankara'ya gitti.

Milli Eğitim Bakanı Saffet Arıkan'a[93] aile ilişkileri sayesinde sorunsuz ulaşacağını biliyordu. Dayısının adını vermesi halinde kendini huzura kabul ettireceğinden emindi.

Yine de trenden iner inmez önce Afet İnan'a[94] gitti. Yana yakıla durumunu anlattı. İkisi birden soluğu bakanlıkta aldılar.

Makama kabul edilince, Sabahattin derdini bakan beye net bir biçimde ifade etti.

Afet Hanım da yakından tanıdığı Saffet Bey'e "Aliye de size yazmış. Zaten gerekeni yapardınız ama mektup elinize geç ulaşır korkusuyla gelmiş Sabahattin Bey" dedi.

Genç adam eğer er olursa, kendi için çok ama çok büyük bir felaket olacağını bir kez daha dramatik bir ses tonuyla tekrarladı.

Saffet Bey meseleyi anlamıştı. Genç adama sakin olmasını tavsiye etti. Baktı ki olmuyor, hususi kaleminden onun yanında bazı telefonları bağlamasını istedi.

O akşam İstanbul'a dönerken içi rahatlamıştı Sabahattin'in.

Saffet Bey hemen harekete geçmiş, sorununu çözmüştü.

***

Aliye'yi kapıda kucakladı Sabahattin.

"Çözüldü" dedi. "Er değil, yedek subay olacağım."

Söylediği gibi oldu. Yedek subay olmuş ve tayini Eskişehir'e çıkmıştı.

Aliye ve Sabahattin derhal hazırlıklara, alışverişe başladılar.

Alışveriş listesinin en başında minik Filiz için bir puset vardı.

---

93. 1888-1947 yılları arasında yaşadı. Asker kökenli bir siyaset adamıdır. Milli eğitim bakanlığı ve milli savunma bakanlığı yaptı.

94. 1908-1985 yılları arasında yaşadı. Öğretmen, tarihçi ve sosyoloji profesörüydü. Atatürk'ün manevi kızıdır.

Kırk

Eskişehir'e çıkan tayin için hazırlıkları sürürken, *Kuyucaklı Yusuf* davasıyla ilgili bir gelişme oldu.

Üç bilirkişiden rapor gelmişti ve dava 7 Ekim günü görülecekti.

Bilirkişilerden biri ünlü yazar Reşat Nuri Güntekin'di.

"Yazar yazarın halinden anlar" diye düşündü Sabahattin.

İkinci bilirkişi Deniz Harp Akademisi'nden Kurmay Binbaşı Münci Ülhan'dı.

Belli ki mahkeme, *Kuyucaklı Yusuf*'un sahiden "askerlikten soğutmak" yolunda bir işlev görüp görmeyeceğini öğrenmek istiyordu.

"O halde..." diye düşündü Sabahattin. "Reşat Bey'den de aile hayatına ilişkin düşüncelerini istemişlerdir."

Davanın üçüncü bilirkişisi, İstanbul Üniversitesi Felsefe Bölümü hocalarından Doçent Ziyaettin Fahri'ydi.

Mahkemenin meselenin felsefi boyutuyla ilgili görüş istemiş olmasından etkilendi genç yazar.

Niyazi'yle konuşunca, mahkemenin işini ciddiyetle yaptığına dair düşüncesi güçlendi.

Kazın ayağının ne renk olduğu, 7 Ekim'de görülecek davada anlaşılacaktı.

***

El kadar bebeğine bakmakta olan Aliye'ye içindeki tereddütlerden tabii ki söz edemezdi.

Dava günü yaklaşırken sevgili eşini "Göreceksin, her şey çok iyi olacak" diyerek ayakta tutmaya çalıştı.

Evlerinin eşyalarını toplamaya girişmişler, kendileri ve minik prensesleri Filiz için bir alışveriş listesi daha hazırlamışlardı.

Her alışverişte "Umarım bir sorun olmaz da güle güle kullanırız" diye iç geçiriyordu genç adam.

***

Sayılı gün çabuk geçti, 7 Ekim geldi.

İlk raporu yazan ve o günlerde Maarif Vekâleti müfettişliği yapan Reşat Nuri Güntekin, "Sabahattin Ali kanaatimce son neslin hikâyecilerinin en kuvvetlisidir" diye başlamıştı düşüncelerini yazmaya:

"Ve *Kuyucaklı Yusuf* romanı memleketimiz ve edebiyatımızın yüzünü ağartacak kıymetli bir sanat eseridir" diye devam etmişti.

Ailenin, kadının, mektebin, polisin, belediyenin tenkitten uzak tutulmasının, bir nevi roman yazmayı yasaklamak olduğuna vurgu yapmıştı Reşat Nuri Bey.

Şöyle bir noktaya da dikkat çekmişti.

"Türk muharriri netice itibariyle bir rejim meselesi demek olan komünizm bahsinde bile nazariye olarak her istediğini yazarken, Sabahattin Ali'nin herhangi bir müessesemiz hakkında bir tenkit romanı yazması hakkı, hiçbir suretle tahdit edilemez fikrindeyim."

Şahane bir bilirkişi raporuydu bu Sabahattin açısından.

***

İkinci bilirkişi Kurmay Binbaşı Münci Ülhan'ın raporundaysa şu noktalara temas edilmişti:

"Eserin mevzuu zamanı gözetilmeksizin şeklen mütalaa olunduğu takdirde askerlik ruhuna aykırı görülmekte ise de eser mevzuu zamanına irca olunca bu mahiyeti kalmamaktadır."

Önemli bir noktaya daha dikkat çekiyordu Binbaşı Ülhan:

"Askerliği ilgi eden, iki yüz doksan sayfalık bir kitabın ancak birkaç satırıdır."

İkinci bilirkişinin raporu da Sabahattin'in lehindeydi.

***

Felsefe Doçenti Ziyaettin Fahri'nin raporu ise şöyleydi:

"Romancı aileyi yıkmıyor. Onu mükemmel görmek istiyor. Vakanın tasvirinde bir acılık varsa da bunun sebebi muharririn değil, hepimizin tenkit edeceği bozuk aile hayatımızdı."

Bu kadarla da kalmıyordu Ziyaettin Fahri Bey:

"Romanın askerlik gibi bir vatani vazifeden karileri soğuttuğu davası çürüktür. Bir defa romancının hayalinde mesut ve güzel bir Türkiye yaratmak cehdi vardır."

Üçüncü rapordan anlaşılması gereken, *Kuyucaklı Yusuf*'ta, Sabahattin Ali'nin "halkı aile hayatı ve askerlikten soğutmak" gibi bir niyetinin olmadığıydı.

Bilirkişi raporları böyle olunca, mahkemeye düşen Sabahattin'i beraat ettirmekti.

Öyle de oldu.

***

Genç yazar evine koşarak geldi.

Kapıdan girer girmez eşini kucakladı, havalarda uçurdu.

Bir koşu gidip beşiğinde mutlu mesut biberonunu içmekte olan canı, bir tanecik Filiz'ini kucağına aldı, "Gidiyoruz güzel kızım, Eskişehir'e gidiyoruz" dedi.

Kırk Bir

Ali ailesi, Eskişehir'e 1938 yılının nisan ayında ulaştı.

Sabahattin bu şehirde yedi ay süreyle yedek subaylık yapacaktı.

Güzel bir bahar ve yaz geçirdi minik Filiz, güzel Aliye ve çakı gibi bir yedek subay olan Sabahattin, Porsuk Çayı'yla ünlü bu Anadolu şehrinde.

Soğuk havası da dillere destandı Eskişehir'in. Bu nedenle, Sabahattin ve Aliye, küçük kızlarını soğuktan korumak için kış hazırlıklarına giriştiler.

***

Kasım'ın 10'unda, bütün Türkiye'yle birlikte Atatürk'ün ölümünü öğrendi Ali ailesi.

Ve ayın 17'sinde, haber bülteninde Atatürk'ün naaşını ziyaret etmek isteyenlerden on birinin ezilerek öldüğünü duydu Sabahattin. Kırk civarında da vatandaş da yaralanmıştı.

Halkın Atatürk'ün ölümünden duyduğu teessürü, İstanbul'da yaşananları gözünde canlandırmaya çalıştıysa da başarılı olamadı.

Aklına Atatürk için yazdığı şiir geldi. Öğretmenliğe yeniden kabulünü bu şiire borçluydu Sabahattin.

"Hoş..." diye düşündü. "Hapis köşelerinde sürünmemi de onun hakkında okuduğumu iddia ettikleri bir başka şiire borçluyum ya!"

Tebessüm etti. Geçmiş, geçmişte kalmıştı.

Ayın 19'unda, *Ulus* gazetesinde yayımlanan haberi okuyunca, on bir kişinin ölümü üzerine hükümetin gazetecileri sıkıladığını düşündü. Anlaşılan, olayın kanırtılmasına engel olunmak istenmişti.

Öte yandan, gazeteler bir gün önce Dolmabahçe Sarayı'nın önünde yaşanan drama rağmen insanların evlerine çekilmediğini, 18 Kasım gecesi, on bin kişinin sokakta Atatürk'ün naaşını beklediğini yazmıştı.

***

Atatürk'ün naaşının İstanbul'dan Ankara'ya naklini, geçeceği yollardaki herkes ilgiyle takip ediliyordu.

Bilecik ve Polatlı gibi, Eskişehir'de de insanlar Ata'nın şehirlerinden ne zaman geçeceğini merak ediyor, okullarda ve halkevi gibi yerlerde hazırlıklar sürdürülüyordu.

Herkesin kulağı radyodaydı. Ankara Radyosu'nun 10 Kasım'dan bu yana ağlıyormuş gibi konuşan spikeri şunları söylemişti:

"Yavuz zırhlısı saat 19.30'da İzmit'in Mayın İskelesi'ne yanaştı. Ulu önderin cenazesi, burada binlerce İzmitli tarafından karşılandı..."

İzmitli yöneticilerin aldıkları güvenlik önlemleri sayesinde, herhangi bir tatsızlık yaşanmamıştı.

Zırhlıdan alınan naaş, tren istasyonunda beyaz renkli vagona konulmuş, 20.30'da İzmit'ten ayrılmıştı.

***

Trenin geçeceği Bilecik, Eskişehir, Polatlı ve Etimesgut gibi yerleşimlerde her yaştan Anadolu insanı hareketlenmişti. Herkes, daha önce kararlaştırıldığı gibi tren istasyonlarına akın etmeye başlamıştı.

Halk, havanın soğuk ve saatin iyice geç olmasına aldırmadan toplanmıştı tren istasyonlarında.

İstanbul ve İzmit'ten sonra sıra şimdi de onlara gelmişti.

***

Sabahattin, güvenlikle ilgili bir mesele çıkmasın diye Eskişehir Garı'nda alınan tertibatın içinde görevliydi.

Bu vesileyle, halkın Ata'sına son görevini yakından izleyecekti.

Sonunda Atatürk'ün naaşını Ankara'ya taşıyan tren göründü. Düdüğünü acı acı çalıyordu.

Eskişehir halkı, ellerinde meşaleler ve gözlerinde yaşla, Ata'nın naaşının beyaz renkli vagonun içinde geçişini izledi.

Genç yazar, büyük bir şaşkınlık içinde gözlemişti olup biteni.

***

Ertesi günkü gazetelerden, Atatürk'ü taşıyan trenin tam da saat 10.03'te Ankara Garı'na ulaştığını öğrendi Sabahattin.

Eskişehir'e dair anılarının arasında, istisnai bir yer işgal edecekti 19 Kasım 1938 akşamı Eskişehir'de, garda yaşadıkları.

Kırk İki

Karar belliydi. Ali ailesi, Eskişehir'den Ankara'ya geri dönecekti. Böylece, Sabahattin çalışmaya kaldığı yerden devam edecekti.

Takvimler 10 Aralık'ı gösterirken, yani ayrıldıktan bir yıl kadar sonra, Aliye ve Sabahattin çifti bu kez yanlarında küçük kızlarıyla Ankara'ya geri döndüler.

Aile, Kızılay'da, Karanfil Sokak'ta bulunan Kıbrıslı Salih Bey'in apartmanında iki odalı bir çatı katında yaşamaya başladı.

Birkaç gün sonra alt katlarına Muvaffak Şeref'[95] ve eşi Rebia Hanım taşındı. İki aile derhal dost oldu.

***

Sabahattin, eşi ve minik kızıyla birlikte yeni bir döneme başlangıç yapıyordu.

Hayalini kurduğu dünyada insanlar nasıl yaşasın istiyorlarsa, kendi ailesi için de öyle bir düzen kurmak istiyordu genç adam.

Evi erkeğin yönetmesi, son sözü erkeğin söylemesi gibi geleneksel bir yaşayış tarzını hiç kimse için istemiyorsa, buna kendinden ve ailesinden başlamalıydı.

Eşinin ve kızının sözünün dışına çıkmaması, kendine körü körüne itaat etmeleri gibi prensiplere yer yoktu hayatında.

---

95. 1913-1986 yılları arasında yaşadı. Hukukçu. Türkiye İşçi Partisi üyesiydi. Hayatını hangi nedenle olursa olsun hapishaneye düşmüş olan sosyalistleri savunmaya adamıştı. Çok sayıda makalesi ve iki çeviri eseri vardır.

Evin içinde tüm işlere katılıyor, özellikle pantolon ütülemek gibi zati işlerini mutlaka kendi görüyordu.

Tek derdi, minik kızının az yemek yiyor oluşuydu. Ona yemeğini yedirebilmek için her türlü şaklabanlığı yapıyor, olmazsa azıcık kızıyormuş gibi bile davranıyordu.

Aliye açısından en büyük sorun ise, Sabahattin'in akşam yemeklerine geç kalması ve tabii arada bir yanına birilerini habersiz olarak takıp gelmesiydi.

Böyle akşamlarda, evde işler kolay yürüsün diye mutlaka alışveriş yaparak gelirdi Sabahattin. Filesinin en üstünde de pastırma olurdu mutlaka.

Eve davet ettiği konuklarına, eğer kalmışsa kendi icadı bir içki ikram ederdi.

Hangisinden ne miktar konulduğu sadece kendi tarafından bilinen, vermut ile votka karışımı bir tür aperitifti bu.

***

İstanbul'da yaşarlarken, özellikle de Filiz doğmadan önce, bazen Sabahattin'le bazen yalnız Beyoğlu'na çıkmayı seviyordu Aliye. Bu geleneği Ankara'da da sürdürüyordu güzel kadın.

Ekonomik kriz Amerika'yı ve Avrupa'yı olduğu gibi Türkiye'yi de vurmuştu. Bu nedenle, tüm ülkede ara vermeksizin "Yerli Malı Kullan" kampanyaları yapılıyordu.

Hükümet, Sümerbank'ın korumasının çok önemli olduğunu düşünüyor, insanları yerli malı kullanmaya teşvik ediyordu.

***

Aliye evlenmeden önceki günlerde olduğu kadar olmasa da modayı takip etmeye çalışıyordu. Arada bir konuşuyorlardı bu konuyu eşiyle.

"Farkında mısın, birkaç senedir sadelik moda" demişti bir konuşmalarında Sabahattin'e.

Şaşırmıştı ve "Öyle mi?" diye sormuştu genç adam.

Öyleydi.

1930'lar eskiyle karşılaştırıldığında sadeliğin konuştuğu yıllardı.

Öyle ya, ekonomik kriz vardı. Ayrıca eli kulağındaki savaş insanların ağzının tadını iyice kaçırmıştı.

Yine de moda ölmemişti.

Dönemin kadını olgun, ölçülü ve daha dişi görünmenin peşindeydi.

Terziler hem kadını hem de erkeği uzun boylu göstermek için her türlü hileyi yapıyorlardı.

Bir moda dergisinde Gary Cooper'ın, Clark Gable'ın, Cary Grant'ın, Fred Astaire'in bu yolla nasıl daha uzun gösterildiklerini görmüştü Aliye ve Sabahattin için kesip saklamıştı kupürü.

"Ama..." diyordu Aliye eşi resimleri incelerken. "Kim ne derse desin, modanın merkezi Beyoğlu."

Biraz özlemiş gibiydi sanki İstanbul'u.

***

Aliye düşüncesinde haklıydı. Ankara, moda ya da giyim konusunda İstanbul ne üretirse onu tüketiyordu.

Çünkü, İstanbul'da kimi aileler epeydir, çocuklarını moda okusunlar diye Avrupa'ya gönderiyorlardı. Eğitimlerini bitirip Türkiye'ye dönen bu gençler, bir atölye açma çabasına giriyorlardı.

İstiklal Caddesi'nin üzerindeki Mısırlı Han bu tür terzihanelerin çoğunlukta olduğu yerlerden biriydi.

Paris ve Avrupa modası, tüm Türkiye'ye bu handan yayılıyordu.

Atölyesi Mısırlı Han'da bulunan Madam Fegara'yla yapılmış bir moda sohbetini kesip bir kenara koymuştu Aliye. Eşinin de okumasını sağladı.

Sadece kılık kıyafet değil, saçlar da değişmişti 1930'ların ortalarına doğru. Canım bukleler, yerlerini "alagarson" denilen erkeksi, kısa saçlara bırakmıştı.

Her kadın, kısa saçlarının üstüne mutlaka cloche[96] şapka giyiyordu.

Ve tabii, jartiyerli çoraplar çok ama çok moda olmuştu.

96. Çan şeklinde, başa sımsıkı oturan şapka.

Kırk Üç

Bu arada, Sabahattin'in 1937'de yayımlanan *Ses*[97] isimli hikâye kitabının etkileri sürüyordu.

Dağlar ve Rüzgâr'dan sonra yayımlanan bu ikinci hikâye kitabı da epey ses getirmişti.

Tabii ki *Kuyucaklı Yusuf* hem tefrika edildiğinde hem de kitap olarak okuyucuyla buluştuğunda büyük sükse yapmıştı.

Dergilerde yayımlanan yazıları da göz önünde bulundurulduğunda, Sabahattin artık Türkiye sathında en çok bilinen yazarlardan biri haline gelmişti.

Kendi belki pek farkında değildi ama onun kat ettiği bu gelişme, Ankara'nın etkili ve yetkili isimleri tarafından dikkatle izleniyor, bir kenara not alınıyordu.

***

Sabahattin Ankara'ya gelir gelmez Ankara Musiki Muallim Mektebi'ne atanmıştı.

Bir hafta kadar sonra da Almancası çok iyi olduğu için Devlet Konservatuvarı'nda görev yapmaya başlayan Carl Ebert'le[98] çalışma görevi verilmişti.

---

97. 1937 yılında Yeni Kitapçı tarafından yayımlandı.

98. Carl Ebert 1887-1989 yılları arasında yaşadı. Alman tiyatro ve opera yönetmeni.

Yeni bir kariyere başlangıç yapmıştı böylece genç adam. Bundan böyle, dramaturg[99] olarak görev yapacaktı.

Dramaturgluğu sevdi Sabahattin. Bu görev, şimdiye kadar yaptığı işler arasında kendine en uygun olanıydı.

***

Carl Ebert, Nazi Almanyası'nın darbesini yemiş bir sanatçıydı. Sonradan oyuncu olarak da görev aldığı ünlü Max Reinhardt'ın Tiyatro Okulu'nu bitirmişti. Çok mesafe kat etmiş, Berlin ve Frankfurt'ta sanat okullarının kurulmasına önayak olmuş, buralarda yönetmenlik ve oyunculuk yapmıştı.

Ebert'in bir sonraki kariyeri opera olmuştu. Takvimler 1927 yılını işaret ettiğinde, yani meslek hayatının on sekizinci yılında yolunu operaya çevirmişti sanatçı. Ve bu tarihte, henüz kırk yaşındaydı.

Berlin Şehir Operası'nı başarıyla yönetmiş, bu arada birçok esere imza atmıştı.

Ebert, artık dünyanın tanıdığı ve önünde şapka çıkardığı bir sanatçıydı.

Naziler tabii ki kıymetini bilemezdi Ebert'in. Onlar iki tür insandan anlarlardı: Kendilerinden yana olanlar, kendilerine karşı olanlar.

Gerçek bir sanatçı ve ciddi bir entelektüel olarak, Hitler rejimini eleştirdi Carl Ebert.

Derhal kapının önüne konuldu. Başına gelecekleri bildiği için vakit kaybetmeden ülkesinden kaçtı, Arjantin'e sığındı.

---

99. Işık, ses, dekor gibi unsurları da düşünerek, bir metni sahnelenmeye uygun hale getiren kişi.

Arjantin kıymetini bildi Ebert'in, hemen iş teklif etti ve ülkenin en önemli sanat kurumu olan Teatro Colon'un anahtarlarını bu kabiliyetli ve bilgili Alman'a teslim etti.

Ebert, üç yıl sonra kendi gibi Almanya'dan kaçan iki sanatçı arkadaşıyla birlikte İngiltere'ye davet edildi ve Glyndelbourne Opera Festivali'nin başlatıcısı olarak görev aldı.

***

Türkiye'nin çağdaş uygarlık düzeyini yakalamasını yürekten isteyen Atatürk, Almanya'dan kaçan bilim insanlarının Türkiye için "ilaç" görevi üsleneceğinin gayet iyi farkındaydı.[100]

Ülkenin Osmanlı'dan devralınan eğitim sistemi çok çabuk ayağa kaldırılmalıydı.

Kuşkusuz epey mesafe kat edilmişti ama bunun en kısa zamanda daha da yukarıya çekilmesi gerekiyordu.

1933 yılında, Türkiye'de üniversiteler bir reforma tabii tutulmuş ve o yılın temmuz ayında, Almanya'dan kaçan ilk bilim insanlarıyla kontratlar imzalanmaya başlanmıştı.

Bu yeni kadro, Almanca bilen Türklerin desteğiyle derslerini verecek, Türkçe ders kitaplarının yayımlanmasında da görev alacaktı.

Carl Ebert bu bilimadamlarından biriydi.

***

Sabahattin, Carl Ebert gibi bir aydınla çalışıyor olmaktan çok mutluydu.

---

100. 1930'lu yıllarda, Nazilerden kaçan bin dört yüz civarında Alman bilim insanı Türkiye'ye sığındı. Bunların büyük bir kısmı eğitim kurumlarında görev aldı.

Entelektüel bir kişiliğe sahipti Ebert ve iyi bir aile babasıydı. Eşi ve iki kızıyla çok mutlu bir tablo çiziyorlardı. Kendinden sadece on yaş büyük olsa da Ebert bir rol modeldi Sabahattin için.

Kaldı ki Ebert dünyanın en tanınmış yönetmenlerinden de biriydi.

Carl Ebert için de Sabahattin bulunmaz bir nimet olmuştu.

Değerli sanatçı, adımını attığı çorak topraklarda, bir Almanca-Türkçe tercümanı beklerken, birinci sınıf bir sanatçı ve aydınla karşılaşmıştı.

Ali ve Ebert aileleri kısa zamanda kaynaştı, yedikleri içtikleri ayrı gitmez olmuştu. Aliye de çok seviyordu Carl'ı, eşini ve çocuklarını.

Kırk Dört

Sabahattin, Carl Ebert'le çalışmaya süratli başladı.

Önce ne yapması gerektiğini anladı ve istenilenleri layıkıyla yerine getirdi, ardından yapılması planlanan işlere bir sanatçı olarak da ağırlığını koymaya çalıştı.

Ebert'in, çalıştırmaya başladığı öğrencileriyle ilk sahneye koyduğu oyun Shakespeare'in *Julius Caesar*'ı oldu. Onun ardından Sofokles'in *Antigone* isimli trajedisi üzerine çalışmaya girişildi.

Ebert, bir roman yazarı olan aynı zamanda şiirler, öyküler ve yazılar yayımlayan Sabahattin'in yüksek kırat bir pırlanta olduğunu kısa zamanda keşfetti. Bu nedenle *Antigone*'nin Türkçeye çevrilme işini mesai arkadaşına verdi.

Carl Ebert okuyamasa da Sabahattin eserin Türkçeye çevriminde şahane bir iş çıkartmış, kelimenin tam anlamıyla bir şahesere imza atmıştı.

Oyun sahneye konulurken de her şey iyi olsun diye çok uğraştı dramaturg Sabahattin.

Ebert ile öğrencileri arasında, tam da istendiği gibi hatta daha da iyi bir köprü görevi gördü. Hocayla öğrencilerin birbirlerini en iyi biçimde anlamaları için ter döktü.

Böyle olunca, oyunda Antigone'yi canlandıran Muazzez İlgin, Kreon'u oynayan Agâh Hün, Haymon rolünü üstlenmiş olan Cüneyt Gökçer muhteşem işler çıkardılar.

Oyun dramaturji açısından övgüyü fazlasıyla hak ediyordu ve bunda Sabahattin'in rolü kuşkusuz çok fazlaydı.

***

Çok yönlü bir sanatçı olan Sabahattin, kendi adına yazma işine hiç ara vermedi. Romanlarını tasarlamayı sürdürdü, hikâyeleri üzerine çalıştı.

Giderek çevresi de genişliyordu genç adamın.

Varlık dergisinin müdavimlerinden olduğu için Yaşar Nabi Bey'le[101] yakın bir arkadaşlık tesis etmişti. Zaman zaman eşi ve kızını da alarak Nayırlara aile ziyaretinde bulunuyorlardı.

Niyazi Berkes, Pertev Boratav, İ. Hakkı Balamir, Sabahattin Eyüboğlu gibi isimlerin aileleri de Ali ailesinin başlıca dostları arasındaydı.

Birbirlerini ziyaret ediyor, güzel havalarda ise yürüyüş ve piknik yapıyorlardı.

***

Özellikle pazar günleri, Ankara'da yaşayan ilerici ailelerin piknik günü halini almıştı.

Evlerde hazırlanan kuru köfteler, zeytinyağlı dolmalar ve başka Allah ne verdiyse yüklenilir, duruma göre Etlik, Dikmen, Keçiören gibi doğayla baş başa kalınabilecek alanlara gidilirdi.

Etraftaki bağ ve bahçelerin kenarlarında yürünür ve genellikle bir su kenarında son bulurdu bu geziler.

---

101. Yaşar Nabi Nayır 1908-1981 yılları arasında yaşadı. 1933 yılında *Varlık* dergisini yayımlamaya başladı. Bu dergiyi kırk sekiz yıl aralıksız yayımladı. Ayrıca Varlık Yayınları'nın kurucusudur. Bir edebiyat akımı olan "Yedi Meşale Topluluğu"nu kuran yedi kişiden biridir. Edebiyatın her türünde eserler verdi, çeviriler yaptı.

Çoluk çocuk yapılan bu gezilere katılanların sayısı giderek arttı. Grubun bazen yirmiyi bulduğu, hatta geçtiği oluyordu.

Yürüyüş yolunda ahbaplıkların koyultulduğu gezilerin piknik kısmına gelinince, sofraya hep birlikte oturuluyor, rakılar açılıyor, şarkılar türküler söyleniyordu.

Sabahattin bu gezilerin bir eğlenceye dönüşmesi için çok çaba sarf ediyordu. Yaptığı komikliklerle arkadaşlarını kırıp geçiriyordu.

Bir de tabii yanından ayırmadığı fotoğraf makinesiyle, yapılan her pikniği, geziyi ölümsüzleştiriyordu.

Sabahattin, sevgili Aliye'sinin ve biricik kızı Filiz'inin bu gezilerden büyük zevk duyduğunu bildiği için, daha dönüşe geçmeden başlardı bir hafta sonra nereye gideceklerini neler yapacaklarını ballandırarak anlatmaya.

Böyle olunca, herkes hafta hemen bitsin hafta sonu gelsin isterdi.

Bahar ve yaz aylarının tadı tuzu haline gelmişti Sabahattin'in önderlik ettiği piknikler.

***

Giderek yabancı misyonların davetli listelerine de girmeye başladı Sabahattin Ali ve eşi.

Fransız, Alman, Rus sefaretlerine gittiklerinde sadece yabancılarla değil, genç Türkiye Cumhuriyeti'ni yöneten hükümetin önemli isimleriyle de karşılaşıyorlardı.

Yılbaşı baloları da ayrı bir renk getirmişti hem Ankara'nın hem de genç çiftin hayatına.

Sabahattin ve Aliye, başkentin en gözde mekânı olan Ankara Palas'ta yapılan bu balolara mutlaka katılıyorlardı.

Ali çifti, giderek Ankara sosyetesinin ayrılmaz bir parçası haline gelmişti.

Kırk Beş

Söz konusu olan Sabahattin ise, sorun kaçınılmazdı.

Yazarlıkta ve dramaturglukta gösterdiği başarı nedeniyle en yüksek mertebelerdeki kimselerden bile övgüler aladursun, içi içine sığmıyordu genç adamın.

Buna karşılık, bir yerde hükümetten, devletten birileriyle karşılaştığı zaman, nevri dönüyor, çenesine hâkim olamıyor, bu arada lafının ayarını da bozuyordu genç yazar.

İğneledikleri̇nin başında, arada bir Karpiç'te karşılaştığı Şükrü Saracoğlu[102] geliyordu.

Başkaları Saracoğlu'nu gördüklerinde oturdukları sandalyeden kalkıp düğmelerini iliklerken, Sabahattin fırsat bu fırsattır diyor, laf sokuşturmayı tercih ediyordu.

Nedense özellikle de Saracoğlu'yla karşılaştıklarında hiç boş geçmiyordu genç adam. En azından "Memleket böyle mi idare edilir?" diyerek bozmaya çalışıyordu başbakanı.

Sabahattin'den yirmi bir yaş büyük olan Saracoğlu ise gülüp geçiyordu, yazardan gelen bu sataşmalara. Bazen, alınmadığını gösterecek şekilde, takıldığı bile oluyordu genç adama.

Bir gün, yine Karpiç'te, birçok arkadaşının arasında "Bu ne şıklık Sabahattin, proleter böyle giyinir mi?" demişti Saracoğlu.

Sabahattin'in cevabı her zaman olduğu gibi hazırdı.

---

102. 1886-1953 yılları arasında yaşadı. 1924-1938 yılları arasında içlerinde maarif vekilliği de olmak üzere bakanlıklar yaptı. 1942-1946 yılları arasında başbakan oldu. 1934-1950 yılları arasında Fenerbahçe Spor Kulübü'nün başkanıydı.

"Efendim, devrim olunca proleterlerin nasıl giyineceklerini göstermek istiyorum da!"

Gülmüştü dönemin başbakanı genç adamın muzipliğine.

***

Muzip olmak ile kabalaşmak, konuşmayı kavgaya dönüştürmek arasındaki hassas çizgiyi her zaman iyi tespit edemiyor ya da özellikle etmek istemiyordu Sabahattin.

Bu tür bir davranışta bulunduğunda, etrafındaki dostları Cumhuriyet'in onuncu yılı nedeniyle çıkartılan aftan yararlanarak hapishaneden kurtulduğunu hatırlatıyorlardı genç adama. Başından geçenleri unutmuş gibi davranmasını eleştiriyorlardı.

Böyle zamanlarda, Sabahattin'in biraz Nâzım Hikmet'i çağrıştırdığı rahatlıkla söylenebilirdi.

O da tıpkı Sabahattin gibi onuncu yıl affıyla dışarıya çıkmıştı.

Buna karşın, daha üzerinden yattığı hapishanenin kokusu gitmeden bir yolunu bulup kendini deliğe tıktırmıştı Nâzım.

Ünlü şair, 1938 yılında, askeri öğrencileri isyana teşvik ettiği için yargılanmış, 28 yıl ağır hapis cezası alıp yeniden zindana konulmuştu.

Çok yakın arkadaşları, Sabahattin'in, Nâzım'ın başına gelenlere içerlediğinin farkındaydı.

Taşkınlık göstermesinin asıl nedeninin ise, baskıcı koşullara katlanamamak olduğunu gayet iyi biliyorlardı.

Genç adam, ülkesinde yaşama, konuşma ve yazmaya dair özgürlüklerin her geçen gün biraz daha fazla kısıtlanıyor olmasına hiddetleniyordu.

Dünya kadar başka aydının tersine, o hiddetini dışa yansıtmaktan hiç kaçınmıyordu.

Kırk Altı

Sadece ülkesinde değil, dünyada olup bitenler için de kan ağlıyordu Sabahattin.

Duyarlı bir aydın ve ciddi bir entelektüel olarak, hem ülkesinde hem de dünyada olup bitenlerden kendini sorumlu görüyordu.

Böyle zamanlarda aklına hep Almancasını duvarına da astığı Marx'ın, Feuerbach üzerine yazdığı *On Birinci Tez* geliyordu. Şöyle demekteydi, uzun kara saçları dağınık sakallarına karışmış ünlü düşünür:

> *"Filozoflar dünyayı sadece çeşitli biçimlerde yorumlamışlardır. Oysa sorun onu değiştirmektir."*

Daha Almanya'dayken, Nazi sempatizanı gençlerin yaptıklarının doğru olmadığını sadece düşünmekle kalmamış, onlara karşı da çıkmıştı Sabahattin. Bu nedenle de derdest edilip kapının önüne konulmuştu.

Ülkesine geri döndükten sonra da vazgeçmemişti şu mahut dünyayı değiştirme çabasından.

Aydın, Konya ve Sinop hapishanelerinde çektiklerinden yılmamıştı anlaşılan.

İstanbul'da, *Kuyucaklı Yusuf* nedeniyle de yargılanmış ama davranışlarında zerre kadar değişiklik olmamıştı.

Anlaşılan, dünyayı değiştirmek yolunda, gerekirse hapislerde yatarak, ölümü pahasına çaba göstermeyi sürdürecekti genç yazar.

***

Kendiyle aynı telden çalan dostlarıyla arada bir baş başa kaldıklarında, Avrupa'yı kasıp kavuran savaş fırtınası üzerine de kafa yoruyordu Sabahattin.

Bu tür sohbetlerde laf mutlaka gelip Almanya, İspanya ve İtalya'ya takılıyordu.

İngiltere, Fransa, Amerika Birleşik Devletleri gibi ülkeler gelecekte neler olacağını okuyamayınca, tam da Sabahattin'in beklediği gibi olmuş, İspanya'da yaşanan kanlı içsavaşın[103] bitiminde, milliyetçi güçler iktidarı ele geçirmişti.

İspanyol direnişçilere, savaş süresince, Sovyetler Birliği dışında hiçbir ülkeden ciddi anlamda yardım gitmemişti. Buna karşılık, ülkenin milliyetçi güçleri, İtalya ve Almanya tarafından alabildiğine desteklenmişlerdi.

Olan olmuş, İspanya da tıpkı Almanya ve İtalya gibi, demokrasinin, insan haklarının, aydınlanmanın ayaklar altına alındığı, bağnazlığın, milliyetçiliğin tavan yaptığı ülkeler zincirine yeni bir halka olarak eklenmişti.

Hitler, Mussolini ve Franco Avrupa'da milliyetçiliği hâkim kılmak için tüm güçlerini birleştirmiş, Avrupa'yı kanlı büyük bir harbin eşiğine getirmişlerdi.

***

103. İspanya İçsavaşı 1936-1939 yılları arasında gerçekleşti. Demokratik seçimle iktidara gelmiş olan Cumhuriyetçilerle, General Francisco Franco liderliğinde isyancı Milliyetçiler arasında yaşandı. Beş yüz bin ölüm, dört yüz bin göçle sonuçlanan savaşı milliyetçiler kazandı. Franco o tarihten 1975'e kadar İspanya'yı yönetti.

Mart ayında, Alman taburlarının Çekoslovakya'yı işgal etmek üzere yola çıkması sadece Sabahattin'i değil, Ankara'da ve tabii Türkiye'de yaşayan aydınları üzdü, endişelendirdi.

Bu konunun konuşulduğu bir masada "Hitler..." demişti Sabahattin. "Durmasını bilemeyecek kadar deli. Amacı tüm Avrupa'yı işgal etmek."

Stalin'in Birleşik Krallık'a, Hitler'e karşı birlikte hareket etme teklifinde bulunduğunu duyduğunda çok sevinmiş, teklifin Chamberlain tarafından geri çevrildiğini öğrenince karalar bağlamıştı.

Avrupa'da insanlık, belki de tarihin en kötü günlerini görmeye doğru hızla ilerliyordu.

Kırk Yedi

İyiliğin de kötülüğün de insanın kendinin eseri olduğunu gayet iyi biliyordu Sabahattin.

Toplumların iyiye ya da kötüye gitmesine yol açanların da insanların içindeki bu iyilik ve kötülük hali olduğunun gayet iyi farkındaydı.

Almanya'ya giderken bir elini Pertev'in ötekini Nihal'in omuzlarına koymuştu. O tarihlerde, bu iki arkadaşını kardeş gibi görüyordu genç adam. İkisini de gönülden seviyordu.

Sonra zaman akmış, Nihal ve Pertev'in ülkede ve dünyada meydana gelen gelişmeler karşısında nasıl bir duruş sergilediklerine birinci elden tanıklık etmişti.

Geçen bu süre zarfında Pertev'i hep kendine yakın bulmaya devam ederken, Nihal'le arasında, dünya görüşüne dair kökten bir kopuş meydana geldiğini hissetmişti.

Bütün dünyayı, kocaman bir ülke olarak görmek istiyordu Sabahattin.

Din, dil, ırk, cinsiyet ayrımı yapılmayan, kavgasız gürültüsüz, barış ve huzur içinde yaşanan bir dünyanın vatandaşı olmak istiyordu.

Gönlünde yatan aslan, tam olarak buydu!

Diktatörlerden arınmış, kimsenin kimseye üstünlük taslamadığı, eşit çalışmanın karşılığında eşit gelir elde edilen bir dünyada nefes almaktı genç yazarın hayali.

Eğer böyleyse, Edirne'de öğretmenlik yaparken Türkleri çevredeki Yahudilerin üzerine saldırtan Nihal'le hâlâ arkadaş olmaya devam edebilir miydi?

Kuşkusuz edemezdi.

Hitler'in, Mussolini'nin, Franco'nun yaptıklarının suç olduğunu söylemeyen, tersine onların yaptıklarının kendi ülkesinde de uygulanmasını isteyen biriyle aynı yolda nasıl yürüyebilir, aynı havayı nasıl teneffüs edebilirdi?

***

Dünyayı yaşanılamaz hale getiren, insandı.

Sabahattin, insanı anlamaya çalışacaktı her zaman yaptığı gibi.

Aslında, *Kuyucaklı Yusuf*'ta yaptığı da tam olarak buydu.

Şimdi çıtayı yükseltmeli, konu olarak kendine bu kez kentli, hatta aydın olanları seçmeliydi.

Nedeni belliydi. Toplumlara yön verenler, daha çok onlardı.

Yeşil mürekkepli kaleminin dolu olup olmadığını kontrol etti, piposunu doldurdu ve masasının başına geçti.

İçimizdeki Şeytan'ı yazacaktı!

***

1939 yılının 3 Nisan'ında gazetelerini açan *Ulus* okurları, Sabahattin Ali'nin *İçimizdeki Şeytan* isimli eserinin tefrika edilmeye başladığını gördüler.

Tanınmış bir yazardı artık Sabahattin.

Bir gazetenin, derginin ya da kitabın üzerinde ismini görenler mutlaka satın alıyor ve okuyorlardı.

Tefrikalarıyla, gazetelerin tirajlarını yukarıya çıkartıyordu ünlü yazar.

İçimizdeki Şeytan da belli ki onlardan biri olacaktı.

İstanbul'da geçiyordu roman.

Farklı katmanlardan insanları iyi ve kötü yönleriyle masaya yatırıyordu. Bu genel hedefin yanı sıra bir de özel hedef seçmişti kendine: "Yarım aydınlar."

***

Romanın üniversite çevresinde geçen kısmı, kafatasçılıklarıyla ünlenmiş Türkiye milliyetçilerini ayağa kaldıracaktı.

Başta Nihal Atsız olmak üzere dünya kadar milliyetçi, kitaptaki karakterleri üzerine alınacaktı.

Kitap boyunca "Tatar suratlı" diye tabir edilen kimsenin Zeki Velidi Togan[104] olduğunu düşünüyordu okuyanlar.

Bir kısmı ise "Yok canım! Olur mu? O tam da Abdülkadir İnan"[105] diyorlardı.

Bu iki ismin ortak özellikleri Orta Asya topraklarından gelenlere özgü yüz biçimine sahip olmaları ve tabii ki milliyetçi kimlikleriydi.

Romanın karakterlerinden biri olan gazeteci İsmet Şerif de ne hikmetse akıllara derhal Peyami Safa'yı[106] getiriyordu.

Profesör Hikmet ise enikonu Mükrimin Halil'di.[107]

Sabahattin Ali'nin tefrika edilen romanı, Türkiye'nin tartışma gündemine bir bomba gibi düştü.

Eser, dokuz ay sonra kitap olarak Remzi Kitabevi tarafından yayımlanacaktı.

***

104. Prof. Zeki Velidi Togan: 1890-1970 yılları arasında yaşadı. Tarihçi ve Türkologdur.
105. Profesördür. 1889-1976 yılları arasında yaşadı. Tarih, dil, folklor bilimci.
106. 1899-1961 yılları arasında yaşadı. Gazeteci ve yazardır.
107. Prof. Mükrimin Halil Yinanç 1900-1960 yılları arasında yaşadı. Tarihçidir.

Eski dost Nihal hop oturup hop kalkıyordu.

Her fırsatta Sabahattin aleyhinde yazılar yazan Nihal Atsız, sonunda kavgayı Sabahattin Ali'yi düelloya davet etmeye kadar vardıracaktı:

> *"Sana gayet samimi ve erkekçe bir teklifim var: Benimle süngü ve kılıçla bir ölüm dirim çarpışmasını göze alacak kadar yüreğin var mı? Sana en şerefli iki silahtan biriyle, ikimizden biri ortadan kalkıncaya kadar vuruşmayı teklif ediyorum. Bilmem ki bu şerefi de tepecek misin?"*

Hamasete pabuç bırakacak bir adam değildi Sabahattin.

Sonradan bir polis araması esnasında evinde çıkan, oğluna yazdığı vasiyetten de anlaşılacağı gibi, Hitler misali herkese düşman bir kafa yapısına sahipti Nihal Atsız.

Naziler misali bir imkânı ele geçirmiş olsa, neler yapacağını, oğlu için kaleme aldığı vasiyetnamesinde açık seçik yazmıştı.

"Yağmur Oğlum..." diye başlıyordu vasiyetine Atsız ve şöyle devam ediyordu:

> "Bugün tam bir buçuk yaşındasın. Vasiyetnameyi bitirdim. Kapatıyorum. Sana bir resmimi yadigâr olarak bırakıyorum. Öğütlerimi iyi tut, iyi bir Türk ol. Komünizm bize düşman bir meslektir. Bunu iyi belle. Yahudiler bütün milletlerin gizli düşmanıdır. Ruslar, Çinliler, Acemler, Yunanlılar tarihi düşmanlarımızdır. Bulgarlar, Almanlar İtalyanlar, İngilizler, Fransızlar, Araplar, Sırplar, Hırvatlar, İspanyollar, Portekizliler, Rumenler yeni düşmanlarımızdır. Ermeniler, Kürtler, Çerkezler, Abazalar, Boşnaklar, Arnavutlar, Pomaklar, Lazlar, Gürcüler, Çeçenler içerideki düşmanlarımızdır. Bu kadar çok düşmanla çarpışmak için iyi hazırlanmalı. Tanrı yardımcın olsun!"

Kırk Sekiz

1 Eylül 1939, Sabahattin'in defterine de dünyanın kara kaplı defterine de bir felaket günü olarak kaydedildi.

Almanların Polonya'ya saldırdıkları o sabah, İkinci Dünya Savaşı resmen başladı.

Öngörüsüz İngiltere ve Fransa, akılları sıra Hitler'i Stalin'in üzerine salmaya çalışırken, Naziler planlarını yapmış, tüm Avrupa'yı istila etme kararı almıştı.

Çekoslovakya'nın Südet bölgesi Nazi orduları tarafından işgal edilirken üç maymun misali duymamış, görmemiş, konuşmamış olan İngilizler ve Fransızlar, şimdi hangi taş büyükse başlarını ona vurabilirlerdi.

Bu iki ülkenin başbakanları, olacakları kendilerine anlatmaya çalışan Çeklere kızmış, üstelik sessiz ve sakin durmadığı için Çekoslovakya hükümetinin kulağını bile çekmeye kalkmışlardı.

Çeklerin başına gelenin aynısı, işte şimdi de Polonya'nın başına gelmişti.

Sözde muhteşem İngiliz ve Fransız diplomatlarının biraz kokmaz bulaşmazlıkları, daha çok da korkaklıkları nedeniyle, Almanya gemi azıya almış koşuyordu.

Bu iki ülkenin dertlerinin zorlarının "hasta adam"larla olduğunu, Osmanlı misali üflesen yıkılacak ülkelere saldırmakta bir dakika bile tereddüt etmediklerini herkes biliyordu.

Karşılarında Almanya ya da Sovyetler Birliği gibi diri bir kuvvet gördüklerinde suspus olduklarını ise artık tüm dünya anlamış bulunuyordu.

***

Sabahattin böyle olacağını, Hitler Polonya'ya "Danzig'i verin ve oraya ulaşacak koridoru açın" dediği gün anlamıştı.

Ulus gazetesinde, *İçimizdeki Şeytan*'ın bir gün sonra yayımlanacak tefrikasıyla boğuşurken, Nurettin Artam, Hikmet Turan, Ahmet Şükrü Esmer gibi gazetecilerin paylaştıkları odada, Chamberlain'ın 31 Mart 1939'da yaptığı konuşmayı şöyle yorumlamıştı genç yazar:

"İngilizlerin başbakanı, şimdi Polonya'ya yapılacak bir saldırının karşılığının verilmesi gerektiğini söylüyor. Çok geç. Bunu daha önce düşünecekti. Şimdi, Fransa ve Sovyetler Birliği'ni kendileriyle işbirliği yapmaya çağırıyor. Nafile. Bu lafın edilmesi gereken zaman çoktan geçti."

Yıllardır İngiltere ve Fransa tarafından oyalanan SSCB'nin, bu çağrıya olumlu cevap verme ihtimali yok denecek kadar azdı.

Sonuç, Sabahattin de içlerinde olmak üzere, *Ulus* yazarlarının düşündüğü gibi oldu.

Uzun süre çağrılarına yanıt alamayan Stalin, Alman birliklerinin ülkesinin sınırlarına yanaşmasını engellemek için, Almanlara bir saldırmazlık paktı imzalamayı teklif etti.

Hitler için altın değerindeydi bu teklif. İki cepheli bir savaşa girmemek için, Nazi-Sovyet Saldırmazlık Paktı'nı imzalamaya karar verdi.

Avrupa şoke olmuştu!

Anlaşmanın imzalandığı 23 Ağustos'tan yedi gün sonra, 1 Eylül'de, önce hava kuvvetleri, ardından panzer tümenleri Polonya'ya saldırdı.

3 Eylül günü İngiltere ve Fransa Almanya'ya savaş ilan edecek ama bu hiçbir işe yaramayacaktı.

Almanya çok çabuk bir taarruzla Polonya'yı işgal edecek, ülke 5 Ekim'de tamamen teslim olacaktı.

***

Sabahattin ikinci kez askerlik yapmaya tam da bunlar olurken çağrıldı.

Sarıkışla'da[108] Sekizinci Tümen'e katıldı. Ekmekçilik yapacaktı.

Neyse ki çocukluk arkadaşı Pertev Naili Boratav, komşusu Muvaffak Şeref ve ilk askerliğinde tanıştığı Niyazi Ağırnaslı gibi çok sevdiği kimseler de orada, kendiyle aynı birlikteydi.

Tümen, bir gün içinde İstanbul Boğazı'nı savunmak üzere bir katar marifetiyle Haydarpaşa'ya doğru yola çıktı.

Almanya'nın ortasında yaşanan bir çılgınlığın, Türkiye'nin ortasındaki Sabahattin ve ailesini etkilemesi akılla izah edilebilir bir durum değildi.

Bir deli kuyuya bir taş atmış, koca bir dünya uğraşıyor ama taşı kuyudan çıkaramıyordu.

Zavallı Sabahattin'in, Almanların olası saldırısına karşı nöbet tutmak üzere Trakya'ya doğru yola çıkmasının nedeni tam olarak buydu.

Genç adam geride sevgili Aliye'sini ve canı Filiz'ini bırakmış, Trakya'nın yolunu tutmuştu.

---

108. Altındağ Adliyesi'nin bulunduğu yer.

Etrafta konuşulan, önce Kâğıthane'ye yerleşecekleri ve ardından Eyüp'e gidecekleriydi. Her şey düşünüldüğü gibi çıkarsa, baharı Büyükdere'de karşılayacaklardı.

Konuşulduğu gibi olmuş, sonunda Büyükdere'de çadırlı bir kamp kurulmuştu.

Sabahattin ilk fırsatta Ankara'ya gidip eşi ve kızını alıp Büyükdere'ye taşımış, iki odalı bir eve yerleştirmişti.

İzin günlerinde, aksatmaksızın ailesini ziyaret ediyordu.

Çadırlı kampta, mecburi çalışmalarının ve zevk olsun diye yaptığı at koşturmalarının dışındaki tüm zamanını yazmaya ayırmayı kafasına koymuştu bu sefer de.

Bu kararını inatla uygulayacaktı Sabahattin.

Kürk Mantolu Madonna'yı yazmaya, Büyükdere'de, kendine ait çadırda başladı.

Kırk Dokuz

Sadece dört ay sürdü Sabahattin'in ikinci dönem askerliği.

Terhis edilir edilmez eşini ve kızını kaptığı gibi Ankara'ya geri döndü.

Bütün işlerini bıraktığı yerden teslim aldı.

Bu arada, *Kürk Mantolu Madonna*'ya demir atmıştı.

Aklından hiç çıkmıyordu *Kürk Mantolu Madonna*. Bir an önce bitirmek, yayımlatmak istiyordu.

O günlerde kendine ne üzerine çalıştığı sorulduğunda "İnsanın derinliği" diyordu Sabahattin.

Bir gün arkadaşlarıyla konuşurken, üzerinde çalıştığı *Kürk Mantolu Madonna* romanını şöyle tarif edecekti:

"Dünyanın en basit, en zavallı, hatta en ahmak adamı bile, insanı hayretten hayrete düşürecek ne müthiş ve karışık bir ruha maliktir. Niçin bunu anlamaktan bu kadar kaçıyor ve insan dedikleri mahluku anlaşılması ve hakkında hüküm verilmesi en kolay şeylerden biri zannediyoruz?"

Tam da anlattığı gibi ilerliyordu *Kürk Mantolu Madonna*.

Eserin baş kahramanı olan "Raif Efendi", sanki biraz sünepe gibi, sessiz ve sakin bir adamdı.

Sıkıntısını bile paylaşmaktan imtina eden Raif Efendi'nin öne çıkan bu halinin ardında muhteşem bir yaşanmışlık gizli olduğunu asla anlayamamıştı etrafındakiler.

Ne ailesi ne de iş arkadaşları...

Romanın ikinci baş kahramanı ise "Maria Puder"di.

Sabahattin, romana ismini de veren *Kürk Mantolu Madonna* karakterine, Almanya'da âşık olduğu genç hanımın adını vermiş, bir anlamda anısını ölümsüzleştirmişti.

Maria Puder, Raif Efendi'nin âşık olduğu şarkıcının adıydı. Erkeklere güvenmeyen, hatta kimseyi sevmeyen bir kadındı.

Yine de samimiyetine inanmıştı genç Raif'in. Hem de ne inanmak!

Ama kader ağlarını öyle bir örmüştü ki...

Ve tabii bir de Rasim vardı Sabahattin'in üzerinde çalıştığı yeni romanında.

Giderek yaşlanmış Raif Efendi'nin genç mesai arkadaşıydı Rasim.

Raif Efendi'nin derinlerde yatan hikâyesini işte bu genç adam çözecek, insanın aslında ne kadar derin bir yaratık olduğunu aydınlığa o kavuşturacaktı.

***

Kürk Mantolu Madonna olgunlaşmış, tefrika edilmeye hazır hale gelmişti.

Takvimler 18 Aralık 1940 tarihini gösterdiğinde, *Hakikat* gazetesinin okurları Sabahattin Ali'nin yeni romanını okumaya başlamışlardı.

Ne yazık ki *Hakikat*'te yayımlanan *Kürk Mantolu Madonna* da *Yeni Anadolu*'da yayımlanan *Kuyucaklı Yusuf*'la aynı kaderi paylaştı.

Gazetenin sahibi Cemal Hakkı Selek, tefrika edilen eserin tutmadığını bahane ederek Sabahattin'e parasını ödemeyi geciktirince, yazar küplere bindi.

Sabahattin Ali ile Cemal Hakkı Selek arasında son derece tatsız yazışmalar yaşandı.

***

Kürk Mantolu Madonna gibi etkileyici bir roman yazmış olmasına rağmen, Sabahattin için karanlık günler yeniden yaklaşıyordu.

Carl Ebert'le birlikte müzik, opera ve tiyatro üzerine çalışmasına, Batı tarzını Türkiye'de yerleştirme konusunda gösterdiği başarıya karşın yazar, kuşkucu çevreler tarafından alttan alta izleniyordu.

Askerlik yapmak üzere gittiği İstanbul'da, çevresinde kim var kim yok aldırmadan yaptığı milliyetçilik karşıtı konuşmaları ve sosyalizme dair güzellemeleri, giderek kalınlaşmakta olan dosyasına eklenmişti.

İstanbul'da *Resimli Ay* çevresiyle olan ilişkilerinden Aydın'daki yargılanmasına ve sonra Konya'da olup bitenlere kadar ne var ne yoksa, hepsi, siyasi polis tarafından özenle, eller ovuşturularak biriktiriliyordu.

***

Sabahattin, bir düğün için çağrıldığı Edremit'te, devletin kendiyle, düşündüğünden de fazla ilgilendiğini keşfedecekti.

Epeydir ziyaret etmediği için özlediği Edremit'te, erkenden evden çıkmış, elinde bir not defteriyle sokaklarda dolaşmaya başlamıştı.

Sabahattin'in komünist olduğu kulağına çoktan fısıldanmış olan Bekçi Ali Efendi her adımını izlemeye almıştı. Derken, biraz işgüzarlığından biraz da kulağı büküldüğü için yazarın bileğine kelepçeyi geçirivermişti.

Bekçi Ali Efendi'ye göre, sabahın bir köründe, elinde kalem kâğıt durmadan bir şeyler çiziktiren kişi, mutlaka casus olmalıydı.

Karakolda polisler, mal bulmuş mağribi gibi kuşatmışlardı Sabahattin'in etrafını. İlle de tutuklamak, hakkında zabıt tutmak, dava açmak istiyorlardı.

Yörenin eşrafından olan ailesi belediye başkanından destek istemese ve birkaç eski yakın arkadaşı sahip çıkmasa, az daha olmayacak bir iş başına gelecekti genç yazarın. Yazmayı planladığı bir hikâye ya da romanda kullanmak üzere not aldığı için, casusluk suçlamasıyla gözaltına alınacaktı.

Savaş koşulları ve Sabahattin'in sosyalizmi savunan görüşleri bile yeterdi aslında yok yere yargılanıp hapis yatmasına.

Bilmiyor değilse de bu olayla birlikte bir kez daha gayet iyi anlamıştı yazar her hareketinin kontrol altında tutulduğunu.

***

Güçbela Edremit'te polisin elinden kurtulmuş olması umurunda bile olmadı Sabahattin'in. Ankara'ya döner dönmez kaldığı yerden aynı şekilde devam etti.

Devlet Konservatuvarı'nda kendini ziyaret eden öğrencilerle konuşmalarında sözünü esirgemiyor, bir başka deyişle gözünü budaktan sakınmıyordu.

Her defasında dünyanın genel durumundan giriyor, her yerde proletaryanın büyük acılar çektiğinden dem vuruyordu. Önüne gelene, her türlü değerin yaratıcısı olan bu büyük gücün, SSCB'de olduğu gibi kendi geleceğiyle ilgili kararları kendinin vermesinden başka çıkar yol olmadığını anlatıyordu.

Çok verdiği örneklerden biri, Brezilya'da işçilerin gelir düzeyini belli bir seviyede tutmak, standartlarının yükselmesinin önüne geçmek için, patronların her yıl binlerce ton kahveyi denize dökmesiydi.

Eleştirilerinin dozunu burada bıraksa iyiydi!

Dönemin cumhurbaşkanı İnönü'nün ne kadar bencil olduğunu, esasen küçük adamlığı aşamadığını üstelik yüksek sesle, uluorta söylüyordu.

Kendini uyarmaya çalışanları da "Korkma. Ben bunları her yerde söylüyorum" diyerek paylıyordu.

Elli

Sabahattin ve Pertev'in de olduğu bir grup aydın, akşam yemeğini Gar Gazinosu'nda yemeye karar verdi.

Önce yemek yenilecek, ardından sohbet koyultulacaktı.

Özenle taranmış saçları, pırıl pırıl kıyafeti, altın çerçeveli gözlüğü ve hiç söndürmediği piposuyla Sabahattin, yine herkese laf yetiştiriyordu.

"Yok" dedi önce. "Bu gidiş, gidiş değil!"

Biraz kızgın çıkmıştı sesi.

Milli Şef İnönü'nün başını çektiği politikaları katiyen beğenmiyordu. Savunma bütçesine çok büyük bir meblağ ayrılmış olmasına şiddetle karşı çıkıyordu.

"Yahu" dedi. "Bakmayın bizim nefes aldığımız bu yerde pervanelerin çalışıyor olduğuna. Biz burada buzlu rakımızı içerken, millet kan ağlıyor."

Haksız sayılmazdı. Ankara'nın büyük bir kısmında henüz elektrik bile yoktu.

Gar Gazinosu'nda kravatlı beyefendiler ve tuvaletli hanımefendiler envaiçeşit revüyü büyük bir zevkle izlerken, kentin eteklerinde ve devamı olan Anadolu'da insanlar yataklarına aç giriyorlardı.

Söyledi tabii bunları yazar. Kim kapatabilirdi ki Sabahattin'in çenesini?

Arkadaşlarından biri "Yapma yahu, şurada üç kuruşa yemeğimizi yiyoruz. Bütün mesele içeriye kravat takarak girmek zorunluluğu olmasındaysa, buna da laf etme artık. Bak etrafına, ayakkabılarına pençe yaptırmış dünya kadar insan var" deyince, Sabahattin'in tepesi iyice attı.

"Öyle değil kazın ayağı. Türkiye insanı, her geçen gün biraz daha baskı altına alınıyor. Ne farkı var Türkiye'nin Almanya'dan, İtalya'dan, İspanya'dan?"

Buz gibi olmuştu masa. Herkes susmuştu.

Bir açıdan yaklaşılacak olursa, haksız değildi Sabahattin.

Tamam, Almanya'nın savaşçı politikasına belki gasp edilmiş haklarını geri alma çabası denilebilirdi. Buna karşılık, ülkede Nazizm adı verilen milliyetçi ve aşırı baskıcı sistemin uygulamaya konulduğu da herkesin malumuydu.

Benzer bir durum İtalya için de geçerliydi. Milliyetçiler haricinde kimse düşüncesini söyleyemez hale gelmişti. Söylemeye kalkanların durumu gözler önündeydi.

İçsavaşı kazanmış olan İspanyol milliyetçileri de kendi ülkelerinde bütün özgürlükleri yasaklamış, toplumu ağzını açamaz hale getirmişti.

"Türkiye..." diye ısrar etti Sabahattin. "Süratle, zaten çok az olan özgürlüklerini tümüyle unutmaya hazırlanıyor."

Arkadaşları yine "Avrupa'da büyük bir savaş sürüyor. İsmet Paşa Türkiye'nin bu savaşa girmesini istemiyor. Bu nedenle her kafadan bir ses çıkmasına karşı önlemler alıyor" gibi laflar etmeye yeltense de Sabahattin Nuh diyor peygamber demiyordu.

Öyle ki, etrafındakiler konuşmaktan, laf yetiştirmeye çalışmaktan yoruldular, birer ikişer sustular.

Bir ara Pertev, Sabahattin'i bir kenara çekti ve "Korku ne demek biliyor musun?" diye sordu. Can dostuna, umutsuz bir yüz haliyle, insanların işlerini, özgürlüklerini kaybetme korkusundan böyle davrandıklarını anlaması ve anlayışla karşılaması gerektiğini hatırlattı.

"Hayır" dedi Sabahattin Pertev'in ağzından çıkan her lafa. "Onlar da tıpkı İsmet gibi bencil ve küçük kafalılar."

***

Filiz çoktan ayaklanmış, babasını kapının önünde karşılar olmuştu. Eve adımını atar atmaz, güzel kızını kucağına alıp öpüyor, kokluyordu Sabahattin.

Hayatta, bundan daha güzel ne olabilirdi ki?

Filiz, en çok da babasıyla kitapların sayfalarını çevirmeyi seviyordu.

Bazen baba kız bir dünya atlası açıp kıtaların, ülkelerin, başşehirlerin yerlerine bakıyor, kimi zaman da kâğıttan yapılmış minik bir kayıkla okyanusları, içdenizleri, gölleri, nehirleri aşıyorlardı.

En çok da Grimm Kardeşler'e ait ciltli bir masal kitabını seviyordu minik Filiz. Nefis resimlerle süslü, Almanca bir baskısını getirtmişti Sabahattin kızı için.

Pamuk Prenses ve Yedi Cüceler, *Bremen Mızıkacıları*, *Fareli Köyün Kavalcısı*, *Kırmızı Başlıklı Kız*'ı muhteşem resimleriyle tanıyan küçük Filiz, bu sayede okumayı çabucak sökmeye başlıyordu.

Daha da önemlisi, okuma sevgisi ediniyordu babasının sayesinde.

Baba kız okumaya "Yemek hazır!" diye seslenen Aliye Hanım'ın çağrısıyla son veriyor ve az sonra da Filiz'in uyuma zamanı gelmiş oluyordu.

İstisnasız her akşam "Kitap almaya gideceğiz değil mi baba?" diye soruyordu Filiz.

Çünkü ay sonu gelip de Sabahattin maaşını aldığında, baba kız Ulus'taki Akba Kitabevi'ne gidiyorlar, birlikte yeni gelmiş kitapların altını üstüne getiriyorlardı.

Kitapçıya gidecekleri sözünü alır almaz, babasının anlattığı, genellikle de bizzat yazdığı hikâyelerden birinin bir bölümüyle uykuya dalıyordu minik Filiz.

Sonra, eşiyle karşılıklı kahve ya da çay içiyorlar, nihayetinde bazen gece yarısına, kimi zamanlar gün ışıyıncaya kadar çalışacağı masasının başına geçiyordu.

Durmaksızın okuyor, yazıyor, çalışıyordu.

Arada bir Carl Ebert'in verdiği bir iş üzerine kafa yoruyor, bazen bir çeviriyi tamamlamak için çaba sarf ediyordu.

En çok hoşuna gidense, kendi hikâyeleri, şiirleri ve özellikle de romanları üzerine çalışmak oluyordu kuşkusuz.

Elli Bir

İşe gitmek üzere hazırlanırken, Ankara Radyosu'nun spikeri sevincinden havalara uçtuğunu belli eder bir sesle "Almanya ikinci cepheyi açtı..." deyince çok kızdı Sabahattin.

Yüzünü sildiği havluyu havluluğa astı, "Lanet olsun!" diyerek banyodan çıktı.

Avrupa'da durum, şimdiye kadar herhangi bir savaşken, bu tatsız haberle bir felakete, İkinci Dünya Savaşı'na dönüşmüş oluyordu.

Nazi askerleri Fransa ve Polonya'yı işgal edip İngiltere'yi feci şekilde bombalayınca, Ocak 1941'de Macaristan, Romanya ve Slovakya çaresizlik içinde Almanya'nın yanında yer aldı. İki ay sonra onları Bulgaristan izledi ve 25 Mart'ta Yugoslavya da safını belirleyip Almanya'ya katıldı.

İngilizlerin, daha önce reddedilmiş olan, Yunanistan'da asker bulundurma isteği Başbakan İoannis Metaksas'ın[109] ölümü üzerine kabul gördü ve elli yedi bin kişilik askeri güç Yunanistan topraklarında konuşlandı.

Almanya açısından kabul edilebilir bir durum değildi, Yunanistan ve İngiltere'nin bu yaptığı.

Hitler derhal Yunanistan'ın işgali emrini verdi.

Alman askerleri karşısında tutunamayacağını anlayan Yunan ordusu yarımadanın güneyine çekildi, İngiliz birlikleri Girit'e kaydı.

***

---

109. 1871-1941 yılları arasında yaşadı. 1897 yılında Osmanlı'ya karşı savaştı.

Arkadaşı Niyazi Berkes'le sokakta karşılaştı bu önemli günde Sabahattin ve onun "Ne düşünüyorsun?" demesi üzerine kızgın bir ifadeyle, "Tek gözlüklü Alman generallerinin savaş kazandığı görülmüş mü? Başlarına belayı şimdi sardılar" dedi.

Sabahattin "tek gözlüklü Alman generalleri" diyerek Almanların Birinci Dünya Savaşı'nı feci bir yenilgiyle kapattığına gönderme yapmıştı.

Niyazi arkadaşının ne demeye çalıştığını anladıysa da şaşırdı. Almanların neredeyse tüm Avrupa'yı zapt etmek üzere olduğunu hatırlattı.

"Pöh!" dedi Sabahattin.

O aralar, sonunda Almanların yenileceğini söyleyen dünyadaki ender insanlardan biri olmalıydı.

Ankara Radyosu'nun sesi gülen spikeri ve değerli arkadaşı Niyazi Berkes dahil herkes, Hitler'in dünyayı teslim alacağına, her şeyin bittiğine iyiden iyiye inanmış görünüyordu.

***

Milli Şef İnönü, savaş yorgunu genç Türkiye Cumhuriyeti'ni bir kez daha savaşa sokmamak için olağanüstü manevralar yapıyor, kim üstünlüğü ele geçirirse mavi boncuğu ona vererek, tek hâkimi olarak yönettiği ülkesini savaştan uzak tutmaya çalışıyordu.

Bir başka şekilde söylenecek olursa, Milli Şef'in sayesinde, şimdilik de olsa, Türkiye'de hayat en azından devam ediyordu.

***

Türkiye'nin Trakya sınırının öteki tarafında kıyamet kopadursun, Sabahattin Ankara'ya kök salmış, Devlet Konservatuvarı'ndaki görevini icra ediyor, güzel eşi ve dünya tatlısı kızıyla mutlu mesut yaşamayı sürdürüyordu.

Arkadaşlarıyla iletişimini aksatmamaya özen gösteriyordu genç adam. Bazen erkek erkeğe yemek yeniyor, genellikle de ailece görüşülüyordu.

Aileler bir araya geldiğinde, eğer havalar piknik yapmaya elverişli değilse ya topluca bir temsil izlenmeye gidiliyor veya içlerinden birinin evinde toplanılıyordu.

Böyle günlerde, Sabahattin etraftakileri neredeyse hiç konuşturmuyor, hep kendi konuşuyordu.

Kimse de şikâyetçi olmuyordu durumdan.

Lafını etmek istediği o kadar çok konu vardı ki Sabahattin'in...

Etrafındakiler de onu dinlemekten zevk aldıklarına göre, mesele yoktu.

***

Avrupa savaşırken, Ankara kültürel açıdan bir aydınlanma yaşıyordu.

Ülkenin başarılı aydınları, sanatçıları, yazarları Gazi'nin vasiyetini yerine getirmeye çalışıyor, Türkiye'yi muasır medeniyetler düzeyine çıkartmak için var güçleriyle çaba sarf ediyorlardı.

1939'un ilk günlerinde maarif vekilliğine getirilen Hasan Âli Yücel, zaman içinde Türkiye'nin kültür hayatını kanatlandırmış, adeta uçuruyordu.

Celal Bayar'ın başbakanlığında, Yücel büyük bir eğitim reformu başlatmıştı.

Ankara Üniversitesi'nde Fen Fakültesi'ni ve Tıp Fakültesi'ni kurmuş, İstanbul'daki Yüksek Mühendis Okulu'nu İstanbul Teknik Üniversitesi'ne dönüştürmüştü.

En büyük hamlesi ise, gerici çevrelerin hiç mi hiç tasvip etmediği Köy Enstitüleri olmuştu. İsmail Hakkı Tonguç'la birlikte, aydınlanmanın sadece büyük kentlerde değil, kırsal alanda da gerçekleşebilmesi için dişini tırnağına takmış çaba gösteriyordu maarif vekili.

Sabahattin, Maarif Vekâleti'nde daha bir memurken desteğini gördüğü Yücel'in yaptıklarını takdir ediyordu.

Bir yıldır zevkle hizmet verdiği Devlet Konservatuvarı'nın kurulmasına önayak olan da Hasan Âli Yücel'in bizzat kendiydi.

Ayrıca dünya dillerinden çevirttirdiği ünlü yazarların kitaplarıyla, Türkiye'nin çelimsiz, büyük ölçüde tatsız tuzsuz edebiyat fidanlığına, tutacağı en baştan belli olmuş muazzam bir aşı yapmıştı maarif vekili.

Bu arada Sabahattin'in üzerine de görevler yüklemişti ve yüklemeyi sürdürüyordu.

Hasan Âli Yücel, Devlet Tiyatroları'nın bir oyunu olan, Sabahattin Ali'nin çevirisi Sofokles'in *Antigone*'sini, Maarif Vekâleti tarafından 1941'de bastırdı.

Ayrıca, genç yazar Sabahattin Ali'den Kleist, Chamisso ve Hoffmann'ın üç hikâyesinden *Üç Romantik Hikâye* isimli bir kitap oluşturmasını da istedi.

Christian F. Hebbel'in *Gyges ve Yüzüğü* adlı eseri de Milli Eğitim Bakanlığı'nın Klasikler Dizisi'nden basılmak üzere çevrilsin diye Sabahattin'e verilmişti.

Çevrilmek üzere masasının üzerinde duran bir kitap da Ignazio Silone'nin *Fontamara*'sıydı.

Kısacası, işi başından aşkındı Sabahattin'in.

***

Buna karşılık cebi biraz para da görüyordu.

Böyle zamanlarda hemen postanenin yolunu tutuyor, annesine hem para havale ediyor hem de mektup postalıyordu.

14 Şubat 1941'de gönderdiği mektubunda şunları yazmıştı annesine:

"*Anneciğim, mektubuna biraz geç cevap veriyorum. Kusura bakma... Bu ay sana on lira yolladım... Gelecek ay tekrar on beş lira yollarım. Bu ay vaziyetim çok fena idi. Biz iyiyiz. Filiz boğmaca oldu. Çok üzülüyoruz... Ben de fena grip geçirdim. İlaç ve doktor parası canıma okudu. Ciciannem ne âlemde? Mektup beklerim. Hürmetle ellerinizden öperim, ciciannemin de ellerinden öperim. Oğlun, Sabahattin Ali.*"

Elli İki

Sabahattin sağa sola kulak kabarttığında, Ankara'da Almanların savaşı kazanmasını isteyenlerin çoğunlukta olduğunu görüp hayrete kapılıyordu.

"Yahu..." diyordu konuşma fırsatı bulabildiği kimselere. "Görmüyor musunuz, Almanların kurduğu, baştan aşağı baskıcı bir düzen. İnsan, kendine böyle bir düzeni nasıl layık görür?"

Genellikle kulak asılmıyordu sözlerine. Tabii ki yakın çevresi hariç. Neyse ki, üç beş arkadaşı tıpkı onun gibi düşünüyordu.

Sabahattin ve arkadaşları, Nazilerin, kazanmaları halinde dünyayı inim inim inleteceklerinin, kaybederlerse de insanlık tarihine en koyu harflerle "eşsiz, benzersiz bir diktatörlük" olarak kaydedileceğinin farkındaydı.

Türkiye'de, tam anlamıyla Nazizm rüzgârları esiyordu.

Tan ve *Vatan* gazetelerinin dışındaki tüm gazeteler, dergiler Nazilerden yana tavır koymuştu.

Köşe yazarlarının, yazılarına son noktayı koyduktan sonra, ayağa kalkıp "Heil Hitler!" diyerek esas duruşa geçtikleri rahatlıkla söylenebilirdi.

Türkiye'nin dış ticaretinin yarısının Nazi Almanyası'yla yapıldığı, Almanya'nın krom ihtiyacının büyük bir kısmının Türkiye'den karşılandığı ve ihtiyaç duyulan tüm silah ve araç gereçlerin bu ülkeden temin edildiği bir gerçekti.

Türkiye'de çoğunluk, işte tam da bu nedenle Almanya'nın kazanmasını istiyordu.

Ne hikmetse, kimsenin otoriter düzen ya da haklar ve özgürlükler gibi kavramlara itibar ettiği yoktu.

***

8 Eylül 1941'de kuşatılmıştı Leningrad.

Kentten dışarıya çıkmak kabil değildi.

Takvimler 1942'nin ağustos ayını işaret ettiğinde, Alman askerleri Leningrad'ı son bir hamleyle işgal etmenin peşine düşmüştü.

Hitler, Leningrad'ın düşeceği günü tam olarak söylemiş, "9 Ağustos" demişti.

Sovyetler Birliği için, bir ölüm kalım meselesi haline gelmişti Leningrad'ın düşüp düşmeyeceği.

Sabahattin ve Nazi karşıtı birkaç arkadaşı, Avrupa'nın geleceğinin Sovyetler Birliği'nin dayanıp dayanmayacağına bağlı olduğunun gayet iyi farkındaydı.

SSCB'yi teslim alacak bir Almanya'yı, bir daha hiçbir kuvvet tutamazdı.

Bu nedenle soluğunu tutmuş izliyordu Sabahattin, Leningrad'dan gelecek haberleri.

Beklediği haber 10 Ağustos'ta geldi. O gün Leningrad bir destan yazmıştı.

Dmitri Şostakoviç'in yedi numaralı senfonisi şehrin meydanında seslendirilmişti.

***

Eser, özel olarak bu kent için bestelenmişti ve ismi *Leningrad Senfonisi*'ydi.

Dört bölümden oluşan senfoni yetmiş beş dakika sürüyordu.

Birinci bölüm halkın mutlu yaşamını, kendilerine ve geleceklerine duydukları güveni, ikinci bölüm güzel ve mutlu olayların bir araya gelmesini, üçüncü bölüm yaşama sevinci ve doğaya hayranlığı anlatıyordu. Dördüncü bölüm ise neşeye vurgu yapıyordu.

Sabahattin, bir yerde Şostakoviç'in eserini Leningrad'da yazmaya başladığını okumuştu.

Savaş başladığında cepheye gitmek isteyen besteci, gözlerindeki bozukluk nedeniyle ateş hattına gönderilememiş, itfaiyeci olmakla yetinmişti.

Geceleri de, işte bu eser üzerine çalışmıştı.

Leningrad kuşatılmaya başlandığında, Şostakoviç çalışmasının henüz ikinci bölümündeydi.

Leningrad Radyosu bu haberi dinleyicilerle paylaşmıştı.

Leningrad kısmen tahliye edilirken, besteci de kentten çıkartıldı. Samara'ya gönderildi.

Gece gündüz çalışıyordu yetenekli adam. 27 Aralık'ta eserini tamamladı. 5 Mart'ta eseri Samara'da Bolşoy Tiyatro Orkestrası tarafından seslendirildi.

Sırada, bu muhteşem ve anlamlı eseri, Leningrad Senfoni Orkestrası'nın Leningrad'da seslendirmesi vardı.

***

Savaş koşullarında, hazırlıklara girişildi.

Almanlar nasıl tarih vererek kenti alacaklarını ilan ediyorlarsa, Ruslar da bu eseri kentin meydanında çalarak kenti asla terk etmeyeceklerini dünyaya göstermek istiyordu.

Bir nevi, ölüm kalım meselesi halini almıştı *Leningrad Senfonisi*'nin seslendirilmesi.

Nihayet büyük gün geldi.

Eser seslendirilirken bomba sesleri engel olmasın diye, Kızıl Ordu önce Alman siperlerini bir buçuk saat süreyle dövdü.

Sanatçılar havanın sıcak olmasına rağmen kalın giyinmiş, hatta bazıları eldiven bile giymişti. Çünkü, zayıflıktan üşüyorlardı.

Sonuç şahaneydi.

Bir kısım sanatçısını savaşa kurban vermiş, kalanları bitkin de olsa, Leningrad Senfoni Orkestrası, *Leningrad Senfonisi*'ni başarıyla seslendirdi.

Bu çok önemli çabanın haber ve hikâyesi, dünyanın her yerindeki Nazi karşıtları tarafından ağlayarak öğrenildi.

İnsanlık despotluğu, müzikle yenmişti.

Kent düşmemiş,[110] tersine yükselen moralle daha da güçlü direnir olmuştu.

Bütün bu olup bitenler Sabahattin'i derinden etkiliyor, Hitler'e karşı olan nefretini artırıyordu.

---

110. Leningrad'ın bugünkü adı Sankt Petersburg. *Leningrad Senfonisi* seslendirildikten sonra, şehir Alman kuşatmasına karşı sekiz ay daha direndi. 27 Ocak 1944'te Almanlar geri çekilmek zorunda kaldı. Leningrad Kuşatması, modern tarihin en uzun süreli ve yıkıcı kuşatmalarından biri olarak kabul edilir. Toplamda dört milyon civarında ölüme yol açtı.

Elli Üç

1943 yılına *Kürk Mantolu Madonna*'nın kitap olarak basılması hazırlıkları içinde girdi Sabahattin Ali.

Neredeyse her gün, *Kürk Mantolu Madonna*'yla yatıp yine onunla kalkıyordu.

Kitabı mart ayında basılacaktı, heyecan içindeydi.

Aynı günlerde *Yeni Dünya* isimli öykü kitabını da yayına hazırlıyordu.

***

O günlerden birinde, Churchill'in gizlice Türkiye'ye geldiğini öğrendi yazar ve kulak kesildi.

Büyük Britanya'nın başbakanı ile Türkiye'nin cumhurbaşkanı Adana yakınlarında Yenice Tren İstasyonu'nda 30-31 Ocak tarihlerinde görüşmüşlerdi.

Gazeteci arkadaşlarından aldığı bilgilere göre, Milli Şef, Müttefiklerle yakınlaşmak istiyordu.

Konuyu birkaç arkadaşıyla konuştu, hepsi aynı fikirdeydi. İnönü savaşın Almanya aleyhine döndüğünü hissetmiş olmalıydı.

Aslında, Mihver Devletleri'nin savunmaya geçmeye başladığı belli oluyordu. Buna karşılık Müttefikler saldırılarını artırmışlardı.

Bu durumda Türkiye'nin pozisyonunu yeniden belirlemesi giderek şart oluyordu.

O zamana kadar Müttefiklerin Türkiye'den beklentisi

Almanya'nın Ortadoğu'ya inmesini engellemekten ibaretti. Bunun için Almanya'ya katılmaması yetiyordu ki, Allah'ı var Milli Şef bu rolü gayet başarılı bir şekilde oynamıştı.

Ama geçen aylarda, Almanların Ortadoğu'ya inmesi şöyle dursun, aldıkları yerleri de terk etmelerinin sağlanabileceği görülünce, yapılması gereken, Balkanlarda Türkiye'nin de katılımıyla yeni bir cephe açılması olmuştu.

Sabahattin "Zor biraz" diye düşünüyordu bu konuda. Churchill'e acıdı hatta, İnönü'yle aynı masaya oturacağı için.

Bir savaş dâhisi olan İsmet Paşa'yı Türkiye'nin sınırları dışında savaşmaya Churchill değil feriştahı gelse ikna edemezdi. Ne Churchill'ler görmüştü paşa Lozan'da. Hepsini sulu dereye götürmüş, susuz geri çevirmişti.

Yine ipe, kim bilir ne unlar sererdi Milli Şef.

Tam da Sabahattin'in beklediği gibi oldu.

Gizli olarak gerçekleşen buluşmada, Churchill'in çantasından "Gelin birlikte Almanya'yı geriletelim ve ayrıca savaş sonrasında Sovyet yayılmasını da dizginleyelim" teklifi çıktı.

Churchill buluşmada, bu konunun 12-24 Ocak 1943'te ABD'nin de katılımıyla gerçekleşen Kazablanka Konferansı'nda ele alındığını söylemişti. Türkiye bu işin altına elini sokarsa, Britanya'dan askeri yardım görecekti.

***

İlerleyen günlerde, Adana'da gerçekleşen gizli görüşmenin sonuçları hakkında bilgiler gelmeye başladı.

Toplantılarda İsmet İnönü iki noktaya dikkat çekmişti:

İlki, Almanya yenilmeliydi ve Sovyetler Birliği'nin Avrupa'da gücünün artmasına engel olunmalıydı.

İkincisi, Müttefikler öncelikle donanım açısından yetersiz olan Türk ordusunun savaşacak duruma gelmesi için modernizasyonunu tamamlamasına yardımcı olmalıydılar.

Churchill şaşırıp kalmıştı. İnönü kendine, tam da onun söylemek istediklerini söylüyordu.

İki lider arasındaki tek anlaşmazlık noktası, Türkiye'nin sağlam güvenceyle kastettiğinin, ucunun bucağının belli olmamasıydı.

Zavallı Churchill, toplantıdan amacına ulaşmış olarak ayrıldığını zannetmişti.

Sabahattin çok gülmüştü Adana toplantısının ardından. Şimdi Milli Şef ne istekler ileri sürer ve anlaştığına anlaşacağına pişman ederdi Churchill'i.

İsmet Paşa, Müttefiklerin savaşı kazanmalarını bekleyecek, son hamleye kadar tarafını belli etmeyecekti.

***

Sabahattin, Churchill'in Türkiye ziyaretinin manasını ve yol açabileceği sonuçları yorumlamaya çalışırken *Yeni Dünya* isimli kitabı için de çaba sarf ediyordu.

Kitabının formalar halinde kendine ulaştırılan provalarının kontrolünü geceleri yapıyor, ertesi sabah matbaaya bıraktıktan sonra ofisinin yolunu tutuyordu.

Bütün öteki işlerinin arasında *Kürk Mantolu Madonna*'yı da defalarca okuyup, eksik bölümlerini tamamladı.

Dünya yıkılsa, kitaplarının okuyucunun eline yanlışsız ulaşması için elinden gelen bütün çabayı gösteriyordu yazar.

Sabahattin'in Büyükdere'de bir asker çadırında yazmaya başladığı roman, kitapçı raflarında 1943'ün mart ayında yerini aldı.

İzleyen günlerde Yeni Dünya da kitapseverlerle buluştu.

Elli Dört

"Sana her zaman o kadar güvendim ve o kadar güveniyorum ki, zorlukları, yüklendiğin ağır yükün altından kalkarak yeneceğine inanıyorum."

Nâzım'dan gelen mektubu bir kuytuda tekrar okudu ve yeniden ağladı Sabahattin.

Ağabeyi ve ustası gibi gördüğü, saydığı ve sevdiği büyük sanatçı, mektubunu ve yeni yayımlanan iki kitabını hasta yatağındayken aldığını yazmıştı.

Ve şöyle devam etmişti mektubuna: "Tasavvur edemeyeceğin kadar sevindim."

Tabii ki *Kürk Mantolu Madonna* ve *Yeni Dünya*'dan söz ediyordu Nâzım.

Sabahattin'in ustası hapis yatıyordu. Öyle böyle değil, 28 yılı dört duvarın arasında geçirecekti.

Yine de moral dağıtmaya, çalışma şevki aşılamaya devam ediyordu etrafına.

Sabahattin, ustasının mektubuna cevap yazmak için gecenin olmasını, el ayağın çekilmesini bekledi.

Kolay değildi Nâzım'a yazmak.

Gece olunca piposunu doldurdu, yaktı, yeşil mürekkepli dolmakalemiyle masasının başına oturdu.

Yazdı, yazdı genç adam...

Şöyle dedi mektubunun bir yerinde:

"Şu an inan ki, senin dostun olmakla değil, sadece seninle aynı devirde yaşamış olmakla övünüyorum."

Mektubunu bitirince içini çekti. Yirmi sekiz yılın ne demek olduğu üstüne yeniden düşündü.

Aydın, Konya, Sinop hapishanelerinde geçirdiği, tükenmek bilmeyen ama Nâzım'ın yatacağı süreyle kıyası kabil olmayan zaman dilimleri geldi aklına. Ağladı.

Daha yazmaya başlamadan biliyordu ağlayacağını. Zaten bunun için yatırmamış mıydı bir tanesi Filiz'i ve yine bu nedenle "Ben biraz daha çalışacağım, sen yat" dememiş miydi sevgili Aliye'sine?

"Ah be koca Nâzım" dedi zarfın üzerini yazarken bilmem kaçıncı kez.

Gözyaşlarının, yeşil mürekkeple yazılmış zarfı ıslatmasına aldırmadı.

***

Nâzım'ın gönderdiği zarftan çıkan sadece bir mektup değildi.

Koca şair, hapishaneyi çalışma odası haline dönüştürmüş, önüne iş olarak kocaman *Memleketimden İnsan Manzaraları*'nı[111] koymuştu.

Yazdıkça paylaşıyordu bu eserini dostlarıyla. Sabahattin de paylaştıklarından biriydi.

---

111. Nâzım Hikmet, *Memleketimden İnsan Manzaraları*'nı yazmaya 1939 yılında başladı. Yaptığı plan şöyleydi: İkinci Meşrutiyet'ten İkinci Dünya Savaşı'na kadar olan bölümde, Anadolu insanını anlatacaktı. 1920-1940 arasını Ulusal Bağımsızlık Savaşı da dahil olmak üzere bir tarih tezi gibi tasarlamıştı. Sonraki bölümde İkinci Dünya Savaşı'nı dile getirecekti. Bu bölümün Nazilerin yenilgisiyle sonuçlanacağını umuyordu şair. Umduğu gibi de oldu. Düzyazı, şiir, senaryo gibi teknikleri iç içe geçirerek yazacaktı kitabını Nâzım Hikmet. Yazdı da. Koca Şair'in bu eseri, kitaplarına konulan yasağın 1965'te kalkması üzerine, ilk kez 1966'da yayımlanabildi. Bütün dünya dillerine çevrildi ve MEB'in 1000 Temel Eser listesinde yer aldı.

Sabahattin, Ankaralı aydınlardan oluşan küçük grubunu derhal harekete geçirdi. Nâzım'dan gelenleri okuyacaklardı hep beraber.

Tabii ki Pertev, Niyazi, Muvaffak, dostluğunu yeni kazandığı Vedat Günyol ve birkaç kişi daha katılacaktı toplantıya.

Şiirleri her zaman olduğu gibi İsmail Hakkı Balamir okuyacaktı.

Evli olanların eşleriyle gelmelerini istemişti Sabahattin. Sonuç olarak sadece şiir okunacak, Nâzım hakkında ahbaplık edilecekti.

Herkes geldi. Ev sahibinin rica ettiği gibi sağlarına sollarına bakarak, biraz kontrollü gelmişlerdi.

Hepsi de dünyaya soldan bakan, ilerici insanlardı.

Sabahattin'in "Sağınıza solunuza bakınarak gelin" demesinden ne kastettiğini gayet iyi kavramışlardı.

Son zamanlarda baskı hissediyordu ev sahibi üzerinde. Aslında hepsinde vardı biraz tedirginlik.

Milli Şef sadece ırkçıları değil, komünist, sosyalist kim olursa olsun herkesi kontrolü altında tutmak istiyordu.

Türkçesi, CHP rozeti taşıyanlar dışında kim varsa, farklı düşünüyor olmaktan dolayı üzerinde baskı hissediyordu.

Davetlilerin hepsi gelince, Sabahattin, *Memleketimden İnsan Manzaraları*'nın yazılmış bölümlerini İsmail Hakkı Balamir'e uzattı, bir köşeye geçti.

Balamir muhteşem ses tonuyla başladı Nâzım'ın yazdıklarını okumaya:

"Haydarpaşa garında
1941 baharında
saat on beş.
Merdivenlerin üstünde güneş
yorgunluk
ve telaş..."

Sabahattin de dahil olmak üzere insanlar nefes bile almıyorlardı küçük odada.

Hepsi sanki dünya değiştirmiş, başka bir evrene geçiş yapmış gibi dinliyorlardı Nâzım'ın *Memleketimden İnsan Manzaraları*'nı.

Ta ki, dairenin kapısı vurulana kadar.

Balamir durdu.

Herkes Sabahattin'e baktı.

Aliye tedirginlikle hareketlenecek oldu ki eşi onu durdurdu ve "Ben bakarım" dedi.

Ardından arkadaşlarına dönüp, sağ elinin işaretparmağını ağzına götürerek sessiz olmalarını işaret etti.

Kapıyı açan Sabahattin, karşısında Abidin Dino'yu görünce şaşırdıysa da şaşırmamış gibi yaptı.

"Yahu..." dedi. "Seni şimdi alamayacağım içeriye, anlarsın ya..."

Abidin "Tamam yarın görüşürüz" diyerek indi merdivenleri.

Ev sahibi on beş yirmi kadar arkadaşının bulunduğu odaya geri döndü "Yanlış alarm" dedi ve ekledi:

"Bizim Abidin. Abidin Dino. Bizi toplantı yapıyormuş gibi görmesin diye savdım."

Şiir akşamı kaldığı yerden devam etti.

Koca Nâzım'ın kaleminden dökülen memleket ve insan manzaraları, dinleyenlerin soluğunu kesecek kadar tesirliydi.

Şiir gecesi sona erince, Balamir "İyi ki şu Nâzım var. Sabahattin'i bir tek o susturabiliyor" dedi muzip bir ifadeyle.

Aslında doğru söylemişti. Herkes bilirdi Sabahattin'in olduğu yerde sadece Sabahattin'in konuştuğunu.

Ama bu akşam o susmuş, Nâzım konuşmuştu.

Elli Beş

1944, hareketli bir yıl olacaktı Sabahattin için.

Almanya'ya giderken elini omzuna koyduğu Nihal Atsız, Başbakan Şükrü Saracoğlu'na, *Orhun* isimli dergiden iki açık mektup yazmıştı.

Atsız, nisan ayında yayımlanan ikinci mektubunda, çattığı isimlerin en başına onu yerleştirmişti.

Şöyle diyordu özetle bu açık mektupta Atsız:

"Ankara'daki Devlet Konservatuvarı öğretmenlerinden Sabahattin Ali'yi tanıyanlar komünist olduğunu bilir. Atatürk'ü, bütün devlet erkânını ve rejimi tehzil eden bir manzum hezeyanname yazmıştı. O zaman 'İsmet girmedi mi hâlâ hapse, Kel Ali'nin boynu vurulmuş mudur?' diye yazan bu zat, bugün kültür işlerinin mühim bir mevkiinde Maarif Vekili Hasan Âli'nin şahsi sempatisi sayesinde, batırmak istediği Türk milletinin parasıyla rahatça yaşamaktadır."

Atsız, sadece Sabahattin Ali'ye saldırmakla da kalmıyor, Pertev Naili Boratav, Sadrettin Celal Antel, Ahmet Cevat Emre ve tabii Maarif Vekili Hasan Âli Yücel'i de istifaya çağırarak, milliyetçi çevreleri galeyana getirici bir biçimde ihbarda bulunuyordu.

İhbar, milliyetçi çevrelerde tam da Atsız'ın istediği gibi hareketliliğe yol açtı.

Milliyetçiler, liderlerinin verdiği direktifle, İstanbul, Ankara ve başka birçok şehirde anti-komünist gösteriler yaptılar.

Mesnetsiz laflar ve şirazesinden çıkmış gösterilerden sonra, Hasan Âli Yücel, Nihal Atsız'ın öğretmenliğini feshetti.

Bakanlar Kurulu da *Orhun* dergisinin yayınına bir kez daha son verdi.

***

Sabahattin Ali de tepkisini Nihal Atsız aleyhinde, bir hakaret davası açarak gösterdi.

Atsız, üzülmek şöyle dursun sevindi bu davaya.

Dava süreci 26 Nisan'da başladı. Atsız yargılama için geldiği Ankara Garı'ndan itibaren bir komutan gibi karşılandı.

İlk duruşmada katılımcıların disiplinsiz davranışları gerekçe gösterilerek 3 Mayıs[112] günü yapılan ikinci duruşmaya dinleyici alınmamasına karar verildi.

Mahkeme salonuna da girmek isteyen milliyetçi gençler, istekleri yerine gelmeyince bir infial dalgası yarattılar. Ulus Meydanı'na doğru yürümeye başladılar. Meydana ulaşınca ilk işleri İstiklal Marşı söylemek oldu. Ardından komünizm aleyhtarı sloganlar atmaya başladılar.

Mahkeme sürerken, Ulus Meydanı'nda toplanmış ve seslerinin tonunu her dakika artırmaya başlamış olan gençler, Başbakan Şükrü Saracoğlu'yla görüşmek istediler ve görüşünceye kadar dağılmayacaklarını söylediler.

Gençlerin istekleri kabul edilmedi ve dağılmaları istendi. Da-

112. 3 Mayıs 1944, tarihe "Ankara Nümayişi" olarak geçti. Milliyetçiler bugünü "Türkçülük Günü" olarak kutlamayı sürdürüyorlar.

ğılmamaları üzerine polis şiddet kullandı. Gençlerden bazıları ciddiyetle yaralandı, aralarından yüz altmış beşi tutuklandı.[113]

Nihal Atsız, 9 Mayıs günü yapılan oturumda, Sabahattin Ali'ye "vatan haini" dediği için altı ay hapis cezası aldı. Ceza "milli tahrik" gerekçe gösterilerek 4 aya indirildi ve ertelendi. Buna rağmen, mahkeme salonundan çıkarken tutuklandı.

Davanın sonucu Atsız'ın arkadaşlarını kızdırdı. Mahkemeyi basmaya kalkıştılar.

***

Peşini bırakmıyordu ırkçılar davanın. Atsız'ın ceza almış olmasını bir türlü hazmedemiyor, bir yerde kıstırıp dövmek için Sabahattin'in yolunu gözlüyorlardı.

Sabahattin Ali'nin o gece Tatbikat Sahnesi'nde oyunu vardı. Mutlaka gitmesi gerekiyordu.

Gidişatı yakından takip eden Pertev ve eşi, yalnız kalmasın diye arkadaşlarını evden alıp birlikte yürümek istediler Halkevi'ne.

Gidecekleri yer çok da uzak değildi, yürüyeceklerdi.

Ankara Kız Lisesi'nin yanından geçerken, üzerlerine taşlar gelmeye başladı.

Sabahattin çok kızdı. Derhal fırladı ve taşların atıldığı tarafa doğru bir koşu tutturdu.

Taş atanlar kaçmaya başladılar.

Sabahattin kaçanlardan birini yakaladı. Cüssesinden hiç beklemeyecek şekilde adamı yere yatırdı ve başladı yumruklamaya.

Kendinin de gözlüğü kırıldı ama olsun, hırsını almıştı.

***

113. Bu gösteride, o tarihte üsteğmen olan Alparslan Türkeş de vardı.

Nihal Atsız, Sabahattin Ali çatışması büyük ses getirmişti.

19 Mayıs törenlerinde, Cumhurbaşkanı İsmet İnönü konuya değindi ve verdiği nutukta "Turancılık fikri, son zamanların zararlı ve hastalıklı gösterisidir" dedi.

Bir hayli ağır yüklendi İnönü Atsız ve arkadaşlarına. Bunun tabii ki bir sonucu olacaktı.

Turancıların ileri gelenleri derhal yakalanıp tekrar yargılandı.

"Irkçılık-Turancılık Davası" diye adlandırılan mahkemelerin sonucunda, Atsız altı yıl beş ay hapse mahkûm oldu.[114]

Sabahattin Ali'nin merkeze konulduğu ama asıl hedefin ülkenin aydınları olduğu saldırı, devlet eliyle ve çok sert bir şekilde durdurulmuştu.

---

114. Alparslan Türkeş'in de yargılandığı bu davayı Nihal Atsız temyize götürdü. Karar esastan bozuldu. Bir buçuk yıl hapis yatan Atsız tahliye edildi.

Elli Altı

İsmet İnönü'nün Türkiye'deki ırkçılarla kavgaya girmesini, Sabahattin Ali Almanya'nın yeniliyor olmasına bağladı.

Milli Şef'in 19 Mayıs 1944'te yaptığı konuşma, Türkiye'nin Almanya'yla yollarını ayırdığının ilanı gibiydi.

Daha Stalingrad Muharebesi'nin[115] başladığı günlerde, yani 23 Ağustos 1942'de rotasında düzeltme yapmıştı İsmet Paşa.

Kaçın kurasıydı o!

Ülkesini düştüğü bataklıktan çıkartmış bir komutan olan Gazi'nin sağ koluydu ve savaş stratejileri konusunda bir dâhi sayılırdı.

Türkiye Cumhuriyeti Devleti'nin sorumluluğunu birinci dereceden sırtlanmış bir devlet adamı olarak, hem ülkesini hem de dünyayı ilgilendirecek büyük dönüm noktasını dikkatle gözlüyordu.

Alman ordularının Avrupa'nın her yerinde savaşmasının, yetmiyormuş gibi SSCB'nin ortalarına doğru da ilerlemesinin, Alman ulusu açısından hayra alamet olmadığının gayet iyi farkındaydı.

Zamanında Osmanlı İmparatorluğu da yapmıştı aynı hatayı ve bedelini çok ağır ödemişti.

Sonunda tam da İnönü'nün beklediği gibi oldu. Almanya, Stalingrad'dan zaferle çıkamadı. Doğu Cephesi'ndeki güçlerinin dörtte birini, 2 Şubat 1943'te sona eren bu muharebede kaybetti.

Pozisyonunu zaman içinde, yedirerek değiştirdiği için, ani bir hareketle yüz seksen derece öteki tarafa dönmek zorunda kalmadı kurt siyaset ve savaş adamı.

---

115. Neredeyse bütün tarihçiler tarafından, İkinci Dünya Savaşı'nın dönüm noktası olarak kabul edilir.

Araya epeyce zaman da koydu, 19 Mayıs 1944'te, Türk ırkçılarına yüklenir gibi yapıp tüm dünyaya mesajını gönderdi.

Türkiye, Milli Şef'in ağzından, milliyetçi ve ırkçılarla işinin olmayacağını ilk kez bu kadar açık ve seçik ifade etmiş oluyordu.

"Kızım sana söylüyorum gelinim sen anla" dercesine, Türkiye'deki ırkçıları da azarladı ve yargılanıp ceza almalarını sağladı İnönü.

Daha da önemlisi, bu vesileyle, pozisyonunu ilk kez net olarak açıklamış oldu.

Sabahattin Ali ve arkadaşları gayet iyi anladılar Milli Şef'in bu davranışının esas nedenini.

Kendileri için çok sevinemediler.

***

Postacının bıraktığı sarı zarfı açtı Sabahattin, yeniden askerlik yapmaya çağrılıyordu.

"Üçüncü olacak bu" dedi sevgili eşi Aliye'ye.

Canı sıkılmıştı. Tam düzenini oturtuyordu ki askere alınıyordu. Şimdi de Çankırı'ya gitmesi istenmişti.

"Yapılacak bir şey yok" dedi eşine ve kızına sarıldı. "Uzun süreceğini tahmin etmiyorum. Almanya bütün cephelerde geriliyor. Benim tanıdığım İnönü bizi asla savaşa sokmaz."

Sahiden de öyleydi.

Sabahattin ertesi sabah Çankırı'ya gitti ve 261. Erzak Nakliye Taburu'nda görevinin başına geçti.

Güney İlkokulu'nda kendine yatıp kalkacak bir yer buldu.

***

Ne hikmetse nereye baksa izlendiğine, gözetlendiğine dair emareler alıyordu.

Hoş bu tür durumlara biraz da kendi yol açıyordu ya.

Mesela, askerlik yaptığı yerin yakınlarında bulunan tuz işçilerine takmıştı bu kez de kafasını. Durmadan bulundukları yerlere gidiyor, onlarla uzun muhabbetlere giriyordu.

Çok dikkat çekiyordu Sabahattin'in bu tür davranışları.

Akşam yemeği esnasında bir kadeh rakı içince de susmak bilmiyor, hükümet aleyhinde demediğini bırakmıyor, sosyalizmin erdemlerini öve öve bitiremiyordu.

Hele Nihal Atsız ve çevresiyle ilgili kavgalarını anlatıp, ırkçı Turancı düşünceyle ilgili görüşlerini dile getirirken, sözlerine hiç ama hiç limit koymuyordu.

Böyle olunca da dünya kadar dedikodu yapılıyordu arkasından.

Bu laflar kim bilir kimlere, şekilleri nasıl değiştirilmiş olarak intikal ettiriliyordu.

Sabahattin, görünmeden görmeyi tercih eden gözlerin, emniyette bulunan dosyasına ne tür olumsuz notlar iliştiriyor olabileceğini hiç umursamıyordu.

***

Sayılı günler çabuk geçti.

Sabahattin askerliğini üçüncü kez tamamlamış olarak evine döndü.

İşlerine kaldığı yerden devam edecekti.

Geçen süre zarfında Almanlar iyice gerilemiş, Hitler tam da umudun kalmadığı noktada, 30 Nisan 1945'te intihar etmişti.

Bundan böyle Avrupa'da hiçbir şey eskisi gibi olmayacaktı.

Özellikle de, Sovyetler Birliği'nin kontrol altına aldığı Doğu Bloku toprakları, SSCB'nin dümen suyunda, baştan sona yeniden yapılanacaktı.

Doğu Almanya, Romanya, Bulgaristan, Macaristan, Arnavutluk, Çekoslovakya, Polonya gibi çok sayıda Avrupa ülkesi SSCB'nin kontrolü altında kalmıştı.

Çin gibi, Doğu Bloku'nun ideolojisine yakın duran başka ülkeler de vardı.

İkinci Dünya Savaşı'nın hemen ardından, dünya, biri komünist ve öteki kapitalist olmak üzere iki kutuplu bir gezegen halini almıştı.

Ve bu iki kutup, belli ki bundan böyle birbirlerinden hiç hazzetmeyeceklerdi.

Türkiye hâlâ, her zaman olduğu gibi durumu koklayan ve kararını vermek için hiç de acele etmeyen Milli Şef'in kontrolü altındaydı.

Elli Yedi

Tercüme Bürosu'nun müdürü Sabahattin Eyüboğlu "Sen de gelir misin?" diye sorunca "Nereye gelir miyim?" dedi merak içinde Sabahattin.

Bodrum'u mesken tutmuş olan Cevat Şakir[116] "Birkaç arkadaşını topla, güneye gelin, güzelliğin ne demek olduğunu iyice anlayın" diye yazmıştı Eyüboğlu'na.

O da birkaç kişiyle konuşmuştu. İsimleri şöyle sıraladı Eyüboğlu:

Bedri Rahmi ve Erol Güney geleceklerini söylemişlerdi. Melih Cevdet Anday ve Necati Cumalı da kabul etmişlerdi gruba katılmayı.

Sabahattin açısından, sadece Erol Güney'in ismini duymak bile yeterdi böyle güzel bir seyahate katılmak için.

Kaldı ki ötekileri de gayet iyi tanıyor, hepsini de seviyor, takdir ediyordu.

Ayrıca, Anadolu'nun her yerini merak eden biri olarak, bu teklif kaçırılmaz bir fırsat olarak göründü bir anda gözüne.

Heyecan içinde "Ben de varım" dedi.

***

Samim Kocagöz, "Macera" isimli bir tekne bulmuştu.

Halikarnas Balıkçısı ve arkadaşı ahtapot avcısı Paluka'yla birlikte, takım tamamlanmıştı.

---

116. Cevat Şakir Kabaağaçlı 1890-1973 yılları arasında yaşadı. Oxford'da tarih eğitimi gördü. Babasını öldürdüğü iddiasıyla yargılandı ve Bodrum'a sürüldü. Türkiye insanına, birçok hikâye ve romanın yanı sıra "mavi yolculuk" fikrini de hediye etti.

Kafadarlar "Ver elini mavi yolculuk" demiş ve tam da Nâzım'ın dediği gibi, motoru maviliklere sürmüşlerdi.

Teknenin makinesi çalışmaya başlar başlamaz ağabeyi ve ustası Nâzım'ın şiirini okumaya koyuldu genç adam. Bağır bağır bağırıyordu:

"*Güzel günler göreceğiz çocuklar*
güneşli günler
göre-
-ceğiz...
Motorları maviliklere süreceğiz çocuklar
Işıklı maviliklere
süre-
ceğiz..."

1930'da yazmıştı "Nikbinlik"[117] adını verdiği bu şiirini Koca Nâzım.

Sabahattin baştan sona okudu şiiri.

Bir sessizlik oldu teknede.

İstisnasız hepsi, Nâzım'ın üstelik yirmi sekiz yıl yatmak üzere demir parmaklıkların arkasında olduğunu, dışarıda olsa, şimdi tıpkı kendileri gibi mavi yolculuk yapacağını düşündü.

Epeyce kimse ağzını açmadı.

Konuşsalardı eğer, biliyorlar ki ağlarlardı.

En iyisi, gözyaşlarını içlerine akıtmaları olacaktı.

Öyle yaptılar.

***

117. İyimserlik

Balıkçı fazla yiyeceğe gerek olmadığını, denizin balıkla dolu olduğunu söylediği için, eldeki para neredeyse tümüyle rakıya yatırılmıştı.

Kaldı ki, yemeksiz tabii ki olurdu ama rakısız asla olmazdı.

"Vira Bismillah" denilerek çıkıldı İzmir Körfezi'nden yola.

İlk durak Urla, ikincisi Çeşme oldu.

Sabah, öğlen, akşam balık yiyorlardı. Sabahattin, yolculuğun sonuna kadar balık yenileceğini anlayınca, durumu kabullendi, balığı sevmeye karar verdi.

Elinden balık tutmak ve pişirmek gelmediği için kendini tavlaya vurdu. Necati Cumalı fena rakip sayılmazdı.

Ve tabii beraberinde, Halikarnas Balıkçısı'nın muhteşem tarih ve mitoloji bilgisini sindirmeye koyuldu.

Tek kelimeyle büyüleyiciydi Balıkçı. Tam anlamıyla bir bilgeydi. Yeni yayımlanan *Ege Kıyılarından* isimli kitabının birer nüshasını dağıtmıştı hediye olarak yolculara.

Sabahattin kaşla göz arasında okudu kitabı. O da bilir hale gelmişti Ege kıyılarını.

Öte yandan, Balıkçı'nın yazdıklarının, bildikleri yanında buzdağının tepesi gibi olduğunu keşfetti derhal.

Belli ki rakı misali damıtarak yazıyordu Balıkçı.

Bunu en iyi anlayacak olan kendi ve tabii bir de teknede bulunan Türkiye'nin en seçkin aydınlarıydı.

Elli Sekiz

Sabahattin ertesi sabah, denizden çektikleri kovada birlikte yüzlerini yıkarken "Sırada ne var?" diye sordu.

Balıkçı yeni tanıştığı ama ilk dakikadan itibaren sevdiği adama, önce "Bu da şimdi sorulacak soru mu?" der gibi baktı.

Sabahattin'in kendinden epeyce genç olduğunu hatırlayınca, değiştiriverdi bakışını. Biraz düşündü.

"Roman olacak. Adını da koydum: *Aganta Burina Burinata.*[118] Bir denizci terimidir. Bilen var mı içinizde ne anlama geldiğini?"

Şöyle bir bakındı Balıkçı etrafa. Yoktu.

"Söyleyeyim o zaman" dedi. "Serenlerin üstündeki üst ve alt yelkenleri tut anlamına gelir."

Dayanamadı Sabahattin, "İyi de ne anlatacaksın kitapta?" diye zorladı bilge adamı.

Sıkıldı Balıkçı. Genç adamı başından savmak istercesine konuştu.

"Denizi ve deniz insanını anlatacağım. Şiirsel olsun diye uğraşacağım. İçinde denize ve denizciye dair o özel coşkunun olmasını istiyorum."

Ve sustu.

Bu kez de "İşte bu kadar" der gibi baktı Sabahattin'e.

Yazar, yazarın halinden anlardı.

---

118. Kitap 1945 yılında Bilgi Yayınevi tarafından yayımlandı.

Çok bile anlatmıştı. Belli ki düşünüyordu hâlâ ne yazacağını Cevat Usta.

Ve anlaşılan, düşünecek daha çok şeyi vardı.

***

Kâh dantel misali Ege kıyılarında, kâh kıyı boyu serpiştirilmiş hayal ülkeleri misali adaların etrafında, ama mutlaka balık peşinde koşarak takip ediyordu günler birbirini.

Bu günlerden birinde, ağ çekmekte olan bir balıkçı kayığına rastlayınca, Cevat Şakir'in isteği üzerine, "Macera" yaklaştı balıkçılara.

Hem Balıkçı hem de Paluka gayet iyi Yunanca bildikleri için, anında kaynaştı iki teknenin insanları.

Balıkçı döndü konuşmanın ortasında bir yerde "Direnişçiymiş bunlar be!" dedi.

Sabahattin de dahil olmak üzere herkes şaşırdı.

Hepsi de Yunanistan'da süren içsavaşı yakından ve kaygı içinde izliyorlardı.

Dünya savaşı, Yunanistan'ın başına içinden çıkılması zor mu zor bir içsavaş bırakarak sona ermişti.

Ülkede, SSCB'nin desteklediği komünistlerle İngiltere'nin kol kanat gerdiği kralcılar birbirlerini yiyordu.

***

Balıkçı teknesindeki Yunanlılarla mavi yolculuk yapmakta olan Türkler, lafa nokta koymanın imkânsız olduğunu anlayınca, tutulmuş balıkla rakıyı masaya koyup paylaşmanın en doğrusu olacağında fikir birliğine vardılar.

İlk "şerefe" ve "yamas"lardan sonra, balıkçılardan biri "Şimdi de..." dedi. "Kadehimi Kapetan Kemal'in şerefine kaldırıyorum."

Şaşırdı mavi yolcular.

"Gazi'yi kastediyor herhalde" dedi içlerinden biri.

"Yok" dedi bir diğeri. "Mihri Belli'yi[119] kastediyor."

Sordu Balıkçı, Yunanlı direnişçilere, sözünü ettikleri Kemal'in hangi Kemal olduğunu.

"Andart[120] Kemal" dedi Yunanlı balıkçılar hep bir ağızdan.

Cevat Şakir bu kez de Andart'ın anlamını açıkladı tekne halkına.

Anlamıştı mavi yolcular sözü edilenin Mihri Belli olduğunu.

Mihri Belli Yunanistan'a kaçak olarak geçmiş, Demokratik Ordu saflarında tabur komutanlığına kadar yükselmişti.

İki kez yaralanmıştı Yunan İçsavaşı'nda ve bir kez Bulgaristan, bir kez de Sovyetler Birliği'nde tedavi görmüştü.

***

Yemeğin ortalarına doğru, Sabahattin "Sorar mısınız" dedi. "Fazla silahları var mıymış?"

Balıkçı sordu Yunanlı direnişçilere, fazla bir tabancalarının olup olmadığını.

İçlerinden biri hemen kendi teknelerine geçti ve beraberinde bir tabanca ve sekiz on mermiyle geri döndü, koydu masaya.

---

119. 1915-2011 yılları arasında yaşadı. TKP'nin merkez komite üyeliğini yaptı. İlerici Gençler Birliği'ni kurdu. *Türk Solu* ve *Aydınlık Sosyalist Dergi*'nin yazarları arasındaydı. "Milli Demokratik Devrim" tezini geliştirdi. Türkiye Emekçi Partisi'ni kurdu. 1979'da silahlı saldırıya uğradı. Ağır yaralandı. ÖDP, SDP ve SP'nin kurucuları arasındaydı. Toplam on bir yıl hapis yattı. On sekiz sene zorunlu sürgün hayatı yaşadı.

120. Yunanistan İçsavaşı'nda komünist partizanlara verilen isim.

"Al" dedi Balıkçı. "İstediğin silah geldi."

Gözlerinin içi güldü Sabahattin'in. Silahı kaptığı gibi beline taktı, mermileri de avuçlayıp pantolonunun cebine doldurdu.

***

Zaman su gibi aktı.

Başlangıçta zorluk çekse de zamanla alıştı tekneye ve denize Sabahattin.

Rahatsızmış gibi başladığı yolculuğu benimseyince, Erol Güney'in tabiriyle "sanki evindeymiş, teknenin kralıymış" gibi davranmaya başladı.

Arada bir iki arkadaş *Yüzbaşının Kızı*'nı[121] tartışıyor, birlikte çevirdikleri kitabın çevriliş süreci üzerine hoş sohbetlere dalıyorlardı.

Erol Güney bir Rus Yahudisi olduğu ve Rusçayı anadili olarak konuştuğu için, iki arkadaş kitabı çevirme işine birlikte girmiş, çok da iyi yapmışlardı.

Teknede, kitabı okumuş olan herkes aynı fikirdeydi. Bir şaheser ortaya çıkartmıştı ikili.

121. Aleksandr Sergeyeviç Puşkin'in kitabı *Yüzbaşının Kızı*, 1944 yılında Maarif Vekâleti Yayınevi tarafından yayımlandı.

Elli Dokuz

"Japonya'nın Hiroşima kenti Amerikan uçakları tarafından bombalandı" derken, sanki çok sıradan bir vakadan bahsediyormuş gibiydi radyo spikerinin sesi.

Sabahattin ancak öğlen vakti, milletvekillerinin ve sanatçıların müdavimi oldukları Üçnal'a gidince öğrendi durumun vahametini.

Azra Erhat[122] ve Cahide Sonku[123] aynı masadaydılar.

Cahide, lokantanın sahibi Şinasi Baray'ın ricasını kırmamış, duvara asılsın diye, öteki ünlü müşteriler gibi önündeki kâğıda bir şeyler karalamakla meşguldü.

Pertev'in aracılığıyla tanıdığı Azra işaret edince, bu masaya yöneldi Sabahattin.

Zaten epeydir tebrik etmek istiyordu Azra'yı. "Doçent olmuşsun, kutlarım" dedi içten bir ses tonuyla.

"Biz de onu kutlamak için buluştuk Cahide'yle ama boğazımıza dizildi" dedi genç öğretim görevlisi.

"Hayrola?" dedi merak içinde Sabahattin.

"Yüz binden fazla Japon'un öldüğü söyleniyor" dedi Cahide.

---

122. 1915-1982 yılları arasında yaşadı. Eski Yunan, Roma dilleri uzmanı ve arkeolog. Eski Yunan klasiklerinden yaptığı çevirilerle tanındı. *İlyada* ve *Odysseia*'yı (A.Kadir ile birlikte) Türkçeye kazandırdı.

123. 1919-1981 yılları arasında yaşadı. On altı yaşında Darülbedayi'de oynamaya başladı. İstanbul Şehir Tiyatroları'nın en beğenilen isimlerinden oldu. Sinemaya geçti. Türk sinemasının ilk kadın yıldızı ve film yönetmenidir. Hayata gözlerini yoksulluk içinde yumdu.

Az önce masalarına uğrayan bir milletvekilinden almışlardı haberi. Çok canı sıkıldı Sabahattin'in. Öğrenirdi yemekten sonra neler olduğunu.

Cahide Sonku'ya "Duvara asılması için kaleme aldığınız yazı dışında ne yapıyorsunuz Ankara'da Cahide Hanım?" dedi.

Ankara'ya turne için geldiklerini öğrendi. Birkaç gün içinde oynamaya başlayacaklardı.

"Aliye ve Filiz'i alır mutlaka gelirim" dedi.

Yemek boyunca, aklında hep yüz bin rakamı dolandı Sabahattin'in.

***

7 Ağustos tarihli gazeteler, gerçeği tüm açıklığıyla yazdılar.

6 Ağustos Pazartesi günü, saat 08.15'te, ABD ordusuna ait ağır bombardıman uçakları Japonya'nın Hiroşima kentini bombalamışlardı.

Bu kez önceki bombardımanlardan farklı olarak, Uranyum-235 tipi bir bomba kullanmıştı Amerikan ordusu.

Bombanın adını da dalga geçer gibi Little Boy, yani Küçük Oğlan koymuşlardı.

Uzmanlar, Amerikan ordusunun Japonya'da kullandığının bir atom bombası olduğunu söylüyorlardı.

Yıl sonuna kadar 140.000 kişinin hayatını kaybetmesine yol açacak dehşet verici bir bombaydı bu.

Gazetelere göre, Amerikalılar önceden Japonların yaşama biçimlerini gözlemiş, sokakta en çok bulundukları saati hedeflemişlerdi.

Üç gün sonra 9 Ağustos 1945 günü saat 11.02'de bu defa Plütonyum-239 tipi bir atom bombası Nagazaki kentine atıldı. Bu bomba, Fat Man (Şişko Adam) adını taşıyordu ve 240.000 nüfuslu kentte ilk anda 74.000 insanın ölümüne yol açmıştı.

"Lanet olsun!" diye söylendi Sabahattin.

İkinci Dünya Savaşı'nın bitmesinden sonra, bir Japon direnişi kalmıştı süren, onu da böylece yok etmişti ABD.

"Tamam da, yüz binlerce günahsız insanı öldürerek bir savaşı bitirmiş olmak ne demek? Tarih bunu büyük, ama çok büyük bir insanlık suçu olarak kayda geçecek" diye düşündü Sabahattin.

Japonya'nın İkinci Dünya Savaşı boyunca ABD'ye hiç mi hiç rahat vermediği bir gerçekti. Ama yoksul, çaresiz halkının bu şekilde cezalandırılması, kabul edilebilir bir durum değildi.

Kızmıştı. Hem de çok kızmıştı Sabahattin.

Dünya yüzünde sürüp giden bu tür haksızlıklara, nereden gelirse gelsin mutlaka dur denilmesi gerekiyordu.

***

Dünya değişip, Türkiye değişen dünya içinde pozisyonunu yeniden alırken, Sabahattin ülkenin gidişatına aktif olarak müdahale etmenin derdine düştü.

Bunu en iyi yapacağı yer ise mutlaka bir gazete ya da dergi olurdu.

Tüm yayın politikasını belirleyebileceği, en azından kendine yakın düşüncelerden insanlarla tartışarak karar verebileceği süreli bir yayın çıkartmalıydı.

Çeşitli temaslarda bulunmaya başladı yazar.

Önce, Esat Adil[124] ve birkaç arkadaşıyla konuştu.

Onlar da tıpkı kendi gibi düşünüyor, bir gazete çıkartılmasına sıcak bakıyorlardı.

Parası yoktu Sabahattin'in. Arkadaşı Mustafa Seyit Sutüven'e durumu açtı. Sutüven borç olarak yirmi beş bin lira sermaye vermeyi kabul etti.

Esat Adil ve Vedat Baykurt da gereken miktarlarda para bulunca, gazetenin içeriği, ismi ve dizaynı üzerine konuşmaya başladılar.

Düşünce itibariyle birbirinden çok uzaklarda bulunmadıkları için prensipler üzerinde çok vakit kaybetmediler.

İlerici, ezilenlerden yana, demokrasiyi savunacak bir gazete çıkartacaklardı.

En büyük tartışma gazetenin isminde çıktı.

Esat Adil ve Vedat Baykurt daha çok "Ulak" ve "Savaş" gibi isimleri savunurken, Sabahattin "Barış", "Demokrat", "Hürriyet" gibi isimleri ileri sürüyordu.

Arkadaşları tam "Demokrat"ı kabul ederken, Sabahattin bu kez de "Yeni Dünya"yı sürdü ileri. Sonunda istediği oldu.

Gazete için bir de logo düşünülmüş, ismin altına, başta Türkiye'ninki olmak üzere, tüm ülkelerin bayraklarının konulmasında karara varılmıştı

***

Hummalı bir çalışmadan sonra, ilk sayı ellerine geçtiğinde, hepsi de beyninden vurulmuş gibi oldu.

---

124. Esat Adil Müstecaplıoğlu 1904-1958 yılları arasında yaşadı. Hukuk eğitimi gördü. Çok partili yaşama geçildiğinde Türkiye Sosyalist Partisi'ni kurdu.

Bayrakların yeri değişmiş, en başa SSCB'ninki konulmuştu!

Sabahattin hop oturuyor hop kalkıyor, "Kim yaptı bunu?" diye soruyor ama bir cevap alamıyordu.

Kimse bilmiyordu bu değişikliği kimin, neden yaptığını.

"Yahu" diyordu Sabahattin. "İçimizde bir provokatör var. Anlaşılmayacak bir şey var mı bunda?"

Ne kadar tartışsalar da olan olmuş, gazetenin ilk sayısı Türkiye'nin her tarafına bu biçimiyle dağılmıştı.

Beklendiği gibi, ortalık ayağa kalktı!

Altmış

Tek sorun *Yeni Dünya*'nın ilk sayısının logosunda, birinin bayrakların yerini değiştirmesi değildi kuşkusuz.

İkinci Dünya Savaşı sona erip, sıra Türkiye'nin yerinin tam olarak belirlenmesine gelince, ırkçı Turancı ve yobaz kesimler, işi gücü bırakıp anti-Sovyet propagandası yapmaya başlamışlardı.

Hepsi de aynı ağızdan, ülkenin yerinin ABD'nin yanı olduğunu söylüyordu.

Hatta toplumu etkileyebilmek için, Sovyetler Birliği'nin Türkiye'nin doğusundan toprak istediğini bile dillendirmişlerdi.

Bütün bunlardan, uçan kuştan bile haberi olan Milli Şef'in haberinin olmadığını kimse söyleyemezdi.

Aslında, onun izni olmadan memlekette tek bir adım bile atılmadığının, aklı olan herkes farkındaydı.

O bir şeyin yapılmasını isterse, fısıltı gazetesi derhal yayına girer, durumdan vazife çıkartanlar yollara koyulurdu. Yine öyle oldu.

İyi saatte olsunlar birilerinin kulağına bu kez de *Tan*'ın çanına ot tıkanması gerektiğini fısıldamış, kıyamet kopmuştu.

Türkiye ile SSCB'nin dost olması gerektiğini telaffuz eden bir tane günlük gazete vardı: *Tan*.

***

Turancı ve İslamcı çok sayıda üniversite öğrencisi, *Yeni Dünya* henüz sadece dört sayı çıkmışken, 4 Aralık 1945 günü

İstanbul Üniversitesi'nin önünde toplandı ve Cağaloğlu'na doğru yürüyüşe geçti.

Hedef belliydi: *Tan* gazetesi ve matbaası.

Gazete binasının önünde toplanan güruh, yönetim binasını ve matbaayı tümüyle tahrip edip, her şeyi yağmaladı.

Tan'ın matbaasında basılan *Yeni Dünya* gazetesi de bu saldırıdan nasibini aldı, yayımlanamaz hale geldi.

Hızını alamayan saldırganlar Beyoğlu'na da çıktı, sol kitap ve dergileri satan ABC ve Berrak kitabevlerini "Allah Allah!" "Komünistlere ölüm!" nidalarıyla yakıp yıktı.

Yeni Dünya gazetesi ile *Görüşler* dergisinin büroları da saldırıya uğrayan bu binadaydı ve onlar da yıkımdan kendilerini kurtaramadı.

Tan'ın basılıp tahrip edilmesi her yerde, özellikle de SSCB'de yankı buldu.

Sovyetler Birliği bu konuda Milli Şef ve tek parti hükümetini suçladı. Daha da ötesine gidip, her şeyin tertipleyicisi ve faili olarak niteledi. Bir de nota verdi.

İstenen olmuş, CHP'ye soldan muhalefet eden herkes sindirilmişti.

Tan baskınına katılanlar arasında sonradan ülkenin kaderinde rol oynayacak pek çok ilginç isim vardı. Süleyman Demirel, Necmettin Erbakan, İlhan Selçuk, Ali İhsan Göğüş bunlardan sadece bazılarıydı.

***

Sabahattin Ali korkuyla, gönül kırıklığıyla izlemişti olup bitenleri.

Büyük umutlarla başladığı gazete yayıncılığı, büyük bir felaketle sona ermişti.

Sadece *Tan* gazetesi değil, *Yeni Dünya* da yayın hayatından silinip atılmış, saldırganların kılına dokunulmamıştı.

Her zaman olduğu gibi, kışkırtıcılık suçlamasıyla Sertellere yeniden mahkeme yolları göründü.

"Lanet olsun!" diye düşünüyordu Sabahattin ve avazı çıktığı kadar "Bu ne adaletsizlikti böyle!" diye haykırmak istiyordu.

***

Aralık ayının ortalarına doğru, Sabahattin postacının elinde bir zarf görünce, anladı kimden geldiğini.

Nâzım yazmıştı yine.

Heyecan içinde açtı genç yazar zarfı. Ve ustasının şiiriyle buluştu.

6 Aralık tarihliydi şiiri.

Belli ki bu kez, *Tan* ve *Yeni Dünya* gazetelerinin yakılıp yıkılmasıyla ilgili yazmıştı şair.

"Onlar ümidin düşmanıdır sevgilim
Akarsuyun
Meyve çağında ağacın
Serpilip gelişen hayatın düşmanı.
Çünkü ölüm vurdu damgasını alınlarına:
–çürüyen diş, dökülen et–
bir daha geri dönmemek üzere yıkılıp gidecekler.
Ve elbette ki sevgilim, elbet
Dolaşacaktır elini kolunu sallaya sallaya
Dolaşacaktır en şanlı elbisesiyle:
İşçi tulumuyla bu güzelim memlekette hürriyet."

Sevindi, çok sevindi Sabahattin.

Bir kere daha, tam da yaşama sevincini, var olma isteğini kaybetmek üzereyken, arkasına dikilmişti, koca bir dev gibi Nâzım.

Yeniden ümit vermiş, yaşama sevinci aşılamıştı sevgili ağabeyi, Sabahattin'e.

"Sevgilim dediğine göre..." diye düşündü Sabahattin. "Belli ki Piraye'ye yazmış Nâzım bu şiiri."

Ama üzerine 6 Aralık tarihini koyduğuna ve 4 Aralık'ta da *Tan* ve *Yeni Dünya* hedef alındığına göre, şairi harekete geçirenin ne olduğu da açık seçik ortadaydı.

Altmış Bir

Olan olmuş, gazete çıkarma macerası hiç de tahmin ve arzu edilmeyen biçimde sona ermişti.

Sabahattin, borç olarak aldığı sermayeyi kurtarmanın peşine düştü.

Öteki ortaklarından para olarak hiçbir şey çıkmayacağını anlayınca, masa, daktilo makinesi gibi demirbaştan bir kısmını almak için harekete geçti.

Kendine avukat olarak Mehmet Ali Cimcoz'u[125] seçti.

Bu arada içini biraz olsun rahatlatan bir gelişme olmuş, gazetenin logosundaki SSCB bayrağının neden en başa geldiği anlaşılmıştı.

Ressam bütün bayrakları çizip SSCB bayrağını unutunca en başta bulunan boşluğa orak çekiçli kızıl bayrağı konduruvermişti işte.

Yani aralarında provokatör filan değil, yaptığı küçük bir yanlışla, başlarını büyük belaya sokan bir ressam vardı, o kadar.

Bütün bu olup biteni, tüm ayrıntılarıyla Hasan Âli Yücel'e yazdığı bir mektupla anlattı Sabahattin Ali.

Devlet memuru olduğu için, birilerine hesap vermesi gerektiğini düşünmüştü.

***

125. Nâzım Hikmet'i ve Sabahattin Ali'yi savunan ünlü avukat.

Dedik ya, belalar asla birer birer gelmez diye...

Sevdiği, desteklediği, beğendiği yazardan gelen mektubu okuyunca, içi acıdı Hasan Âli Yücel'in.

Ne yazık ki elinden bir şey gelmezdi.

Sabahattin'den gelen mektubu önündeki sumenin altına koydu ve unutmaya karar verdi maarif vekili.

Çünkü, *Yeni Dünya* serüveni, Hasan Âli Yücel'in başa çıkamayacağı kadar büyük ses getirmişti.

Deneyimli devlet adamı, Sabahattin Ali'nin isminin üzerinin devletin bütün kademelerinde, kalın bir kalemle çizildiğini gayet iyi biliyordu.

Başbakan Şükrü Saracoğlu'nun sempatik bulduğu, biraz da bu nedenle, memuriyet mesleğinde aslında kimseye nasip olmayacak kadar hoş görülen Sabahattin Ali'nin ipinin çekilme zamanı gelmişti.

Ne Yücel ne de Saracoğlu bu kararı tek başına almıştı.

Onların da tepesinde, cüssesi küçük ama etkisi büyük mü büyük bir Milli Şef vardı.

Esasen o da, sempatik bulmuştu Sabahattin'i. O da kendi yöntemleriyle, yıllarca korumuş kollamıştı onu.

Buna karşılık genç yazar, açmadık iş bırakmamıştı başlarına.

Geriye dönüp, Nihal Atsız'la yaşanan tatsızlığa bakıldığında kimin kayırıldığı ortadaydı.

Saracoğlu, kendine Atsız tarafından yazılan açık mektupları ve sonra meydana gelen gelişmeleri gözünün önüne getirdiğinde, bu serüven esnasında desteklediğinin daha çok Sabahattin Ali olduğunu gönül rahatlığıyla söyleyebilirdi.

Üstelik dünyanın dengeleri değişip Türkiye rotasını ABD ve Batı'ya doğru çizerken, SSCB'den yana tavırlarıyla öne çıkan genç yazar Sabahattin Ali için, Başbakanlık ve Milli Eğitim Bakanlığı nezdinde yapılabilecek hiçbir şey kalmamıştı.

Daha birkaç gün önce İstanbul'da meydana gelen SSCB aleyhtarı olaylar tazeliğini ve hassasiyetini korurken, hükümet ve devletin öteki mekanizmaları, Sabahattin'e hiçbir şey olmamış gibi davranamazdı.

***

Fillerin tepiştiği bir dünyada yaşanıyordu ve bu dünyada Sabahattin tek bir çim değilse de bir çimenlik parçasıydı o kadar.

Tabiatıyla, ezilebilirdi.

11 Aralık 1945'te "vekâlet emrine" alındı genç yazar.

İşsiz kalmıştı.

Belli ki bir süre sonra parasız da kalacaktı.

Yetmiyormuş gibi, *Yeni Dünya* için aldığı yirmi beş bin lira borcu da ödemesi gerekiyordu.

Evli ve çocuklu olmanın, yalnız bir kovboy olmaktan alabildiğine farklı olduğunu herkes bilir.

Ev kirası, çocuğun süt parası ertelenebilecek ihtiyaçlar değildir.

Bir yolunu bulup, yeniden para kazanır hale gelmek zorundaydı Sabahattin.

Doluya koydu almadı, boşa koydu dolmadı.

Altmış İki

Sabahattin, artık Ankara'nın en azından kendi için çalışmaya müsait bir şehir olmadığının farkındaydı.

İstanbul'a gidip iş aramasının doğru olacağını düşündü. Pek çok arkadaşı, dostu, yakınlık duyduğu insan vardı İstanbul'da.

Ankara'da dünya kadar insanla temas kurmuştu. Yüzde yüz emindi, kendine bundan böyle, mesleği olan olan öğretmenliği yaptırmayacaklardı.

Bu durumda, ağırlığını yazmaya vermekten başka yolu kalmamıştı.

Ayrıca yazmayı seviyordu da.

Bu yolla ülkesine, insanlara hizmet ettiğini düşünüyor, vazgeçmesinin doğru olmayacağına inanıyordu.

***

Aliye'yle oturup bir plan yaptılar.

Okulların da tatil olmasını fırsat bilip İstanbul'a gidecek, bir ay için bir yer kiralayacak, eğer mümkün olabilirse kendi burada kalmaya devam edecek ve Aliye Filiz'i alıp okul için Ankara'ya dönecekti.

Çok vakit kaybetmeden İstanbul'un yolunu tuttu Ali ailesi.

Çengelköy'de bir yalının iki odasını kiraladılar.

Sabahattin masa başı çalışmalarından fırsat buldukça minik kızıyla yüzüyor, kürek çekiyor, balık tutuyordu.

Filiz çok mutluydu. Babasıyla şahane zaman geçiriyordu.

Mutlu tatil günleri çabuk geçti, Aliye ve Filiz Ankara'ya döndüler.

***

Sabahattin, temas kurduğu birkaç kişiden para alabileceğini hissetti. Alacağı paraları birleştirince, yeterince sermaye çıkacak gibi görünüyordu.

İşin bir başka boyutu daha vardı. Süreli yayın bir kişilik değil, ekip işiydi.

Roman, şiir, öykü gibi, bir masaya oturup tek başına çalışmakla olmuyordu.

Bir ekip kurması gerekiyordu.

***

Etrafı bir kez de bu gözle kolaçan etti yazar.

Konuştuğu arkadaşlarından birkaçı Aziz Nesin'in de bir projesi olduğunu söyledi.

Nesin de Esat Adil'in kapısını çalmış, tam da böyle bir iş için para istemişti.

Aziz Nesin'in adını biliyordu Sabahattin.

Gerçek gazetesinde hem köşe yazarlığı yapıyor hem de bu gazetenin sekreterliğiyle uğraşıyordu Nesin.

Derhal ziyaretine gitti ve ne yapmayı planladığını, mümkün olabilirse, düşündüğü işi birlikte yapıp yapamayacaklarını sordu.

Sevindi Aziz Nesin.

O da uzun uzun, önceliği mizah olan bir dergi çıkartmak istediğini anlattı.

Laf para meselesine geldi.

Sabahattin'in cebinde bin lira vardı. Aziz Nesin'in ise parası yoktu.

İki yazar bir anlaşma yaptılar.

Eğer çıkartacakları dergi ayda yüz elli liradan az kâr getirirse, teknik bütün işleri yükleneceği için bu paranın tamamı Aziz'in olacaktı.

Bunun üstünde gelecek her parayı ikiye böleceklerdi.

***

Meseleyi netleştirmek için bir kez daha buluştular.

İkinci buluşma Tepebaşı'nda Cumhuriyet Gazinosu'nda yapıldı.

Aziz Nesin dergiye isim olarak "Markopaşa"yı önerdi. Daha önce *Gerçek*'te bu isimle bir köşe yazmış, ismin tuttuğunu hissetmişti.

Karşı çıkmadı Sabahattin.

Başyazıları Sabahattin'in yazması, yazıişleri müdürlüğü de dahil olmak üzere geriye kalan bütün yönetsel işleri Aziz Nesin'in yapmasında anlaştılar.

Derginin imtiyazını almak için bir beyannameye ihtiyaçları vardı. Bunun için Babıâli'ye gitmeleri gerekiyordu.

***

Üçüncü buluşmaya, her ikisi de düşünmüş olarak gelmişti.

Aziz Nesin, Sabahattin'in hem sahip hem de yayın yönetmeni olmasını daha doğru buluyordu.

Yine anlaştılar. Bu arada Sabahattin cebindeki bin lirayı Aziz Nesin'e verdi.

Masaya oturup bir sözleşme yazmayı düşünmediler bile. İkisi de gerek görmedi bunu.

Aziz Nesin parayı alıp çalışmaya girişti. Babıâli'de, İzzettin Han'da bir ofis kiraladı ve görüşmeler yapmaya başladı.

Mustafa Uykusuz'la karikatür yapması ve çeşitli işlerde kendine yardımcı olması için anlaştı.

İşler hızlanmıştı. Kâğıt, matbaa, dağıtım gibi konularda da anlaşmalar yapıldı.

Şimdi sıra *Markopaşa*'nın içeriğinin hazırlanmasındaydı.

***

Sabahattin'in içi içine sığmıyordu. Bir değil birden fazla başyazı yazmış, hangisinin basılmasının daha iyi olacağı üzerine Aziz'le fikir teatisinde bulunmuştu.

Bu arada Aziz'in neler yazdığını, Uykusuz'un çizdiği karikatürleri de gördü.

İçinden bir ses derginin tutacağını söylüyordu.

Eğer tutarsa, hayatında önemli bir eksiklik ortadan kalkmış olacaktı.

Hem para kazanacağı hem de yazı yazacağı bir işin özlemini çekiyordu yazar.

Düşündüğü gibi olursa, Ankara'ya gidip sevgili Aliye'siyle canı kızı Filiz'i İstanbul'a getirecekti.

Altmış Üç

Eşi ve kızı aklına gelince hemen masaya oturdu, yeşil mürekkepli dolmakalemini çıkardı ve günün tarihini attı:

"13 Kasım 1946
Sevgili Aliye,
İşler fena gitmiyor. Markopaşa'yı belki on güne kadar çıkartabileceğiz... Tokatlıyan Oteli biraz tuzluca geliyor, onun için ucuz ve temiz bir pansiyon buldum, yarın oraya çıkacağım... Siz ne âlemdesiniz? Canınızı sıkmayın, dostlara, sinemaya filan gidin. Filiz'in mahut hadisesi ne oldu?... Uzun mektup yaz. Her ikinizi de gözlerinizden, yanaklarınızdan öperim, sevgili karıcığım."

Zarfı kapatırken canı kızı Filiz'ini bir kez daha düşündü Sabahattin.

Filiz dokuz yaşını tamamlamak üzereydi ve kendine söylenenleri tam olarak olmasa da anlıyordu.

Okulda birileri güzel kızına "komünistin kızı" demiş, minik Filiz buna pek üzülmüştü.

Tabii ki komünistin ne demek olduğunu anlayacak yaşta değildi, Sabahattin'in biricik yavrusu.

"Anlasa üzülmez, tersine sevinirdi" diye düşündü Sabahattin.

Ama Filiz'inin eve ağlayarak gelmesi, annesine okulda neler olduğunu üzüntü içinde anlatması çok canını yakmıştı Sabahattin'in.

Bunun üzerine oturmuş, şu anda elinde tuttuğu zarfın içindeki mektubu yazmıştı.

Elinde zarf olmak üzere, Beyoğlu Kuloğlu Sokak Hayri Bey Apartmanı'nın kapısını çekerek çıktı.

İstanbul'daki yeni ikametgâhı, Madam Anjel tarafından işletilen bu pansiyondu şimdilik.

***

İstanbul günleri, bekârlığın tadını çıkartmak açısından da iyi gelmişti Sabahattin'e.

Epeydir yalnız kalamamış, şöyle dilediğince, sabahlara kadar kurtlarını dökememişti.

Hemen her gün dışarıya çıkmaya, arkadaşlarıyla buluşmaya, sohbetler koyultmaya başlamıştı.

Akşamüstleri genellikle Asmalımescit Sokağı'nın üzerindeki Asmalımescit Apartmanı'nın giriş katında bulunan Elit Kahvesi'ne[126] gidiyordu.

Madam Brown tarafından işletilen kahve, İstanbul'da aydın çevresinin buluşma noktalarından biriydi.

Burada mutlaka yârenlik edecek birilerini buluyor, ya onlarla ya da yalnız, eğer mümkünse Macar Orkestrası'nın dünya güzeli kemancısını dinlemeye gidiyordu.

Kadın, kemanıyla olduğu kadar güzelliğiyle de dolduruyordu sahneyi.

Gözlerini alamıyordu Sabahattin güzel kadından.

***

126. Bugün aynı yerde Cep Sanat Evi bulunuyor.

Ve sabah olunca, yeniden çalışmaya koyuluyordu.

Ankara üzerine yazmak istiyorsa da bir türlü eli gitmiyordu.

Günü kurtarmak, çıkacak olan dergi için yazılar yazmak her türlü çalışmanın önüne geçmişti.

O aralar ne üzerine çalıştığını soranlara "Ankara'yı yazmak istiyorum" diyordu ve mutlaka şöyle devam ediyordu cümlesine:

"Bir düzlüğe çıkayım da. Önce şu *Markopaşa* bir yoluna girsin. Sonra sıra Ankara'ya gelecek."

Ankara'yı, bürokrasiyi, devlet mekanizmasını şöyle enine boyuna masaya yatırmak ve bu verimli konudan bir roman çıkartmak istiyordu Sabahattin.

O kadar çok gözlemi, eleştirisi vardı ki...

Sıranın Ankara'ya gelmesi için, önce *Markopaşa* çıkartılmalı ve tutturulmalıydı.

Altmış Dört

Bin bir zorlukla da olsa *Markopaşa*'yı okurlarıyla buluşturmaya çalışırken, Sabahattin'in kalbi her zamankinden daha çok çarpar olmuştu.

Beğenilecek miydi dergi? Kaç tane satacaktı? Kimler alacaktı? Ne diyeceklerdi?

Beyninde bin bir soruyla dolaşır olmuştu yazar.

Öte yandan, hiç de kolay iş değildi muhalif bir yayın çıkartmak. Derginin basılma işi tamamlandıktan sonra sorunlar bitmiş olmuyor, neredeyse tam da o noktada mücadele yeniden başlıyordu.

***

Tam da düşündükleri gibi olmuştu.

Markopaşa basılmış ama dağıtımda büyük bir problem çıkmıştı.

Aziz Nesin "Dağıtıcı verdiği sözden döndü" deyince "Felaket!" diye düşündü Sabahattin.

Neyse ki Aziz kolay teslim olan bir adam değildi. Tersine, sözlüğünde "yılmak" kelimesi yoktu sanki.

Sabahattin'i karşısında moral bozukluğu içinde ve söylenir bir vaziyette bulunca, iki bin tane dergiyi kapıp sokağa çıktı, rast geldiği bütün bayilere beşer onar bıraktı.

Eminönü'ne ulaştığında, kucağında daha dünya kadar dergi vardı.

İlk aklına geleni yaptı, "Markopaşa!" diye haykırmaya başladı.

İnanılır gibi değildi, dergi önce yavaş yavaş ardından süratle satılmaya başladı.

Sabahattin'e göre, Aziz inanılmazı başarmıştı.

Son derece iptidai koşullarla, daha çok da Aziz'in çabasıyla dağıtılmış olmasına rağmen, dergi iki gün içinde tükendi.

Sabahattin Ali ve Aziz Nesin bir sonraki sayıyı altı binin üzerinde basmaya karar verdiler.

Dağıtıcılar durumdan haberdar olmuş, derginin yazıhanesinin önünde kuyruk oluşturmuşlardı.

İçi içine sığmıyordu Sabahattin'in.

***

Markopaşa her açıdan bir bomba tesiri yaratmıştı.

Hükümete muhalif olanlar dergiyi çok beğenmiş, neredeyse kapışmışlardı.

Hükümet yanlıları ise hop oturuyor hop kalkıyor, Sabahattin ve Aziz'in şiddetle cezalandırılması gerektiğini söylüyorlardı.

İki ortağın, ikinci sayının baskı adedi konusunda düşünceleri farklıydı.

Aziz Nesin derginin baskı sayısının altı binden on beş bine çıkartılmasını isterken, Sabahattin Ali on bin tane basılmasında diretiyordu.

Parayı borç olarak bulan Sabahattin'di. Yanlış bir hareket yaparak elindekinden avucundakinden olmak istemiyordu.

Buna karşılık Aziz Nesin'in katkısı emekle sınırlıydı. Tamam ortaktılar ama işin başarılı olmaması halinde batan kendi olacaktı.

Parayı veren düdüğü çalar misali, Sabahattin'in dediği oldu.

Markopaşa'nın ikinci sayısı on bin basıldı.

On bin derginin hepsi birkaç gün içinde tükendi.

***

Markopaşa almış başını gidiyordu.

Hem muhalif çevreler hem de iktidar şaşkınlık içinde izliyordu *Markopaşa*'nın yükselişini.

Sabahattin, derginin üçüncü sayısının on beş bin basılmasını bu kez mırın kırın etmeden kabul etti.

Gerçekten de inanılmaz bir durum söz konusuydu. On beş bin dergi, daha piyasaya çıkar çıkmaz tükenmişti.

Dağıtıcı "Daha fazla basın şunu" diyordu.

Markopaşa'nın üçüncü sayısı yirmi beş bin adet basıldı ve dağıtıldı.

Altmış Beş

Sabahattin İstanbul'da yaşamaya başlamış ama kalbini Ankara'da bırakmıştı.

Sevgili Aliye'si ve biricik Filiz'ini çok düşünüyor, her fırsatta onlardan haber almaya çalışıyordu.

Eşinden gelen mektuplardan birinde, kızının ateşlendiğini öğrenince çok üzüldü gurbetçi Sabahattin.

Hemen kaleme kâğıda sarıldı ve "Çok telaşlandım. Pek merak ediyorum. Ne oldu? Derhal mektup yaz" diye seslendi Aliye'sine.

Başka tembihleri de vardı:

Yayımlamakta oldukları mecmuayla ilgili olarak Ankara'daki arkadaşları ne düşünüyordu? Öğrenmeli, kendine yazmalıydı.

Bu arada, hedef kitle olarak önlerine halkı koyduklarına dikkat çekiyordu Sabahattin.

Eşi çevredekilerle konuşurken, özellikle de bunu göz önünde bulundurmalıydı. Ulaşmak istedikleri kitle yüksek entelektüeller değil, halkın kendiydi.

Mektubunda biraz satış rakamlarından, ilerideki dergilerle ilgili planlamalarından da söz etti ama dayanamayıp sözü yine Filiz'ine, biricik kızına getirdi.

"Filiz'in hastalığı hakkında tafsilat ver, kinin verirsen günde üç komprime verilir" diye yazdı.

Belli ki zihni küçük kızı ve biricik eşiyle alabildiğine meşguldü.

Bu arada, okumayı sökmeye başlamış olan kızı için de her mektubunda birkaç satır yazmaya başlamıştı Sabahattin.

Ona yazdığı mektuplara da tarih koyuyordu. Yine öyle yaptı.

Ağlayarak "Sevgili Filiz'ciğim" dedi öncelikle... "Hastalığını pek merak ettim. Nasılsın?"

Henüz dokuz yaşında olan kızıyla büyük bır insanla yazışır gibi yazışıyor, hiç de bir çocuğa davranır gibi davranmıyordu. Prensip haline getirmişti bunu Sabahattin.

Filiz'e yazdığı mektubun altına özenle "Baban S. Ali" yazdı.

Mektubunu zarfın içine koydu ve postanenin yolunu tuttu.

***

Eşi ve kızını çok özlediğinde, mektupların kendini teselli edemediği durumlarda, derhal Ankara'nın yolunu tutuyordu.

Bir trene atladığı gibi soluğu yuvasında alıyor, eşini ve kızını bağrına basıp öpüyor, kokluyordu.

Biraz tatil gibi gördüğü böylesi zamanlarda, çizgili pijamalarını bazen öğlene kadar üstünden çıkarmıyor, bir tanecik Filiz'iyle şakalaşıyor, oynuyor, birlikte evlerinin penceresinden sokağı seyrediyor, gelen geçen üzerine laflıyorlardı.

***

Ankara'daysa eğer, Sabahattin bu kez İstanbul'a yazıyor, yapılması ve yapılmamasını istediği işleri ardı ardına sıralıyordu.

Yazdığı mektuplardan birinde kantarın topunu biraz kaçırmış olsa gerek, ağır bir cevap aldı Aziz Nesin'den.

Çok uzun yazmıştı Aziz kendine.

Özellikle de "Dinle beni" diye başladığı bölümde, rahatsızlığını şöyle ifade etmişti ortağı:

"Bana gönderdiğin ilk mektubunda, Aziz diye başlıyor ve arka arkaya yedi madde sıralıyor, bu maddelerde de öyle nasihatler ediyordun ki, sanki benim Markopaşa ile hiçbir alakam yokmuş da, senin maaşlı bir memurunmuşum gibi. İşe başladığımız günden beri, aynı jest. Bunu açıkça konuşalım ki her türlü isim, imza, kolay şöhret ve günlük ihtiraslardan ari olarak, bu neviden –dikkat et, bu neviden– ya emir, ya tavsiye yarı nasihat yollu sözler ve yazılar canımı sıkmaktadır."

Aziz Nesin'in mektubu bu minval üzere, söyleyeceğini söyler bir biçimde ama köprüleri de atmayan bir üslupta sürüp gidiyordu.

Anlaşılan geriye, işinin başına dönmesi farz olmuştu Sabahattin'in.

Bağrına taş basacak, kızını ve eşini öpüp koklayarak yeniden İstanbul'un yolunu tutacaktı.

***

Sabahattin ve Aziz karşı karşıya oturup iki medeni insan ve aydın olarak, aralarındaki sorunları kolaylıkla hallettiler.

Lafla kaybedecek zamanları yoktu. Çıkartılacak bir dergi daha onları bekliyordu.

Satış sayısı yükseldikçe, tesiri de artıyordu *Markopaşa*'nın.

Bu da malum çevrelerin canını ziyadesiyle sıkıyordu.

Altmış Altı

Türkiye'nin siyasi durumu bir hayli karışıktı.

Markopaşa, alaycı üslubuyla insanları güldürmeye, düşündürmeye devam ediyor, tabiatıyla birilerini de fena halde kızdırıyordu.

Çok iyi bir damar yakalamıştı iki ortak.

Bu arada hiç de hoş olmayan gelişmeler oluyordu.

Sabahattin'in iki yazısına dava açıldığı[127] öğrenilmiş, gelecekteki sayılarda da bu tür davaların devam edeceği belli olmuştu.

Derginin dördüncü sayısının basımı tehlikeye girmişti. Tan Matbaası'nın sahipleri, tesisleri daha önce de yakılıp yıkıldığı için, gericilerin baskınına uğramaktan fena halde korkmaya başlamışlardı. Bir sabah dostça "Bizden bu kadar, kendimizi düşünmek zorundayız" dediler.

Çaresiz bir şekilde öteki matbaaları araştıran iki ortak, ne hikmetse bütün matbaalardan olumsuz cevap aldı.

Hakkında her yerde, ya çok olumlu ya da çok olumsuz ama mutlaka konuşulan Sabahattin Ali ve Aziz Nesin'in *Markopaşa*'sını, işsiz matbaalar bile basmaya yanaşmıyordu.

Sabahattin ve Aziz, sokaklara asılan afişlerin, görünmeyen birtakım eller tarafından anında yırtılıp yok edilmesinden de büyük üzüntü duyuyordu.

---

127. *Markopaşa*'da yayımlanan "Topunuzun Köküne Kibrit Suyu" nedeniyle Cemil Barlas'ın açtığı davada Sabahattin Ali üç ay hapis cezasına çarptırıldı. "Biliyor musunuz?" başlıklı yazı nedeniyle de Falih Rıfkı Atay da, Sabahattin Ali'ye dava açmış, yazar bu nedenle de dört ay hapis cezasına çarptırılmıştı.

Tüm yaşananlara karşılık, ne olursa olsun duramaz, hatta duraklayamazlardı bile.

***

Derginin basımına ve dağıtımına dair cadı kazanları kaynayadursun, siyasi şubeye mensup sivil polisler de hep peşindeydi Sabahattin'in.

Aralıksız takip ediliyordu. Nereye gitse, peşinde birileri mutlaka oluyordu.

Aslında, kanıksamıştı durumu Sabahattin.

Takip edildiği günlerden birinde, arkadaşı Niyazi Ağırnaslı'yla İstanbul'da Tünel'de buluştu.

Çok da meydanda görünmemek için "Galata Mevlevihanesi'nin önünde beklerim" demişti telefonda. Öyle de yaptı.

Önce dışarıdan, binayı tetkik etti. Tarihi cümle kapısından kaç yılında yapılmış olduğunu anlamaya çalıştı. "1500'ler olmalı" diye düşündü. Mevlevihanenin İskender Paşa'nın isteği üzerine yapıldığı çalınmıştı kulağına bir yerlerden. Öyleyse tahmini doğru olmalıydı. Lafı nereden duymuş olduğunu hatırlayamayınca "Belki de bir yerde okudum" diye düşündü.

Şahane bir yapıydı Galata Mevlevihanesi. 1925'te bütün tekke ve zaviyelerle birlikte kapatılmıştı. O tarihten bu yana, semahanesi okul olarak kullanılıyordu. Birkaç ay önce müze olmak üzere Maarif Vekâleti'ne devredildiğini duymuştu.

Sabahattin, uğraşılırsa yapının çok güzel bir müze olabileceğini düşünürken, Niyazi "Bu ne tarih merakı böyle?" diyerek sırtına dokundu.

İrkildi. Arkadaşını karşısında görünce sevindi. "Korktum azizim" dedi ileride bir adamı işaret ederek.

"Durmadan izleniyorum Niyazi!"

İki dost kucaklaştılar ve hasret gidermek için birlikte kahve içmeye karar verdiler.

Taksim istikametinde yürümeye geçince, Sabahattin "Lebon'da mı oturalım yoksa Markiz'de mi?" diye sordu.

"İkisi de olur" dedi Niyazi. Biraz yürüyüp Lebon'da oturdular.

Sabahattin bir süre mevsimleri gösteren duvar süslemelerini inceledikten sonra "Bıktım Niyazi" dedi, kendilerinden hemen sonra kahveye giren adamı işaret ederek. "Nefes aldırmıyorlar. Daha geçen gün, Sadri miydi neydi adı bir emniyet müdürü var, onu aradım. 'Benim gibi bir adamın peşine böylesine aptal bir hafiye takılmaz. Bu ayıp yani, bana hakaret sayılır. Benim az çok bir kariyerim var, aklı başında bir insanım, biraz daha kendini bildirmeden izleyecek bir polis takın' dedim."

Uzun boylu muhabbet etti Sabahattin ve Niyazi bu konuda. Yazar çok dertliydi.

"Neler yapıyorum biliyor musun Niyazi? Korkman Pasajı var ya hani, üst kapısından girip öteki tarafından çıkıyorum. Koşarak köşeyi dönüp, yolu şaşırtıyorum. Sonra çıkıyorum karşısına şaşkınlıkla etrafa bakınan polisin, nanik yapıyorum."

Niyazi korktu arkadaşı adına ve "Yapma Sabahattin" dedi. "Bunları kızdırmanın yararı yok."

Kahveleri gelince, keyfi de yerine geldi Sabahattin'in. Aynı mekânı paylaştığı sivil polisi unuttu. Arkadaşıyla laflamaya girişti.

Bir ara "Bu memleketten gitmeyi düşünüyorum Niyazi" dedi Sabahattin.

Fransa'ya gitmek için pasaport başvurusunda bulunmuştu.

"Bakalım" dedi. "Alabilirsem pasaportu, basar giderim."

O tarihlerde, ciddiyetle düşünmeye başlamıştı Türkiye'den gitmeyi Sabahattin.

Altmış Yedi

Rasih Nuri İleri[128] Nişantaşı'ndaki evinin kapısını açmıştı Sabahattin'e, tam da polisle köşe kapmaca oynadığı bu günlerde. Yeni adresi, Emlak Caddesi Kamelya Apartmanı olmuştu.

İnsanların kendinden uzak durmaya çalıştığı, gördüklerinde yollarını değiştirdiği, mimli Sabahattin Ali'yi saklamanın, bir namus borcu olduğunu düşünmüştü genç Rasih.

Sabahattin, mümkün olduğunca sokağa çıkmamaya çalışıyor, çıkacaksa da karanlık saatleri tercih ediyordu.

Eve dönerken etrafını çok iyi kontrol ediyor, polisleri atlatmak için bin bir numara yapıyor ve İleri'nin evine öyle ulaşıyordu.

Evde kapalı geçirdiği zamanları, derginin çıkacak sayısına yazılar yazarak ve *Sırça Köşk* üzerinde çalışarak değerlendiriyordu yazar.

***

Bir de tabii, Rasih'le doyumsuz sohbetler yapıyordu Sabahattin. Kendinden on üç yaş küçüktü genç adam. Sadece yirmi altı yaşındaydı.

---

128. 1920-2014 yılları arasında yaşadı. TKP, TSEKP, TİP, TBKP, SBP gibi partilerde çalıştı. Milli Demokratik Devrim Derneği'nin kurucularından. İstanbul İşçi Birliği'nin genel başkanlığını yaptı. 1973 yılında kurulan gizli Haziran Hareketi örgütünün bir numaralı sanığı olarak yargılandı. İleri'nin *Atatürk ve Komünizm - Kurtuluş Savaşı Stratejisi* isimli kitabının yanı sıra katkıda bulunduğu birçok çalışma var.

Ama derya gibiydi Rasih. Özellikle sol, sosyalizm, komünizm gibi konuları *onunla* tartışmaktan büyük keyif alıyordu Sabahattin.

Genç Rasih'le konuşmalarında, Sabahattin'in örgütlü çalışmaya müsait olmayan kişiliği derhal çıkıyordu ortaya.

Hem Rasih hissediyordu bunu hem de bizzat kendi.

Rasih ne kadar disiplinli, sapına kadar bir örgüt adamıysa, Sabahattin o kadar başına buyruk bir maceracıydı.

Belki Marksist literatürü, o zamanın üflediğinde mangalda kül bırakmayan en okumuş dokumuş Marksistlerinden daha iyi biliyordu ama kişiliği örgüt disiplinine hiç mi hiç uygun değildi.

Birisi ya da birilerinin önderliğinde kendini yok etmek, tüm benliğini bir davaya adamak aklının alabileceği bir iş değildi Sabahattin'in.

İnsanları bir araya getirip bir amaca doğru sevk etmenin de kendine göre olmadığını gayet iyi biliyordu.

Ne yönetilebilir ne de yönetebilirdi Sabahattin.

Yalnız bir sosyalistti, o kadar!

Rasih'in kişisel hırslardan arınmış, bir anlamda davaya adanmış örgüt adamı niteliğini çok beğeniyorsa da böylesine ulvi bir görevin kendine göre olmadığını, üstelik şapka çıkartarak teslim ediyordu Sabahattin.

***

Esasen, onun bu halini etrafındaki herkes, bütün arkadaşları, dostları, meslektaşları yıllardır biliyordu.

Bir dolu gizli ve açık sosyalist, komünist örgütlenme oluyordu etrafında ama o dönüp bakmıyordu bile.

Bu örgütler, çoğunlukla arkadaşları tarafından kuruluyor, kapatılıyor, birleşme kararı alınıyor ama Sabahattin bunlardan hiçbirini tınmıyordu bile.

Ne Sabahattin bu tür kuruluşlara yaklaşıyor ne de arkadaşları Sabahattin'i birlikte çalışmaya uygun bir isim olarak düşünüyordu.

Ah bir de siyasi polis anlayabilseydi, Sabahattin'in bu benzersiz özelliğini!

Ne ülkeyi yönetmekte olanlar ne de onların muhalefeti dizginlemek için sokağa saldığı siyasi şube, bir türlü kavrayamıyordu, başarılı yazarın bu bir ayağı içeride öteki dışarıda olma halini.

***

Sabahattin'in bir sanatçı ve aydın olduğu için, doğal olarak kalbinin solda attığını öldür Allah anlamıyordu iktidardakiler.

Oysa, aydın olmanın gereğiydi bu.

Bir aydın, dünyayı ve ülkesini, her zaman iyi görmek isterdi. Yapılmakta olan yanlışları değiştirmeye gücü yetmiyorsa, bu görevini en azından eleştirel yaklaşarak gerçekleştirirdi.

İktidarın her yaptığını onaylayanlara, köşe başlarını tutmuş erk sahiplerinin peşinde dolaşıp durmaksızın "Ağamsın, paşamsın" diyenlere aydın denilemezdi.

Çünkü onların yaptığı en yumuşak ifadeyle "iktidar yardakçılığı" sayılırdı.

Aydın ise tersine, yanlışları eleştirir ve yönetme erkini elinde bulunduranlara hep daha iyisini, güzelini tarif ederdi.

Sabahattin'in yaptığı da sadece ve sadece buydu.

"Ne kurulu düzeni yıkmak ne de yerine yeni bir alternatif koymak"tı niyeti.

O sadece "Bayanlar baylar..." diyordu durmaksızın. "Bu yapmakta olduğunuz şey var ya, o yanlış. Doğrusu da bu."

Kimsenin anlamaya niyeti yoktu Sabahattin'i.

***

Rasih'le çok güzel günler geçiriyordu Sabahattin.

İyi eğitim almış, iyi bir aileden gelen bu genç adamla siyaset, sanat gibi konularda derinlemesine konuşabiliyor olmaktan büyük keyif duyuyordu yazar.

Tabii ki hayat, Rasih'le sohbet ve yazıları üzerine çalışmaktan ibaret olamazdı, Sabahattin gibi hayatı dolu dolu yaşamak isteyen biri için.

Böylesi durumlarda kendini sokağa atıyor, muhtelif gazinolara gidip kafasını dağıtmaya çalışıyor, bu arada tabii ki polisle köşe kapmaca oynamayı sürdürüyordu.

Her defasında, peşine kimseyi takmadan dönmeyi beceriyordu geriye Sabahattin.

Bu da siyasi şube polislerini deli ediyordu.

Altmış Sekiz

Sırça Köşk'ü, Rasih'in evinde gizlenirken bitirdi Sabahattin.

Bir sarı zarfın içine koydu, Remzi Kitabevi'ne iletmesi ricasıyla genç arkadaşına teslim etti.

Sonra başladı beklemeye.

***

Aziz'in gayretiyle, güçbela da olsa bir matbaa bulundu *Markopaşa* için.

Bu kez de bulunan bu yeni matbaaya mektuplar gelmeye, insanlar uğrayıp matbaacılara ayaklarını denk almaları söylenmeye başladı.

Bütün tehditlere rağmen dergi basıldı.

Matbaanın riskini azaltmak için, sayfalar çabucak derginin yazıhanesine taşındı. Sayfaların kırım işlemi[129] gerçekleştirilecekti.

Bu arada baskı sayısı yirmi beş bine çıkartılmıştı ve yapılacak iş hiç de kolay değildi.

Dergi yayınevinde bayilere ulaştırılmaya hazır hale getirilirken, polisler bastı yayınevini, Aziz Nesin'i alıp götürdüler.

Hemen ardından, Sabahattin de Rasih Nuri İleri'nin çoktan açığa çıkmış Nişantaşı'ndaki evinden alındı.

---

129. Gazeteler ve dergiler çeşitli büyüklüklerde kâğıtlara basılır. Kâğıtların uygun ölçülerde katlanmasına kırım denilir.

Gerçekleşen, tam anlamıyla bir yıldırma operasyonuydu.

İki yazara sorguları esnasında sosyalist, komünist olarak bilinen kim varsa hepsinin isimleri, kendileriyle bağlantılarının şekli şemaili hakkında sorular soruldu.

Çok değil birkaç ay önce İlerici Gençlik Birliği'nin çok sayıda üyesi tutuklanmış, dava açılmış, davanın bir numaralı sanığı Mihri Belli de içlerinde olmak üzere yirmi sekiz üyeye hapis ve sürgün cezası verilmişti.

Baskılara boyun eğmiyordu Türkiye'nin gençleri ve aydınları. İnadına, 1946'nın ilk günlerinden itibaren, Türkiye Sosyalist Partisi ve Türkiye Sosyalist Emekçi ve Köylü Partisi[130] yasal olarak faaliyet göstermeye başladı.

İktidarın niyeti belliydi. Bu iki partinin faaliyet göstermesine izin vermeyecekti. Bu nedenle de partileri ve partilileri sıkıştırmaya başlamışlardı.

Sabahattin ve Aziz'in ardından iki yüze yakın sosyalist tutuklandı, tartaklandı.

İstanbul Emniyet Müdürlüğü siyasi otoritenin isteğini yerine getirmiş, muhalifleri bu kez de *Markopaşa*'yı bahane ederek gözaltına alıp işkenceden geçirmişti.

***

Aslına bakılırsa, o sıralar Amerika Birleşik Devletleri'nde ne oluyorsa, Türkiye'de de aynısı oluyordu.

1940'lı yıllarda ABD'de, tıpkı Türkiye'de olduğu gibi, aydınlara karşı büyük bir yıldırma faaliyeti hüküm sürüyordu.

130. Her iki parti de 16 Aralık 1946'da kapatıldı. Yöneticileri hapse atıldı.

Ülkede yaşayan entelektüellerin hemen hepsi, komünist olma ihtimaline karşı izleniyordu.

Sol eğilimli olduğundan emin olunan, ülkenin politikalarına yakınlık duymayanlar için ise sistematik bir baskı politikası uygulanıyordu.

ABD senatörü Joseph McCarthy'nin teorisi olan "İkinci Kızıl Tehlike"ye[131] göre, iktidara yakınlık göstermeyen, milliyetçi olmayan herkese potansiyel komünist, dolayısıyla SSCB'nin ajanı gözüyle bakılıyordu.

Belli ki Türkiye, ABD'nin ayak izlerini takip ediyor, orada ne yapılıyorsa, burada kopyasını gerçekleştiriyordu.

Dünyanın her yerinde aydınlar, o dönemde McCarthy'cilikten çok çekecekti.

Bu yolla SSCB iyice düşmanlaştırılacak, bu ülke ve benzerlerine karşı "Yeşil Kuşak Projesi"[132] olarak adlandırılan, içine Türkiye'yi de alan bir savunma hattı kurulacaktı.

***

Sabahattin Ali ve Aziz Nesin sorgudan çıktıktan sonra bir araya gelip, kaldıkları yerden devam etmeye karar verdiler.

Bu arada Aziz Nesin İstanbul Emniyet Müdürü Ahmet Demir'e kendine işkence yaptığı için dava da açtı.

---

131. ABD'de "İlk Kızıl Tehlike" (öteki adı Kızıl Panik'tir) Rusya'da gerçekleşen 1917 Ekim Devrimi üzerine 1919-1920 yılları arasında yaşandı. O dönemde ülkede yüz elli bin sol eğilimli muhalif vardı ve bunların altı bini tutuklanıp hapse atıldı. "İkinci Kızıl Tehlike" ise 1947-1957 yılları arasında hüküm sürdü. Öteki adı McCartyhism'dir.

132. Soğuk Savaş yıllarında, ABD'nin hazırladığı, SSCB'yi güneyden çembere almaya hizmet eden projedir. İslam ülkelerinin ABD'nin kontrolüne girmesini kolaylaştıran bu proje, Türkiye açısından ilk sonucunu 12 Eylül 1980 darbesi olarak verdi. Proje ilerleyen yıllarda "Türk-İslam Sentezi", "Ilımlı İslam" gibi isimler alarak bugüne kadar geldi.

Markopaşa'nın yeni sayısı hazırlanmaya başlanırken, Ahmet Demir'in derginin en önemli yazı çizi konusu olacağı belli olmuştu. *Markopaşa*, İstanbul emniyet müdürünün üzerine oynamak konusunda kararlı bir davranış içine girdi.

Dergi artık, Türkiye Büyük Millet Meclisi'nde bile lafı edilen bir yayın halini almıştı.

Cemil Sait Barlas[133] kürsüden "*Markopaşa*'nın kökü dışarıdadır!" diye bas bas bağırıyor, milletvekillerini Sabahattin Ali ve Aziz Nesin aleyhinde davranışa geçmeye çağırıyordu.

Markopaşa'nın yazarları cevapsız bırakmadılar Barlas'ı.

Dergi, "Bütün arkadaşları bakan olduğu halde Bay Barlas olamadı. Yaygarayı bunun için kopartıyor" tarzında yazılarla, adeta yangına körükle gitti.

Belli ki savaş iyice kızışacaktı...

Markopaşa ile Barlas arasında başlayan kavgaya, Türkiye'nin tüm gazeteleri tekme yumruk daldılar.

Tabii ki hepsi, Barlas'tan yana tavır koydu, yazdı, çizdi, yayın yaptı.

Feci de bir dil kullanıyordu gazeteler, siyasal iktidardan yana tavır alırken.

Dönemin anlı şanlı yazarları, bir türlü eleştiri sınırları içinde kalamıyor, *Markopaşa*'ya, Sabahattin'e ve Aziz'e, ağza alınmayacak küfür ve iftiralarla saldırıyorlardı.

Sabahattin Ali ve Aziz Nesin, bu yazarlardan bir kısmını, sonuç alamayacaklarından emin oldukları halde, mahkemeye verdiler.

---

133. 1905-1964 yılları arasında yaşadı. Hukukçu. milletvekilliği ve bakanlık yaptı. Gazeteci Mehmet Barlas'ın babasıdır.

Altmış Dokuz

Bu kavga gürültü arasında *Markopaşa*'nın taklitleri de piyasayı doldurmaya başladı. *Markopaşa* sattığına göre, kendilerinin basacakları dergilerin de satacağını zannetmişti bazı uyanıklar.

Alay, *Lala Paşa*, *Mazete*, *Bekri Mustafa* bunlardan bazılarıydı. Hepsi de birkaç sayı çıktıktan sonra yayın hayatından çekildi.

Markopaşa geleneği bozmuyor, her sayısını daha fazla basıyordu. Baskı rakamı altmış bini bulmuştu. Böyle olunca, Türkiye'nin en çok satan muhalif yayın organı haline gelmişti.

Bu arada polis de yayıncılarının peşi sıra dolaşıp, dergiyi basan matbaaları denetim altına alıyor, sahiplerini sıkılıyordu.

Dergiyi basan matbaacılar o kadar korkutuluyordu ki, bir kez basan bir daha katiyetle basmıyordu.

Sabahattin ve Aziz'in cepleri para görmüştü.

İkisi de Türkiye'nin en çok okunan yazarı olmuşlardı.

Buna karşılık rahat ve huzurları kalmamıştı.

İki arkadaş, korku içinde yaşıyor ama düşünce ve davranışlarından taviz vermiyorlardı.

Çünkü, her şapkalarını önlerine koyup düşündüklerinde, söyledikleri sözlerde ve muhalefet ediş biçimlerinde en ufak bir yanlışlık olmadığı kanaatine varıyorlardı.

***

1947'nin kışı ve baharı, bir başka deyişle şubat, mart, nisan ve mayıs ayları çok zorlu aylar oldu.

Önce şubatta "Ali Baba ve Kırk Haramiler: Divanhanede Bir Röportaj" başlıklı yazıda TBMM'ye ve Bakanlar Kurulu'na hakarette bulunulduğu iddiasıyla dava açıldı.

Sonra, derginin kapatılma kararına karşın, yayıncılar "ellerine bir tebligat ulaşmadığı gerekçesiyle" dergiyi iki sayı daha yayımlayınca, bir dava daha açıldı.

Hemen ardından, *Markopaşa* sıkıyönetim tarafından kapatıldı.

Yerine *Malumpaşa* devreye sokuldu. Dergi *Markopaşa* yayına başlayana kadar beş sayı basıldı.[134]

***

Sabahattin ve Aziz, *Malumpaşa*'yı birlikte yayımladıkları Orhan Erkip'le başları derde girince, 1947 Mayıs'ında dergiyi *Merhumpaşa* adıyla yayımlamaya başladılar.

Bu kez de, "Hasan Âli-Kenan Döner Komedisi" başlıklı yazı nedeniyle Nihal Atsız'ın hışmına uğradılar ve dergi sıkıyönetim tarafından bir kez daha kapatıldı.

Derken Cemil Sait Barlas'ın açtığı dava sonuçlandı. Sabahattin, Sultanahmet Cezaevi'ni boyladı.

Onun hapse girmesi derginin tümüyle ortadan kalkması anlamına gelmiyordu. Aziz Nesin dışarıdaydı ve yayıncılığa devam edecekti.

İki ortak ve herkes de biliyordu ki, çok partili rejime geçilmiş olmasına rağmen, CHP Türkiye'yi sanki memlekette tek parti

---

134. *Malumpaşa*'nın ilk beş sayısını, Sabahattin Ali ve Aziz Nesin'in kontrolünde Orhan Erkip yayımladı. *Markopaşa* beraat edince Erkip *Malumpaşa*'yı yayımlamayı durdurmadı. Ali ve Nesin'in istememesine karşın *Malumpaşa* çıktı. Yetmiyormuş gibi, Erkip, aslıyla tam ters istikamette yayın yapmak üzere bir de *Markopaşa* basmaya başladı.

varmış gibi yönetiyordu.[135] Ya bu partinin politikalarını destekleyecek ya da susacaktınız.

Ama iki kafadarın susmaya pek niyeti yoktu.

***

Aydın, Konya, Sinop, Sultanahmet ve şimdi de Üsküdar Paşakapısı Hapishanesi'nde ömür tüketiyordu Sabahattin.

Fena halde üzülüyordu bu duruma. Kırk yaşını doldurmuş, iki de ay almıştı.

Bu kez hapse girdiğinde, saçları bir anda bembeyaz oldu.

Güzel kızı henüz on yaşını sürüyordu.

Filiz'inden, Aliye'sinden ayrı olmak, onlara göz kulak olamamak canını fena halde sıkıyordu Sabahattin'in.

Her şeye rağmen çalışmaya ara vermeye niyeti yoktu. Durmadan yazıyor, bu arada basılmasını beklediği *Sırça Köşk*'ün halihazırdaki durumunu merak ediyordu.

Bir öykü kitabıydı tamamlamış olduğu ve Sabahattin bu kitabının da çok ses getireceğinden emindi.

Sırça Köşk'te birkaç uyanığın bir yerleşimde yönetimi nasıl ele geçirdiklerini, sonra insanların varlıklarını nasıl tüketip bitirdiklerini anlatmıştı.

Tabii ki halkın dayanmasının bir sınırı vardı. Sonunda aklını başına almıştı yerleşimde yaşayanlar ve uyanıkların sırça köşkünü yerle bir etmişlerdi.

İşte bu kitap, şu sıralarda okurlarla buluşmak üzere olmalıydı.

***

135. Ocak 1946'da kurulan ve o yıl yapılan seçimlerde azınlıkta kalan Demokrat Parti, 14 Mayıs 1950'de, yirmi yedi yıl süren tek parti dönemini sona erdirdi.

Sabahattin Ali, *Sırça Köşk* üzerinde çalışmaya başlarken Tan Matbaası baskını gerçekleşmişti.

Geriye gitti yazar...

Olaylar gerçekleşirken Ankara'daydı. Duyar duymaz İstanbul'a koşmuş, çok değer verdiği Sertel ailesini ziyaret etmişti.

"Bizi bırak da sen ne yapıyorsun onu söyle?" demişti elli yaşını o yıl geride bırakmış olan Sabiha Hanım. Yiğit kadının, kendi durumlarını zerre kadar umursamayan ses tonu hâlâ kulağındaydı. Etkilenmişti, görmüş geçirmiş kadının bu davranışından Sabahattin.

Sırça Köşk üzerinde çalıştığını söylemişti, işte tam da o zaman Sertellere.

Zekeriya Bey merak etmişti üzerinde çalıştığı öykünün nasıl bir şey olduğunu.

O da cebinden, trende üzerinde çalıştığı *Sırça Köşk*'ü çıkartmış ve yazdığı kadarıyla okumuştu.

Okumasını sürdürürken Sabiha Hanım epey kaygılanmış, ironik bir uyarıda bulunmuş, kendi durumlarını örnek göstermişti.

Sabahattin de buna karşılık "Su testisi su yolunda kırılır" demişti.

***

"Çıksın bakalım *Sırça Köşk* de görelim kılacak mı su testisi su yolunda?" diye düşündü hapis damında yazar.

Yetmiş

Sabahattin hapis yatıyorsa da Aziz Nesin dışarıda dergiyi çıkartma faaliyetlerini sürdürüyordu.

Mevcut matbaalarla işi yürütemeyeceklerini anlamış, dergiyi şapirograf[136] adı verilen teknikle çoğaltmaya karar vermişti.

Bu basit ve ucuz makineden bir tane aldı ve dergiyi basmaya koyuldu Aziz.

Durumdan Sabahattin'in haberi tabii ki vardı. Ne olacağını, Aziz'in başarılı olup olamayacağını çok merak ediyordu.

Aziz Nesin, üç gün geceli gündüzlü çalıştıklarında, ancak yirmi bin nüshaya ulaşabildiklerini haber verdi Sabahattin'e.

O sayıyı sadece İstanbul'a dağıtmışlardı.

Dergi aynı gün tükendi.

***

"Başka bir yol bulmamız farz oldu" deyip duruyordu Aziz.

Biri dışarıda öteki içeride, iki ortak, kâh dövüşerek kâh sevişerek yazışıyorlardı.

Sabahattin ortağından gelen mektupları merak içinde açıyor, okudukları genellikle deliye dönmesine yol açıyordu.

---

136. Daktiloda, mumlu kâğıda şerit kullanmadan yazılan yazıyı, ispirtolu çoğaltma tekniğiyle basan ve elle çalıştırılan makine.

Aziz de Sabahattin'den gelen mektuplara çok kızıyordu. Ortağının her defasında kendine patron gibi davranıyor ve durmadan hesap soruyor olmasından aşırı dertleniyor ve cevabi mektuplarında bunu fazlasıyla ifade ediyordu.

Mektuplaşmalarındaki en önemli konulardan biri de nasıl bir matbaa makinesine ihtiyaç duydukları ve bu makineyi nasıl edinecekleriydi.

İki kafadar, eli yüzü düzgün bir matbaa makinesi ithal etmekten başka çarelerinin olmadığını anlayınca, parasını ödeyerek yurtdışından getirilmek üzere bir makine siparişi verdiler.

Bu arada *Markopaşa* bir kez daha kapatılmış, Aziz Nesin bir kez daha tutuklanmış, mahkemeye çıkartılmıştı.

Durumu gören Sabahattin ve Aziz'in dışarıdaki arkadaşları, sorumluluk alıp dergiye el atmak üzere kolları sıvadılar.

***

Haziran ayına gelinmiş, Sabahattin'in hapislik günlerinin sonuna yaklaşılmıştı.

Yazar haziran ayının ortalarında eşine gönderdiği bir mektupta şunları yazdı:

"*Sevgili Aliye,*

Sana İstanbul hapishanesinden 30 Mayıs tarihinde bir mektup göndermiştim. Bu mektuba on günden fazla bir müddet cevap alamayınca çok merak ettim ve Mehmet Ali Cimcoz vasıtasıyla Erol'a telefon ettirdim. Sıhhatte olduğunuzu, fakat mektubu almadığınızı öğrendim. Acele mektup bekliyorum. Filiz'in karne vaziyetini, sizin halinizi anlatın..."

Hapiste olmak dünyanın en zor zanaatı olmalıydı.

Doluya koyuyor almıyor, boşa koyuyor dolmuyordu.

Böylesi zamanlarda özeleştiri de yapıyordu. Şu anda en olmak istemeyeceği yerdeyse, bu yazar Sabahattin'in eseri değil miydi?

Eşi ve çocuğunu kendinden, kendini de onlardan mahrum etmişse bu Sabahattin Ali'den başka kimin eseri olabilirdi?

***

Zihninde sorular, sorular dolanıyordu Sabahattin'in.

Her soru bir diğerini tetikliyor, kendini topyekûn sorguya çekmeye doğru sürüklüyordu.

Acaba, şu anda hapishanede olmasının ne kadarı halka duyduğu sorumluluktan kaynaklanmıştı?

Bir başka şekilde soracak olursa, acaba biraz da şan şöhret isteği olamaz mıydı onu hapishane köşelerine iten?

Orta yaşlarına ulaşmış yazar, bu kez polisler tarafından yatırılmamış, bizzat kendi kendini yatırmıştı sorgu masasına.

Dışarıdan bakanlar, mesela milletvekilleri, polisler, yargıçlar ve daha kim varsa, hepsi de onun örgütlü bir sosyalist, komünist olduğunu düşünüyor olmalıydılar.

Ama değildi!

Etrafındaki insanların büyük bir çoğunluğu sosyalist ve komünist partilerin üyeleriydi o kadar.

Onlarla yiyor, içiyor, ahbaplık ediyordu ve sonra herkes kendi yoluna gidiyordu.

Buna karşılık herkesle, solcu olmayanlarla da yiyip içiyor, bir arada oluyor, muhabbet koyultuyordu Sabahattin.

Ne hikmetse, bunu gören kimse olmuyordu!

Tamam, sol cenahtan arkadaşlarının en azından büyük bir kısmıyla fikirleri uyuşuyordu uyuşmasına ama Sabahattin zinhar bir örgüte mensup değildi.

Polis tarafından her sorguya alındığında, hep, hangi örgüte mensup olduğu, birlikte iş yaptığı öteki solcuların isimleri oluyordu.

Yazdıklarıyla da ilgileniyordu polisler, savcılar ve hâkimler ama daha çok yazdıklarının kim tarafından yazdırıldığıyla bozmuşlardı akıllarını.

Hatta, lafı döndürüp dolandırıp SSCB'yle bir bağlantısının olup olmadığına getiriyorlardı.

Sabahattin gayet iyi farkındaydı siyasi polisin ne düşündüğünün.

Onların kafasında Moskova'yla teması olan bir örgüt vardı ve Sabahattin de yüzde yüz bu örgütün üyesi, hatta başkanıydı. Türkiye'deki tüm komünistler, onun istekleri doğrultusunda hareket ediyordu.

Aklı almıyordu bunu Sabahattin'in.

***

Şapkasını önüne koyup düşündüğünde "Ben de olsam aynen onlar gibi düşünürdüm" diyordu kendi kendine yazar.

Bir örgüte fiilen bağlı değildi ama bu sadece, onun bir "disiplin insanı" olmamasından kaynaklanıyordu, o kadar.

Yoksa bu insanların büyük bir kısmıyla aynı şekilde düşünüyor ve onlar gibi davranıyordu.

Hatta onların yapamadıklarını da yapıyor, kitlelere ulaşıyor, toplumu iktidara karşı çıkmaya çağırıyordu.

Devlet, hükümet, siyasi polis açısından anlaşılmayan, bir başka deyişle zurnanın zırt dediği yer, tam da burası olmalıydı.

***

Sabahattin'in bu hapisliği, ötekilerden farklı olarak kendini sorgulamasına yol açtı.

Orta yaşlı yazar bu sorgulamanın devamını getirecek gibi görünüyordu.

Öte yandan hapis damına alışıktı.

Tıpkı Aydın, Konya, Sinop'ta olduğu gibi etraftakilerle sohbeti hemen koyultmuş, gelecekte yazacağı hikâyeler, romanlar için kendine malzeme toplamaya başlamıştı.

Bir nevi okuldu hapis damı Sabahattin için.

Nice insan ve hayat hikâyesinden hareketle ne romanlar, hikâyeler, şiirler yazmıştı hapis damlarında.

Yine öyle olmalıydı.

Yetmiş Bir

1947 yılı Türkiye açısından siyasetin yeniden şekillenmeye başladığı yıldı.

Bir yıl önce ocak ayında kurulmuş olan Demokrat Parti, faaliyetlerini, üstelik ayağı yere basacak biçimde sürdürüyordu.

İki önemli dayanağı vardı yeni partinin. İlkin devletçilikten vazgeçip liberal bir ekonomi tesis edeceğini söylüyor, ikinci olarak da demokrasiyi tüm unsurlarıyla yerleştireceğini vaat ediyordu.

Dünyaya sosyalist perspektiften bakanlar, içlerinde Sabahattin de olmak üzere, çok inandırıcı bulmuyorlardı bu sözleri. Yine de bir gelişme işareti olarak değerlendiriyorlardı.

İşte tam da bu nedenle, aydınlar, Demokrat Parti'yi ajandalarına dikkatle izlenmesi gereken yeni bir siyasi oluşum olarak kaydettiler.

Öte yandan, halk da teveccüh gösteriyordu yeni kurulan partiye.

***

En çok da, CHP'nin aşırı tedirgin olmaya başlamasından anlaşılıyordu DP'nin mayasının tuttuğu.

Özellikle 7 Ocak 1947'de yapılan ilk kurultayında, Demokrat Parti, ekonomide iyileşme, özgürlük, demokrasiyi tesis gibi laflar edince, CHP tam anlamıyla köşeye sıkışmış oldu.

Ekonominin durumu gözle görülür bir biçimde kötüydü. Dış ödeme dengesi fena halde bozulmuştu. Her zaman olduğu gibi basının, yazarların, aydınların üzerinde büyük baskı vardı.

Böyle olunca, liberal bir ekonomi ve özgürlük vaadiyle meydana çıkan DP kurmayları prim yapıyor, gittikleri her yerde büyük bir ilgi ve teveccühle karşılanıyorlardı.

Hükümet 1946 Eylül'ünde Türk lirasının değerini düşürmüş, bu da Demokrat Parti'nin elini iyice güçlendirmişti.

1947'nin bütçe görüşmeleri sırasında, parlamentodaki DP'liler Başbakan Recep Peker'i fena halde köşeye sıkıştırdılar ve yetmiyormuş gibi Meclis'i terk ettiler.

***

Siyaset dünyası hiç olmadığı kadar karışmıştı.

Ülkeyi epeydir tek başına yöneten CHP'nin konforu iyice bozulmuştu.

Milli Şef, ipleri ele almak zorundaydı.

Demokrat Parti Genel Başkanı Celal Bayar ile Milli Şef İnönü arasında bir görüşme trafiği başladı.

Bu trafiğin sonunda, İnönü bir açıklama yayınladı.

Cumhurbaşkanı bu açıklamasında, siyasi partilerin Türk demokrasisi açısından önemine vurgu yaptı.

Bu durumda, Başbakan Recep Peker'e görevinden ayrılmak düşüyordu. O da öyle yaptı. Yerine Hasan Saka seçildi.

Türkiye'de yeni bir dönem başlamak üzereydi.

***

Sabahattin hapishanede de olsa bütün bu gelişmeleri yakından izliyor, yazılarını yazmayı sürdürüyordu.

Kaldı ki çok yakında dışarıya çıkacak, hayata yeniden başlayacaktı.

Peki nasıl sürdürecekti dışarıdaki hayatını?

Her sayısı olay olan ve olmayı da sürdürecek gibi görünen *Markopaşa* serüvenini devam ettirecek miydi sözgelimi?

Ettirmeyecekse nasıl yaşayacak, hayatında ne tür bir değişiklik yapacaktı?

Fransa'ya gitmek istediğini beyan ederek almaya çalıştığı pasaporta "hayır" cevabı gelmişti.

Yurtdışına gitmek de ihtimal dışında kalmıştı.

Yetmiş İki

Günler günleri kovalıyordu...

Artık enikonu orta yaşlı bir adamdı Sabahattin Ali.

Aynanın karşısına geçtiğinde, sütbeyaz saçlarına bakıp "Ne kadar kısa sürede, ne kadar çok ağardılar" diye dertleniyordu.

Öte yandan, tanınan bir yazardı ve dünya tatlısı bir kız çocuğuna, çok sevgili bir eşe sahipti.

Koğuşta her dakika, bunları evirip çeviriyordu kafasında.

Cevabını aradığı sorular ve yaptığı durum değerlendirmeleri yüzünden, bazen aklını kaçıracak gibi oluyordu.

Oysa, bu soruların cevabını en iyi kendinin bilmesi, gönül rahatlığıyla cevaplandırabilmesi gerekiyordu.

Paşakapısı günleri, orta yaşlı yazara bir nevi kendini dinleme, zihnini bir başka açıdan zorlama imkânı vermişti.

O da bu imkânı sonuna kadar kullanıyordu.

***

Hayatını Paşakapısı'na düşmeden önce yaşadığı gibi yaşarsa, olacaklar belliydi.

Yeniden hapis damına düşecekti. Kesindi bu.

Oysa, Sabahattin böylesi bir durumla yüz yüze gelmeyi katiyen istemiyordu.

Öyleyse ne yapmalıydı?

Kafası karmakarışıktı.

Hemen o akşam oturdu ve sevgili eşi Aliye'ye "Bir daha mahkemelik işlere burnumu sokmak niyetinde değilim" diye yazdı.

Mahkeme koridorlarında koşturmak, rutubetli, berbat koğuşlarda, ipten kazıktan kurtulmuş eşkıya güruhuyla ömür tüketmekten bıkmış usanmıştı.

***

Yaşamaya dair düşünceleri değişmekle birlikte, ne hikmetse yazdığı yazılar bu niyette olduğuna dair ipuçları vermiyordu.

1947 Mayıs'ında, *Merhumpaşa*'nın birinci sayısında, başının derdi Nihal Atsız'a bulaşmıştı yine.

Eğer Nihal'i birazcık tanıyorsa "Genç Arkadaş" başlığını taşıyan bu yazı yüzünden tekrar mahkemelik olacaktı.

Yazısında, gençlere dönük bir dolu öğüt verdikten sonra "Çünkü sen, büyüklük delisi zevzeklerin, Hitler kâküllü kaçıkların oyuncağı olamayacak kadar ağırbaşlısın" diye yazmıştı Sabahattin.

O günlerde, Hitler misali kâkülüyle ortalarda dolaşan, Nihal Atsız'dan başka kimse yoktu.

Kaldı ki "kâkül" sözcüğünü bile kullanmasına hacet yoktu. "Hitler misali" bile dese, eğer laf Sabahattin tarafından edildiyse kimin anlaşılması gerektiği aşikârdı.

***

"Dervişin fikri neyse zikri odur" derler ama Sabahattin Ali, Paşakapısı günlerinde, bir türlü bu lafı doğrulayacak tarzda davranmıyordu.

Düşündüğü gibi davranmayı bir türlü beceremiyordu.

Belasız, kavgasız, asude bir hayatın özlemini çekmekle birlikte, kalemi eline aldığında nevri dönüyor, aklına gelen laflara hiçbir tahdit koymuyor, belki de koyamıyordu.

16 Mayıs'ta hapse tıkılmış ve daha aradan üç gün geçmeden, *Markopaşa*'nın yirmi ikinci sayısında bu kez de Amerika Birleşik Devletleri'nden yardım alınmasına karşı çıkmıştı.

"Amerikan mandacılarından başka herkesin aklına takılan 'Bu yardımın sonu nereye varacak?' sorusuna neden açık ve inandırıcı cevap veremediler?" diyerek, yüksek perdeden hükümete saydırmıştı.

Yetmiş Üç

Kendi yatmayana, başkasının yattığı hapis cezası azmış gibi görünür.

Kısa gibi görünmekle birlikte, Sabahattin için aldığı dört ay ceza geçmek bilmiyordu.

16 Mayıs'ta hapsedilmiş, iki hafta sonra eşine bir mektup daha yazmıştı. On gün bekleyip de sevgili Aliye'sinden cevap gelmeyince, deliye dönmüştü Sabahattin.

Derhal avukatı Mehmet Ali Cimcoz'u aramış, Ankara'daki arkadaşı Erol Güney'e telefon ettirmiş, Aliye ile Filiz'in sağlık ve afiyette olduklarını öğrenince rahatlamıştı.

Yeniden kaleme kâğıda sarılmıştı Sabahattin, gelen güzel haber üzerine.

Gönderip de eşine ulaştıramadığı mektupta merak ettiği ne var ne yoksa, yeniden sayıp döktü.

En çok da Filiz'in karnesini ve Aliye'nin geçim durumunu merak ediyordu ve derhal bilgi istiyordu.

Hapishanenin kanalları üzerinden mektuplaşmasında arıza çıktığını anlamıştı.

Yazdığı mektupta Aliye'sinden, şimdilik kaydıyla, mektupları Mehmet Ali Cimcoz'un adresine göndermesini istedi.

Bir de güzel haber verdi mektubunda Sabahattin. Zekeriya Sertel "Aliye Hanım'la Filiz gelsinler, onlara bizim evde bir oda vereyim. Sen çıkıncaya kadar otursunlar!" demişti.

Sevgili eşine, kızıyla birlikte Zekeriya Bey'in evinde çok rahat edeceklerini, hapishaneyle evin arasının çok yakın olduğunu, böylece sık sık ziyaretine gelebileceklerini de yazdı.

Birkaç eşyayla kitaplığından bazı kitapları da istedi sevgili eşinin geleceğinden emin olarak:

"Siz gelirken bana şunları getirin: 1- Pijama, eski sarı ayakkabılar, mayo, çamaşır. 2- Şu kitaplar: Bros: 'Der Pharao', Ehrenburg: 'Der Fall von Paris', Steinbeck: 'Die Früchte des Zornes', Norah Lofts: 'Hölle der Barmherzigkeit."[137]

Her zaman olduğu gibi kızına da bir not yazdı gözleri dolarak:

"Sevgili, bir tane Filiz'im, Nasılsın? Tabii sınıfı pek iyi derecede geçtin. Müsamereniz nasıl oldu? Radyoya gidiyor musun?[138] *Yakında sizi İstanbul'a bekliyorum. Moda'ya gelince sık sık bana da gelirsiniz. Bana mektup yaz. Binlerce defa gözlerinden, yanaklarından öperim. Baban Sabahattin Ali."*

***

Sabahattin, hapis damında acılar içinde kıvranıyordu.

Paşakapısı'nda önce tek kişilik bir hücreye kapatılmış, kimseyle görüşmesine izin verilmemiş ama sonra durumu değişmiş, koğuşa alınmıştı.

---

137. Bros: *Firavun*, Ehrenburg: *Paris Düşerken*, Steinbeck: *Gazap Üzümleri*, Norah Lofts: *Merhamet Cenneti*

138. Filiz Ali, o yıl TRT Ankara Radyosu'nda Ayşe Abla'nın Çocuk Kulübü'ne devam ediyor, oyunlarda rol de alıyordu.

Bu arada Zekeriya Sertel'in gönderdiği yatak yorgan gibi malzemeler de gelmiş, acıları biraz diner gibi olmuştu.

Arkadaşları da ziyaretine geliyordu ünlü yazarın. Vâ Nû[139] ve eşi Müzehher, Nevin Akkaya,[140] Mehmet Ali Aybar[141] sıkça gelen ziyaretçileri arasındaydı.

Özellikle Nevin Hanım'ın ziyaret ettiği günler keyfi yerine geliyordu yazarın.

Otuz yaşında ve şaheser bir kadındı Nevin Akkaya. Her yaştan erkeğin, bir satır konuşabilmek için hayatını feda edebileceği kadar güzeldi.

Bütün gazete ve dergilerin peşinden koştuğu yıldızların en başında geliyordu, Sabahattin Ali'nin bu güzel ziyaretçisi.

1938 yılında, henüz yirmi iki yaşındayken tiyatroya başlamış. *Aynaroz Kadısı*'nda Nurbanu'yu canlandırmıştı. Çok da başarılı olmuştu.

1940'ta *Şehvet Kurbanı* ve 1942'de *Kıskanç* için çıkmıştı sahneye.

Nevin Hanım'ın ziyaretine geleceği günlerde, özel olarak hazırlanıyordu Sabahattin. Hapishane koşullarında da olsa, tertemiz çıkmaya çalışıyordu güzel kadının karşısına.

Nevin Hanım ve öteki dostlarının kendini yalnız bırakmaması, hücreden çıkartılıp koğuşa konulmuş olması iyi gelmişti Sabahattin'e.

---

139. Vâ Nû, Vâlâ Nurettin'in kısaltılmışıdır. 1901-1967 yılları arasında yaşamış, gazeteci ve yazardır.

140. Nevin Akkaya 1919-2015 yılları arasında yaşadı. Tiyatrocu ve seslendirme sanatçısıydı. İstanbul Şehir Tiyatroları, Küçük Sahne, Kent Oyuncuları'nda oynadı. Tarık Gürcan'la evlendikten sonra tiyatroyu bıraktı. Beş yüz civarında film seslendirdi.

141. Mehmet Ali Aybar 1908-1995 yılları arasında yaşadı. Türkiye İşçi Partisi'nin eski lideri ve Sosyalist Devrim Partisi'nin kurucu genel başkanıydı.

Yetmiş Dört

Sabahattin'in koğuş arkadaşlarından biri mesleği berberlik olan Hasan Tural, diğeri hırsızlık suçundan ordudan kovulmuş Ali Ertekin'di.

Hasan, Bulgaristan göçmeniydi. Birkaç yıl önce bu kez de komünizm propagandası yaptığı gerekçesiyle gözaltına alınmış, 1945'in sonunda ise kardeşini Bulgaristan'a kaçırdığı için bir buçuk yıl hapis cezasına çarptırılmıştı. Bu nedenle hapisteydi.

Ali, Yugoslav göçmeniydi. Kırklareli'nde üst çavuşluk yaparken silah hırsızlığı yapmış ve dört ay ceza almıştı. 1946'da Bulgaristan'a kaçmış, sonra fikrini değiştirip Türkiye'ye geri dönmeye çalışmış, bu esnada yakalanmıştı. Şimdi de işte bunun cezasını çekiyordu.

Yeni edindiği arkadaşları, Sabahattin'in uzun boylu düşünmesine yol açtı.

***

Tahliye günü yaklaşıyordu yaklaşmasına ama sırada görülecek bir davası daha vardı Sabahattin'in.

Davanın sonucunun ne olacağına dair ne kendinin ne de avukatının bir fikri vardı.

Çünkü davası hukuken değil siyaseten görülecekti. Dünden belliydi bu.

Çünkü, hükümetin derdi gücü muhalefeti susturmaktı.

Bunun için de, kendi gibi yazı yoluyla muhalefet edip halkın düşüncesini çelme ihtimali olanları zindanlarda çürütmeyi, çıkar tek yol olarak görüyordu hükümeti ve devleti yönetenler.

Sabahattin'in üzerine bir karabasan gibi çöküyordu, çıktıktan sonra yeniden hapse girmek.

Eşine yazdığı mektupta bunu şöyle dile getirdi:

"Bildiğin gibi ben birisine Arnavut dedim diye iki aya daha mahkûm oldum. Fakat bu davanın temyiz edilmesinden ümidim var. Eğer bundan da tasdik çıkarsa hapı yuttuk demektir, çünkü o zaman Falih Rıfkı yüzünden yediğim üç ay da buna eklenir, eder beş ay. Yani benim çıkmam da şubat sonuna kalır."

Mektubun bu noktasına gelince, Aliye'yi fazla üzmemek için aklına gelenleri değil de olmasını istediklerini yazmaya koyuldu.

"Fakat kurtulacağım hakkında ümidim kuvvetlidir. Ne ise, aldırma! Sonu iyi olacak. Hem de çok iyi olacağına kanaatim var... Her ikinizin gözlerinden, yanaklarınızdan, dudaklarınızdan, gıdılarınızdan milyonlarca defa öperim sevgilim."

***

Ya dışarıya çıkar çıkmaz yeniden hapse atılırsa, ya beraat beklerken cezaya çarptırılırsa ne yapardı Sabahattin?

Bir kez daha hapse girmeyi katiyen istemiyordu.

Bir yolunu bulmalı, yeniden hapse düşmemeliydi.

Bu düşüncelerle koğuş arkadaşı Ali Ertekin ve Hasan Turan'la muhabbeti iyice koyulttu.

İki mahkûm da sınırdan kaçak olarak dışarıya çıkmanın çocuk oyuncağı olduğunu, ondan sonrasının ise hele kendi gibi meşhur biri için çok kolay olacağını söylüyorlardı.

Kendileri yakalanmışlardı ama biraz şanssızlıktan, daha çok da salaklıklarından olmuştu bu.

Eğer böyle bir istekte bulunursa, Sabahattin'e katiyen aynı hataları yaptırmazlardı.

***

Sabahattin, özellikle de başından geçenleri yan yana getirip düşündüğünde, Türkiye sınırları dahilinde, geleceğini hiç mi hiç parlak görmüyordu.

Ne yapacaktı yani? Yazmaktan vaz mı geçecekti?

Öğretmenlik de yaptırmadıklarına göre, ailesini nasıl geçindirecekti eğer yazmazsa?

Acaba başka bir iş tutabilir miydi?

Ne iş yapabilirdi ki?

İşte tam da böylesi çözümsüzlük anlarında, Ali ile Hasan'a yaklaşıyor, "Bir daha anlatın bakalım şu Bulgaristan sınırından çıkma işini" diyordu.

"Herhalde..." dedi bir konuşmalarında. "Çıkınca da görüşmeye devam edeceğiz."

Berber Hasan "Beklerim ağabey" dedi büyük bir saygıyla. "Benim berber dükkânım Edirnekapı'da, dur sana adresini de yazayım."

Hasan'ın yazdığı adresi, dikkatle cebine yerleştirdi Sabahattin.

Ne olur, ne olmazdı.

Yetmiş Beş

Tahliye olmasına iki gün varken, *Malumpaşa*'nın 8 Eylül'de piyasaya çıkan sayısında bir yazısı yayımlandı.

Bu kez biraz kalemine hâkim olmaya çalışarak yazmıştı yazısını.

Başlığını "Bir Gazete Çıktı" olarak koyduğu yazıda, Sabahattin *Markopaşa*'nın öyküsünü anlatıyordu. *Markopaşa* ve *Malumpaşa*'nın adını vermeden, siyasi iktidarla yandaşlarının, gazeteyi çıkartanlara yaptığı zulmü kaleme almıştı ama bu kez aşırılığa kaçmamıştı.

Bundan böyle, yazacağı yazıları son derece dikkatli kaleme almaya karar vermişti Sabahattin. Son yazısından anlaşılan buydu.

Bu yazısı yayımlandıktan iki gün sonra, yani 10 Eylül'de, Mehmet Ali Cimcoz'la hapishanenin kapısında buluştu. Avukatıyken arkadaşı olmuştu Mehmet Ali.

Henüz kırkında bile değildi ama saçları tümüyle beyazlanmıştı.

Sanki dört ay değil de kırk yıl yatmış gibi görünüyordu o gün hapishaneden çıkarken Sabahattin.

***

Sıcakkanlı bir adamdı Mehmet Ali Cimcoz.

Nâzım'ın avukatlığını yaparken de sanki bir avukat gibi değil, arkadaş gibi davranmıştı müvekkiline.

Paranın pulun değil, adaletin gerçekleşmesinin derdindeydi.

Nâzım'ın davalarına da girdiği için, sempati duyuyordu Sabahattin avukatı Mehmet Ali'ye.

Eşi Adalet'i de[142] iyi tanıyordu.

Etrafta acayip dedikodular dönüyordu bu çift için.

Siyasal çalışmalarına illegal olarak devam eden çevrelerden, Sabahattin'in kulağına, Cimcozların istihbarat için çalıştıklarına dair laflar geliyordu.

Sabahattin bu lafları pek ciddiye almıyordu.

Mehmet Ali, ünlü Cimcoz ailesinin çocuğuydu. Modalıydı.

Ailesi, Kalamış'ın gözbebeği sayılan Kont Klarlix'in binasını satın almış, burada yaşamıştı. Sonra bu muhteşem binayı yıktırıp yerine Cimcoz Apartmanı'nı yaptırmışlardı.

Apartmanın yanı başındaki ünlü Rus kulübü de ailenin işletmesiydi.

Aile kulübü işletmekten vazgeçince, her iki binayı yıkıp Salah Apartmanı'nı inşa etmişti.

Geçmişlerinde, paşazadeler olan bir aileydi Cimcozlar ve ailenin en tanınan bireylerinden Salah Cimcoz, İstanbul milletvekili olarak halen parlamentoda görev yapıyordu.

Böyle bir ailenin çocuğu olan Mehmet Ali ve eşi Adalet neden istihbaratçı olsundu?

Her ikisi de hali vakti yerinde, iş güç sahibi, kalburüstü insanlardı.

Ne Mehmet Ali'nin ne de eşinin, kendi ya da Nâzım gibi insanlardan bilgi sızdırarak istihbarat teşkilatına vereceğini hiç mi hiç aklı kesmiyordu Sabahattin'in.

---

142. Adalet Cimcoz 1910-1970 yılları arasında yaşadı. Brecht, Büchner, Kafka, Traven gibi yazarlardan çeviriler yaptı. Sanat eleştirileri yazdı. Galeri işletti. Türkân Şoray, Belgin Doruk, Muhterem Nur, Fatma Girik ve Filiz Akın'ın dublajlarını yaptı.

İlk duyduğu andan itibaren, saçma bir düşünce olarak değerlendirmişti Cimcozların istihbaratçı olmalarını.

***

"Bize gidiyoruz" dedi Mehmet Ali, Sabahattin istihbaratçılık meselesine kafa yorarken.

İtiraz istemiyormuş gibi konuşmuştu avukatı.

Sabahattin "Peki o halde" dedi.

Kararını vermişti. Mehmet Ali ya da Adalet'ten istihbaratçı filan olmazdı.

Yol boyu "Olsalar ne yazar?" diye düşündü yazar.

Kimseden saklayacağı hiçbir şey yoktu ki!

Sahiden yoktu.

Her şeyi, herkesin gözünün önünde yapıyordu. Hiçbir gizli örgüte üye değildi. Gizli saklı ettiği tek kelime bile yoktu. Aklına geleni yazıyor, üstelik çarşaf çarşaf basarak cümle âlemle paylaşıyordu düşüncelerini.

Kendi açısından, Cimcoz ailesi istihbarat için çalışıyor olsa bile fark etmezdi.

En çok biraz ketum davranıverirdi onların yanındayken, o kadar.

***

Büyük bir hüsnükabulle karşıladı Adalet Hanım da Sabahattin'i.

Odasının yerini gösterdi. Banyo yapmak isterse diye havlu koymuştu bir sandalyenin üzerine, onları işaret etti.

Banyo yapmak, dört aylık hapislikten sonra ilaç gibi geldi Sabahattin'e.

Koca bir yaz mevsimini dört duvarın arasında, ipten kazıktan kurtulmuşların arasında geçirmişti yazar.

Arkadaşlarının verdiği odanın perdesini araladı. İstiklal Caddesi görünüyordu.

Dünya kadar insan ve otomobil bir aşağı bir yukarı gidip geliyordu.

Tünel ile Taksim istikameti arasında gidip gelen bunca insan, o Paşakapısı'nda pinekleyip dururken acaba ne yapmışlardı?

Sabahattin "İşte böyle arşınlayıp durdular bu muazzam caddeyi, özgürlüğün tadını çıkardılar" dedi kendi kendine.

Gözüne karşısındaki sinemanın afişi iliști. Oynamakta olan filmin ismi *Senede Bir Gün*'dü.

Filmin yönetmenliğini, Adalet Cimcoz'un ağabeyi Ferdi Tayfur yapmıştı. Senaryoyu İhsan İpekçi yazmıştı.

Başrolleri Cahide Sonku, Süavi Tedü, Galip Arcan paylaşmışlardı.

"Cahide döktürmüştür" diye düşündü.

Giyinip salona geçince Adalet'e "Ağabeyinin filmi oynuyor karşıda" dedi ve ekledi: "Siz görmüşsünüzdür ama bir ara beraber de gidelim mi?"

O bunları söylerken Adalet "insana yapılabilecek en büyük işkencenin onu özgürlüğünden mahrum bırakmak olduğunu" düşünüyordu.

"Tabii ki gidelim" dedi derhal düşüncelerinden sıyrılarak.

Yetmiş Altı

Cimcoz ailesinin Sabahattin'e gösterdiği konukseverlik muhteşemdi.

Kahvaltı boyunca "Ne diye arayacaksın başka bir yer" dediler, başka bir şey demediler.

Parasının pulunun olmadığını bildikleri için olsa gerek, zor zahmet de olsa ikna ettiler Sabahattin'i kısa bir süre için bile olsa evlerinde yaşamaya.

Sabahattin, Adalet'in kendi için düzenlediği, rahatlıkla çalışabileceği odaya iyice yerleşti.

Bir dünya ortak arkadaşı vardı zaten. Sabahattin hapisten çıktı diye, birer ikişer geçmiş olsuna geliyorlardı.

***

Yaz sona erdi. Sonbahar başladı.

Sabahattin hapisten çıkınca eski arkadaşlarını aradı.

Onlardan biri de, Almanya'ya okumaya giderken trende arkadaş olduğu Melahat'tı.

Melahat ve yine arkadaşı olan eşi Mesut'la Moda Deniz Kulübü'nde buluştu.

Uzun uzun söyleşip eski günleri andılar.

Bir ara Melahat "Sen artık yaşlı oldun bu beyaz saçlarla" dedi.

Sabahattin geçmişe, Almanya günlerine döndü. Ne günler geçirmişlerdi Melahat'la. Uzun susması yakışık almayacaktı.

"Aman onlara dokunma" dedi. "Benim en büyük süksem bu beyaz saçlarım."

Sonra Mesut'a döndü ve "Deliler gibi âşığım Mesut" dedi.

Melahat ne çıkacak diye kulak kesildi. Enikonu tedirgin olmuştu.

Sabahattin "Bu kez karıma âşığım. Ona yeniden âşık oldum" deyince rahatladı.

"Anlaşılan..." diye düşündü Melahat. "Hapiste geçen günlerinde, karısına olan aşkı depreşmiş."

***

Sabahattin, Melahat ve Mesut'la güzel saatler geçirdikten sonra, vapura binmek için Kadıköy'e yürüdü.

Vapur yolculuğu süresince, Yüksek Kaldırım'ı tırmanırken ve İstiklal Caddesi'nde yürürken, ülkesinin, kendi de içlerinde olmak üzere, bir nesli nasıl harap ettiğini düşündü.

Belki Melahat ve Mesut gibi sessiz sedasız bir kenarda oturmayı seçenlere pek bir şey olmamıştı ama kendi gibi ülkeleri için ateşe atılmaktan yılmayanlara tam anlamıyla kâbus yaşatmıştı bu ülke.

Geriye doğru düşündüğünde, kendinden önceki nesillerin de aşağı yukarı aynı "tatsız duyguyu" yaşadığı geldi aklına.

Namık Kemal'lerle başlayan, Birinci Meşrutiyet, İkinci Meşrutiyet, Kurtuluş Savaşı, Cumhuriyet'in kuruluşu, İkinci Dünya Savaşı ve şimdi de çok partili döneme geçiş arifesinde devam eden, okuma yazma bilen ve daha iyi bir ülke için inisiyatif almaya niyetli, kararlı hemen bütün aydınlar, aynı planyadan, aynı tornadan geçirilmeye çalışılmıştı.

"Daha ne kadar sürecek bu böyle?" diye dertlendi, erken yaşlanmış yazar.

Hatta, gelecek olan gitmekte olanı aratacak gibi görünüyordu.

1946'da kurulmuş olan Demokrat Parti de söylemleriyle, ilerici, yüzü Batı'ya dönük, aydın olanlara karşı düşmanlığına başlamıştı işte.

Başlangıçta özgürlükçü gibi görünen, bir ara kendileriyle yakınlaşmaya bile çalışan sözde demokratlar, bu davranışlardan çabucak vazgeçmiş, CHP'yle birlik olup, CHP'nin soluna vurmaya başlamışlardı.

Ankara'dan Dil ve Tarih-Coğrafya Fakültesi'nden gelen haberler tam da bu doğrultudaydı.

Az önce Melahat ve Mesut da aynı minvalde konuşmuşlardı.

Can dostu Pertev Boratav, çok değer verdiği Niyazi Berkes ve takdir ettiği Behice Boran gibi öğretim görevlilerinin enselerinde, durmaksızın boza pişiriliyordu.

DTCF'nin dekanı Enver Ziya Karal[143] zehir zemberek bir rapor yazmıştı Milli Eğitim Bakanlığı'na bu isimler için.

Karal'a göre, bu üç bilim insanı, Zekeriya Sertel'in *Görüşler* isimli dergisini yazılarıyla desteklemeye karar vermişlerdi ve bu da kabul edilebilir bir durum değildi.

Tezgâh ortadaydı. Sözü edilen genç insanlara, yoktan var ettikleri üniversiteyi bırakıp gitmeleri için eziyet ediliyordu.

Özgürlük, demokrasi gibi kavramların altını çizerek çok partili döneme geçilmesine önayak olma sözü veren Demokrat Parti'nin,

143. 1906-1982 yılları arasında yaşadı. Akademisyen, tarihçi, siyasetçi. Türk Tarih Kurumu'nun başkanlığını yaptı. 1961 Anayasası'nı hazırlayan kurulun başkanıydı.

çıtı çıkmıyordu bu tür zorbalıklara. Tersine destek oluyordu. Perşembenin gelişi, çarşambadan belli olmuştu.

"Vah benim güzel vatanım!" dedi Sabahattin adımlarına hız verirken.

***

O akşam Cimcozların evinde, Sabahattin, Mehmet Ali ve Adalet gece boyu memleketin ve dünyanın nereye gittiğini konuştular.

Üçü de aynı fikirdeydi, Türkiye adeta ABD'nin küçük bir modeli olmuştu. Orada ne oluyorsa, burada da aynısı yaşanıyordu.

Türkiye'de de tıpkı ABD'de olduğu gibi, insanlar dillerine komünizmi pelesenk etmişlerdi.

"Böyleyse eğer..." diyordu Adalet. "Burada neler olacağı da üç aşağı beş yukarı belli oldu."

Epeydir Robert Taylor, Elia Kazan, Bertolt Brecht, Paul Robson, Lili Helmann gibi ünlü isimlerin, kurulan mahkemelerde, gizli tanıklık yasası uyarınca yargılandığını okuyordu dış basından Adalet Hanım ve kahroluyordu.

ABD'yi kasıp kavuran malum yasa çok açıktı!

Eğer herhangi biri hakkınızda "O komünist" derse, yanmıştınız.

ABD'de öyle bir korku hali oluşmuştu ki, herkes birbirini ihbar ederek kendini kurtarmanın derdine düşmüştü.

Kendini biraz tehlike altında gören, hemen bir başkasını ihbar ederek üzerlerindeki karabulutu dağıtma yoluna gidiyordu.

Julius ve Ethel Rosenberg de, böyle asılsız bir ihbar üzerine gözaltına alınmıştı. Sözde, nükleer sırları SSCB'ye sızdırmışlardı.

Mehmet Ali ve Adalet dikkatle izliyorlardı ABD'deki yargılamayı.

"Bir işçi toplantısında tanışmışlar Julius ve Ethel" dedi üzgün bir ses tonuyla Adalet.

"İşçi olup da sendikalıysan ve üstüne bir de sol görüşlüysen, yandın" dedi Mehmet Ali.

Tam da öyleydi.

Rosenberg'lere, gizli tanık ifadesinden yararlanarak, "Taft Hartley Yasası"[144] çerçevesinde dava açılmıştı ve çift sahiden zor günlerden geçiyordu.[145]

"Demek..." dedi bütün bu konuşmalardan sonra Sabahattin. "Türkiye'de de böyle olacak."

---

144. Sendikaların gelir elde etmelerini engellemek ve greve gitmelerinin önüne geçmek için çıkartılmış yasa.

145. Rosenberg'lerin hayatına, 19 Haziran 1953'te elektrikli sandalyede son verildi. Çiftin infazı, 18 Haziran'da evlenmiş oldukları için, ayın 19'unda gerçekleşti. Julius ve Ethel Rosenberg'in son sözleri "Sosyalistiz ve suçsuzuz" oldu.

Yetmiş Yedi

ABD Devlet Başkanı Truman'ın doktrini ve Marshall Planı tıkır tıkır yürüyordu.

1945 yılında Hiroşima ve Nagazaki'ye atom bombası atılmış, yüz kırk bin günahsız Japon katledilerek, ABD dünyanın en azından bir yarısının ağabeyi olmuştu.

Batı Avrupa ülkeleri, ABD'yle birlikte hareket etmelerinin yararlı olacağı düşüncesiyle görüşmelere başlamışlardı hemen.[146]

Sosyalist ülkeler de boş durmamıştı tabii.[147]

Dünya, tam anlamıyla iki kutuplu bir gezegen haline dönüşmüştü.

Soğuk Savaş, tam anlamıyla başlamıştı.

***

Takvimin önce eylül sonra ekim sayfaları tükendi.

Kasımın geldiği sadece takvim yapraklarından değil, iyiden iyiye soğuyan havadan da anlaşılıyordu.

---

146. 17 Mart 1948'de Belçika, Birleşik Krallık, Fransa, Hollanda ve Lüksemburg, Brüksel Antlaşması'na imza attı. Giderek NATO ismiyle anılacak bu birlikteliğe, Türkiye 8 Eylül 1952'de katıldı.

147. Önce 1943'te Çekoslovakya ve SSCB bir anlaşma imzaladı. 1945'te onlara Polonya katıldı. 1948'de Bulgaristan, Romanya ve Macaristan'ın da katılımıyla birliktelik büyüdü ve 1955'te adı Varşova Paktı oldu. Sosyalist ülkeler, bu paktın önderliğinde, askeri ve siyasi olarak birlikte davranmaya karar verdiler.

"Bugün pazartesi" diye başladı, 3 Kasım tarihini atıp Sabahattin.

"Çok sevgili Aliye" diye yazdıktan sonra önceliği kendiyle ilgili haberlere verdi:

"Henüz mahkemelerden bir haber yok. Gazetenin para işleriyle uğraşıyorum. Vaziyeti düzeltebilirsem on beş güne kadar dergiyi bu kez Ali Baba adı altında çıkartacağım. Şimdilik Mehmet Alilerdeyim. Dün pazar günü hiç sokağa çıkmadım. Vâlâ ile Müzehher geldiler. Sana çok selamları var. Nevin Akkaya da selam söyledi. Hep Filiz'den bahsedildi. Nasıl, sıhhati iyi mi? Yemek yiyor mu?"

Nevin'den söz edince bir ara "Acaba Aliye kıskanır mı?" diye düşündü Sabahattin.

Birbirini tanıyan, küçük bir çevrede yaşıyorlardı. Dergi çıkartma serüveni süresince İstanbul'da Nevin'le sağda solda görülmüştü yazar. Birçok davete birlikte gitmişlerdi.

Yakın çevresindekiler arada bir onun evinde kaldığını da biliyorlardı.

Sabahattin uzun uzun, eşine bu durumdan söz edilmiş olup olmayacağını düşündü.

Sonuç olarak İstanbul'dakiler Ankara'dakileri, onlar da buradakileri tanıyordu.

Sonra bütün bu düşünceleri zihninden kovdu.

Aklı Ankara'da evindeydi. Kızı mektebine orada gidiyordu.

Kör topal da olsa dönen evini İstanbul'a taşıması için paraya ihtiyacı vardı. Çalışmalıydı.

Şu lanet olası matbaa baskınları, mahkemeler, hapisler nedeniyle maddi durumunu bir türlü düzeltememiş, yuvasını İstanbul'da kurmayı bir türlü başaramamıştı.

Bundan sonra neler olacağı da meçhuldü.

Eşine ve kızına yazdığı mektubu kapatmış, önündeki kâğıda bu kez rakamlar yazmaya başlamıştı.

Ankara'ya sekiz yüz adet dergi göndermişlerdi. Acaba kaçı satılır, kaçı iade olurdu?

Bir sonraki sayıyı, becerebilirlerse bin beş yüz adet göndereceklerdi.

Piyasadaki sayıyı kendi fazla ciddi bulmuştu. Acaba okuyanlar ne düşüneceklerdi?

Aziz hapiste olduğu için eskisi gibi çok yazı yazamıyordu.

Arkadaşını "Yazılarını biraz daha kısa ve daha esprili yaz" şeklinde uyarmak için not aldı.

Bu arada kendi de yazısını yetiştirmeliydi.

Yeni bir temiz kâğıt çekti önüne, yeşil mürekkepli kalemi hazırdı. Başlık olarak "Milleti Aldatmasınlar" yazdı.

Bir çırpıda bitirdi yazısını.

En üstüne "27 Kasım'da yayımlanacak sayı için" yazdı ve piposunu doldurup yaktı.

***

Az önce eşine yazmış olduğu mektubu aceleye getirdiğini düşündü Sabahattin. Bir tanecik kızına da mutlaka bir şeyler yazmalıydı.

"Sevgili Filizim" diye başladı:

Gözleri doldu. Şimdi yanında olmalıydı oysa canının içi. Şöyle sıkı sıkı sarılmalıydılar birbirlerine:

"Bana uzun ve güzel mektuplar yaz. Hikâye gibi olsun. Ben gelinceye kadar en aşağı iki kilo şişmanla, gözlerinden, yanaklarından öperim. S. Ali."

Yetmiş Sekiz

Maddi olarak dibe vurmuştu.

Başlangıçta çok yüksek tirajlara ulaşan *Markopaşa*'nın, her kapatıldığında ismi değişmiş, böyle olunca işler sarpa sarmıştı.

Her yeni isimle birlikte dergi biraz daha az satılır olmuş, sonunda kendini kurtaramayacak hale gelmişti.

Sabahattin, cebindeki son yüz lirayla Galatasaray Postanesi'ne gitti ve parayı Aliye'ye havale etti.

Para idaresini iyi biliyordu sevgili eşi.

"Acaba bu kötü günlerin geçeceğine dair de umudu var mı?" diye düşündü, omuzları biraz daha çökmüş olarak postaneden çıkarken.

"Benim var mı?" diye sordu ardından.

Sahi, var mıydı?

Böylesi bir durumda, kimin umudu olurdu?

Olmalıydı!

Tek başına bir insan için umutsuzluk belki kabul edilebilirdi ama evli ve çocuklu olmak farklıydı.

Sabahattin'in hayatını idame ettirmek zorunda olduğu sevgili eşi Aliye'si ve bir tanecik kızı Filiz'i vardı.

Kuvvetli durmalıydı.

Cadde-i Kebir'i arşınlarken kendine çekidüzen verdi Sabahattin.

İki hafta sonra bayilerde olmasını planladığı *Ali Baba* için afiş yaptırması gerekiyordu.

Yaptıracağı afişlerin bir kısmını Ankara'ya da gönderecekti. Afişçinin yolunu tuttu.

***

Sabahattin, dostu Mehmet Ali'yle neredeyse her akşam dava dosyası üzerine konuşuyordu.

Hakkında açılan "adaleti tahkir" davası, Ağır Ceza Mahkemesi'ne intikal etmiş ve tevkifine karar çıkmıştı. Lamı cimi yoktu. Yakalanırsa gözaltına alınacaktı.

Oysa, hemen yakalanıp içeriye tıkılmak istemiyordu Sabahattin. Önce mahkemenin nasıl sonuçlanacağını görmeyi tercih ediyordu.

Neden derhal teslim olmadığını sormaları ihtimaline karşılık, kendine İzmir'de bir iş icat etti. Mahkeme günü İstanbul'a gelecek, hâkimin huzuruna çıkacaktı.

Ama onun beklediği gibi olmadı.

İzmir'den Mehmet Ali'yle konuştu. En azından bir hafta hapis yatmadan, mahkemenin yürümeyeceği anlaşılmıştı. Mahkeme onu tevkif etmeden dava için gün veremiyordu.

Avukatı beraat edeceğinden emindi ama Sabahattin'in dünya kadar tamamlanmayı bekleyen işi vardı.

Kaçak göçek, *Ali Baba*'nın çıkmasını sağladı. Bu arada *Sırça Köşk* de yayımlandı. Eline geçen üç beş kuruşu Aliye ve Filiz'e gönderdi.

Şimdi gidip hâkimin huzuruna çıkabilirdi. Buna karşılık, bizzat gidip "Ben geldim hadi beni tevkif edin" demek hoşuna gitmiyordu.

En iyisi, derginin yazıhanesinde oturup beklemek olacaktı. Öyle yaptı. Ne gelen vardı ne de giden.

Beklemekten sıkılınca, polisi arayıp bulunduğu adresi bildirdi. Gelip aldılar ve hapishaneye koydular.

Yazar için cehennem yeniden başlamıştı.

***

Neyse ki kısa sürdü bu seferki hapishane ziyareti. 30 Aralık 1947'de tahliye edildi.

Herkesin yeni yıla girmenin hazırlıklarını yaptığı gün, Sabahattin geçirdiği on günlük travmayı atlatmaya çalıştı.

Yılın ilk günü, Cimcozların evinde pencerenin kenarına oturdu, piposunu yaktı ve çok sevgili Aliye'sine ve bir tanecik Filiz'ine bir mektup yazdı.

"Dün beraat ettim ve tahliye edildim. Hemen Erol'a telefon ettim, herhalde haber vermiştir. Yılbaşını neşeli geçirdiniz inşallah. Ben şu makine işini halledinceye kadar burada kalacağım. Çünkü başka hiçbir ümit kalmadı, gazete çıkmıyor. Elde metelik yok..."

Hakikaten de içinde bulunduğu mali kriz katlanarak artıyordu.

Cimcozlardan ve Aybar'dan aldığı beş ya da on liralarla geçinmeye çalışmaktan başka çaresi kalmamıştı.

Yeni bir para kazanma yolu bulması zorunluluk haline gelmişti.

Neyse ki, yakın zamanda eline bir miktar para geçeceğine dair umudu vardı. Dergileri basmak için satın aldıkları makineyi elden çıkarmışlardı ve onun parasını alacaklardı. Paranın peşinde koşturmaya başlaması gerekiyordu.

Gelecek paranın miktarı beş bin lira olacaktı. Üç bin lira civarında borçları vardı. Kalan iki bin lirayla kısa bir süre de olsa ailesini ayakta tutabileceğini hesaplıyordu Sabahattin.

Aliye'ye yazdığı mektubunda bütün bunlardan da söz etmiş, laf arasında Mehmet Ali Aybar'ın bir gazete çıkartacağına da işaret etmişti.

Eşi korkmasın diye şu satırları da eklemişti mektubuna:

"Mesuliyete iştirak edecek değilim, merak etme. Bundan sonra biraz da dostlar kahramanlık etsin. Ben elimden geleni yaptım ve bu hale geldim. Dünkü takdirkârlarımız şimdi yüzümüze bakmıyorlar. Artık pes dedim. Siz ne yapıp yapın, beş on gün daha dayanın, herhalde bir çaresine bakacağım."

***

Sadece çektiği ıstıraptan, parasızlıktan değil, etrafının boşalmış olmasından da yakınmaya başlamıştı.

Neyse ki Cimcozlar, Serteller ve Mehmet Ali Aybar vardı ve onlar da ellerinden geldiği kadar dayanak olmaya çalışıyorlardı çaresiz Sabahattin'e.

Yetmiş Dokuz

Berbat bir haldeydi. Nezle olmuştu.

Daha da kötüsü, makineden beklediği para henüz eline geçmemişti.

Buldu buluşturdu, eşi ve kızı için gereken sipariş paketini hazırladı. Yanına koymak için bir de mektup yazdı:

"*10.01.1948*

Mektubunuzu aldım. Siparişleri hemen gönderiyorum. Kombinezonun birinin büyük gelmesi ihtimali vardır, ufaltırsın. Bunları Avrupa'dan getiren bir terziden aldım. Yani yerli malı değildir. Kurdeleyi de bir tek yerde buldum. Filiz'in çantasına gelince, maalesef plastik oldu, çünkü deriler bunlardan çok daha adi ve dayanıksız..."

Mektubunu bir kere daha okudu. Birkaç cümle daha yazması gerektiğini düşündü:

"*Bana mufassal mektup yaz. Maşallah daktiloyu ilerletmişsin. Ama bizim daktilo ne haldedir kim bilir. Gözlerinden, yanaklarından, dudaklarından hasretle öperim, ruhum zevcem!*
Kocan S. Ali."

Aliye kocasının yokluğunda daktilo öğrenmeye karar vermişti.

İçinde bulundukları parasızlık onun da canına tak demişti. Bir şeyler yapıp para kazanması gerektiğini düşünüyordu.

Belki bir sekreterlik filan bulabilirim umuduyla daktilo öğrenmeye başlamıştı.

Sabahattin Ali mektubunu kapatıp paketin içine koyarken ve postaneye doğru yürürken hep "Umarım bir an önce düzlüğe çıkar, her ikisini rahat geçindirecek parayı kazanırım" diye düşündü.

Eline henüz geçmemiş matbaa makinesinden gelecek para sayılmazsa, meteliksizdi.

Tamam *Zincirli Hürriyet*[148] için yazılar yazacaktı ama bunlardan gelecek parayla ev geçindirmesinin, kira ödemesinin, çocuğunun okul masraflarını karşılamasının imkânsız olduğunu hesap edebiliyordu.

Kitaplardan gelecek para için de aynı durum geçerliydi. Düzgün bir iş edinmeliydi.

İstanbul'daki arkadaşlarından her gün beş lira almak, gün geçtikçe daha çok onuruna dokunmaya başlamıştı.

Mutlaka bir çıkış yolu bulmalıydı.

***

Nakliyecilik yapma işi, Cimcozlarla yine parasızlık üzerine konuştukları bir gün geldi aklına.

"Şu makine satılınca birileriyle ortak kamyon alsam mesela" demişti.

---

148. 5 Nisan 1947'de Mehmet Ali Aybar tarafından İzmir'de yayımlanmaya başladı. Tıpkı Tan gibi, saldırıya uğradı, İstanbul'a taşındı. Sabahattin Ali son yazısını bu gazete için yazdı.

Kamyonculuk çok tutulan iş olmuştu birkaç zamandır.

Sabahattin'in sözleri Mehmet Ali'nin kafasında bir şimşek çaktırdı ve "Bir müvekkilim var, tanırsın Melek Celal Sofu.[149] Geçenlerde bana aynı lafı etti. Biraz parası varmış kamyon işine girmek istiyormuş" dedi.[150]

"İyi ya işte" diye araya girdi Adalet. "Sabahattin'le tanıştır. Kadın sermayeyi koysun, Sabahattin de işletmeciliğini yapsın."

Mehmet Ali "Olabilir" dedi ve telefonun başına oturdu.

Avukat, Sabahattin ve eşinin meraklı bakışları altında, Melek Hanım'la konuştu.

Telefonu kapatınca "İlgili göründü. Düşünmek için zaman istedi" dedi.

***

Günler süratle akıp gidiyordu.

Yılın ilk ayının da sonuna yaklaşıyorlardı. Makineden ha bugün ha yarın para alacağız diye beklerken, inanılmaz zaman kaybediyordu Sabahattin.

Yazma işini de yürütemiyordu böyle olunca.

Aklına hep, Ankara'da parasızlıkla boğuşan sevgili eşi ve bir tanecik kızı geliyordu.

---

149. 1896-1976 yılları arasında yaşadı. İlk Türk kadın ressam ve heykeltıraşlarından. Nazmi Ziya Bey'in atölyesinde çalıştı, sonra Paris'e gidip Julian Akademisi'nde eğitim gördü. Resim ve heykelin yanı sıra işleme, hat ve tezhip üzerine de çalıştı. Eski yazı ustalarını ve Türk işlemeleri ve süslemelerini yabancılara tanıtmak üzere kitaplar yayımladı.

150. Kimi kaynaklara göre, Sabahattin Ali kamyonculuk işine yurtdışına çıkmakta kendine paravan olsun diye girdi. Biz daha çok itibar gören öteki tez üzerinden, yani yazarın gerçekten kamyonculuğa soyunduğundan ama gelişmeler üzerine kaçmaya karar verdiğinden hareket edeceğiz.

Karşılaştığı dostlarına "Hayatımda hiç bugünlerdeki kadar sıkılmamış ve imkânsızlıklar içinde çırpınmamıştım" diyordu.

Geceleri gözüne uyku girmiyor, kazayla uykuya dalacak olsa birkaç saat içinde, kâbuslar görerek uyanıyordu.

Böyle zamanlarda İstiklal Caddesi'ne bakan penceresini açıyor, "İnsan kendi parasını kurtarmak için bu kadar kepaze olur mu?" diye dertlenerek hava almaya çalışıyordu.

Ve tabii, Nihal Atsız'la ilgili yaklaşmakta olan dava da öteki kâbusu oluyordu Sabahattin'in.

Seksen

Sabahleyin erkenden, Mehmet Ali'yle birlikte mahkemenin yolunu tuttu yine.

Salona girmek istemedi. Derdest edilip içeriye atılmaya hiç niyeti yoktu. Önce sonucu görmek istiyordu.

Merak içinde bekledi avukat arkadaşının oturduğu kahvehaneye gelmesini.

Kapıdan içeriye gülümseyerek girdi Mehmet Ali ve "Sana bir iyi bir de kötü haberim var" dedi.

"Bıktım artık kötü haber almaktan, iyiyi söyle" dedi Sabahattin.

Lafı uzatmadı avukat.

"Elli gün ceza verdiler. Bunun altıda birini indirecekler. Kırk gün kalıyor. Fazladan yattığın bir on iki gün var, onu da çıkarttıklarında yirmi sekiz gün kalıyor. Bir aydan az yatacaksın yani."

Sabahattin sevinsin mi üzülsün mü bilemedi.

"Kötü haber ne peki?" diye sordu.

"İyisi de kötüsü de bu işte" dedi gülerek avukat.

***

Hemen o akşam eşine bir mektup yazdı Sabahattin.

"Bir aylık cezaya aldırmam, nihayet hepsini temizlemiş olurum. Bir daha mahkemelik işlere burnumu sokmak niyetinde değilim. Hülasa beni düşünmeyin, fakat ben sizi düşünmekten deli olacağım. Filiz yaşında yahut ona yakın bir çocuk görünce elimde olmadan gözlerim yaşarıyor..."

***

Birkaç gün sonra, büyük uğraşlardan sonra makineden eline bir miktar para geçti.

Derhal borçlarını ödedi yazar.

Elinde bin liraya yakın para kalmıştı. Hemen İş Bankası'na gitti, Ankara-Yenişehir Şubesi'ne, Filiz'in kumbara hesabına dokuz yüz lira havale etti.

Sonra bir de mektup yazdı:

"Filiz'in kumbara hesabına yolladığım için, banka defteriyle oraya müracaat ederek üç yüz lirasını al, kirayı filan ver."

Bir de not ekledi Filiz'e:

"Sevgili Filiz, senin Doğan Kardeş aboneliğini 6 ay daha yenilettim. Başka bir isteğin varsa bana yaz. Seni on milyon kere öperim. Baban S. Ali."

***

Birkaç akşam sonra, Mehmet Ali kapıda karşıladı Sabahattin'i. Yüzünde güller açıyordu.

"Yemek yedin mi?" diye sordu önce.

Sabahattin yediğini söyleyince içki dolabını açtı ve bir kadehe konyak koydu.

"Gel" dedi. "Kutlama yapacağız."

Şaşırdı Sabahattin. Kadehini alıp arkadaşının karşısına oturdu.

"Kamyonun şerefine" dedi arkadaşı kadehini kendininkine dokundururken.

Melek Hanım düşünmüş ve bir kamyon alacak kadar para vermeyi kabul etmişti.

Sabahattin'in yüzü değişti.

"Oldu mu yani iş?" diye sordu.

Olmuştu.

***

Kamyon alma işi kesinleşince, bütün dertlerinden kurtulmuş gibi geldi Sabahattin'e.

Elinde henüz para olmasa da hemen o akşam Ankara'ya gitmeye, sevgili eşini ve bir tanecik Filiz'ini kucaklamaya karar verdi.

Her ikisi de burnunda tütüyordu.

Nihayet, onlara verilecek güzel bir haberi vardı.

Seksen Bir

Baba kızın karşılaşmaları görülmeye değerdi.

İçinde bulunduğu durumu ayrıntılarıyla anlattı sevgili eşine Sabahattin.

Nakliyecilik işine gireceğini, bunun için de birkaç gün sonra yine İstanbul'a döneceğini söyledi.

Kamyonla tüm Anadolu'ya mal götürüp getireceğini, bunun getirisi çok olan bir iş olduğunu muhtelif hesaplar yaparak açıkladı.

"Hem böylece..." dedi bir ara. "Sıcak gündemden de uzak kalmış olacağım."

Herhangi bir süreli yayına yazmak yerine roman ve hikâyelere yönelecekti yeniden.

O anda aklına, yazmaya başlamak üzere olduğu ve ismini şimdiden *Ankara* koyduğu roman geldi.

Daha mı az tehlikeli bir iş olacaktı sanki böyle bir roman yayımlamak?

Bu romanla birlikte, başta CHP kurmayları olmak üzere, bürokrat olsun siyasetçi olsun Ankara'da bulunan herkesi karşısına almayacak mıydı?

Yeni kitabı için yaptığı kaba plana uyacak olursa, malum çevreleri üzerine, hem de şiddetli bir şekilde çekeceği kesindi.

Daha o anda, tehlikesiz sularda yüzmeye başlayacağına dair Aliye'sine anlattığı hikâyeye kendinin bile inanmadığını keşfetti.

En iyisi yine kamyonculuk üzerine konuşmak olacaktı.

"Ankara eksenli bir taşıma yapacağım. Yani bir şekilde, hep Ankara'nın üzerinden geçeceğim ve her geçişimde mutlaka en azından bir gece evimde kalacağım" dedi Sabahattin kırık bir ses tonuyla.

Bu sözleriyle Filiz'i çok sevindirdi Sabahattin.

Güzel kız çocuğu, duyduğu sözler üzerine koşarak geldi, babasının otuz saniye önce kalkmış olduğu kucağına yeniden oturdu. Yumuşacık elleriyle, Sabahattin'in yüzünü sevdi.

Gözlerinden birkaç damla yaş döküldü yazarın. Gözlüklerini çıkardı, elinin tersiyle akan yaşları sildi.

Aliye de duygulanmıştı, gözyaşlarını göstermemek için, bir şey getirecekmiş gibi yapıp mutfağa gitti.

***

Ankara'ya gelmişken, arkadaşlarını da ziyaret etmek istiyordu Sabahattin.

Soğuk mu soğuk bir ocak sabahıydı, arkadaşı Niyazi Ağırnaslı'yla iki satır konuşmak için sokağa çıktığında.

Küçükesat'ta, sokakta buluştu iki arkadaş. Niyazi, annesinin de çok görmek istediğini söyleyerek, Sabahattin'i Ekrem Bey Apartmanı'ndaki dairelerine götürdü.

Niyazi'nin annesi ve ablası da severlerdi Sabahattin'i. Her ikisi de çok aydın insanlardı ve iki arkadaşın sohbetine onlar da katıldı.

Ana konuları, CHP hegemonyasına karşı Demokrat Parti'nin başlattığı savaştı.

Sabahattin İstanbul'da yaşananları anlattı. Niyazi de Ankara'dan bilgi verdi.

Celal Bayar, *Zincirli Hürriyet*'i çıkartmak üzere olan Mehmet Ali Aybar'la ve Sertellerle konuşmuş, bir anlamda destek istemişti. Ama sonra ne olduysa olmuş, Demokrat Parti, kendi dışındaki muhaliflerle kontağını kesmiş, tersine düşmanca davranmaya başlamıştı.

Niyazi de aynı şekilde düşünüyordu. Demokrat Parti'nin CHP'yi aratacağından emindi. Ankara'nın nabzını iyi tutuyordu genç avukat.

"Çok partili hayata, CHP'nin de solunda bir siyasi parti olmadan geçilemeyeceği bence kesin. DP'yle birlikte ülke, en azından işçi ve köylüler açısından, hak ve hürriyetler bağlamında, daha da zor günler geçirecek. Aydınların başlarına neler geleceğini tahmin edebiliyorsundur."

Avukat, tüzük ve yönetmelik hazırlatmak için kendine gelenlerin aşırı miktarda arttığına dikkat çekti. Terziler, şoförler ve akla gelebilecek bütün meslek grupları, sendika kurmak için kapısını çalmaya başlamıştı.

"Sana bir şey söyleyeyim mi Sabahattin" dedi Niyazi. "Gelenlerin hepsi kaşalot. Hiçbirinin bir meslekle filan ilgisi yok. Belli ki malum çevre tarafından görevlendirilmiş ve sendika ağalığına soyundurulmuş bir eşkıya güruhu, kendine alan açmaya çalışıyor."

***

Niyazi mesleklerden ve özellikle de şoförlerden söz edince Sabahattin "Ben de nakliyecilik işine gireceğim" diyerek lafı değiştirdi.

Herkes şaşırmıştı. Bunca yılın eğitimcisi, sanatçısı, yazarı nasıl olurdu da hiç bilmediği nakliyecilik işine girerdi?

Niyazi'nin annesi "Hadi bunları da yemekte konuşalım" diyerek herkesi sofraya davet etti.

Şaraplar açıldı ve Sabahattin'in ziyareti bir bilgi alıp verme buluşmasına, hoş bir sohbete dönüştü.

"Bak..." diyordu durmaksızın Sabahattin'e Niyazi. "Ne yap yap yazı işinden kendini kopartma."

Sabahattin "Asla!" diye cevap veriyordu her uyarısında arkadaşına.

"Anadolu'yu gezmek bana insan tanıma açısından çok yardımcı olacak. Tabii ki bu insanların içinden bazılarının hayatlarını romanlarımda, hikâyelerimde kullanacağım."

Niyazi'nin annesi de "Yorulursun oğlum" diyordu durmaksızın.

Yemekler yenildi, şarap kadehleriyle koltuklara geçildi.

"Tersine" dedi Sabahattin, Niyazi'nin kendi için üzülen annesine. "Beni yoran Ankara ve İstanbul. Şu *Markopaşa* macerasında yorulduğum kadar, Sisyphos[151] misali, dünyayı sırtımda taşısam yorulmazdım."

***

O gün ve ertesi gün birkaç arkadaşını daha ziyaret etti Sabahattin.

Pertev'le Karpiç'te, tıpkı eski günlerde olduğu gibi öğlen rakısı içti. Başından geçenleri tüm açıklığıyla anlattı can dostuna. Nakliyecilik de dahil olmak üzere bahsetmediği konu kalmadı.

Ondan da Ankara'da özellikle de fakültede olanları dinledi.

Büyük bir baskı kurmuştu gerek CHP gerekse DP'liler üzerlerinde.

Çok açıktı, muhafazakâr ve liberal çevreler, akademi dünyasında kendilerinden başka kimsenin olmasını istemiyordu.

---

151. Yunan mitolojisinde, devasa bir kayayı, sonsuza kadar bir dağın doruk noktasına çıkartmakla cezalandırılmış kral.

Hele ki kendisi gibi CHP'nin solunda bulunanlara, hayat hakkı tanımayacakları belli olmuştu.

***

Neredeyse bütün arkadaşlarını ziyaret etmişti Sabahattin...

Biricik kızı Filiz'i ve sevgili eşi Aliye'siyle de hasret gidermişti.

Bundan böyle bir ayağı Ankara'da olacağı, onları yalnız bırakmayacağı için sevinç içindeydi.

"İstanbul'a gitmem gerekiyor Filiz" dedi o sabah dünya tatlısı kızını kucağına alıp.

"Ama yepyeni, pırıl pırıl bir kamyonla geleceğim önümüzdeki günlerde. Seni ve anneni alıp Ankara'da dolaştıracağım."

Sonra karısına kocaman sarıldı ve "Sık sık geleceğim artık" dedi. "O kadar ki, sıkılacaksınız benden."

Seksen İki

İçine girdiği işlerin kolay yürümeyeceğinden, mutlaka bir yerde tökezleyeceğinden adı gibi emindi Sabahattin.

Bir gelenekti bu.

Acaba bu gelenek, şu kamyon meselesinde bozulacak, her şey bir kez olsun yolunda gidecek miydi?

Sabahattin İstanbul'a geldiğinde kamyonu alınmış, Cimcozların evinin karşısında kalan sokaklardan birine çekilmiş buldu.

Sefere çıkmak için hazırlıklara girişmeliydi.

Şoförlerle konuşacaktı. Mal sevkıyatı yaptırmaya ihtiyacı olan şirketlerin kapılarını da çalmaya başladı.

***

O bir an önce yola koyulmak için sağa sola koştururken, kamyonun sermayedarı Melek Hanım sinir içinde Mehmet Ali Cimcoz'un ofisine geldi.

Daha oturmadan "Bula bula bir komünist mi buldun Mehmet Ali?" dedi hışımla.

Avukat uzun uzun anlattı Sabahattin'in ilerici, dürüst bir insan olduğunu. Komünist filan olmadığına yemin etti. Tabii ki CHP'yi eleştiriyordu Sabahattin ama kesinlikle hiçbir örgüte mensup değildi. Teminat verebilirdi isterse Melek Hanım'a.

Melek Celal Sofu, Nuh dedi peygamber demedi.

"Bana ait kamyonda, adı kötü işlere karışmış bir insan asla çalıştırılamaz" diye tutturmuştu bir kere.

Mehmet Ali Bey, kadına bu kez de Sabahattin Ali'nin sanatçı yönünden yaklaştı.

"Siz de bir sanatçısınız" dedi ve tekrar baştan başlayıp, dostunun yanlış anlaşılmış ünlü bir edebiyat insanı olduğunu söyledi.

Böylesi bir sanatçıya, kendi de ünlü bir sanatçı olan Melek Hanım destek olmayacaktı da kim olacaktı?

Avukat bu kez, girecek uygun bir damar bulmuştu.

"Eh madem öyle" dedi isteksizce ve gitti Melek Hanım.

***

Ama sonuç Mehmet Ali Cimcoz'un beklediği gibi olmayacaktı.

İkna olmuş gibi görünen Melek Hanım, Emniyet 6. Şube Müdürü Kemal Aygün'ü makamında ziyaret etmiş, her şeyi tam da olduğu gibi anlatmıştı.

Kemal Aygün'ün gözlerinde şimşekler çakmıştı Sabahattin Ali'nin adını duyunca.

"Bir komünist o. Ne yapacağı belli olmaz. Bir suç işler siz de ortağı olursunuz" diye tehdit etmişti Melek Hanım'ı.

Yetmiyormuş gibi Sabahattin'in dosyasını da getirtmişti arşivden, kadının önüne koymuştu.

Sabahattin Ali'nin emniyetteki dosyası kalın mı kalındı.

***

Melek Hanım yeniden geldi Mehmet Ali Cimcoz'un ofisine. Kemal Aygün'ü ziyaret ettiğini söyledi. Ardından da "Katiyen olmaz!" diyerek kestirdi attı.

Normal koşullarda "İyi o zaman" diyecek olan Mehmet Ali, Sabahattin'in boğuştuğu koşullar aklına gelince başka bir yol bulmasının farz olduğuna karar verdi.

"Kamyon Adalet'in üstüne olsun o halde" dedi Melek Hanım'a.

Böyle bir hukuku vardı avukatın Melek Hanım'la. Ablası gibiydi. Moda'da Sofular ile Cimcozların arasından su sızmazdı. Hatta, Saliha Cimcoz'un büstünü bile yapmıştı Melek Hanım.

Mehmet Ali'nin kamyonun Adalet'in üzerine olması fikri üzerinde şöyle bir düşündü Melek Celal Sofu. Adalet'i de Mehmet Ali kadar iyi tanırdı.

"Olur o zaman" dedi.

Cimcozların, maddi açıdan kendini zor durumda bırakmayacaklarına sonuna kadar güvenirdi.

Onun korktuğu, sahibi olduğu kamyon yüzünden başının derde girmesiydi, o kadar.

Seksen Üç

Melek Hanım, görünürde kamyonu Adalet Cimcoz'a sattı.

Adalet Hanım, şoförler derneğine kayıt yaptırmak dahil bütün resmi işlemleri gerçekleştirdi.

Bütün bu gelişmeleri merak içinde izleyen Sabahattin sonunda rahatlamıştı. Çalışmaya, para kazanmaya başlamasının önünde bir engel kalmamış gibi görünüyordu.

***

Muhtelif şoför adaylarının arasından, Salim Haseki'yle anlaştı Sabahattin.

İlk işleri Adana'yaydı.

Hava çok soğuk olduğu için bir meşin ceket ve yine meşin çizmeler aldı kendine.

Tıpkı uzun yol şoförü gibi olmuştu. Resmi bozan sadece iki şey vardı: pipo ve altın çerçeveli gözlük.

Marşa basıldı.

***

Biraz acemilikten olsa gerek, daha ellerindeki malı teslim etmeden seferden para kazanamayarak döneceklerini hesapladı Sabahattin. Canı sıkıldı.

Hem giderken hem de dönerken evine uğramış, sevgili eşini ve biricik kızını kucaklamak fırsatı bulmuştu.

"Seferin tek iyi tarafı Filiz ve Aliye'yi görmemdi" diye düşündü Ankara'dan İstanbul'a dönmek üzere ayrılırken.

***

Kamyonun İstanbul'a ulaşması sorunlu olmuştu.

Hemen bir mektup yazdı sevgili eşine:

"*13.3.1948*
Çok sevgili karıcığım,
Bin bela ile bir haftada İstanbul'a gelebildim. Kızılcahamam ile Düzce arasında, yani Bolu Dağı ile Gerede havalisinde çok zorlandık. Kara saplanıp gece dağ başlarında pek perişan olduk, şoför mahallinde uyuduk, az daha donuyorduk. Üstelik İzmit Dağı'nı da kar sarmış, buradan geçerken makas yani yay kırdık..."

Sabahattin mektubun içine, kamyonun kırılan makasıyla ilgili çalışma esnasında çektiği fotoğrafları da eklemişti.

Küçük Filiz babasının gönderdiği fotoğrafları çok beğenmişti, elinden bırakmıyordu.

***

Bu arada *Zincirli Hürriyet* her türlü zorluğu aşıp, 5 Nisan'da yayımlanmıştı.

Birkaç gün sonra da Sabahattin'in yazdığı bir yazı nedeniyle yazar sıfatıyla kendine, ayrıca yazıişleri müdürü ve yayının sahibi olduğu için Mehmet Ali Aybar'a dava açıldı.

Sabahattin karalar bağladı.

Kurtulduğunu düşündüğü davalar süreci, başına bir kez daha bela olmuştu.

"Asıl Büyük Tehlike" başlığını koyduğu yazısı, sokağın hareketlenmesine yol açmıştı.

Öğrenciler bu nedenle toplanmış, yürüyüşler yapmışlardı.

Gazeteler çarşaf çarşaf *Zincirli Hürriyet* ve Sabahattin'in yazısından söz ediyor, yayın ve yazar hedef gösteriliyordu.

Peki, ne demişti Sabahattin bu yazısında da bu kadar tepki çekmişti?

Her zaman olduğu gibi, hükümeti eleştirmişti yazar.

İktidarın, A'dan Z'ye her şeyi yanlış yaptığını anlatmıştı.

Böyle olunca da Sabahattin Ali ve Mehmet Ali Aybar hakkında "hükümetin manevi şahsiyetine yayın yoluyla hakaret etmek"ten dava açılmıştı.

Mahkeme *Zincirli Hürriyet*'i derhal kapatmış, Sabahattin Ali'nin yargılanacağı davanın 26 Mayıs 1949'da görülmesine karar vermişti.

Her zaman olduğu gibi perşembenin gelişi çarşambadan belli olmuştu.

Belli ki bu yazı nedeniyle de ceza alacak, hapsedilecekti.

Seksen Dört

Cimcozların evinde, bütün gece, sabaha kadar düşündü Sabahattin.

Sabah kahvaltısında "Rasih Nuri'yi gördüm, ısrar etti, birkaç gün onda kalacağım" dedi.

Sonra "Bugün yine kamyonun tamiratıyla ilgileneceğim ve iş bakacağım, sonra Rasih'e giderim" dedi tekrar.

Ne Mehmet Ali ne de Adalet şaşırdılar söylediklerine. Sabahattin'di bu işte.

Evden çıkarken, bütün gece düşündüğünü kendi kendine tekrarladı:

"Nakliyecilikle ilgili çalışmalara hiç ara vermemem gerekiyor."

Günün ilk yarısını tamirhanede, tamir işine nezaret ederek geçirdi. Sonra taşıyacak bir şeyler bulmak için birkaç kapıyı çaldı.

Her zaman olduğu gibi peşini çok iyi kontrol ediyor, polis tarafından takip edilip edilmediğine aşırı dikkat ediyordu.

Ama sanki, bu işleri yaparken görülmek istermiş gibi bir hali vardı.

***

Aynı gün, yani 29 Mart Pazartesi akşamı, dolambaçlı yolları tercih ederek ve çantası elinde olmak üzere Rasih Nuri İleri'nin kapısını çaldı.

Sarmaş dolaş oldu iki dost.

Özlemişti Rasih Sabahattin'i. Ne güzel konuşurlardı şimdi.

Kendinden on küsur yaş büyük olmasına bakmadan, azarladı Rasih önce Sabahattin'i.

"Senin gibi usta bir yazarın böyle bir hata yapmasını aklım almıyor" dedi.

"Haklısın" dedi Sabahattin. Laf olsun diye değil, sahiden hak vermişti Rasih'e.

Mehmet Ali Aybar da çok güvenmişti Sabahattin'e.

O yazdı diye, yazısını kontrol etmeye bile gerek görmemiş, başlarının derde girebileceğini gazete iki bin adet basıldıktan sonra fark etmişti.

Heyecan içinde matbaaya koşmuş, baskıyı durdurmuş ve yazının bir bölümünü tashih ettirmiş, basılan kısmı ise bir mühürle kapattırmıştı.

Çare olmamıştı Aybar'ın bu müdahalesi de.

İşte tam da bu nedenle, Rasih'in eleştirisini "Haklısın" diye cevaplamıştı Sabahattin.

Genç arkadaşı, daha önce de uyardığı gibi "Şu Cimcozlara dikkat etmende yarar var. Sağlam ayakkabı olmadıklarına dair laflar geliyor kulağıma" dedi.

Sabahattin'in canı iyice sıkıldı.

"Yatsam olur mu?" diye sordu.

***

Yatağında, Rasih gibi bir örgüte bağlı çalışan arkadaşlarının kendini son zamanlarda epey eleştirdiğini düşündü.

Bir kısım dostu, polisi bilerek isteyerek üstüne çektiğini bile söylemişti.

"Gizlenerek de çalışabilecekken, kendini afişe etmen ne kadar doğru?" demişti bazıları.

Sabahattin, bu düşünce sahipleriyle aynı fikirde değildi. Olamazdı.

"Mesela..." diye düşündü az önce Rasih'in ettiği sözlerden hareketle. "Cimcozların bana faydası oldu, zararı olmadı."

Polisle senlibenli, köşe kapmaca oynar gibi davranmasının bir taktik olduğunu bir türlü anlatamamıştı örgütlü dostlarına.

Böyle davranarak, gizlenmeyi gerektirecek bir şey yapmadığına inandırmaya çalışıyordu kendini izleyenleri.

Tabii ki her kesimden arkadaşı olacaktı. Böylece kendine bir koruma kalkanı oluşturmuş oluyordu.

Düşüncelerinin tam da bu noktasında durdu.

"Ne kalkanı?" diye sordu kendi kendine.

Yine yargılanacak yine hapis yatacaktı işte.

Ter içinde kalmıştı. Yatağından kalktı.

Ne olursa olsun, bir daha hapse girmemesi gerekiyordu.

Bir yolunu bulup, geride bırakmalıydı artık mahkeme ve tutukluluk günlerini.

Gece boyu düşündü ve bir plan yaptı.

Seksen Beş

Rasih'in evinden çıkınca etrafını çok iyi kontrol etti Sabahattin. Birkaç otobüse bindi, son anda indi.

Son olarak Fatih'in ara sokaklarından Karagümrük'e kadar yürüdü. Yolda bir kahvede çay içti. Arkasından, kahveye şüphesini çekecek biri girmemişti. Rahatladı.

Kimse tarafından takip edilmediğine kanaat getirince, Paşakapısı Cezaevi'nde tanıştığı, berber Hasan'ın Edirnekapı'daki dükkânına doğru yürümeye koyuldu.

Dükkânı bulunca, bir süre dışarıdan gözetledi. Dikkatini çeken sıra dışı bir durum yoktu. İçeriye girmeye karar verdi.

Hasan Turan, çok iyi karşıladı koğuş arkadaşını. Çay ikram etti, uzunca süre havadan sudan söyleşip eski günleri yâd ettiler.

Sonra bir punduna getirdi "Beni derhal Bulgaristan'a çıkartmanızı istiyorum" dedi Sabahattin.

Nedense, hiç şaşırmadı Hasan. Sanki, dünyanın en normal cümlesini kurmuştu Sabahattin.

Başka biriyle yapsa bu konuşmayı ve karşısındaki böyle rahat davransa, işkillenirdi Sabahattin. Ama Hasan, komünizm propagandası yapmaktan ve kardeşini Bulgaristan'a kaçırmaktan hüküm giymişti nihayetinde. Böylesi durumlara aşinaydı. Karşısında pişmiş kelle gibi sırıtıyor olmasının nedenini, tecrübeli olmasına verdi.

Berber Hasan az önceki "Daha daha ne var ne yok?" edebiyatına derhal son verdi, Sabahattin'in Bulgaristan'a dair sözlerinin üzerine. Sadede gelmesi gerektiğini düşünmüş olmalıydı.

"Emrin olur ağabey!"

"Estağfurullah" demek zorunda kaldı yazar.

Hasan'ın başka söyleyecekleri de vardı.

"Ali'yi tanıyorsun işte. Sen paradan haber ver. Para olsun bir orduyu bile dışarıya çıkartır."

Sabahattin yem olsun diye "Başkaları da var çıkmak isteyen. Benim başım derde girmezse onlar da başvuracak size" dedi.

Kavramıştı durumu Hasan. Ali'nin çok hoşuna gidecekti Sabahattin'in bu son söyledikleri. Kaldı ki, komşuda pişecek kendisine de düşecekti elbet.

"Sen gider gitmez, dükkânı kapatacağım ve gidip Ali'yi bulacağım" dedi Hasan.

Sabahattin ayağa kalkarken "Yarın sabah yine gel" dedi, üzerindeki beyaz önlüğü çıkartıp askıya astı.

Sabahattin kapıyı çekip çıkmadan önce Hasan arkasından seslendi.

"Yarın sabah hazırlıklı gel ağabey. Büyük bir ihtimalle çıkarsın yola!"

"Tamam" diye cevapladı berberi Sabahattin.

***

Gece geç saatlerde, bütün hazırlıklarını tamamlamış olarak ulaştı arkadaşı Rasih'in evine.

Genç adam her zaman olduğu gibi kitap okuyor, notlar çıkarıyordu.

Sabahattin'in yüzünde, belirgin bir endişe okudu Rasih.

"Bir terslik mi var?" diye sordu.

"Hayır. Gel biraz oturalım" dedi Sabahattin koltukları işaret ederek.

Şaşırdı genç Rasih.

Oturdular.

"Sana çok güveniyorum Rasih Nuri" dedi ve derin bir nefes aldı. "Nedense öyle" diye ilave etti.

Şaşırdı genç adam. Sıra dışı bir durumla karşı karşıyaydı.

***

"Büyük bir ihtimalle, yarın Bulgaristan'a kaçacağım Rasih. Beni dışarıya çıkartacak iki adamın dışında, bu konuyu bilen tek kişi sensin."

Sabahattin genç arkadaşına, isimleriyle cisimleriyle iki adamın kimler olduğunu anlattı önce. Hapiste nasıl tanıştıklarını sayıp döktü.

Her ikisinin de başlarından neler geçtiğini, hangi tarihte ne suçlar işlediklerini, nasıl yakalandıklarını, kaç yılla yargılandıklarını, her şeyi ama her şeyi anlattı.

Rasih şaşırıp kalmıştı. "Bu tür adamlara güvenerek doğru bir şey mi yapıyor acaba?" diye düşündü.

Eğer yanlış bir işin peşindeyse, vazgeçirmekti niyeti.

Dostunun sinirlerinin son zamanlarda iyice bozulduğunun farkındaydı. Böylesi bir durumda, insan kolaylıkla birçok önemli noktayı gözden kaçırabilirdi.

***

Rasih doluya koydu almadı, boşa koydu dolmadı.

Sabahattin'in bir hapisliği daha kaldıracak gücünün kalmadığı açık seçik belli oluyordu.

Ülke aydınlarının, şimdiki ve yakın gelecekteki hükümetlerle açıktan açığa mücadele etme imkânlarının uzunca bir süre için ortadan kalktığı bir gerçekti.

Adı konulmamış bir faşizmle burun burunaydı Türkiye.

Sabahattin'in bu saatten sonra gizlenerek mücadele etmesi de mümkün değildi. Çok göz önündeydi, haddinden fazla sivrilmişti ve belli ki bir adım daha atmasına izin verilmeyecekti.

Hapse dayansa bile, yazmamaya dayanamazdı tanıdığı Sabahattin.

Yurtdışına çıkarsa, hiç olmazsa yazmaya orada devam edebilir, belki daha da fazla faydalı olurdu yurduna.

***

"Haklısın" dedi uzun uzun düşündükten sonra genç Rasih.

"Gitmen lazım" dedi. Ardından "Sana nasıl yardım edebilirim?" diye sordu.

Gülümsedi Sabahattin. Ne isteyeceğini belli ki önceden tasarlamıştı.

"Öncelikle, mavi yolculukta Yunanlı direnişçilerden edinip de sana saklaman için verdiğim tabancayı istiyorum. Ve sana iki tane mektup bırakacağım. Birini eşim ve kızıma ulaştıracaksın, ötekini de Mehmet Ali Cimcoz'un dairesinin kapısının altından bizzat atacaksın. Tabii ben sağ salim yurtdışına çıkabilirsem."

"Tabanca sabahleyin burada olacak" dedi Rasih en ciddi devrimci tavrını takınarak.

"Peki" diye sordu ardından. "Yurtdışına çıktığından nasıl emin olacağım? Ne zaman ulaştıracağım mektupları sahiplerine?"

Seksen Altı

Planını en ince ayrıntılarına kadar anlatmaya başlamadan önce, kalktı kendine bir bardak su aldı Sabahattin.

Birkaç yudum içtikten sonra, "Bak Rasih, biliyorsun hep yeşil mürekkep kullanırım" dedi.

Ceketinin içcebinden yeşil mürekkepli dolmakalemini çıkardı, masanın üzerine koydu.

"Bunlar da benim kartvizitlerim" dedi ve cüzdanından, üzerinde ismi yazan kartvizitlerden bir tane çıkarıp onu da masanın üstüne koydu.

"Yarın sabahleyin, sana şimdi adresini yazacağım Edirnekapı'daki berber dükkânının önünden çıkacağım yola. Berberin adı az önce de söylediğim gibi, Hasan Turan."

Bütün bu sözleri söylerken, Rasih'in çalışma masasına doğru yürüdü, genç adamın kitap okurken not almak için kullandığı kâğıtlardan temiz bir tane aldı, koltuğa oturdu.

Sabahattin, sehpanın üzerine koyduğu kâğıdın üzerine irice harflerle "Berber Hasan Turan" yazdı.

"Ve bu da adresi" diyerek, berber dükkânının adresini ezberinden kâğıda döktü.

Bir haftalık küçük bir takvim oluşturdu kâğıdın üzerinde. Kaleminin ucuyla işaret ederek konuşmasını sürdürdü.

"Bugün 30 Mart. Yarın ayın 31'i. Sabahleyin, Edirnekapı'daki berber dükkânının önünden yola çıkacağım. Eğer her şey yolunda giderse, yarın gece ya da en çok öbür gece sınırı geçmiş olacağım."

Bunları söylerken, dolmakalemiyle 31 Mart, 1 ve 2 Nisan'ı işaretlemişti. Sonra başını kaldırıp bir kez daha baktı arkadaşının yüzüne.

Sabahattin yüzüne "Anladın mı?" der gibi bakınca, Rasih anladığını işaret edecek şekilde başını salladı.

Devam etti yazar.

"Sınırı geçince şu gördüğün kalemle, şu gördüğün kartın aynısına, başardığımı belirtecek şekilde bir not yazacağım. Notun zorlanarak yazdırılma ihtimaline karşı, önlem olsun diye, atacağım imzada nokta olmayacak. Normalde nokta koyarım. Dikkat edeceğin bu!"

Yine "Anladın mı?" der gibi baktı Sabahattin arkadaşına.

Rasih doğru anlayıp anlamadığını göstermek için "Şuraya bir imza at" dedi.

Sabahattin imzasını attı. Rasih kalemi aldı ve imzadaki noktayı karaladı.

"Yani böyle olacak?" dedi genç adam.

"Evet" diye cevapladı arkadaşını Sabahattin.

"İmzada nokta olmayacak" diye tekrarladı.

Başını salladı Rasih.

Seksen Yedi

Rasih'ten ayrılıp odasına çekilince, ilk iş olarak piposunu yolculuk için aldığı yeni tütünle doldurdu Sabahattin.

Pipoyu yakmadan önce penceresini açtı, İstanbul'un soğuğunu içine iyice çekti.

***

Her zaman olduğu gibi, yeşil mürekkepli kalemi elinde olmak üzere, önüne koyduğu kâğıtların üzerine eğildi.

Vazgeçti. Çantasından daha önce yazmış olduğu mektubu çıkardı. Önce onu okuyacaktı:

"*28 Mart 1948,*

Çok sevdiğim Mehmet Ali ve refikası,

Bu mektubu aldığınız zaman ben bir müddet için ortadan yok olmuş olacağım. Herkesin beni geçen seferki gibi tebdil dolaşır bilmesi münasiptir. Bu kararı vermeden çok düşündüm. Fakat cephemi tayinde daha fazla tereddüt edemezdim. Yepyeni ve daha müspet bir hayata başlamak kararını müthiş nefis mücadelelerinden sonra verdim. Dünyada Filiz'le Aliye'nin yanında en sevdiğim insanlar sizlersiniz. Size karşı kötü olmamak için elimden gelen her şeyi yaptım. Elimden gelmeyen için de beni affedebileceğinizi umuyorum. Benden tekrar haber alacağınızı sanırım. Tekrar ve başka şartlar altında görüşebileceğimize de inanıyorum. Çoktan verdiğim bu kararı tatbikte bu kadar geç kalışımın sebebi karım, çocuğum ve sizdiniz. Fakat bu şartlar altında bu manasız hayatı devam ettirmekte mana göremedim. Hepinizin beni affetmenizi ve tekrar buluşuncaya kadar sevgiyle hatırlamanızı isterim. Şimdiye kadar kendimden başka hiç kimseye kötülük etmemem için gayret ederdim. Artık kendime de kötülük etmemek için bu kararı verdim..."[152]

Biraz ara verdi okumaya Sabahattin.

"Kedime de kötülük etmemek" ifadesini yerli yerinde kullanmış olup olmadığını düşündü.

Gayriihtiyari ayağa kalktı, aralık bıraktığı pencerenin önüne tekrar geldi.

İstediği çok bir şey değildi aslında.

Dahası, olmasını dilediği, uğraş verdiği her şeyi kendi için değil, yurdu ve üzerinde yaşayan insanlar için yapmıştı.

Ve bunu yaparken, ister istemez kendi kendine kötülük etmişti.

Gerekçesi tam da buydu "Artık kendime de kötülük etmemek için bu kararı verdim" diye yazmasının.

***

Köşedeki koltuğa oturdu ve geriye doğru düşündü.

Ülkeyi yönetenler içinde, bir tek Hasan Âli Yücel anlamıştı onun ne yapmaya çalıştığını. Bunun için de hep destek olmuştu.

---

152. Mehmet Ali Cimcoz bu mektuptan ilk kez 22 Temmuz 1949'da, şahit olarak çağrıldığı mahkemede söz etti. Mektup, 22 Şubat ile 1 Mart 1950 tarihleri arasında Gerçek gazetesinde tefrika edilen, "Sabahattin Ali Niçin Öldürüldü?" başlıklı yazı dizisinde yayımlandı.

Ama bu namuslu eğitimci dışında kalan kim varsa, politikalarına hizmet ettiği yerde pohpohlayıp göklere çıkartmış, aykırı düştüğü yerde başını ezmeye çalışmıştı, bir yılan misali.

Çok sıkıldı, olup bitenleri hatırlarken Sabahattin.

Nefes alamaz gibi oldu.

Tekrar ayağa kalktı, pencereyi sonuna kadar açtı, bir süre caddeden geçen tek tük otomobillerin stop lambalarını, farlarını izledi.

Bu kez de dışarıyı seyrederek devam etti düşünmeye. Ciddiyetle hesaba çekiyordu kendini.

Kazandıklarını ve kaybettiklerini yan yana, alt alta, üst üste koyuyor, attığı taşın ürküttüğü kurbağaya değip değmediğini anlamaya çalışıyordu.

Aliye'sini ve Filiz'ini, özellikle de eğitimcilikten kapı dışarı edildiğinden bu yana, fena halde ihmal etmişti.

Mesleğini sürdürebilseydi, maddi ve manevi olarak onlara çok daha fazla yardımcı olabilirdi.

"En azından..." diye düşündü. "Yanlarında olur, sıcaklığımı verirdim."

Gözleri doldu.

Çok açıktı. Böyle devam edemezdi.

Gözlüğünü çıkarıp pervaza koydu, elinin tersiyle gözpınarlarından akan yaşları sildi.

"Ama..." dedi kendi kendine. "Susmak, susmayı kabullenmek, gerçekleri görüp de susarak bir hayat geçirmek de onursuzluk olurdu."

***

Cimcoz ailesine yazdığı mektubu okuyup, üzerine iyice düşündükten sonra, sevgili eşi ve bir tanecik kızı için yazmaya koyuldu:

"Sevgili-Karıcığım,

Bu mektubu aldığın zaman ben İtalya, Fransa veya Londra'da olacağım. Filiz'in okulu biter bitmez sizi yanıma aldıracağım. Mehmet Ali Aybar ve Mahmut Dikerdem[153] *sizinle ilgilenecek. Size İş Bankası'nda şu numaralı hesabımla para gönderiyorum. Rauf Çallılar da size matbaa parasından gönderecek. Sen benim tutumlu karıcığımsındır, idare etmeye çalışırsın. Filiz'i ve seni hasretle binlerce defa dudaklarından öperim..."*[154]

Yazdıklarını tekrar okudu Sabahattin.

Unuttuğu bir konu kalıp kalmadığını titizlikle kontrol etti.

Aliye'nin mektubu alınca çok korkacağından emindi.

Sonraki günlerde de diken üzerinde yaşar gibi yaşayacaktı sevgili eşi.

Ve sevgili Filiz'i, tekrar karşılaşıncaya kadar kim bilir ne kadar özleyecekti babacığını...

İçinden bir parçanın koptuğunu hissetti.

"Öte yandan..." diye düşündü. "Eğer bunun kararını şimdi verip yurtdışına çıkmazsam, Aliye'nin tedirginliği bir ömür sürecek. Filiz ise ben zindanlarda ömür tüketirken büyüyecek."

---

153. 1916-1993 yılları arasında yaşadı. Büyükelçilik, yazarlık yaptı. Barış Derneği'nin genel başkanlığını yaptı. 12 Eylül darbesinde Barış Derneği Davası'ndan yargılandı. *Ortadoğu'da Devrim Yılları* ve *Üçüncü Dünyadan* isimli iki kitabı var.

154. F. Ali ve A. Özkırımlı'nın birlikte kaleme aldıkları *Sabahattin Ali* isimli kitapta, mektuptan aklında kalanları böyle aktarmış Aliye Ali. Çünkü, mektubu Rasih Nuri İleri'den alıp Aliye Hanım'a ulaştıran Cevdet Kudret, Aliye Hanım'a okuttuktan sonra, kendi bile okumadan sobaya atıp yakmış.

Seksen Sekiz

Çalar saatin sesiyle uyandı ve derhal yataktan kalktı Sabahattin.

Çantasını akşamdan topladığı için sadece üzerini değiştirmesi yetti. Banyoya geçip dişlerini fırçaladı, saçlarını taradı.

Odasına dönünce altın çerçeveli gözlüklerini iyice silip gözlerine taktı.

Hazırdı.

Çantasını ve çantanın üzerinde duran iki zarfı aldı, salona geçti.

***

Sevgili Rasih kahvaltıyı hazırlamış, ekmekleri tam da o banyodan çıkarken kızartmaya başlamıştı.

Kahvaltıya otururken mis gibi kızarmış ekmeğin kokusunu içine çekti Sabahattin.

İki adam bir süre konuşmadı. İçlerinden konuşmak isteği gelmedi.

Esasen, o kadar çok lafları vardı ki birbirlerine söyleyecek.

Akşamdan detaylandırmış oldukları için, plana dair de tek söz etmeleri gerekmiyordu.

Rasih bir ara kalktı, bez parçasına sarılmış emaneti getirip masanın üzerine koydu ve Sabahattin'e doğru itti.

"Bakımını yaptım, saat gibi çalışıyor" dedi.

Sabahattin, Yunanlı direnişçilerden edindiği, saklasın diye Rasih'e verdiği tabancayı çantasına yerleştirdi.

Rasih "İşte" diye düşündü "Sabahattin'in silahşorluğu bu kadar olur."

Haklıydı Rasih. Sabahattin tabancayı alınca şöyle bir eline oturtmamış, şarjörünün dolu olup olmadığına, namluda kurşun kalıp kalmadığına bakmamıştı bile. Rasih'ten aldığı gibi, bez parçasına sarılmış olarak çantasına tıkıştırmıştı.

"Yerinde olsam belime koyardım" diye düşündüyse de ağzını açmadı genç adam.

Böylesi işlerde, özellikle de Sabahattin gibi bir adama, akıl vermemesi gerektiğinin farkındaydı.

***

Sabahattin silahı çantasına yerleştirince, Rasih kendine uzatılmış olan iki zarfı aldı ve kısa bir süreliğine gözden kayboldu.

Mektupları, az önce tabancayı aldığı, yerini Sabahattin'in bile bilmediği zulasına yerleştirmiş olarak geri döndü.

Ayrılık zamanı gelmişti.

İki dost, bu ayrılıktan sonra hiçbir zaman görüşemeyebileceklerini de düşünerek, sıkı sıkı sarıldılar birbirlerine.

***

Merdivenler.

Rasih'in kapattığı daire kapısının çıkarttığı ses.

Apartmanın ağır demir kapısının isteksizce kapanışı.

Nişantaşı'nın kendine özgü uğultusu.

Pencerede Rasih.

Kalkarmış gibi bir el.

Bir acı tebessüm.

Bir damla gözyaşı.

***

"Başka bir zamanda başka bir yerde" diye düşündü, Rasih'in baktığı pencereye arkasını dönüp gözündeki bir damla yaşı silerken Sabahattin.

"Dilerim bir gün, hayalini kurduğun gibi bir ülkeye dönersin sevgili ağabeyim" diye düşündü genç Rasih, Sabahattin gözden kaybolurken.

Seksen Dokuz

Sabahattin ola ki peşine takılmış bir sivil polis varsa diye bin bir numara yaptı yine.

Otobüse binip son anda inme, birkaç pasajı hızla geçip ortadan yok olma...

Romanlarda okuduğu, filmlerde seyrettiği ne kadar casusluk numarası varsa uyguladı ve sonunda rotasını kamyona çevirdi.

Tam da istediği yere çekmişti kamyonu şoför Salim. Sabahattin'i görünce hareketlendi, koşup elindeki çantayı almak istedi.

"Sağ ol Salim, ben taşırım" dedi yumuşak bir ses tonuyla.

Salim kontağı çevirmeden sordu "Nereye gideceğiz beyim?" diye.

"Edirnekapı'dan bir arkadaşı alacağız ve Kırklareli'ne gideceğiz Salim. Peynir getireceğiz."

Şişhane'den aşağı doğru sallanıp Unkapanı Köprüsü'nü geçecek, ardından Saraçhanebaşı'ndan Edirnekapı istikametine kıvrılacaklardı.

Severdi İstanbul'un bu taraflarını Sabahattin. Hem de çok.

Aklına gayriihtiyari üç satır geldi:

"Dağlar dudaklarını boyar pembe bir tüyle
Köprüde fersiz gözler açılır üzüntüyle:
Sabah, ıstırap çeken kalplerin akşamıdır..."

Bu üç satırla birlikte çok ama çok eskiye gitmişti.

1928'in ağustos ayına...

Ne sevinmişti "Köprü'de Sabah" isimli şiiri *Meşale*'de yayımlanınca.

Havalara uçmuştu!

Tam da Haliç Köprüsü'nün üzerinde gelmişti şiiri aklına.

Düşününce, İstanbul üzerine yazdığı öteki şiirleri de hatırladı yazar.

Aslında, 1926'da *Servet-i Fünun*'da başlamıştı İstanbul üzerine yazdığı şiirlerini yayılamaya.

"Köprü'nün Çocukları", "Köprü'nün Geceleri", "Köprü'de Sabah"...

Aradan yaklaşık yirmi yıl geçmişti ve işte yine Köprü'nün üzerindeydi Sabahattin. Haliç Köprüsü'nden, Galata Köprüsü'nü seyrediyordu.

***

"Kırklareli'nin içinden mi alacağız peyniri?" diye sordu Salim, o İstanbul üzerine düşünürken.

Sabahattin'in cevabı hazırdı.

"Henüz bilmiyorum."

"Demek..." diye düşündü Bozdoğan Kemeri'nin altından geçerken. "Bu güzel şehri son görüşüm."

Bu sefer de aklına, yirmi yıl önce Almanya'ya doğru gerçekleştirdiği tren yolculuğu geldi.

Şimdi nasıl Rasih'i arkasında bırakıp çıktıysa yola, o zaman da Pertev ve bir dolu dostunu bırakmıştı geride.

O zaman içi içine nasıl sığmadıysa, şimdi de sığmıyordu işte.

Aklına güzel eşi ve biricik kızı geldi. Ağlamamak için dişlerini sıktı.

***

Düşüncelerinden uzaklaşabilmek için, Salim'in yanı başında duran *Yeni Sabah* gazetesini aldı.

Baş sayfada bulunan Bulgaristan'la ilgili bir haber dikkatini çekti.

Haberin spotunda "uçak krizi"nin sürdüğü belirtilmişti.

"Ben sınırı geçmeye çalışırken umarım her iki taraf da sakin olur" diye iç geçirdi ve haberi okumaya koyuldu.

Gazete geniş bir hatırlatma yapmıştı gerginlikle ilgili.

9 Şubat'ta Bulgar uçaksavarları, Türkiye sınırının Bulgaristan tarafında iki Türk uçağını düşürmüştü. Türkiye ile Bulgaristan arasında, olayın münakaşası sürüyordu.

Yeşilköy'den havalanan iki Türk uçağının amacı, Trakya semalarında, radarın menzilini test etmekti. Bunun yanı sıra, pilotlar, radar kontrolörüyle koordinasyon üzerine de çalışıyorlardı.

Ama olan olmuştu işte.

Türk pilotları, kötü hava şartları nedeniyle Bulgaristan'ın hava sahasına girmiş ve gerçekleşen uçaksavar ateşi sonucu iki uçak da düşürülmüştü.

Açılan ateşte bir pilot şehit olmuş, öteki pilot Bulgar askerleri tarafından tutuklanmıştı

Mesele, bir ayı aşkın bir süredir, büyük bir diplomatik krize dönüşmüş bulunuyordu.

O günden bu yana, Bulgaristan'la Türkiye'nin arası fena halde açılmıştı. Büyükşehirlerde, Bulgaristan aleyhtarı mitingler düzenleniyordu.

Son olarak hükümet Bulgaristan'a nota vermiş ve şehit olan pilotun cenazesi ile yaşayan pilotun iadesini sağlamıştı.

Ancak sular henüz durulmamış, tersine, gerginlik hâd safhaya ulaşmıştı.

Çünkü, Türk uçakları Bulgar sınırının üzerinde uçmayı sürdürüyordu.[155]

Sabahattin öteki haberlere bakmak için sayfayı çevirirken "Şu Bulgaristan sınırını bir geçebilsem kazasız belasız" diye düşündü tekrar.

155. 22 Temmuz 1948'de Bulgar uçaksavarları bir Türk uçağını daha vurdu. Uçak yakıt kaybederek Yeşilköy'e yaklaştı. Yakıtı bitince motor durdu ve pilot piste kırım yaparak inebildi.

Doksan

Fatih'i, Karagümrük'ü geride bırakmışlardı...

Salim'e "Mihrimah Sultan Camii'ne doğru git. Oraya gelince ben sana tarif edeceğim yolu" dedi Sabahattin.

Çok geçmeden, Hasan Turan'ın berber dükkânının önündeydiler.

"Sen inme arabadan Salim. Vakit kaybetmeyelim. Ben iner getiririm adamı" dedi ve arabadan atladı.

***

Sabahattin dükkâna girdiğinde, kendisine rehberlik yapacak olan Ali ve berber Hasan çay içiyorlardı.

Berber hemen kalkıp bir çay da misafiri için koydu.

Bu arada rehber Ali ve Sabahattin selamlaşmışlardı.

Sabahattin gelip, tam da kendisine rehberlik yapacak adamın yanındaki sandalyeye oturdu.

Yazar uzatılan çayı aldı, bir yudum içti ve sağ yanında boş duran sandalyenin üzerine bıraktı. Cebinden bir zarf çıkarttı ve "Bu istediğin paranın yarısı" diyerek hemen solunda oturmakta olan Ali Ertekin'e uzattı.

Adamın yüzünde pis bir gülümseme belirdi, kirli dişleri göründü.

Sabahattin rehberinin tıynetini bildiği için, para üzerinden ilerlemeyi sürdürdü.

"Geri kalan yarısını, konuştuğumuz gibi ben Bulgaristan'a geçtikten sonra alacaksın."

"Orada, senden mi alacağım?" diye sordu Ali.

"Hayır" diye cevapladı soruyu Sabahattin.

"Daha önce Hasan'a da anlattığım gibi, ben bir pusula yazıp sana vereceğim. Sen pusulayı buraya getireceksin. Bir arkadaşım gelecek ve kendini tanıtacak. Pusulayı ona verip parayı alacaksınız. Böyle anlaşmıştık."

"Tamam, tamam" dedi berber, sanki anlatılanı ilk kez duyuyormuş gibi davranan arkadaşı Ali'ye.

"İyi madem" dedi sanki zor ikna olmuş gibi bir edayla asker eskisi rehber.

***

Sabahattin, yol üzerine biraz ayrıntı istedi.

"Malum" dedi. "Kamyonu kullanacak şoförün hiçbir şeyden haberi yok. Yanında tek kelime bile konuşmamamız lazım."

Ali Ertekin başını salladı.

Bu arada Sabahattin çantasından bir harita çıkartıp "Göster nereye gideceğimizi?" dedi. Sanki biraz tedirgin gibi çıkmıştı sesi.

İri adam, işaretparmağının ucunu haritanın üzerine koyunca, o bölgenin bütün coğrafyası kapandı.

"Kırklareli'nde önce Yündolan istikametine gideceğiz. Üsküp'e yakın Kızılcadere köyüne yakın bir noktada kamyondan ineceğiz. Yürüyerek Sazara[156] istikametine gideceğiz. Son göreceğimiz Türk

156. Bugünkü ismi Çukurpınar. Eski ismi olan Sazara, "Roma imparatorunun yaşadığı yer" anlamına gelir. Sezar'dan türetilmiştir. Bulgaristan sınırına uzaklığı sadece on üç kilometredir.

köyü Hedye[157] olacak. Köye yakın bir baraj var. Barajın karşı tarafına geçtiğimizde, Bulgar hududuna beş, bilemedin altı kilometre kalır. Ormanın içinden gideceğiz tabii."

Adamın söylediklerini haritada göremeyince Sabahattin'in canı sıkıldı. Sıkıntısı yüzüne yansıdı.

"Köyler haritada görünmez" dedi Ali Ertekin büyük bir rahatlıkla.

Konuşacak bir laf kalmayınca "Hadi o halde" dedi yazar. "Koyulalım yola."

Yanındaki sandalyeye koyduğu soğumuş çayını aldı, bir yudumda içti.

"Ziyade olsun" dedi çay bardağını yine sandalyenin üzerine koyarken. Ardından "Eyvallah Hasan" dedi berbere.

Berber gelip Sabahattin'in boynuna sarıldı.

157. Bugünkü ismi Armağan.

Doksan Bir

Kamyon Kırklareli istikametine doğru mesafe kat ederken, yol boyu dikili tarlaları seyretti Sabahattin.

Yavaş yavaş ekinler boy vermeye başlar, Trakya yemyeşil olurdu.

"Canım Trakya" diye düşündü.

1930 Mayıs'ında, trenle gelirken seyretmişti sıra sıra ayçiçeği ve buğday ekilmiş tarlaları.

Yemyeşil bitki örtüsünün, Almanya'da yaşadığı şokun tesirini nasıl da azalttığını hatırladı Sabahattin.

İşte şimdi, yine bir bilinmeze doğru gidiyordu.

Nedense, vatanı onu bağrına basmamıştı. Çok isterdi ama olmamıştı işte.

Sonra fikrini değiştirdi yazar. Kollarını açmayan vatanı ve insanları değildi ki!

Onu sevmeyenler, konuşmasını ve yazmasını istemeyenler, ülkesini tahakküm altında yönetenlerdi.

Hikâyeleri, şiirleri, romanları ve yazdığı ne varsa hepsini sevmişti insanları. Gayet olumlu yorumlar almıştı, memleketin aydınlarından da, ezilen sınıflara mensup insanlarından da.

Öyle olmasa, gazeteler yirmi bin zor satarken, onun yayımladığı *Markopaşa* altmış bin okuyucuya ulaşır mıydı?

Sevilmese, bu kadar okunur muydu kitapları?

"Beni sevmeyen siyasi iktidardı" diye düşündü tekrar Sabahattin Ali.

Hiç dümen suyuna girmemişti ki ülkeyi yönetenlerin. Yanlış olan ne varsa söylemişti Sabahattin.

Ve sonunda, gelinmişti bugüne.

***

Lüleburgaz'da, mazot almak için indi üç adam kamyondan.

Bu arada yemek yiyip çay da içtiler.

"Kaç saatlik daha yolumuz var?" diye sordu yemek yerlerken Sabahattin.

Şoför Salim saatine baktı, "Şimdi hareket etsek, üçe varmaz oradayız" dedi.

Fırsat yakalamışken "Hangi köye gideceğimiz belli mi?" diye sordu Salim.

Sabahattin, rehberinin yüzüne "Sen söyle" der gibi baktı.

Ali Ertekin "Sen bizi Kırklareli'ne götür. Gerisini ben tarif ederim" dedi.

"İyi madem" diye cevapladı Ali'yi Salim.

***

Tam da konuştukları gibi oldu.

Kırklareli'nden itibaren Ali konuşmaya başladı.

"Bu yolu takip et. Yündolan'a doğru gideceğiz..."

"Şimdi buradan Üsküp istikametine sap..."

"Hah burada dur şimdi... İlerisi Kızılcadere köyü. Ben ve senin patron, buradan itibaren yayan gideceğiz..."

Salim'in anlamayan gözlerle bakması üzerine, Sabahattin açıklamada bulundu.

"Sen şimdi Kırklareli'ne geri dön Salim. Bu gece otelde kal. Yarın orada görüşürüz. Sabahtan şehrin merkezine gel. Oralarda buluruz birbirimizi."

Konuşurken, cüzdanından para çıkarıp uzattı şoföre.

"Karnını iyi doyur Salim. Düzgün bir otelde kal."

İçine sinmedi, "Bak bu da geri dönüş için mazot parası" diyerek bir miktar daha para verdi.

Salim şaşırır gibi olunca "Bende durmasın, kaybederim" diye bir de yalan uydurdu.

Ali Ertekin "Geri dönüş için mazot parası" lafını duyunca "Eyvah!" diye düşündü bir an. Neyse ki "Kaybederim" diyerek iyi toparlamıştı lafı Sabahattin.

Doksan İki

"Şimdi, biz Sazara istikametine gideceğiz" dedi Ali Ertekin kamyon görünmez olunca.

Biraz yürüdükten sonra durdu ve bir açıklamada daha bulundu. "Son göreceğimiz Türk köyü Hedye olacak. Dükkânda da söylediğim gibi, tam yanında bir baraj var. Barajın karşı tarafına geçtiğimizde, Bulgar hududuna beş, bilemedin altı kilometre kalacak. Görünmeden, ormanın içinden gideceğiz. Hiç merak etme, buraları avucumun içi gibi bilirim. Askerliğimi süvari olarak bu köylerde yaptım."

Sabahattin farkında değildi ama rehberi, Sazara'ya doğru götüreceği yerde, başka bir yola sapmış, dere boyunda ilerlemeye başlamıştı.

Hava iyice karardı.

İleriden iki köyün ışıkları görünmeye başladı.

"Bak" dedi Ali Ertekin. "Şu gördüklerin Bulgar köyleri."

Oysa görünen Sazara ve Hedye köyleriydi.

Devam etti konuşmaya rehber.

"O köylerin hemen berisinde gözetleme kuleleri var. Gece yarısına kadar burada dinlenelim. Sonra Bulgar kulelerine doğru yürürüz."

***

Hava soğuktu. Ali Ertekin etraftan çalı çırpı ve biraz odun topladı, kocaman bir ateş yaktı.

"Görünmez mi ateş?" diye sordu Sabahattin.

"Yok" dedi. "Görünmez. Çatakta kalıyoruz ya. Ateş görünmez. Duman da gece seçilmez zaten."

Bir saat kadar sonra, Ali Ertekin, "Hadi geçelim sınırı" dedi Sabahattin'e.

Yazar oturduğu taşın üzerinden kalkarken "Ateşi söndürmeyecek miyiz?" diye sordu.

"Lazım değil" dedi rehberi. "Kış ayında yangın çıkmaz. Her yer ıslak."

Üsküp ile Sazara meralarını ayıran derenin Üsküp tarafında, yamaçta bulunan gürgen fundalıklar arasında yarım saat kadar ilerlediler.

"Sınırı geçtik" dedi belli bir noktaya gelince Ali Ertekin.

"Şu istikamette, ileriye doğru birkaç yüz metre gidince, Bulgar'ın nöbetçi kulesi var. Şimdilik kendimizi göstermeyelim. Gece yarısını bekleyelim."

Bu arada, iyice kısık sesle konuşmaya başlamıştı, sanki Bulgar tarafından duyulma ihtimali varmış gibi.

"Sen o arada Hasan'a götüreceğim her ne ise yaz. İleriye işimiz kalmasın. Gözetleme kulesindeki askerlerin beni görmemesi lazım. Sana kuleyi göstereceğim. Ondan sonra ben uzaklaşana kadar beş dakika bekle. Sonra çık ortaya, ellerini kaldırıp yürü. Ne anlatacaksan anlat."

Sabahattin, Türkiye sınırından kazasız belasız çıkmış olduğu için sevindi.

Ali Ertekin dediğini yapmış, kendini Bulgaristan'a geçirmişti.

Bir taş bulup üstüne oturdu.

Ali Ertekin gelen giden var mı diye etrafı gözetlerken, Sabahattin cüzdanının içinden bir kartvizit çıkarttı.

Bu arada cüzdanına yerleştirmiş olduğu Aliye ve Filiz'in resimlerine bir kez daha baktı. Çok yakında, yine bir arada olacaktı sevgili eşi ve biricik kızıyla.

Rasih 'e konuştuğu gibi, yeşil mürekkepli kalemiyle kartvizitinin arkasını yazdı.

İmzasına nokta koymadı.

İyice üfledi mürekkep kurusun diye.

Bir yanlış anlamaya yol açmamalıydı. Rasih sınırı geçtiğine inanmazsa ne Hasan'a para bırakırdı ne de kaleme aldığı mektupları yerlerine teslim ederdi.

Kartın üzerindeki mürekkep iyice kuruyunca, eliyle Ali'yi yanına çağırdı Sabahattin.

"İşte, bu Hasan'a vereceğin pusula. Bunu kendini ziyarete gelen genç adama verecek, paranın geri kalan kısmını alacak."

Ali'nin gözlerinden bir pırıltı geçti.

"Tamam" dedi rehber. "Dinlen şimdi. Gece yarısını geçince, gözetleme kulesine doğru yürüyeceğiz. Bulgarları göstereceğim sana. Sonrası senin işin."

Ali Ertekin sağa sola bakmaya ve kulak kabartmaya devam etti bir süre.

Sonra bir ara kalktı ve "Ben şöyle bir etrafı kolaçan edeyim" dedi.

Sabahattin endişelendiyse de "Tamam" demekle yetinmeyi tercih etti.

Kaçarsa da kaçardı rehberi. Gün ışıyınca ileriye doğru yürür, gözetleme kulelerini kendi başına bulurdu.

Bulgaristan'a çıkmıştı ya, gerisi kolaydı.

***

Ali Ertekin biraz daha yürüyüp, arkaları sıra sessizce gelen iki adama iyice yaklaştı.

"Tamam" dedi. "Notu yazdı!"

Başka söyleyecekleri de vardı.

"Siz beni izleyin. Çok yakınıma gelmeyin. Yaklaşınca üstüne çökerim. Ağzını tıkamayı unutmayın. Bağırıp köylüyü başımıza toplamasın."

Tam da söylediği gibi yaptı.

Bir taşın üzerinde tünemiş olan Sabahattin'e iyice yaklaşıp üzerine atladı.

Ali Ertekin üzerine çullanınca, Sabahattin korunma ihtiyacıyla elini kaldırdı. Gözlüğü burnundan, saati kolundan fırladı.

İki adam koşarak geldi o arada, asker eskisine yardım etti.

Sabahattin'in elleri kelepçelendi, ağzına bir mendil sokuşturuldu.

İçlerinden biri, yere düşmüş olan saat ve gözlüğü alıp Sabahattin'in deri çantasına attı. Taşısın diye çantayı Ali Ertekin'e verdi.

Doksan Üç

Ellerine kelepçe takılınca, polis tarafından gözaltına alındığını düşündü Sabahattin.

Tek laf etmedi.

Anlamadığı, ağzına neden tıkaç konulduğuydu.

Sınırı kaçak yollarla geçmeye çalışırken yakayı elevermişti. Suçluydu. Bağıracak hali yoktu ya.

Kaldı ki, bağırsa ne yazardı?

Fazla fazla iki köylü duyar, "Adam sen de, polis sınırı geçerken birini yakalamış işte" der, geçer giderlerdi.

Burnundan nefes almayı sürdürdü.

Yakayı elevermiş, bir çuval inciri berbat etmişti.

Almanya'da okulundan kovulduğuna dair haberi aldığında ve İstanbul'da yedek subay değil de er çıkartılacağını öğrendiğinde ne hissettiyse aynısını hissetti.

Bir el, kalbini söküp almış gibi oldu.

Umudu tükenmişti.

Ali Ertekin önde, iki adam ve Sabahattin arkada olmak üzere köy yoluna kadar yürüdüler.

Bekleyen otomobile hoyratça sokuldu Sabahattin.

İki yanına kendisini yakalamış olan iki adam oturdu.

Sağında oturan, başına bir torba geçirdi.

Ali Ertekin, elinde Sabahattin'in çantası olmak üzere öne, şoförün yanına geçti.

***

Çok uzun gitmediler.

Etraftaki seslerden, Kırklareli'ne geldiklerini anladı Sabahattin.

Az sonra otomobil durdu.

Elinde kelepçe, ağzında tıkaç ve başında kukuleta olmak üzere, iki adamın yardımıyla, bir binanın içinde, on beş basamak kadar aşağıya indirildi.

Bir elin ayakkabılarının bağcıklarının çıkarttığını hissetti. Kemeri de çıkartıldı.

Sonra aynı el cüzdanını aldı.

İçindeki paraya değil ama sevgili eşiyle biricik kızının fotoğraflarının kendisinden kopartılmasına üzüldü.

Aklına gözlüğü geldi o anda. Ormanda, Ali üzerine çullandığında düşmüş olmalıydı.

O gözlüğünün derdine düşmüşken, birisi var gücüyle ileriye doğru itti.

Yüzükoyun, paldır küldür yuvarlandı taş zemine.

Arkasından demir bir kapının kapandığını, bir sürgünün itildiğini duydu.

***

Elleri bağlı olmadığı için, ilk işi başındaki siyah kukuletayla, ağzındaki tıkacı çıkartmak oldu.

Derin bir nefes aldı.

Zifiri karanlık bir yerdeydi. Dışarıdan içeriye bir damla ışık sızmıyordu. Elleriyle sağı solu yokladı, birbirine çok yakın dört duvar arasında olduğunu anladı. Toplasan on metrekareyi bulmazdı konulduğu yer. Tavana doğru sıçramaya çalıştı, olmadı. Tekrar denedi yine olmadı.

Yer taş zemindi. Oturdu.

Ne gelmişti başına böyle!

Satmıştı namussuz Ali Ertekin onu.

"Kime?" diye düşündü Sabahattin.

"Kime olacak polise" dedi cevaben.

Belli ki, polis için çalışıyordu.

Paşakapısı Cezaevi günlerine geri döndü.

Acaba, Ali Ertekin içeriye, ağzından laf almak için sızdırılmış olabilir miydi?

Ya berbere ne demeliydi? O da mı ajandı yoksa?

"Belki de" diye düşündü Sabahattin. "Ali Ertekin polistir, öteki zorlanmıştır."

Bilemezdi.

Aklına şoför Salim geldi.

Herhalde, yarın sabah kent merkezinde öğlene kadar bekler, sonra gidip Mehmet Ali Cimcoz'u bulur, ona anlatırdı kendiyle bulaşamamış olduğunu.

Sonra ne olurdu?

Sonrasını gözünde canlandıramadı Sabahattin.

Esasen her şey burada, gözaltına alındığı bu lanet olası yerde başına nelerin geleceğine bağlıydı.

Belki de sorgu sual etmeden İstanbul'a gönderirlerdi kendini. Mehmet Ali devreye girerdi işte o zaman.

***

Sabahattin arada bir uykuya dalar gibi olsa da uyuyamadı.

Aradan epey zaman geçtiğine göre, dışarıda hava aydınlanmış olmalıydı.

Peki saat kaçtı acaba?

Saatine bakmak istedi. Yerinde yoktu.

Almışlar mıydı, yoksa ormanda mı düşmüştü?

Doksan Dört

Rasih'in gözüne 31 Mart, 1 Nisan ve 2 Nisan geceleri uyku girmedi.

3 Nisan sabahı erkenden kalktı ve bir arkadaşını yanına alarak Edirnekapı'nın yolunu tuttu. Elindeki adrese bakarak berber dükkânını buldu.

Arkadaşıyla birlikte, tam da Sabahattin'in daha önce yaptığı gibi, berber dükkânının karşısında bir süre oturdu, etrafı gözledi.

Birkaç kişi gelip tıraş oldu, gitti.

Durumun normal olduğu kararına varan Rasih, arkadaşıyla birlikte içeriye girdi.

Arkadaşı tıraş olmak için koltuğa oturdu.

Berber Hasan arkadaşını tıraş ederken, adamdan laf almaya çalıştı Rasih.

Berberin ağzından istediği laflar çıkmayınca, iki genç hiçbir davranışta bulunmadan dükkândan ayrıldılar.

***

Akşamüstü Rasih ve arkadaşı bir kez daha gitti berbere.

Önceden yine izlemişlerdi dükkânı.

İçeride kimsenin olmadığını anlayınca, ilkinde olduğu gibi yine birlikte girmişlerdi kapıdan.

Berber Hasan "Bir şey mi istiyorsun delikanlı?" dedi bu kez manalı bir şekilde.

"Evet" dedi Rasih. "Beklediğim bir haber var da, geldi mi diye soracaktım."

"Geldiyse ödeme yapacak mısın?" dedi "Ben kaçın kurasıyım" der gibi Hasan Rasih'e.

"Evet. İstediğim gibi geldiyse yapacağım" diye cevapladı adamı delikanlı.

Bunun üzerine, Hasan dolap misali bir bölmeye girdi ve elinde bir kâğıt parçasıyla geri döndü, Rasih'e uzattı.

Rasih heyecan içinde baktı elindeki kartvizite.

Ön yüzünde Sabahattin Ali yazıyordu.

Arkasını çevirdi, Sabahattin'in yeşil mürekkeple atılmış imzasını gördü.

Üzerinde nokta yoktu.

Elini paltosunun cebine götürdü genç adam ve içinde paralar olan bir zarf çıkartı, Hasan'a uzattı.

***

Berber dükkânından çıkar çıkmaz, arkadaşına "Geçmiş Bulgaristan'a" dedi sevinç içinde genç adam.

Kartı uzatıp, Sabahattin Ali'nin imzasını gösterdi.

"Bak" dedi. "Tam da söylediği gibi, nokta koymamış. Kurtuldu."

Doksan Beş

Buz gibi bir hücredeydi Sabahattin.

"Morg, buranın yanında kalorifer dairesi gibi kalır" diye düşündü. İyi ki sırtında deri ceketi vardı. Biraz daha sarındı cekete. Ellerini soluğuyla ısıtmaya çalıştı.

Nafileydi. Titriyordu.

Yakalandığı gecenin üzerine, bir bütün günü ve geceyi daha o hücrede geçirdiği söylense, kesinlikle inanmazdı.

Ama öyleydi.

***

Öte yandan, sınırda yakalandığı an itibariyle, resmen, Türkiye'nin Bulgaristan sınırını, pasaportsuz geçmeye çalışan bir kaçaktı Sabahattin!

Düştüğü durum çok can sıkıcıydı.

Biraz düşününce başka bir önemli konu daha geldi aklına.

Bulgaristan'a geçtiği tescil olmuştu!

Öyle ya, Ali Ertekin'e arkası imzalı kartvizitini vermişti. İmzasını, tam da Rasih'in dikkat edeceği şekilde atmıştı.

Rasih, berber dükkânında verilecek kartvizite baktığında, her şeyin yolunda gittiğine ikna olacaktı. Önce Bulgaristan'a geçirilme ücretinin kalan yarısını ödeyecek, sonra eşine ve avukatına yazdığı mektupların yerlerine ulaşmasını sağlayacaktı.

Kısacası, birkaç gün içinde tüm yakınları kendisinin yurtdışına çıkmış olduğunu düşünür hale gelecekti.

Mektuplarında Bulgaristan'a geçeceğini söylememişti ama çok güvendiği Rasih biliyordu nereye gideceğini.

Kaçtığına dair laf ayyuka çıkıp da konuşması gerektiğinde, Rasih'in, en azından bilmesi gerekenlerle sırrını paylaşacağından emindi.

"Yani oğlum Sabahattin" dedi kendine acı bir şekilde. "Şu an itibariyle sen, Bulgaristan sınırını geçerek ülke dışına çıkmış bir kaçaktan başka bir şey değilsin. Her kimse seni burada zorla alıkoyanlar, isterlerse bir hafta, on gün, on ay, on yıl tutabilirler..."

Dahası aklına gelmedi Sabahattin'in.

Belki bilinçaltı engel oldu daha fazlasını düşünmeye.

Bir kerte ilerisi, gözaltında kaybedilebilmek demekti.

***

Hücresinde kaç gece ve kaç gün geçirdiğini bilmiyordu Sabahattin.

Defalarca yumruklayıp, tekmeleyip ses alamayınca, birkaç kere kapıya yakın bir noktaya çişini yapmıştı, o kadar.

Hiçbir şey yemediği ve içmediği için, bu da bir veri olamazdı zamana dair.

Gün ışığı girmeyen, saat olmayan bir yerden, zaman mefhumunun kaçtığını yaşayarak öğrenmişti.

"Demek" diye söylendi. "Zaman yok olunca, yerini zifiri siyah bir sonsuzluk, kara bir delik alıyormuş."

***

Açlık, susuzluk ve karanlıkla boğuşurken hücresinin önünde ayak sesleri duydu.

Gayriihtiyari ayağa kalktı.

Bu arada demir kapının sürgüsü çekildi ve bir adam içeriye girdi, yerde duran siyah torbayı alıp kafasına geçirdi ve "Yürü bakalım" dedi koluna girerek.

Kısa bir koridordan sonra on küsur basamak çıktı, bir odaya sokuldu.

"Ben gelene kadar masanın üzerindeki yemeği ye. Kapıyı vurduğum zaman başlığı kafana geçir. Anladın mı?"

Başını salladı.

Adam dışarıdan kilitledi kapıyı. Sabahattin başlığını çıkartınca penceresi olmayan, tavanından çıplak bir ampul sarkan bir odada olduğunu keşfetti önce.

İleride bir masa vardı. Üzerinde de yemekler.

Derhal masaya doğru yürüdü.

Kuru fasulye, pilav, ekmek ve su vardı. Bir çırpıda yedi hepsini.

Bu arada etrafı inceledi.

Oturduğu hariç bir sandalye daha vardı odada. "Herhalde burada sorgulanacağım" diye düşündü.

***

Az sonra kapı vuruldu.

Siyah torbayı başına geçirmesi gerektiğine dair talimatı hatırladı. İstenileni yaptı.

İçeriye iki adamın girdiğini hissetti Sabahattin.

Adamlardan biri odanın içindeki iki sandalyeyi karşı karşıya koymuş ve birine oturmuştu.

Öteki, Sabahattin'in koluna girip boş olan sandalyeye, sorular soracağı muhtemel adamın karşısına oturttu.

"Bak Sabahattin" dedi karşısındaki adam. "Baştan anlaşalım. Sakın benim sabrımı taşırma. Soracağım sorulara doğru düzgün cevap ver. Yoksa pişman olursun!"

Adamın kurduğu ve içinde "Pişman olursun!" lafları da bulunan cümle korkuttu Sabahattin'i.

Buna karşılık, en baştan teslim olamazdı. O da kendisine düşen rolü oynamalıydı.

"Haklarımı biliyorum..." demeye kalmadan, öyle bir tokat patlattı ki karşısındaki adam suratına, Sabahattin bir tarafa, sandalye öteki tarafa uçtu.

Doksan Altı

Sabahattin hücresinden sorgu odasına kaç kez götürüldüğünü hatırlayamaz hale gelmişti.

Sopayla dövülmekten elleri ayakları mosmor olmuştu. O kadar ki elleri ayakları tutmaz, ayakları ayakkabılarına sığmaz hale gelmişti.

Sonraki günlerde çırılçıplak soyup, ıslatarak dövmeye başlamışlardı.

Bütün bu süreç içinde, cevabı olmayan, daha doğrusu ne cevap verirse versin karşı tarafı tatmin etmeyen sorular soruyorlardı.

Başlangıçta biraz çantasından çıkan tabancanın üzerinde oyalanmışlardı.

"Nereden buldun bu tabancayı?" diye tutturmuştu sorgucu.

O da anlatmıştı olup biteni, tam da olup bittiği gibi.

Ardından "Kaç cinayet işledin bu silahla?" demişlerdi kendileri bile inanmadan.

Sonra "Senden sonra Bulgaristan sınırından birilerinin daha kaçacağını söylemişsin. Kim onlar?" diye sormuşlardı.

"Ben o lafı Ali Ertekin'in ağzına bir parmak bal çalmak için ettim" dediyse de zinhar inandıramamıştı karşısındakileri.

Arada bir de "Hangi gizli örgüte mensupsun?" diye soruyorlardı.

"Hiçbir örgüte mensup değilim" dedikçe yiyordu sopayı Sabahattin.

En önem verdikleriyse "SSCB ile bağlantıların kimler?" sorusuydu.

Cevap veremeyince çok sinirleniyor, işkencenin dozunu artırıyorlardı.

"Bak!" diyordu arada bir sorguyu yürüten ve şöyle devam ediyordu:

"Sen öldün! Yoksun artık oğlum sen! Ali Ertekin'e imzalı kartını verdin, o da berber Hasan'a götürdü. Arkadaşın da ondan aldı. Bitti! Bu demektir ki, artık sen Türkiye'de değilsin. Siktir olup Bulgaristan'a gitmiş durumdasın. Tamam mı? Kalın kafana bunu sok!"

Bu lafın ne manaya geldiğini tabii ki anlıyordu Sabahattin.

Şurada öldürseler, işkencede canının alındığından, kimseciklerin haberi olmazdı.

***

İlerleyen günlerde yalan söylemeyi de denedi ama olmadı.

Sorgucular, canına tak dediği için yalan söylediğini anlayıp, bu kez daha da fazla dövdüler.

Bir süre sonra da, konuşamaz hale geldi zaten.

Soruyorlar, dövüyorlar ama Sabahattin'den tek kelime bile alamıyorlardı.

Bırakmıştı kendini ünlü yazar.

***

Aynen getirildiği gibi, başına bir kukuleta geçirilerek gece yarısı bir otomobilin içine konuldu.

Arkada, yine aynı iki adamın arasında oturuyordu. Önde şoför ve Ali Ertekin vardı.

Köy yolunda otomobilden indirildi, sürüklenerek ilk tevkif edildiği noktaya ulaştırıldı.

İki adam peşi sıra Sabahattin Ali'yi sürüklerken, Ali Ertekin önde onlara yol gösteriyordu.

Nihayet, derdest edildiği noktaya ulaşıldı.

"Konuştuğumuz gibi" dedi adamlardan biri Ali Ertekin'e. "Bul bir sopa ve bitir işini."

Doksan Yedi

Aradan yaklaşık on ay geçtikten sonra, 12 Ocak 1949 tarihli gazetelerde "Sabahattin Ali Bulgar sınırında öldürüldü" şeklinde atılmış manşetleri okuyunca, beyninden vurulmuşa döndü Rasih Nuri İleri.

Gazetelerin verdiği haberlere göre, Sabahattin Ali'nin cesedi 16 Haziran 1948'de bir çoban tarafından bulunmuştu.

Parmaklarını da kullanarak bir hesap yaptı genç adam. "Öldürüldükten iki buçuk ay sonra bulunmuş" diye söylendi.

Birkaç hesap daha yaptı ardından. Ne hikmetse, Sabahattin'e dair haber, bulunduktan üç ay, öldürüldükten on ay sonra kamuoyuyla paylaşılmıştı.

Söylenilene inanılacak olursa, yapılan soruşturmada Ali Ertekin suçunu itiraf etmek zorunda kalmıştı.

"Peki" diye düşündü genç adam. "Bana noktasız kartvizitini neden ve nasıl gönderdi Sabahattin?"

Biraz daha düşününce, bu sorunun da cevabını buldu.

Sabahattin, sınırı geçip Bulgaristan'a çıktığına inandığı için vermiş olmalıydı, sözde rehber Ali'ye, üzerinde nokta olmayan ve yeşil mürekkeple yazılmış kartviziti.

Rasih birçok ihtimali akıl dışı bulup eleyince, akla yakın tek yolun, bu olduğuna karar vermişti.

***

Ali Ertekin mahkemede "cinayeti bizzat kendisinin işlediğini, Sabahattin'in başına, vatan haini olduğu için bir odun vurarak öldürdüğünü" söylese de, Rasih Nuri İleri onun bu sözlerine katiyen inanmadı.

İleri'ye göre, Sabahattin Ali polis ya da istihbarat görevlileri tarafından, sıkı bir sorguya tabi tutulmuş, bu esnada ölmüştü.

Ali Ertekin'in, istihbarat teşkilatının baskısı altında, Sabahattin Ali cinayetini üzerine almak zorunda kaldığını düşünüyordu genç adam.

Ertekin'e, hapishanede çok kalmayacağına, kısa zamanda salınacağına dair söz verilmiş olmalıydı.

Böylece, Sabahattin Ali gibi çok ünlü bir yazar gözaltında kaybolmamış, adi bir cinayete kurban gitmiş gibi görünecekti.

Sözüm ona, devletin eli temiz kalacaktı!

***

Tam da Rasih Nuri İleri'nin düşündüğü gibi oldu.

Cinayet işlediğini itiraf eden Ali Ertekin, sadece dört yıl hapis cezasına çarptırıldı.

Bunun iki yılı sorgulamada geçmiş, geri kalan iki yılı da affa uğramıştı.

Sabahattin Ali'nin sözde katili, elini kolunu sallayarak dışarıya çıktı, aramıza karıştı.

Son Söz

Esasen, Sabahattin Ali'nin işkencede yok edilmesi ile istihbarata çalışan bir eleman tarafından kafasına bir odunla vurularak öldürülmesi arasında büyük bir fark yok.

Önemli olan, iyi yetişmiş beyinlerin, en verimli çağlarında, siyasal iktidarlar tarafından hayatından bezdirilmesi, ülkelerinden kaçacak noktaya getirilmesi.

Sabahattin Ali hapis köşelerinde süründürülmemiş, lafını söylemeye devam edebilmiş olsa *Ankara* ismini vereceği kitabını yazacak, devletin ve bürokrasinin derinlerinde ne tür hatalar yapıldığını, örnekleriyle, bundan altmış sekiz yıl önce anlatacaktı.

Olmasına izin verilmedi!

***

Yanlışlarından arınmayı, çağdaş uygarlık düzeyini yakalamayı hedefleyen ülkeler için, Sabahattin Ali gibi evlatlara sahip olmak kuşkusuz çok önemli ve değerlidir.

Ülkemiz, maalesef, bu medeniyet düzeyini yakalamaya henüz niyetli değil.

Sabahattin Ali'nin öldürülmesinin üzerinden geçen bunca süre içinde, Türkiye'yi yönetenler, Sabahattin Ali'ye davranıldığı gibi davranmamayı seçip, ülkemizin rotasını medeniyete doğru çevirebilirlerdi.

Çevirmediler!

Tersine, istisnasız bütün siyasi iktidarlar, bilafasıla, aynı hatayı sürdürmeyi seçtiler.

Bugün de durum farklı değil!

Havasından mıdır suyundan mı bilinmez, üzerinde yaşadığımız topraklar, tıpkı yüz otuz iki yıl öncesinde[158] olduğu gibi, Sabahattin Ali'nin döneminde de, bugün de, aklın peşinde koşan evlatlarını yok etmeyi sürdürüyor.

Ne yazık!

---

158. Osmanlı'nın yetiştirdiği en parlak beyinlerden biri olan Mithat Paşa 8 Mayıs 1884 gecesi, Taif Zindanı'nda boğularak öldürülmüştü.